陈子善 著

中国现代文学文献学十讲

复旦大学出版社

目录

引言 1

作品版本研究 1

《呐喊》版本新探 3

张爱玲译《老人与海》版本考 22

《知堂回想录》真正的初版本 42

特殊的"版本":作家签名本 52

集外文和辑佚 65

《周作人集外文(1904—1945)》的重编 67

研究鲁迅杂文艺术第一篇 93

闻一多集外情诗 106

黄裳、黄宗江合作的历史剧《南国梦》 116

手稿的意义 121

胡适《〈尝试集〉第二编初稿本自序》的发现 123

鲁迅《娜拉走后怎样》手稿和题跋出土 128

徐志摩墨迹的搜集、整理和研究 136

  郁达夫《她是一个弱女子》手稿本　145

  巴金《怀念萧珊》初稿初探　158

笔名的考定　169

  梁实秋笔名与"雅舍"集外文　171

  "女人圈"·《不变的腿》·张爱玲　179

  《作家笔会》作者真名考　198

  "满涛化名写文"　206

书信的文献价值　215

  研究《沉沦》的珍贵史料　217

  新见鲁迅致郁达夫佚简考　226

  周作人致郑子瑜书札初探　234

日记中的史料　249

  《胡适留学日记手稿本》浅释　251

  鲁迅的《狂人日记》与钱玄同日记　264

  徐志摩爱情日记出版考略　274

文学刊物和文学广告　281

  《京报副刊》的诞生及其他　283

  重说《论语》半月刊　301

  梁实秋与胎死腹中的《学文季刊》　313

  《野草》出版广告小考　318

  文学广告与《传奇》的出版　330

文学社团史实探究 337

    骆驼社与《兰生弟的日记》 339

    左联·郁达夫·《北斗》 350

    徐志摩与国际笔会中国分会 368

作家文学活动考略 383

    鲁迅与巴金见过几次面？ 385

    "唐弢兄嘱题" 391

    张爱玲与上海第一届文代会 397

新文学文献中的音乐和美术 409

    新文学巨匠笔下的瓦格纳 411

    刘荣恩：迷恋古典音乐的新诗人 423

    从"琵亚词侣"到"比亚兹莱" 431

    竹久梦二的中国之旅 439

引言

中国现代文学文献学①是中国现代文学学科的重要分支,以搜集、整理、考证、校勘、阐释中国现代文学文献为宗旨。近年来,中国现代文学研究界越来越关注和重视文献的发掘和研究,《中国现代文学史研究法》②《中国现代文学史料学》③《新文学史料学》④等专著的相继问世,更从理论上对现代文学文献学的建构和完善有所推动。

应该看到,现代文学文献学继承和借鉴了古典文学文献学的许多治学原则和方法,而且与古典文学文献学一样,固然需要理论的归纳和阐发,但更重要的是,这也是一门实践的学问。章学诚所谓"辨章学术,考镜源流",只有在不断实践中才能有所发

---

① 又可称"中国现代文学史料学",关于这两个概念的关联和区别、互用和并用等,参见刘增杰:《前言》,《中国现代文学史料学》,上海:中西书局,2012年3月初版。
② 谢泳:《中国现代文学史研究法》,桂林:广西师范大学出版社,2010年12月初版。
③ 刘增杰:《中国现代文学史料学》,上海:中西书局,2012年3月初版。
④ 朱金顺:《新文学史料学》,郑州:海燕出版社,2018年5月初版。

现，有所突破。回顾中国现代文学史的研究进程，文献学研究的实践，如果从1920年1月上海新诗社编印《新诗选》（第一编）算起，至今正好一百年。在这一百年中，阿英、李何林、瞿光熙、唐弢、贾植芳、赵燕声、丁景唐、魏绍昌、薛绥之、姜德明、樊骏……等位，以他们各具特色又卓有成效的研究实践，大大丰富和充实了现代文学文献学。这些现代文学文献学研究先行者的贡献，我们后人不应忘却。

我长期从事中国现代文学文献学的研究，编过若干现代作家的文集、全集、研究资料集和回忆录，也写过不少或长或短或直接或间接有关现代文学文献的考证和辨析文字。因此，本书从我不同程度关心和涉猎的现代文学文献学的十个方面展开论述，它们是：

作品版本、集外文、手稿、笔名、书信、日记、文学刊物和文学广告、文学社团、作家文学活动、新文学文献中的音乐和美术。

我认为这十个方面是现代文学文献学研究不可缺少的重要组成部分。但有必要说明的是，对这十个方面的探讨，我并不泛泛而论，而是从我自己的研究实践出发，每个方面选取数篇长短不一的论文组成"十讲"。也就是说，我试图从自己个案研究（当然，我以为这些个案具有一定的代表性）的心得，具体地展示中国现代文学文献学研究的基本面向，进而讨论这些发掘和研究对推动中国现代文学史研究深入和拓展所可能起到的作用。

还必须指出的是，这"十讲"明显带有我的个性色彩。如新文学文献中的音乐和美术，尤其是西洋古典音乐，虽然均涉及跨学科研究，却无非是我个人兴趣使然，未必是研究者都应该关心的。即使像版本、集外文、手稿等文献学研究必不可少的大宗，我也不可能面面俱到，而只能从一己之角度切入。而且，这"十讲"也并不能涵盖现代文学文献学研究的全部，诸如口述历史和回忆录研究、档案史料研究、文献编纂成果研究、网络资源整合和研究，等等，都值得关注而我关注还不够，有待今后继续努力。

收入本书的《〈呐喊〉版本新探》《〈周作人集外文（1904—1945）〉的重编》《巴金〈怀念萧珊〉初稿初探》《〈野草〉出版广告小考》等篇，都是首次编集；收入本书的其他篇什也都重加修订，有不少篇还根据新出现的史料作了较大补充或改写。

用一系列例证来体现中国现代文学文献学研究的魅力，以及它们对中国现代文学史研究而言又意味着什么，也许是一个新的尝试。希望可供有志于现代文学文献研究的同好和学子参考，也希望得到海内外同行的批评。

本书得以顺利编就，全赖陈麦青兄的不断催促和责编郑越文小姐的细心处理。这是我首次在复旦大学出版社出书，谨此深深致谢！

2020年7月6日于海上梅川书舍，时正大雨倾盆。

作品版本研究

《呐喊》版本新探

《呐喊》是鲁迅的第一部新文学创作集，1923年8月由北京大学新潮社初版，收入《狂人日记》《孔乙己》《药》《阿Q正传》等十五篇中短篇小说。而今，整整九十四年过去了，《呐喊》早已被公认为是划时代的中国新文学经典之作，对《呐喊》的研究也早已成为鲁迅研究乃至中国现代文学史研究的重中之重，《呐喊》的思想蕴含和艺术特色不断被阐发，研究成果早已蔚为大观。但是，《呐喊》是如何诞生的，《呐喊》的版本变迁又是怎样的？除了人们已经熟知的《呐喊》第十三次印刷时抽出最后一篇小说《不周山》，[①]至今未得到较为全面的梳理，本文就根据《呐喊》最初三个版本对这些问题进行探讨。

一、《呐喊》初版本印数之谜

鲁迅何时起意把他已经发表的中短篇小说结集成《呐喊》？由

---

① 鲁迅为何在1930年1月《呐喊》第13次印刷（第13版）时抽出书中最后一篇《不周山》，他后来在《〈故事新编〉序言》中作过具体解释，参见鲁迅：《故事新编》，《鲁迅全集》第2卷，北京：人民文学出版社，2005年11月初版，第353—354页。

于鲁迅1922年的日记至今未见踪影，已找不到明确的文字记载。但有名的《〈呐喊〉自序》的落款时间是"一九二二年十二月三日，鲁迅记于北京"，①而《呐喊》中最晚发表的《社戏》和《不周山》的发表时间也都是1922年12月，②那么，据此两点大致可以推断，早在1922年12月或更早些，鲁迅已把《呐喊》书稿编竣，打算付印了，《〈呐喊〉自序》的最后一段话也是这样说的："所以我竟将我的短篇小说结集起来，而且付印了。"③但是，迟至整整八个月之后，《呐喊》初版本才得以问世，其间相隔的时间确实比较长。

显然，很可能一时找不到合适的出版社，《呐喊》的出版最初并不一帆风顺。这就不能不说到鲁迅的学生孙伏园了。孙伏园在1920年代前期先后主编《晨报副刊》和《京报副刊》，催生了鲁迅的《阿Q正传》等名作，对新文学和新文化的开展和传播厥功至伟，这些早已为文学史家所津津乐道。但他从1923年开始又主持北京大学新潮社的出版事务，这个历史功绩也不可没，现在却几乎无人提及。如果不是孙伏园主持新潮社出版事务出现转机，《呐喊》的问世时间可能还要推迟。

鲁迅日记1923年5月20日有这样一条重要记载：

（下午）伏园来，赠华盛顿牌纸烟一合，别有《浪花》二

---

① 鲁迅：《〈呐喊〉自序》，《鲁迅全集》第1卷，第442页。
② 《社戏》发表于1922年12月上海《小说月报》第13卷第12号。《不周山》发表于1922年12月1日北京《晨报四周年纪念增刊》，收入《故事新编》时改题《补天》。
③ 同注①。

册,乃李小峰所赠托转交者,夜去,付以小说集《呐喊》稿一卷,并印资二百。

当时孙伏园是鲁迅的常客。在这个 5 月,20 日之前,孙伏园已于 6 日、13 日两次拜访鲁迅,10 日晚周氏兄弟三人加上孙伏园还"小治肴酒共饮"。一定在此期间或更早,孙伏园问鲁迅邀约书稿,鲁迅才决定把已编好的《呐喊》交其付梓。有趣的是,鲁迅还自掏腰包,借给孙伏园二百元印费,《鲁迅全集》对此的注释是"《呐喊》将于本年 8 月由新潮社出版,因该社经费支绌,故鲁迅借与印资"。① 当然,孙伏园在次年 3 月 14 日和 4 月 4 日把这笔印资分两次归还了鲁迅,1 月 8 日还向鲁迅支付了稿酬。② 否则,用今天的话来讲,《呐喊》就是鲁迅自费出版的了。

鲁迅把《呐喊》书稿于 1923 年 5 月 20 日交付孙伏园后,很快,或者可以说一点也没有耽搁,6 月付印,8 月就出书了。③ 但是,初版本印数多少?因版权页并未印出,一直是个谜。收录颇为完备的《鲁迅著译版本研究编目》在介绍《呐喊》时,初版本和再

---

① 鲁迅:《日记》1923 年 6 月注 [2],《鲁迅全集》第 15 卷,第 471 页。
② 鲁迅日记 1924 年 3 月 14 日云:"晚伏园来并交前新潮社所借泉百。"4 月 4 日又云:"晚孙伏园来并交泉百,乃前借与新潮社者,于是清讫。"而在此之前的 1924 年 1 月 8 日鲁迅日记云:"下午孙伏园来部交《呐喊》赢泉二百六十。"《鲁迅全集》第 15 卷,第 497、504、507 页。
③ 《呐喊》初版本版权页印得很清楚:"一九二三年六月付印 一九二三年八月初版"。

版本的印数均付阙如，就是一个明证。①不久前，笔者友人谢其章兄在微信上晒出一则《出版掌故·〈呐喊〉五百本》，长期困扰鲁迅研究界的《呐喊》初版本印数之谜终于在无意中被揭开了：

> 鲁迅以《呐喊》的稿件交孙伏园去付印，并拿出所蓄二百元作为印刷费，再三叮咛，"印五百份好了。"然而第一版印了一千本，鲁迅先生气恼的说："印一千本，有谁要呢？"直至现在，《呐喊》销至几十万本，鲁老先生自己是毫不知道了。

这则《出版掌故·〈呐喊〉五百本》以补白的形式刊于1933年1月杭州《艺风》创刊号，署名"孔"。《艺风》主编是孙福熙，他正是孙伏园之弟，还为鲁迅设计了《野草》及《小约翰》初版本的封面，"孔"应该就是他本人。孙福熙无疑是《呐喊》出版过程的知情者，其理由很简单，"拿出所蓄二百元作为印刷费"，鲁迅日记已有明确记载，但鲁迅日记迟至1951年出版影印本②才公开，这则《出版掌故》早在1933年就刊出了，如果不是知情者，怎么可能了解得如此一清二楚？因此，他所提供的《呐喊》初版本印了一千本，也应该是可信的。只不过他又说《呐喊》到1933年时已"销售

---

① 参见周国伟编著：《鲁迅著译版本研究编目》，上海：上海文艺出版社，1996年10月初版，第72页。

② 《鲁迅日记》手稿影印本，上海：上海出版公司，1951年4—5月初版。

几十万本",却是有些夸大了。①

更有意思的是,孙福熙披露,按鲁迅本意,《呐喊》初版只印五百本就可以了。孙伏园自作主张印了一千本,鲁迅还觉得印得太多而不高兴,正如鲁迅自己后来所表示的:"近几年《呐喊》有这许多人看,当然是万料不到的,而且连料也没有料。"②这些正可看出鲁迅最初对印行《呐喊》的态度,而我们以前对此一直是不知道的,这也为鲁迅传记增添了新的生动的材料。

二、"新潮社文艺丛书"

应该特别提出的是,《呐喊》初版本是作为"新潮社文艺丛书"第三种出版的,初版本扉页上印得很清楚,竖排的书名"呐喊"之右侧,印有"文艺丛书　周作人编　新潮社印"一行字,书脊下端也印有"新潮社文艺丛书"七个字,版权页上则印着"文艺丛书","著者　鲁迅""编者　周作人""发行者　新潮社"。这就清楚无误地告诉我们,"新潮社文艺丛书"(以下简称"文艺丛书")的主编是周作人,孙伏园是协编者,用今天的话说,就是责任编辑。换言之,《呐喊》的出版,也可视为周氏兄弟

---

① 据周国伟编著《鲁迅著译版本研究编目》的统计,至1930年7月上海北新书局第14次印刷(第14版),《呐喊》的印数累计达48500册,此后印数不明。因此,到1933年初,《呐喊》的印数,无论如何无法达到"销售几十万本"。

② 鲁迅:《华盖集续编·〈阿Q正传〉的成因》,《鲁迅全集》第3卷,第395页。

合作的又一个影响深远的重大文学成果,而"文艺丛书"也是周作人所主编的唯一一套新文学丛书。所以,有必要对"文艺丛书"也略作考察。

《呐喊》初版本版权页上端印有"新潮社文艺丛书目录"广告,照录如下:

(1)春水(已出版价三角) 冰心女士诗集。

(2)桃色的云(已出版价七角) 爱罗先珂童话剧。鲁迅译。

(4)我的华鬘 周作人译。希腊英法日本诗歌及小品三十余篇。

(5)纺轮故事 法国孟代作。CF女士译。①童话十四篇。

(6)山野掇拾 孙福熙作。游记八十二篇。

(7)讬尔斯泰短篇小说 孙伏园译。

这份"文艺丛书"目录广告共七种,第三种即《呐喊》,"目录"中未再列。到了1923年12月,《呐喊》再版本问世,版权页又有"新潮社文艺丛书目录"广告,与初版本所印大同小异,所不同者,《春水》和《桃色的云》已在"再版中",《纺轮故事》"已出版",《山野掇拾》则在"印刷中",周作人译《我的华鬘》已改名

---

① CF女士,即张近芬,当时在北京大学求学,为周作人学生,李小峰女友。前引鲁迅1923年5月20日日记中所记李小峰托孙伏园转交鲁迅的二册《浪花》,正是CF女士即张近芬所著翻译和创作新诗合集,1923年5月新潮社初版。

《华鬘》，也在"（印刷中）"。可见"文艺丛书"当时颇受读者欢迎。然而，使人困惑的是，周作人生前出版的各种著译中并无《华鬘》，那么，已在"印刷中"的《华鬘》到底出版了没有？周作人确有一本翻译集《陀螺》，于1925年9月由新潮社初版，列为"新潮社文艺丛书之七"，这已与"文艺丛书"两次广告所示的"第四种《华鬘》"，从书名到丛书排列顺序都有所不同了。但是《陀螺》的内容也正是"希腊英法日本诗歌及小品"，共278篇。由此不难断定，最终未能出版的《华鬘》是《陀螺》的原名，而出版了的《陀螺》正是《华鬘》的扩充版。

因此，应该进一步把已经出版的"文艺丛书"书目全部开列如下：

1. 春水　　　　冰心　　　　　1923.5　　新潮社
2. 桃色的云　　鲁迅译　　　　1923.7　　新潮社
3. 呐喊　　　　鲁迅　　　　　1923.8　　新潮社
4. 纺轮故事　　CF女士　　　　1924.5　　北京北新书局①
　　　　　　　（张近芬）译
5. 山野掇拾　　孙福熙　　　　1925.2　　新潮社
6. 两条腿　　　李小峰译　　　1925.5　　北京北新书局
7. 陀螺　　　　周作人译　　　1925.9　　新潮社（丛书之七）

---

①　据李小峰夫人蔡漱六在《北新书局简史》（刊1991年6月《出版史料》总第24辑）中称，"1925年3月北新书局开办"，但《纺轮故事》和下面要讨论的《呐喊》三版本都是1924年5月就由北京北新书局出版，可见蔡漱六的回忆不确。

8. 微雨	李金发	1925.11	北京北新书局（丛书之八）
9. 竹林的故事	废名	1925.10	新潮社（丛书之九）
10. 雨天的书	周作人	1925.12	新潮社
11. 食客与凶年	李金发	1927.5	上海北新书局

从这份书目可知，"新潮社文艺丛书"共出版十一种，由新潮社和新创办的北新书局分别出版。"文艺丛书"原定出书计划中，仅孙伏园译《托尔斯泰短篇小说》一种流产。有必要补充一句，后来续出《呐喊》的北新书局老板李小峰也是鲁迅的学生。必须指出的是，周作人的丛书主编并不是挂名的，他为这套丛书倾注了大量心血。最近刚在日本九州大学图书馆发现的冰心《春水》手稿，就是由周作人保存下来的，这说明他当时确实亲自审定了"文艺丛书"第一种《春水》书稿。① 《纺轮故事》书后有他的《读〈纺轮的故事〉》，《两条腿》和《竹林的故事》由他作序，《微雨》署"周作人编"等，也都说明了他当时付出的辛劳。至于李金发象征主义新诗的代表作《微雨》和《食客的凶年》是周作人慧眼独具，接受出版，早已为文学史家所知晓。更应指出的是，鲁迅不但以《呐喊》和《桃色的云》加盟"文艺丛书"，也参与了这套丛书的编辑工作，鲁迅日记1923年8月12日云："夜校订《山野掇拾》一过"，8月

---

① 参见［日］中里见敬：《冰心手稿藏身日本九州大学：〈春水〉手稿、周作人、滨一卫及其他》，《中国现代文学研究丛刊》2017年第6期。

13日又云:"夜校订《山野掇拾》毕",① 就是一个有力的证据。在1920年代的中国新文坛上,"新潮社文艺丛书"虽然不及"文学研究会丛书"和"创造社丛书"那样声势浩大,毕竟自有其鲜明特色和影响,《呐喊》《雨天的书》《春水》《微雨》《竹林的故事》等文学史上早有定评的重量级作品都在这套丛书中亮相,更应刮目相看,而这一切都是与周氏兄弟的共同努力分不开的。

三、《呐喊》再版本与兄弟失和

必须指出,《呐喊》初版本是1923年8月22日才问世的,是日鲁迅日记云:"晚伏园持《呐喊》二十册来。"鲁迅对《呐喊》的出版还是满怀喜悦,23日和24日接连两天将样书分赠各位友好,包括催生了《狂人日记》的钱玄同。②

有趣的是,《呐喊》甫一问世,最先作出反应的是上海《民国日报·觉悟》。1923年8月31日,《觉悟》副刊就发表了署名"记者"的《小说集〈呐喊〉》,高度评介《呐喊》的横空出世。文章第一句就欣喜地宣称:"在中国底小说史上为了它就得'划分时代'的小说集,我们已在上海看到了。"这离鲁迅收到《呐喊》样书才九天。而北京文坛对《呐喊》的第一篇评论则要晚了二十天,1923年9月21日,北京《晨报副刊·文学旬刊》发表署名也是"记者"的《文

---

① 鲁迅:《日记》,《鲁迅全集》第15卷,第478页。
② 鲁迅日记1923年8月24日云:"以《呐喊》各一册赠钱玄同、许季市。"《鲁迅全集》第15卷,第479页。

坛杂记》,此文共两部分,第一部分就是对《呐喊》的品评,这位"记者"表示:

> 我们最近在文学界上得到一本很有力量的作品,使我们异常欢忻!《呐喊》的价值,固然不用我们来介绍,但他那种特殊的风格,讽刺而带有深重的悲哀的笔锋,使阅者读后,惊心且有回味。

《晨报副刊·文学旬刊》是文学研究会在北京的机关刊物,由王统照主编,这位"记者"可能就是王统照。不过,本文并不是要追溯《呐喊》接受史,而是要接着讨论《呐喊》的再版本。这些评论应该对《呐喊》很快再版会起到作用,至少孙伏园可以据此去说服鲁迅。

孙伏园在他自己主编的《晨报副刊》上广告《呐喊》出版是从1923年9月12日开始的,是日《晨报副刊》中缝广告栏刊出《呐喊》和《桃色的云》两书广告:

> 呐　　喊（鲁迅著短篇小说十五篇）
> 桃色的云（鲁迅评爱罗先珂童话剧）
> 　　价均七角　连邮八角　　北大新潮社发行

这则广告连载了一周。由此应可推断,《呐喊》在北京真正发行大致从1923年9月中旬才开始。但是,一个多月,确切地说是一个月又三个星期之后,首印的一千本《呐喊》就被抢购一空了。1923年11月5日,孙伏园又在自己主编的《晨报副刊》中缝广告栏刊出"新潮社文艺丛书发售预约",预告丛书第四种《纺轮故事》和第五种《山野掇拾》即将出版,在广告末尾特别告诉读者:"《呐喊》第一版已经售完,待著者许可即行再版,特此附白。"这则广告在《晨报副刊》上连载了整整十四天,真的是广而告之,不断提醒想读《呐喊》但已买不到《呐喊》的读者,《呐喊》初版本售缺,要等待"著者许可"才能再版。

"著者"也即鲁迅对再版《呐喊》一度心存疑虑,未能马上"许可",这不是笔者的臆断,而是有历史文献为证的。1924年1月12日,也即《呐喊》再版本问世之际,孙伏园主编的《晨报副刊》发表署名曾秋士的《关于鲁迅先生》。曾秋士这个名字无疑很陌生,其实是孙伏园的笔名。①但此文一直不为人所注意,也从未收入孙伏园的集子。②此文之所以重要,不仅是孙伏园后来所作的评介《药》《孔乙己》等文的滥觞,更提供了围绕《呐喊》再版本出版前后的宝贵史料。

在《关于鲁迅先生》中,孙伏园先是抱怨"鲁迅先生的《呐喊》,出版快半年了。听说买的人虽然很多,但批评的却未见十

---

① 参见张梦阳等编:《1913—1983鲁迅研究学术论著资料汇编》第1卷,北京:中国文联出版公司,1985年10月初版,第43页。此书收入《关于鲁迅先生》一文时,就注明作者"曾秋士(孙伏园)"。

② 孙伏园著《鲁迅先生二三事》(1942年重庆作家书屋初版,1944年再版,1980年湖南人民出版社增订重版),以及商金林编《孙伏园散文选集》(1991年百花文艺出版社初版,1992年再版),均未收入此文。

分踊跃",接着对给他"印象最为深刻"的《药》和鲁迅自己"最喜欢"的《孔乙己》作了解读,然后透露道:

> 鲁迅先生所以对于《呐喊》再版迟迟不予准许闻有数端。
>
> 一、听说有几个中学堂的教师竟在那里用《呐喊》做课本,甚至有给高小学生读的。这是他所极不愿意的。最不愿意的是竟有人给小学生选读《狂人日记》。他说"中国书籍虽然缺乏,给小孩子看的书虽然尤其缺乏,但万想不到会轮到我的《呐喊》。"他说他虽然悲观,但到今日的中小学生长大了的时代,也许不至于"吃人"了,那么这种凶险的印象给他们做什么!他说他一听见《呐喊》在那里给中小学生读以后,见了《呐喊》便讨厌,非但没有再版的必要,简直有让他绝版的必要,也有不再做这一类小说的必要。……
>
> 二、他说《呐喊》的畅销,是中国人素来拒绝外来思想、不爱读译作的恶劣根性的表现。他说中国人现在应该赶紧读外国作品。……

鲁迅显然对《呐喊》初版本问世后出现的一些阅读现象感到不满和担忧,这也是《呐喊》接受史上一直未引起关注的。值得庆幸的是,孙伏园最后还是说服了鲁迅,决定《呐喊》尽快再版。在初版本问世四个月之后的1923年12月,《呐喊》就再版了。这个仍由新潮社印行的再版本,除了唐弢在《闲话〈呐喊〉》中曾经提到过外，尚无人专门论及。①然而，这个再版本特别是与它直接间接相关的若干史实确实有重新审视的必要。

《呐喊》初版本封面装帧由鲁迅自己设计，简洁朴实，再版本一仍照旧，扉页也无改变。有变化的是版权页，除了如上所述"新潮社文艺丛书目录"广告略有调整，还有一处实质性的变动，即把初版本的"印刷者　京华印书局"改为"印刷者　京师第一监狱"，《呐喊》再版本竟由监狱中的犯人来印刷，今天看来像个笑话，当时想必也大大出乎鲁迅所料。对此，唐弢早已有恰切的分析，②本文不再赘言。

更值得关注的是如下两个细节，《呐喊》初版本扉页上的"周作人编"和版权页上的"编者　周作人"，这两处再版本都保留下来了。联系再版本出版的时间节点，这就非同小可了。1923年12月，其时周氏兄弟已失和四个月左右，鲁迅已在本月买下阜成门内西三条21号新居准备装修后搬入。所以，这两处保留，未必是鲁迅乐于见到的。

其实，《呐喊》的初版和再版过程几乎与兄弟失和过程形影相随，这是我们绝不应该忽视而以前一直忽视的。不妨把1923年7月至8月鲁迅日记中关于兄弟失和的记载摘要转录如下：

　　7月14日：是夜始改在自室吃饭，自具一肴，此可记也。
　　7月19日：上午启孟自持信来，后邀欲问之，不至。

---

①　参见唐弢：《闲话〈呐喊〉》，《晦庵书话》，北京：生活·读书·新知三联书店，1980年9月初版。
②　同上书，第20—21页。

7月26日：上午往砖塔胡同看屋。下午收拾书籍入箱。

7月29日：终日收书册入箱，夜毕。

7月30日：上午以书籍、法帖等大小十二箱寄存教育部。

7月31日：下午收拾行李。

8月1日：午后收拾行李。

8月2日：下午携妇迁居砖塔胡同六十一号。

8月22日：下午与秦姓者往西城看屋两处。①

　　《呐喊》初版本尚在印刷中，7月14日的鲁迅日记就首次记载兄弟失和，是夜起鲁迅改在自室用餐，"此可记也"，四个字浓缩了鲁迅的不胜感慨。7月19日所记的那封信即有名的周作人正式向鲁迅宣告断交的"大家都是可怜的人间"之信。② 有意思的是，8月22日下午鲁迅还与人"往西城看屋两处"，为兄弟失和后分居寻找长期住处而奔波，晚上孙伏园就送来了《呐喊》初版本的样书，鲁迅当时的心情应该是喜忧参半吧？喜的是《呐喊》终于诞生，忧的是兄弟也终于分道扬镳。在这样的背景下，又隔了四个月印出的《呐喊》再版本，扉页和版权页却仍赫然印着"周作人编""编者周作人"，固然一方面为兄弟两人此次最后的合作留下了一个珍贵的纪念，但另一方面也已经显得那么不合时宜，此次合作应该到此画上句号了。

---

① 鲁迅：《日记》，《鲁迅全集》第15卷，第475—479页。
② 周作人1923年7月18日致鲁迅信中语，《鲁迅研究资料》1980年4月第4期。

四、《呐喊》三版本与"乌合丛书"

孙伏园在《关于鲁迅先生》末尾声明:"《呐喊》的再版闻已付印,三版大概是绝无希望的了。"如果这是指《呐喊》不可能再在"新潮社文艺丛书"中三版,真的是一语成谶,"绝无希望的了"。兄弟失和,不仅住所、财务、藏书等要分开,在写作上也要尽可能分开。①应该可以这样说,《呐喊》再版本问世后,鲁迅与周作人主编的"文艺丛书"切割的想法就开始萌生了。1924年1月又发生了一件事,更坚定了鲁迅的想法。该年1月11日,鲁迅致孙伏园信中有如下一段耐人寻味的话:

> 钦文兄小说已看过两遍,以写学生社会者为最好,村乡生活者次之,写工人之两篇,则近于失败。如加淘汰,可存二十六七篇,更严则可存二十三四篇。现在先存廿七篇,兄可先以交起孟,问其可收入"文艺丛书"否?而于阴历年底取回交我,我可于是后再加订正之。②

画龙点睛的是"兄可先以交起孟,问其可收入'文艺丛书'否?"这一句,虽然兄弟早已失和,鲁迅还在关心周作人主编的这

---

① 尽管周氏兄弟失和以后,他们仍同时在《语丝》《京报副刊》等刊上亮相,但他们在创作上彼此紧密合作、互相直接配合的情景毕竟一去不复返。
② 鲁迅:《240111致孙伏园》,《鲁迅全集》第11卷,第444页。

套"文艺丛书",但他已不能再出面,想通过孙伏园的中介,把他欣赏的许钦文的小说集安排进"文艺丛书"出版,可谓用心良苦。六天以后,鲁迅又"访孙伏园于晨报社,许钦文亦在,遂同往宾宴楼晚饭",①这次饭局一定也会谈到出版许钦文小说集事。鲁迅的推荐结果如何?结果是令人遗憾的,许钦文的小说集并未纳入"文艺丛书"出版。到底是孙伏园出于某种考虑未转书稿,还是周作人明确拒绝,已不可考。但这段不愉快的经历可能也是促使鲁迅决定退出"文艺丛书",自立门户的又一个催化剂。

1924年5月,《呐喊》三版本出版,鲁迅果然改弦更张,把三版本移交李小峰主持的北京北新书局印行了。三版本扉页上清楚地自右至左分三行竖印:"乌合丛书之一 呐喊 鲁迅著 一九二四年五月三版。四千五百一至七千五百本",版权页则作:"乌合丛书之一:呐喊 一本 实价七角 北京东城翠花胡同十二号北新书局发行。"以此宣告了《呐喊》自该版起正式脱离周作人主编的"文艺丛书"。

特别值得注意的是,《呐喊》三版本的印数。这个印数与《呐喊》初版和再版本的印数是互相衔接的,也就是说,既然上述初版本印了1 000本,三版本又是从4 501本起印,那么再版本的印数理应自1 001本至4 500本,即印了3 500本。至此,《呐喊》初版、再版和三版本的印数,在《呐喊》诞生九十四年之后首次全部考定,即1 000本、3 500本和3 000本。

除此之外,特别引人注目的是,《呐喊》三版本首次纳入鲁迅自

---

① 鲁迅:《日记》,《鲁迅全集》第15卷,第498页。

己主编的"乌合丛书",这也是"乌合丛书"的第一种书。关于"乌合丛书",鲁迅最初的设想是属于他所创办的"未名丛刊"的一部分,后来才改变主意,一分为二,"未名丛刊"专收翻译作品,"乌合丛书"专收新文学创作,他在《未名丛刊与乌合丛书》中说得很明白:

> 现在将这分为两部分了。"未名丛刊"专收译本,另外又分立了一种单印不阔气的作者的创作的,叫做"乌合丛书"。①

"乌合丛书"和"未名丛刊"是鲁迅首次主编的新文学创作和翻译丛书,也是他文学编辑生涯真正的开始,其影响和意义不容低估。

"乌合",临时聚合的一群人之意。所谓"乌合丛书",与"未名丛刊"一样,"并非学者们精选的宝书,凡国民都非看不可",只是"想使萧索的读者,作者,译者,大家稍微感到一点热闹。内容自然是很庞杂的,因为希图在这庞杂中略见一致,所以又一括而为相近的形式",②鲁迅强调,"乌合丛书"共同的特点就是都出自"不阔气的作者"之手。而鲁迅把《呐喊》作为"乌合丛书"第一种推出,可见他把自己也归入"不阔气的作者"之列,与刚出茅庐、出书并不容易的许钦文等青年作家相提并论,尽管当时《呐喊》印行了两版,已经不胫而走,广获好评。后来他的第二本小说集《彷徨》和散文诗集

---

① 鲁迅编:《未名丛刊与乌合丛书》,台静农编:《关于鲁迅及其著作》,北京:未名社,1926年7月初版,书末广告页。

② 同上。

《野草》，也都编入"乌合丛书"，分别作为"乌合丛书"的第五种和第七种，于1926年8月和1927年7月由北京北新书局出版。"不阔气的作者"，这就是鲁迅当时对自己作者身份的一个明确的定位。

《呐喊》三版本列为"乌合丛书"第一种，不仅意味着鲁迅与"文艺丛书"的决裂，自然也应视为他对青年作家的倾力支持。这与后来北平未名社出版"未名新集"，鲁迅把散文集《朝花夕拾》作为"未名新集"第二种出版是同样性质。"乌合丛书"第二种就是许钦文未被"文艺丛书"接纳的短篇小说集《故乡》，1926年4月北京北新书局初版，第三、第四种是高长虹的散文及新诗集《心的探险》和向培良的短篇小说集《飘渺的梦及其他》，同时于1926年6月由北京北新书局初版，而第六种是女作家淦（冯沅君）的短篇小说集《卷葹》，1927年1月北京北新书局初版。"乌合丛书"总共就只有这七种，少而精，而且除了鲁迅自己所著三种，许钦文、高长虹、向培良三种也都是鲁迅亲自"选定"，① 冯沅君一种亦为鲁迅直接经手。② 所以，尽

---

① 高长虹在《〈故乡〉小引》中明确表示《故乡》"这个选本，则大半是鲁迅先生的工作"。而"乌合丛书"广告中也已声明《心的探险》"鲁迅选并画封面"、《飘渺的梦及其他》"鲁迅选定"。

② "乌合丛书"第六种《卷葹》，尽管《鲁迅日记》中并无鲁迅与作者冯沅君直接交往的记载，尽管初版本问世时鲁迅远在广州，但此书书稿仍由鲁迅亲自编定。1926年10月12日鲁迅日记云："上午得品青所寄稿"，即文学青年、鲁迅友人王品青向鲁迅推荐《卷葹》书稿。七天之后，10月19日鲁迅日记又云："寄小峰信并《卷葹》及《华盖续》稿。"这就清楚地显示，鲁迅审定《卷葹》书稿之后，将其与自己的《华盖集续编》书稿一起寄北新书局李小峰付梓。鲁迅1926年11月20日致许广平信说得更清楚：《卷葹》"是淦女士做的，共四篇，皆在《创造》上发表过。这回送来印入《乌合丛书》，是因为创造社印成丛书，自行发卖，所以这边也出版，借我来抵制他们的，凡未在那边发表过者，一篇也不在内。我明知这也是被人利用，但给她编定了"。

管这些作品集并未印上"鲁迅编"三个字,"乌合丛书"确确实实是鲁迅编定的。作为鲁迅亲自编选的第一种新文学创作丛书,"乌合丛书"同样在1920年代中国新文坛上占有耀眼的一席之地,而这亮丽耀眼正是由《呐喊》三版本所开启。

综上所述,之所以详细考证《呐喊》初版、再版和三版本的来龙去脉,是因为《呐喊》在中国现代文学史上无可取代的重要历史地位,以及这三个版本与周氏兄弟失和、"新潮社文艺丛书"和"乌合丛书"虽然并不十分复杂却又颇为敏感的关系,并可从这一新的角度窥见鲁迅当时的心态。由于《呐喊》再版和三版本稀见,[①]以往的鲁迅研究一直未能对此展开研讨。随着这三个版本的印数、变更和相互关系的基本厘清,也希望能对《呐喊》研究的进一步深入有所帮助。而对《呐喊》这三个版本的查考,又提醒我们,研究现代文学作品,初版本固然应该重视,再版和三版本等也并非可有可无,有的甚至具有独特的研究价值,从而对更完备地建构现代文学版本学也不无裨益。

---

① 1990年代以降,《呐喊》初版本据原版数次影印,包括上海鲁迅纪念馆1991年编印的"鲁迅小说集影印本"系列和北京鲁迅博物馆2013年编印的"鲁迅作品初版本系列"等均已收入,已不难见到,反而再版本和三版本颇为少见,且一直未进入研究者视野。

张爱玲译《老人与海》版本考

张爱玲译海明威中篇小说《老人与海》是她中译美国文学的第一部单行本,①在张爱玲文学翻译史上占有特殊的位置。关于这个译本的来龙去脉,笔者2003年写过一文进行初探。②从那时至今整整七年过去了,一方面,相关的新史料陆续浮出历史地表;另一方面,新的疑问也陆续产生。因此,有必要再做进一步的探讨。

一、张爱玲翻译《老人与海》的经过

张爱玲1952年7月到达香港,本拟接受母亲友人胡氏夫妇的建

---

① 张爱玲译《老人与海》初版本1952年12月问世,比她译的玛乔丽·劳林斯的《小鹿》初版时间早了九个月,宋淇也说:"一九五二年爱玲由沪来港,初期寄居于女青年会,靠翻译工作维持生活。据我所知,她前后替美国新闻处译过海明威的《老人与海》、玛乔丽·劳林斯的《小鹿》、马克·范·道伦编辑的《爱默森选集》、华盛顿·欧文的《无头骑士》等。"引自《私语张爱玲》,宋以朗编:《张爱玲私语录》,香港:皇冠出版社(香港)有限公司,2010年7月初版,第25页。

② 参见陈子善:《张爱玲译〈老人与海〉》,《说不尽的张爱玲》,上海:上海三联书店,2004年6月初版。改定稿以《张爱玲译〈老人与海〉及其佚序》为题收入《张爱玲丛考》,北京:海豚出版社,2015年8月初版。

议，入香港大学继续就读，①为何突然翻译了《老人与海》一书？以前"张学"界一直不明原由和经过，随着宋淇1991年6月20日致台湾皇冠出版社编辑方丽婉翰札的披露，此事已水落石出。宋淇信中这样写道：

> 我入美新处译书部任职，系受特殊礼聘，讲明自一九五一年起为期一年，当时和文化部主任 Richard M. McCarthy（麦君）合作整顿了无生气的译书部（五年一本书没出）。在任内我大事提高稿费五、六倍，戋戋之数永远请不动好手。找到合适的书后，我先后请到夏济安、夏志清、徐诚斌主教（那时还没有去意大利攻读神学）、汤新楣等名家助阵。不久接到华盛顿新闻总署来电通知取得海明威《老人与海》中文版权，他和我商量如何处理。我们同意一定要隆重其事，遂登报公开征求翻译人选，应征的人不计其数，最后名单上赫然为张爱玲。我们约她来谈话，印象深刻，英文有英国腔，说得很慢，很得体，遂决定交由她翻译。其时爱玲正在用英文写《秧歌》，她拿了几章来，麦君大为心折，催她早日完稿，并代她在美物色到一位女经纪，很快找到大出版商 Scribner 接受出版，大家都为她高兴。②

宋淇这段回忆不但交代了他结识张爱玲的经过，也大致交代了

---

① 参见张爱玲：一九六六年六月四日"致美京英国大使馆的一封信"，黄德伟编：《阅读张爱玲》，香港：香港大学比较文学系，1998年初版，第402页。

② 转引自宋以朗：《全书前言》，《张爱玲私语录》，第5页。

张爱玲翻译《老人与海》的经过。也就是说，张爱玲当时在香港报纸上看到《老人与海》征求译者的广告（这份不一般的广告具体刊于何时何报，待查），投书应聘，才被宋淇慧眼相中，于"不计其数"的应聘者中脱颖而出，这当然也与张爱玲 1940 年代在上海文坛走红有关。① 《老人与海》中译初版本 1952 年 12 月推出，而《老人与海》1952 年 9 月 1 日才发表于美国《生活》杂志，同月推出单行本，那么，张爱玲翻译《老人与海》的时间只能在 1952 年 9 月至 11 月之间，因为她 1952 年 11 月就远赴日本谋职了。② 虽然张爱玲根据《生活》杂志本还是单行本翻译《老人与海》尚无法确定，但她翻译的时间只有离港赴日前的短短两个多月却是毫无疑义的，也够紧张的。

张爱玲 1966 年 6 月 4 日 "致美京英国大使馆的一封信" 中回忆说，她 1952 年 11 月赴日本谋职未果，"但在香港的美国新闻处找到一份翻译的工作，于是我在（1953 年——笔者注）二月回港"。③ 根据这段回忆可以知道，张爱玲翻译的《老人与海》初版本在香港问世时，她本人不在香港而在日本。显而易见的是，这个中译本为香港美新处文化部主任 Richard M. McCarthy（麦卡锡）和宋淇等所看重，有了继续请张爱玲翻译美国文学作品之意，于是她从日本重

---

① 宋淇在《私语张爱玲》中说得很清楚："当年我们在上海时和张爱玲并不相识，只不过是她的忠实读者。那时，像许多知识分子一样，我们都迷上了她的《金锁记》《倾城之恋》《沉香屑：第一炉香》。"《张爱玲私语录》，第 23 页。

② 转引自宋以朗：《全书前言》，《张爱玲私语录》，第 5 页。

③ 张爱玲：一九六六年六月四日 "致美京英国大使馆的一封信"，《阅读张爱玲》，第 402—403 页。

返香港,开始了她在香港二年又八个月的著译生涯,到 1955 年 10 月离港赴美才告一段落。

二、《老人与海》初版本署名范思平

张爱玲翻译的《老人与海》到底有多少版本?一直存在不同的说法,必须重新梳理。下面就把笔者所知的在香港出版的张译《老人与海》的五种主要版本按出版时间顺序介绍如下:①

香港中一出版社 1952 年 12 月初版,小三十二开本,正文一〇五页,译者署名"范思平"(封面、扉页和版权页均署此名)。书前有《海明威》一文二页,文末署"译者代序"。

香港中一出版社 1954 年 5 月再版,开本、正文页数与初版本相同,译者署名仍为"范思平","译者代序"也与初版本相同,扉页新印有"中一译丛之五"字样。

香港中一出版社 1955 年 1 月三版,小三十二开本,正文一二六页,译者署名"张爱玲"。书前仍有《海明威》一文二页,但文末已无"译者代序"四字;新增《序》一篇二页,文末署"张爱玲 一九五四年十一月"。

香港中一出版社 1955 年 5 月四版,开本、页数、译者署名、《海明威》一文及新序文等,均与三版本相同。

---

① 进入 1980 年代以后,张译《老人与海》由"美国在台协会附设今日世界出版社"授权,台湾英文杂志社于 1988 年 6 月在台湾重印;2012 年又收入《张爱玲译作选二》由台湾皇冠出版社出版。这些版本均不在本文讨论的范围之内。

香港今日世界社1972年1月初版，小三十二开本，正文九十八页，译者署名"张爱玲"。书前有Carlos Baker著、李欧梵译《序》一文，十七页（页码另启）；蔡浩泉封面设计并作插图八幅。①

中一出版社的四个版本中，从初版到三版，相隔整整两年。1954年海明威荣获诺贝尔文学奖后，中一出版社决定马上三版《老人与海》，同时改署译者真名，请译者新撰译本序。三版本一定热销，故而四个月后又印行第四版。因此，《老人与海》这个三版本颇为重要，并非可有可无。

当然，最少见又最关键也最令人惊奇的是中一出版社初版本，②张爱玲竟然署了一个完全生僻的笔名"范思平"。在此之前，所有的"张学"研究者大概都知道张爱玲只有一个笔名"梁京"。③有必要指

---

① 张译《老人与海》的这个版本，不少资料都认定"一九六二年"初版，与"一九七二年一月"初版相差整整十年，如单德兴《含英吐华：译者张爱玲——析论张爱玲的美国文学中译》附录一《张爱玲译作一览表（中译）》就持此说，见《翻译与脉络》，台北：书林出版有限公司，2009年9月版，第181页。但笔者所见原书，版权页作"一九七二年一月初版"（英文为："First printing January, 1972"），除非此书版权页印误。不过，此书版权页又注明，书前Carlos Baker讨论《老人与海》的序1962年获得中译授权，很可能出版时间上的这个严重差错由此而来。总之，在未见到进一步的证据前，本文仍只能根据此书版权页认定今日世界社《老人与海》"一九七二年一月初版"。

② 香港中一出版社1952年12月初版《老人与海》已知存世6册，一为香港中文大学图书馆所藏，二为香港某旧书店主所藏，三为香港某藏书家所藏，四为2014年在台湾新发现者，五为马来西亚某藏书家所藏，六为笔者所藏。但香港中大图书馆所藏仅见"目录"，未见原书，所以确知实际存世5册。

③ 1950年代初，张爱玲在上海《亦报》先后连载长篇《十八春》和中篇《小艾》，均署名"梁京"。宋淇对"梁京"笔名有精到的解释，参见《〈余韵〉代序》，陈子善编：《林以亮佚文集》，香港：皇冠出版社（香港）有限公司，2001年5月初版，第208页。

出的是，最早提出"范思平"为张爱玲笔名的是香港前辈作家刘以鬯先生，他1997年主编的《香港短篇小说选（五十年代）》收录了张爱玲的短篇小说《五四遗事——罗文涛三美团圆》，小说末尾的《作者简介》称："张爱玲　笔名梁京、徐京、王鼎、范思平等"。①除了"徐京"，这份笔名录已为台北"国家图书馆"的"当代文学史料系统"资料库所采用。②而第二位提出"范思平"即张爱玲的，是台湾学者单德兴先生，他在《含英吐华：译者张爱玲——析论张爱玲的美国文学中译》和《钩沉与出新——〈张爱玲译作选〉导读》等文③中均有所论及，并明确指出张爱玲译《老人与海》初版本署名"范思平"，可惜由于未能见到初版本原书，没有进一步展开。④

暂不论"徐京"和"王鼎"是否张爱玲笔名，"范思平"是张爱玲笔名已无疑义，最有力的证据就是《老人与海》中一出版社署名"张爱玲"的三版本译文与署名"范思平"的初版本几乎完全一致，书前的《海明威》一文也完全一致，只不过三版本比初版本多出了一篇张爱玲新写于"一九五四年十一月"的《序》而已。因此，可以断定，中一出版社《老人与海》初版本就是宋淇1991年

---

① 参见《〈五四遗事——罗文涛三美团圆〉作者简介》，刘以鬯编：《香港短篇小说选（五十年代）》，香港：天地图书有限公司，1997年初版，第309页。

② 参见单德兴：《含英吐华：译者张爱玲——析论张爱玲的美国文学中译》，《翻译与脉络》，第165页。

③ 参见单德兴：《翻译与脉络》，第181页；《张爱玲译作选》，台北：皇冠文化出版有限公司，2010年2月初版，第7页。

④ 单德兴与陈雪美合编之《张爱玲译作一览表（中译）》中列出中一出版社1952年12月初版《老人与海》时，"备注"栏仅有"译者署名'范思平'"一句，无其他任何说明，见《翻译与脉络》第181页。由此可以推断，编者未见原书。

6月20日回忆中所说的由香港美新处委托张爱玲翻译的《老人与海》。那么，出版《老人与海》初版本时设在"香港大华行三〇六室"，出版三版本时迁址到"香港湾仔渣菲街四十四号三楼"的中一出版社与香港美新处是什么关系呢？是否也像后来的天风出版社和有名的今日世界社等一样，由香港美新处资助或直接隶属于香港美新处？①迄今未见相关的文字记载，只能存疑。但有一点应该也是无疑义的，即中一出版社与香港美新处的关系较为密切，不然香港美新处不会把《老人与海》这么重要的在美国畅销（正如《老人与海》初版、再版、三版和四版本书前的《海明威》所披露的，《生活》杂志本印数就高达六百万份）的文学作品的中译本交其出版。

既然《老人与海》是张爱玲翻译的第一部美国小说，而且在她翻译时就已经"深得批评家一致热烈的好评"，她自己也很喜欢这部作品，②那她为什么要在译本出版时署笔名"范思平"？似不符合她早就宣告过的"出名要趁早呀"。她本人后来也从未提及此事，不像"梁京"笔名，她对研究者正式承认过。③因此，这成了一个

---

① 关于今日世界社等与香港美新处的关系，相关研究参见郑树森、黄继持、卢玮銮：《〈香港新文学年表（一九五〇至一九六九）〉三人谈》，《香港新文学年表（一九五〇至一九六九）》，香港：天地图书有限公司，2000年初版；单德兴：《冷战时代的美国文学中译——今日世界出版社之文学翻译与文化政治》，《翻译与脉络》。

② 宋淇提到张爱玲当时在香港翻译美国文学作品，其实她"对翻译的兴趣不大"，"唯一的例外，可能是海明威的《老人与海》"，参见《遥寄张爱玲》，《张爱玲私语录》，第25、26页。另外，张爱玲为《老人与海》三版本所写的《序》里说："我自己也觉得诧异，我会这样喜欢《老人与海》。这是我所看到的国外书籍里最挚爱的一本"，更是一个明证。

③ 参见水晶：《蝉——夜访张爱玲》，《张爱玲的小说艺术》，台北：大地出版社，1973年9月初版，第20页。

谜。但有两点不能不估计到。

一是她甫到香港,对1950年代初的香港文坛几乎一无所知,她不想过早亮出自己曾毁誉参半的真名。这有一个有力的旁证。据慕容羽军在《我所见到的胡兰成、张爱玲》中说,他在《今日世界》编辑部结识张爱玲,后来他参与香港《中南日报》编务,拟连载张爱玲翻译的一部小说,张爱玲不愿自己的真名见诸报端,坚持使用笔名,与他再三交涉,几经改动,从"张爱玲译"到"张爱珍译"再到"爱珍译",才算告一段落。①慕容羽军的回忆应是可信的。

二是当时香港已出现了她深恶痛绝的冒名伪作,笔者手头就有一册署"张爱玲著"的长篇小说《自君别后》,版权页署:"著作者 张爱玲　出版社太平洋图书公司香港皇后大道中三五号三楼　经售处全国及南洋各大书店　定价港币二元四角　一九五二年九月出版"。出版时间恰好在张爱玲抵港后两个月。张爱玲本人是否知道《自君别后》这部伪作已无法证实,也许她看过或听说过,为免"假作真时真亦假",所以三个月后出版自己的译作《老人与海》就不署真名而署笔名?当然,这只是一种推测。

两年之后,海明威获得诺贝尔文学奖,颁奖词中《老人与海》被特别提出赞美。而张爱玲自己翻译的由香港天风出版社陆续推出的《小鹿》《爱默森选集》也均已署了真名,于是她欣然为《老人与

---

① 参见慕容羽军:《我所见到的胡兰成、张爱玲》,《浓浓淡淡港湾情》,香港:当代文艺出版社,1996年3月初版,第133—141页。

海》三版新写了《序》，三版本译者署名也就改回了真名。这样，《老人与海》就成了张爱玲所有著译中最为特殊的一种：初版本和再版本署笔名，三版以后署真名，①而这初版本和再版本，已经确知存世仅数册而已。

三、《海明威》是张爱玲集外文

《老人与海》初版本至四版本书前的《海明威》一文，仅八百余字，却值得特别注意。现照录如下：

> 海明威今年才五十四岁，但是他已经成为一位传奇人物了。他报道过战争与革命；在二十世纪充满了危险和暴力的背景下，他也称颂过像爱情，勇敢，这种种人类的本性。他简洁质朴的极得一般年青美国作家的爱好，模仿他作风的人远比模仿其他作家的人要多。
>
> 海明威不平凡的一生，供给他的材料，足够他再写出更多的作品。在第一次世界大战时，他曾两次受伤，由于他的英勇，也曾两次受勋，《战地春梦》（Farewell to Arms）就是根据这个经验写成的。西班牙内战使他写成了另一本小说：《战地钟声》（For Whom the Bell Tolls）。这册书给了世人一个警惕：自由在一个国

---

① 张爱玲1950年发表第一部长篇小说《十八春》时署名"梁京"，1968年她据《十八春》改写的长篇小说《半生缘》（最初题为《惘然记》）发表时改署"张爱玲"，情况有些类似，但《半生缘》不能说是《十八春》的再版本。

家里受到威胁，就要在世界各处都受到威胁。海明威对西班牙的认识，使他写出了另一部杰作：《午后之死》（*Death in the Afternoon*），这是一个对斗牛那种残酷仪式的杰出研究。

《老人与海》全文先在《生活》杂志上登载，销售了六百万份，后来又印成单行本发行，深得批评家一致热烈的好评。海明威的名望曾因为他不久前写的《过河入林》（*Across the River and into the Trees*）一书而大受损伤，至此又得恢复。《老人与海》的初稿在十六年前就已拟成。海明威在深洋上自己就是一位技巧纯熟的渔人。在这个故事里，他写出了他对猎鱼的赞赏，也写出了他对奋斗着捕捉这鱼的老人的赞赏。可是，本书并不仅仅是个捕鱼的故事，它是个寓言，说明了人为保持自己的尊严，勇敢地和年龄，和自然界的敌对势力，独立奋斗。

海明威的作品已有好几部搬上银幕。《战地钟声》和《战地春梦》已经演出。几篇著名的短篇小说也已改编成剧本。《麦康伯小传》（*The Short Happy Life of Francis Macomber*）两年前上演过，另一本关于非洲的故事：《雪山盟》（*The Snows of Kilimanjaro*）新近拍摄完成。海明威著名的短篇小说中还有《杀人者》（*The Killers*）和《不败者》（*The Undefeated*）等。

根据前文"范思平"就是张爱玲的论证，这篇《老人与海》初版本中文末署了"译者代序"的《海明威》，理应出自译者"范思平"也即张爱玲手笔。这是按照常理就可推断的，似不必再作讨论，但有几个疑点还需澄清。

也许这是出版方的要求，作为译者的张爱玲应该写一篇"代序"置于《老人与海》初版本书前，对作者海明威有所介绍，《海明威》或可视为"命题作文"。但此文评介海明威生平和创作虽然简略，还是较为到位，突出了对《老人与海》的推崇，主要观点与三版本中的张爱玲新序正可互相发明。

新序指出："《老人与海》里面的老渔人自己认为他以前的成就都不算，他必须一次又一次地重新证明他的能力，我觉得这两句话非常沉痛，仿佛是海明威在说他自己。尤其因为他在写《老人与海》之前，正因《过河入林》一书受到批评家的抨击"，并进一步强调："老渔人在他与海洋的搏斗中表现了可惊的毅力——不是超人的，而是一切人类应有的一种风度，一种气概。海明威最常用的主题是毅力。"① 这些话与《海明威》相似，内在理路较为一致，以《过河入林》为例说明海明威凭借《老人与海》东山再起更完全一样，由此可以进一步证实《海明威》作者就是张爱玲。

《海明威》最后一段中对海明威作品改编的电影如数家珍。其中的《雪山盟》，通译《乞力马扎罗的雪》，这部格利高里·派克主演、二十世纪福克斯电影公司发行的影片1952年8月在美国上映，《海明威》特别提及并非偶然。如果作者不是对美国影片十分熟悉，时常关心新片动态，恐难做到。而张爱玲正好具备这些条件，她从某种意义上讲是"电影人"，不但是个影迷，写过不少精彩的影

---

① 张爱玲:《序》,《老人与海》,香港：中一出版社，1955年1月三版，第3、4页。

评，更是位出色的电影编剧，这也可更进一步证实《海明威》作者非张爱玲莫属。

然而，到了《老人与海》三版，由于张爱玲又新写了一篇更加个人化的研读《老人与海》感受的《序》，一部译本似不必同时有两篇译者的序，幸好《海明威》侧重于海明威生平和创作历程的述评，所以出版方才在保留《海明威》的同时，删去了文末的"译者代序"四字。如果只见到《老人与海》三版本、四版本而未见初版本，那就很可能会误以为《海明威》并非张爱玲所作。

四、谁最早翻译《老人与海》

以《老人与海》在世界文学史上的显赫地位，中译本当然不可能只有张爱玲一种。1957年12月，台北重光文艺出版社出版了余光中先生翻译的《老人和大海》，《译者序》中说：

> 《老人和大海》在中国已有好几种译文；最初印成单行本者，恐怕要推《拾穗》月刊的译文，但是《拾穗》之连载本书译文尚迟于《大华晚报》之连载笔者的译文（自一九五二年十二月一日起，至一九五三年一月廿三日止）。因此笔者的译文可说是最早的中译本了。①

---

① 余光中：《译者序》，《老人和大海》，台北：重光文艺出版社，1957年12月初版，第3页。

余光中先生这个译本后来在台湾多次再版。时隔五十三年之后，南京译林出版社于 2010 年 10 月在内地推出了这个译本的简体字修正本，余光中先生在《译序》中又说：

> 我译的《老人和大海》于一九五二年十二月一日迄一九五三年一月廿三日在台北市《大华晚报》上连载，应该是此书最早的中译；但由重光文艺出版社印成专书，却在一九五七年十二月，比张爱玲的译本稍晚。①

从五十三年前的"可说是"到简体字版的"应该是"，余光中先生一直以为他的《老人和大海》是"此书最早的中译"，这就无意中引发了谁最早翻译《老人与海》之争。余光中先生承认他的《老人和大海》单行本比"张爱玲的译本稍晚"，但他还是认为他的《老人和大海》连载本最早。至于他说的"张爱玲的译本"是哪一个版本，出版于何时，他未作明确的说明。

前文已经交代，张爱玲译《老人与海》于 1955 年 5 月四版，余光中先生大概知道这个版本的存在，所以他会说他的《老人和大海》1957 年 12 月单行本"比张爱玲的译本稍晚"，但他一定不知道张爱玲译《老人与海》还有更早的 1952 年 12 月初版本的存在，以致于对谁最早翻译《老人与海》作出了错误的判断。

---

① 余光中：《译序》，《老人与海》，南京：译林出版社，2010 年 10 月初版，第 1 页。

其实，就是拿余光中先生最初翻译的《老人和大海》连载本来加以比较，仍然还是张爱玲"稍早"。余翻译的《老人和大海》1952年12月1日起在台北《大华晚报》连载，至次年1月23日止。然而，巧合的是，不早不晚，张爱玲以"范思平"笔名翻译的《老人与海》也出版于1952年12月。余译《老人和大海》还在连载途中，张译《老人与海》已经完整地出版了。张译《老人与海》初版本1952年12月到底哪一天问世，已不可考，不过，哪怕具体出版日期晚于余译《老人和大海》开始连载的12月1日，但就全书而言，却无论如何比余译连载完毕要早。退一万步说，即使张译迟至12月31日才出版，也要比余译连载完毕早二十三天。总之，依笔者拙见，《老人与海》这部二十世纪世界文学名著的中译本，还是张爱玲的最早。

五、今日世界社版《老人与海》

中一出版社的《老人与海》未见再有五版印行。到了1972年1月，张爱玲译《老人与海》由香港今日世界社初版，这表明中一出版社的出版事务早已结束，《老人与海》的重印正式由直接隶属于香港美新处的今日世界社接手。此书被纳入"今日世界译丛"之一，但书上并未注明。至1977年11月，今日世界社版《老人与海》已印行五版，这又表明这个版本的《老人与海》成为张译的定本，并且受到港台和海外华文读者的欢迎。

但是，今日世界社版《老人与海》在内容上作了重大的调整。

首先删去了中一出版社初版、再版、三版和四版书前的《海明威》，删去了三版和四版书前的张爱玲新《序》；其次，新增了李欧梵翻译的美国海明威研究专家 Carlos Baker 的长序。①Baker 此序长达万字，回顾海明威创作和发表《老人与海》的过程甚详，对《老人与海》思想和文学价值的解读也颇为精到，替代《海明威》尚可理解，但删去张爱玲颇有见地的《序》，却不能不使人感到意外。这一删除，导致了这篇张《序》被湮没三十余年之久，②长期未能收入任何一种张爱玲的文集或全集。

据 Baker 序文译者李欧梵教授回忆，他当时正在美国，刚获哈佛大学博士学位不久，是香港今日世界社主编戴天先生约请他翻译的。李欧梵教授以这唯一的一次与张爱玲的"合作"为荣，但为何以 Baker 序文替代了张爱玲的序，他一无所知。③由此推测，替换张爱玲序是今日世界社编辑部高层，很可能就是戴天先生决定的。戴天先生是诗人，"最早接触张爱玲的东西是在一个很僻远的小岛上"，④还在他的少年时代。他接手今日世界社编务后，把

---

① 《中国大百科全书》外国文学卷（北京：大百科全书出版社，1982年5月初版）中的"海明威"辞条主要就是参考了 Baker 的两部研究海明威的书（Hemingway: The Writer as Artist 和 Hemingway and His Critics）而写成。

② 张爱玲此序由美国张爱玲研究者高全之发现并公布，参见高全之：《同物无虑：张爱玲海葬的质疑与辨正》，《张爱玲学：批评·考证·钩沉》，台北：一方出版公司，2003年3月初版。此书又有增订新序版，台北：麦田出版社，2008年10月初版。

③ 2011年2月8日对李欧梵教授的电话访谈。

④ 戴天：《无题有感》，刘绍铭、梁秉钧、许子东编：《再读张爱玲》，香港：牛津大学出版社，2002年初版，第294页。

张译《老人与海》纳入"今日世界译丛"是顺理成章的。但2000年，香港岭南大学中文系举办"张爱玲与现代中文文学"国际研讨会，戴天先生到会发表演讲《无题有感》，提到他"跟张爱玲见过一面"，提到张爱玲的"《张看》在香港首先出版，也是我跟几个朋友办的一个出版社替她出版的"，①对出版张译《老人与海》一事却只字未提，也许他已经忘记了，只能录以备考。值得一提的是，今日世界社版《老人与海》请香港画家蔡浩泉（1939—2000）设计封面和插图，是一个绝妙的创意。无论封面设计还是八幅素描插图，都极为生动地传递了小说中"老人"的神髓，堪称蔡浩泉书籍装帧的代表作，②也与张爱玲的中译相得益彰。

有意思的是，今日世界版《老人与海》虽然删去了张爱玲的《序》，《序》中的内容却以另一种形式部分地被保留下来。今日世界社初版《老人与海》封底印有一段介绍文字，照录如下：

> 海明威在一九五二年发表《老人与海》，舆论一致认为是他最成功的作品。诺贝尔奖金委员会颁奖给这位文坛巨擘时，特别提出这本书，加以赞美。书中老渔人在与海洋的搏斗中表现了可惊的毅力——不是超人的、而是一切人类应有的一种风度、一种气概。译文由名小说家张爱玲执笔，确实表达出原著

---

① 戴天：《无题有感》，刘绍铭、梁秉钧、许子东编：《再读张爱玲》，香港：牛津大学出版社，2002年初版，第294页。
② 蔡浩泉逝世后，他的友人在香港印行纪念集《蔡浩泉作品小辑》（图文集，非卖品），其中所收的封面设计仅今日世界社版《老人与海》一幅。

的淡远的幽默与悲哀,值得一读再读。

这段带有广告词性质的《老人与海》梗概不知出自今日世界社哪位编辑之手,但若与中一出版社三版和四版《老人与海》比对,就会发现其中不少话出自张《序》,只不过没有点破也未加引号,当时的读者浑然不觉。梗概中"老渔人在与海洋的搏斗中表现了可惊的毅力——不是超人的、而是一切人类应有的一种风度、一种气概"一大段话是张爱玲《序》中的原话,"淡远的幽默与悲哀"一句也是张爱玲《序》中的原话,这两段话其实构成了这段梗概的核心,而梗概中强调"译文由名小说家张爱玲执笔",也是画龙点睛。

六、《老人与海》译文修改之谜

把今日世界社版的《老人与海》与中一社初版本和三版本相对照,就会发现译文之间存在着远不止一处的甚至是较为重要的改动,往往是初版本与三版本同,而今日世界社版不同,很值得注意。先以小说第一自然段为例。

中一社初版本、三版本:

> 他是一个老头子,一个人划着一只小船在墨西哥湾大海流打渔,而他已经有八十四天没有捕到一条鱼了。在最初的四十天里有一个男孩和他在一起。但是四十天没捕到一条鱼,此后那男孩的父母就告诉他说这老头子确实一定是晦气星——那是

一种最最走霉运的人——孩子由于父母的吩咐，到另一只船上去打鱼，那只船第一个星期就捕到三条好鱼。孩子看见那老人每天驾着空船回来，心里觉得很难过，他总去帮他拿那一卷卷的钓丝，或是鱼钩和鱼叉，还有那卷在桅杆上的帆。帆上用面粉袋打着补丁；卷起来的时候，看上去像永久的失败的旗帜。

今日世界社初版本：

　　他是一个老头子，一个人划着一只小船在墨西哥湾大海流打鱼，而他已经有八十四天没有捕到一条鱼了。在最初的四十天里有一个男孩和他在一起。但是四十天没捕到一条鱼，那男孩的父母就告诉他说这老头子确实一定是晦气星——那是一种最最走霉运的人——于是孩子听了父母的吩咐，到另一只船上去打鱼，那只船第一个星期就捕到三条好鱼。孩子看见那老人每天驾着空船回来，心里觉得很难过，他总去帮他拿那一卷卷的钓丝，或是鱼钩和鱼叉，还有那卷在桅杆上的帆。帆上用面粉袋打着补丁；卷起来的时候，看上去像永久的失败的旗帜。

　　这一段中，今日世界社版与中一社版有两个词语和一个句子有出入。中一社版"此后那男孩的父母就告诉他说这老头子确实一定是晦气星"句，今日世界社版删去"此后"两字；中一社版"他总去帮他拿那一卷卷的钓丝"句,今日世界社版把"钓丝"改为"钩丝";特别是中一社版"孩子由于父母的吩咐"句,今日世界社版改为"于是孩子听了父母的吩咐"。这三处修改无关宏旨,如"钓丝"改为"钩丝"是否必要也见仁见智,但平心而论,确实较为贴切道地,也较符合中文的行文习惯。

且举第二例。小说中男孩问老人"你吃了多少苦?"老人的回答,中一社版是"许多",而今日世界社版则是"太多了"。海明威小说原文是 plenty,中一社版译作"许多"固然不算错,但今日世界社版改为"太多了",似乎更为传神。

再举第三例。小说中男孩问老人的另一句话,中一社版是"我明天去给你弄点沙汀鱼,行不行?"今日世界社版改为"我去弄点沙汀鱼给你明天吃,行不行?"海明威原文是 Can I go out to get sardines for you for tomorrow,中一社版显然弄错了。

类似的例证还可举出不少,限于篇幅只能打住。问题的关键在于这些或纠正错译或精益求精的修改,到底出自张爱玲本人之手还是今日世界社编辑所为?这又是一个谜。有论者"猜测后者的可能性较高",① 在新的相关史料出现之前,笔者认为这个猜想应可认同。

对于张爱玲的译笔,今日世界社版《老人与海》封底梗概认为"确实表达出原著的淡远的幽默与悲哀",也有论者认为:"整体说

---

① 单德兴:《含英吐华:译者张爱玲——析论张爱玲的美国文学中译》,《翻译与脉络》,第169页。

来，张爱玲是一位优秀的译者，她的美国文学中译大抵忠实准确"，"偶尔也不免误译、省略之罪及添加之罪"，①但最近已有论者对已经过修改的今日世界社版《老人与海》的译文提出更为严厉的批评，所举的例证中正好有第一自然段的第一句，指出这句译文中的"一个（老头子）""一个（人）""一只""一条"等均可视作惜墨如金的海明威所深恶痛绝的赘词，应简化为"他是个老人，独自划着小船，在湾流中捕鱼，八十四天来，他没打到鱼"。②这个批评应该是中肯的，颇具启发。如果今日世界社《老人与海》译文对中一社版的修改润色确为该社编辑所为，那么对这句啰嗦的译文未作任何改动，也是一种疏忽。

然而，当时张爱玲刚过而立之年，在极短的时间里首次尝试翻译经典作家名著，而她从事英译中的文学翻译归根结底又是为了稻粱谋，所以译文出现这样那样的不足，也就可以理解了。不过，张爱玲的译本哪怕是经过修改的今日世界社版虽非《老人与海》的"理想"译本，但作为首部中译本，作为"小说家""直译"的译本，③在《老人与海》翻译接受史上自有其不可忽视的地位。

---

① 单德兴：《含英吐华：译者张爱玲——析论张爱玲的美国文学中译》，《翻译与脉络》，第171页。
② 陈一白：《谈谈〈老人与海〉的三种译本》，上海：《东方早报·上海书评》2011年1月9日。
③ 参见刘绍铭：《〈老人与海〉的两种中译本》，《灵台书简》，香港：小草出版社，1972年初版，第184—197页。

《知堂回想录》真正的初版本

周作人晚年的一大贡献,是完成了他毕生著作中篇幅最大的《知堂回想录》,虽然这部大书中有不少章节不同程度地"引用"了他的旧著。① 长达四十多万字的《知堂回想录》原名《药堂谈往》,是在曹聚仁的鼓励下动笔的,时为1960年12月。周作人日记1960年12月9日明确记载:"拟写《药堂谈往》寄与曹聚仁,应《新晚报》之招,粗有纲目,拟写至五四为止。"② 周作人1962年11月30日所作的《知堂回想录·后记》中又说:"我开始写这《知堂回想录》,还是在一年多以前,曹聚仁先生劝我写点东西,每回千把字,可以继续登载的。"③ 周作人笔耕近两年,先完成本文四卷一百八十九章,后又续写了"拾遗"十七章,至1962年

---

① 参见李林松:《论〈知堂回想录〉的引用》,《现代中文学刊》2020年第1期。
② 转引自止庵:《关于〈知堂回想录〉》,《知堂回想录》(上),北京:北京十月文艺出版社,2013年10月初版,第Ⅰ页。
③ 周作人:《后记》,《知堂回想录》(下册),香港:三育图书文具公司,1970年5月初版,第718页。这段话中的"《知堂回想录》",周作人手稿空缺三字,香港牛津大学出版社2019年修订版《知堂回想录》印作"自叙传"。

11月30日全书才大功告成。① 但当周作人把这部沉甸甸的书稿（我1993年2月27日在香港《新晚报》前主编、书稿保存者罗孚先生处亲手翻阅过这部幽婉有致的珍贵手稿，现手稿已归中国现代文学馆永久保存）送达曹聚仁后，如何将之发表却让曹聚仁伤透了脑筋。

查阅周作人香港友人鲍耀明编印的《周作人晚年书信》，可以清楚地知道周作人当年对早日在海外发表《知堂回忆录》充满期待。1964年4月起，周鲍两人的通信中，不断谈起《药堂谈往》何时能在香港《新晚报》刊出。鲍耀明7月31日致周作人函报告自8月1日起《新晚报》将连载，周作人在8月5日复信中高兴地表示："在宣统废帝之后，又得与大元帅同时揭载，何幸如之！"② 虽然经曹聚仁争取和罗孚支持，香港左派报纸《新晚报》开始连载《回想录》，但9月21日鲍耀明又致函周作人告知："《知堂回想录》自刊出第三十九回后，便无下文。"③ 周作人在9月29日回信中只能无奈地表示："关于《回想录》的预言，乃不幸而中了，至于为甚么则外人不得而知。"④《回想录》在《新晚报》上"只登了不到三万

---

① 周作人1962年11月29日日记云："上午抄《谈往》本文了，只须再写一节后记，便全文告竣，总计五百五十余纸，约计三十八万字，拟分四卷，或易名为《知堂回想录》。"11月30日日记云："晚写《谈往》后记了，计五五四纸也。"转引自止庵：《关于〈知堂回想录〉》，《知堂回想录》（上），第I页。

② 鲍耀明编：《周作人晚年书信》，香港：真文化出版公司，1997年10月初版，第416页。

③ 同上书，第424页。

④ 同上书，第425页。

字，便认为不妥，而中途将此稿腰斩"。①《回想录》被"腰斩"的真正原因，三十年以后才由罗孚披露。②后来曹聚仁又设法安排《回想录》在香港《海光文艺》连载，仍未果。与此同时，《回想录》单行本虽然也已发排，但曹聚仁已"年老衰残，精神不济，伏案校对，腹痛如割"，③进展也是时续时断。直到1968年秋，病情一度好转的曹聚仁商得新加坡《南洋商报》同意，该报自当年9月23日开始连载《回想录》，至次年6月下旬结束。④这部具有重要文学和史料价值的回忆录才终于与海外读者见面，而周作人已于1967年5月6日弃世，不及亲见了。

周作人大概不会想到，《知堂回想录》的发表如此大费周章，《回想录》单行本的出版同样困难重重，甚至更为曲折。曹聚仁"相信大家一定会承认这么好的回忆录，如若埋没了不与世人相见，我

---

① 文承襄：《周作人遗作风波》，香港《大人》1970年8月第4期。但此文认为《新晚报》"腰斩"，曹聚仁"一直没有把此事告诉"周作人，不确。不仅鲍耀明当时马上通知了周作人，而且曹聚仁后来也在1966年11月25日致周作人的一封信中作了通报。此信初刊《鲁迅研究资料》.1982年10月第17辑，参见罗孚：《苦雨斋访周作人》，《北京十年》，北京：中央编译出版社，2011年5月初版，第385—386页。但周作人是否读到这封信，无法确定。

② 罗孚回忆："《知堂回想录》在《新晚报》上连载了才不过一个多月，就奉命腰斩了。那是中宣部通知香港的领导，不能继续这样刊登周作人的文章。这时北京的气氛已经有些不对，好像已经提出'裴多菲俱乐部'的问题了。"罗孚：《苦雨斋访周作人》，《北京十年》，第385页。

③ 曹聚仁：《校读小记》，《知堂回想录》（下册），第726页。

④ 参见曹景行、曹臻：《出版后语·只求心之所安》，《知堂回想录》（修订版），香港：香港牛津大学出版社，2019年6月初版，第696页；叶灵凤：《叶灵凤日记》下册，香港：三联书店（香港）有限公司，2020年5月初版，第180页。

怎么对得起千百年后的社会文化界？"① 在曹聚仁继续不断的努力下，两年之后，《知堂回想录》单行本终于于1970年5月由香港三育图书文具公司出版了。这部《知堂回想录》初版本为小三十二开本，平装上下两册，我所藏系当年曹聚仁赠送鲍耀明者，上册扉页上有曹聚仁的蓝色水笔亲笔签名和题赠时间："曹聚仁赠 一九七〇年夏"，虽无上款，仍十分珍贵。

出人意外的是，《回想录》甫一发行，就突然停止出售，原因更出人意外，书前一封周作人致曹聚仁函手迹制版惹了祸。初版本书前除了周作人青年（28岁在日本东京）、中年（1945年在北京）、老年（78岁在北京）三张个人照和北京八道湾十一号周宅照之外，还刊出周作人1965年9月23日请曹聚仁全权处理《知堂回忆录》海外中、日文版权的"委托书"、1958年5月20日和1965年10月13日致曹聚仁两通信札手迹。曹聚仁刊出这些周作人信札的本意完全可以理解，一是为了说明出版《知堂回想录》是作者正式授权；二是为了披露鲜为人知的现代文坛史料，以增读者兴味。书生气十足的曹聚仁万没料到，正是1958年5月20日的信出了问题。现把此信照录如下：

聚仁兄：

《鲁迅评传》现在重读一过，觉得很有兴味，与一般的单调者不同，其中特见尤为不少，以谈文艺观及政治观为尤佳，

---

① 曹聚仁：《校读小记》，《知堂回想录》（下册），第727页。

云其意见根本是虚无的,正是十分正确。因为尊著不当他是"神"看待,所以能够如此。死后随人摆布,说是纪念其实有些实是戏弄,我从照片看见上海的坟头所设塑像,那实在可以算作最大的侮弄,高坐在椅上的人岂非即是头戴纸冠之形象乎?假使陈西滢辈画这样的一张相,作为讽刺,也很适当了。尊书(p.147)引法朗士一节话,正是十分沉痛。尝见艺术家所画的许多像,皆只代表他多疑善怒一方面,没有写出他平时好的一面。良由作者皆未见过鲁迅,全是暗中摸索,但亦由其本有戏剧性的一面,故所见到只是这一边也。鲁迅平常言动亦有做作(人人都有,原也难怪),如伏园所记那匕首的一幕,在我却并未听见他说起这事过。据我所知,他不曾有什么仇人,他小时候虽曾有族人轻视却并无什么那样的仇(而这仇人是生花柳病,至男根烂掉而死,也想不出有这样的人),所以那无疑是急就的即兴,用以娱宾者。那把刀有八九寸长,而且颇厚,也不能用以裁纸,那些都是绍兴人所谓"焰头"。(旧戏中出鬼时放"焰头",讲话时多加藻饰形容的话。)伏园乃新闻记者,故此等材料是其拿手,但也不是他的假造的。又鲁迅著作中,有些虽是他生前编订者,其中有夹杂有不少我的文章,当时《新青年》的"随感录"中多有鲁迅的名字(唐俟),其实却是我做的,如尊著二一二页所引,引用 Le Bon 的一节乃是"随感录"三十八中的一段全文是我所写的。其实是在文笔上略有不同,不过旁人一时觉察不出来。我曾经说明《热风》里有我文混杂,后闻许广平大为不悦,其实毫无权利问题,但求实在而已。她对于我似有偏见,这我也知道,向来她对我(通信)以师生之礼,也并无什么冲突过,但是内人以同情关系偏袒朱夫人,对她常有不敬的话,而妇人恒情当然最忌讳这种名称,不免迁怒。但是我只取"不辩解"态度,随她去便了。

草草不尽,即请

近安

五月廿日　　弟作人启

这封信的内容太丰富,也太重要了。《鲁迅评传》系曹聚仁所著,我藏有1957年1月香港新文化出版社初版上册,以及香港作家李辉英1973年11月6日写跋的同一家出版社上下册合订再版本,后一种问世时曹聚仁已谢世。这部评传1999年已由上海东方出版中心出版简体字本。周作人在信中对《鲁迅评传》颇为赞许,现在看来,曹聚仁这部传记确实不失为众多鲁迅传记中较为出色的一种。周作人在此信中肯定鲁迅的"虚无"观,批评鲁迅逝世后的被"神"化,分析鲁迅也有"戏剧性"的一面,都颇具启发,真是"知兄莫若弟",至少至少,也具有一定的参考价值吧。尤其信中提到鲁迅杂文集《热风》也收入了周作人的作品,[①]又是鲁迅著作版本校勘上不容回避的重大问题。因此,无论从哪一方面说,此信于

[①] 参见知堂(周作人):《关于鲁迅》,《宇宙风》(半月刊)1936年11月16日第29期。文中说:鲁迅在《新青年》上"所作《随感录》大抵署名'唐俟',我也有几篇是用这个署名的,都登在《新青年》上,后来这些随感编入《热风》,我的几篇也收入在内,特别是三十七八,四十二三皆是。整本的书籍署名彼此都不在乎,难道二三小文章上头要来争名么?这当然不是的了"。

周氏兄弟研究至关重要。信中所提出的意见,有不少现在已被鲁迅研究界所认可,所借鉴,成为常识了。

但是,当时正值"十年浩劫",鲁迅被人别有用心地抬高到吓人的高度,不能对之提出一点点、哪怕是善意的批评。周作人这封信的公之于众,信中还涉及议论鲁迅的婚姻等,当然会被视为对鲁迅的大不敬,即便是在香港,可能也会产生意想不到的后果。据罗孚晚年回忆,他得到《知堂回想录》样书,读了周作人这封信,就立即与曹聚仁商量:

> 我为周作人这封信有些吃惊,对曹聚仁说,这样登出来,不但对周作人不利,恐怕对你也不利吧,最好把它抽去。尽管远在海隅,我们都给"文化大革命"的狂潮吓坏了。尽管周作人的死讯也早已传出来了,还是不能不为他着想。曹聚仁也不免有些紧张了,他同意抽下这封信,换上不相干的。①

在当时的严峻情势下,罗孚这样提醒当然是出于好意。曹聚仁显然也意识到了问题的严重性,不得不接受罗孚的建议,马上停止发行这个初版本。②但罗孚的回忆与史实或有出入。据我已掌握的史料,曹聚仁的让步,不是"抽下这封信,换上不相干的",而是把周作人

---

① 罗孚:《书的悲剧人的悲剧》,《北京十年》,第395页。
② 叶灵凤1970年6月11日日记对此有所记载:"阅《知堂回忆录》。闻此书因所附作插图之作者信两封,对鲁迅及许广平皆有微词,已受到一部分人反对,将暂停发行,以便抽去插页。"《叶灵凤日记》下册,第248页。

1958年5月20日给他的这通信抽出，1965年10月13日给他的那通信也陪绑，没有换上别的"不相干"的信，以另一个"听涛出版社"的名义重新出版《知堂回想录》。"听涛室"是曹聚仁的书斋名，他曾以《听涛室随笔》为题在港报撰写专栏，所以他这次是以个人名义印行《知堂回想录》。我手头就有这本听涛出版社"一九七〇年七月初版"出版的《知堂回想录》，小三十二开深绿色漆布封面（另有深绛红色漆布封面）精装本，内文版式与三育图书文具公司初版本一模一样，只保留了周作人1965年9月23日签署的"委托书"。这个版本比1970年5月三育图书文具公司"初版"晚了两个月，却仍然印作"初版"。我所藏也是鲍耀明的旧藏，扉页钤有他的名印。这样，《知堂回想录》就奇特地有了至少两种初版本。

然而，《知堂回想录》初版本之谜并没有到此完全解开。据曹聚仁儿子曹景行和孙女曹臻合作的《只求心之所安》披露，他们"手中有三本不同的首版《知堂回想录》，都是曹聚仁留下的。第一本前面有那两信，第二本把信撕了，第三本是另两信"。[①]显而易见，他们所说的"第一本"即1970年5月三育图书文具公司出版的真正的初版本，"第二本"则应为上面所说的1970年7月听涛出版社出版的初版本，但"第三本"换上"另两信"的初版本，我至今未见原书，只能录以备考。

到了1971年1月，三育图书文具公司"再版"《知堂回想录》，

---

① 曹景行、曹臻：《出版后语·只求心之所安》，《知堂回想录》（修订版），第698页。

就换上了周作人1960年7月12日、1963年7月19日和写作年份有待考定的"十月廿五日""十二月廿三日"致曹聚仁函共四通,①"委托书"则仍予保留。当时,曹聚仁仍健在,新换上这四通周作人信札,无疑是他本人的主意。1974年3月,三育图书文具公司三版《知堂回想录》就完全依据了再版本,只不过将上下两册合为一帙。

至此,不妨把《知堂回想录》的版本流变列于下,以示醒目:

> 1970年5月　三育图书文具公司,"初版",平装上下册,书前刊周作人致曹聚仁函两通又"委托书"。
>
> 1970年？月　三育图书文具公司,"初版",书前刊周作人致曹聚仁函另两通又"委托书"。
>
> 1970年7月　听涛出版社,"初版",精装合订本,书前只刊"委托书"。
>
> 1971年1月　三育图书文具公司,"再版",平装上下册,书前刊新换上的周作人致曹聚仁函四通又"委托书"。
>
> 1974年4月　三育图书文具公司,未印版次(应为第三版),平装合订本,书前所刊周作人致曹聚仁函和"委托书"与再版本同。

---

① 香港牛津大学出版社2019年修订版《知堂回想录》,恢复了1970年5月三育图书文具公司初版中的那两通周作人致曹聚仁函,值得肯定。但1971年1月三育图书文具公司再版中的那四通周作人致曹聚仁函却未能恢复,以至这个新版未能集大成,留下了新的遗憾。

有必要说明和强调的是，一、1970年5月"初版"和1971年1月"再版"，据版权页所示，应还有精装本，但我未见。二、无论哪一版，"委托书"始终刊出。三、无论哪一版，书前的周作人个人照和故居照均与1970年5月初版本相同，未变。四、1974年4月三版本以后，在相当长一段时间里，港版《知堂回想录》就一直以第三版合订本的形式重印行世。

综上所述，以原书为证，《知堂回想录》初版本至少有两种不同的版本，这不但在周作人著作出版史上，就是在整个中国现代文学著作出版史上，都是少见的特例。① 《知堂回想录》真正的初版本，也即收有周作人1958年5月20日致曹聚仁函的1970年5月香港三育图书文具公司"初版"，或许还可加上1970年7月香港听涛出版社"初版"，而今都已成了可遇而不可求的"珍本"。而《知堂回想录》从初版到再版的这几个不同版本的变迁及其所透露的多方面的信息，也从一个特定的角度折射了那个特殊的时代。

---

① 周作人有名的《自己的园地》1923年9月由北京晨报社初版，1927年2月改由北新书局初版，篇目有较大的调整，但像《知堂回想录》这样，内容并无变动，书前周作人信札手迹插图不断调整的，在周作人著作出版史上绝无仅有。

特殊的"版本":作家签名本[①]

从中国现代文学版本学的角度视之,签名本是一本书出版后才形成的一种特殊的版本。具体而言,签名本就是由作者、译者、编者,还包括收藏者等亲笔签名的书。如果是翻译作品,签名的可以是原作者,也可以是译者;如果是选编的,那就可能是编者。总而言之,只要是他们亲笔签名的书便是签名本。一般来说,签名本是由作者、译者或编者在他们自己的著作、翻译作品或编集上签名。然而,这里说的是一般情况,当然会有例外。例如,一位作家在他朋友的书上签了名,然后送给另一位朋友,从广义的角度来说,这也算是签名本,虽然这不是他自己的著作。另外,就是作者在自己出版的书上签名"自存",包括自存校正本。还有,在自己收藏的书上签名"留念"。我们往往有这种习惯,把书买回来后立即在上面签名,甚至写下购买日期,例如"某年某月某日购于某某书店",诸如此类,都是签名本的一种。从版本学的角度来说,中国现当代文学研究比较注重初版本,尤其讲到中国现代文学版本学的时候,会更强调初版本的价值。签名本有可能是初版本,也有可能

---

① 本节为2005年6月18日在香港中文大学演讲的一部分。

不是初版本，它或者是第二版、第三版，甚至是更后一些的版次；但只要是签名本，即使不是初版本，它的价值和意义仍十分重大。

不妨简要地介绍几种较为常见的签名本类型。第一类就是作者在他刚出版的著作上签名，然后赠送给他的亲朋好友、师长前辈。这种类型在签名本里面占了很大的比例。

首先介绍《初期白话诗稿》，线装本，由"北平琉璃厂南新华街星云堂书店影印流通"，刘半农编。在中国现代文学史研究里，这是个非常重要的版本，我们研究现代作家手稿就不能不提到这本书。现在从签名本的角度来谈。它1933年在北平出版。它的出版有多方面的意义，最重要的，就是第一次把中国现代作家确切的说是现代诗人的手稿影印出版。换句话说，这开创了现代作家手稿研究的先河。自从这本书出版以后，研究者开始意识到，我们不仅可以研究中国现代作家的作品，也可以研究他们的手稿。至于我说的刘半农这本书，不只是一本重要的新诗手稿影印本，它还是一本签名本。这本书是由编者刘半农签名送给魏建功的。魏建功是中国有名的语言学家，1949年以后一直在北京大学中文系任教，曾任系主任。该书扉页上的题签是"建功兄惠存　弟复　廿二年二月"，非常简单清楚。从辈分来说，魏建功是刘半农的学生，书刚出版，刘半农便题字送给魏建功。由此可见，刘半农跟魏建功亦师亦友的情谊多么深厚。

我们再说另一本签名本——老舍的长篇小说《离婚》。《离婚》是"良友文学丛书"的一种，是软精装本。这本书前环衬上有如下题字："语帅　著者敬献　一九三三，十，二。"真是非常有意思！这本书是1933年8月出版的。"语帅"是什么人呢？　原来就是林语堂！为什么称他作"语帅"呢？其实是有原因的。当时林语堂创办了《论语》杂志，老舍是《论语》主要撰稿人。林语堂提倡幽默，老舍在林语堂主编的《论语》杂志上写了不少幽默小品，所以老舍谦虚地说：你是元帅，我们跟着你创作幽默文学。题字落款是"著者敬献"，对林语堂非常尊重。林语堂只比老舍大四岁，但老舍仍尊其为前辈。另外，无论是刘半农也好，老舍也好，他们的签名本都是用毛笔书写的。

在第一类书当中，还有一种例外，就是没有作者签名的。我姑且把它叫作"准签名本"，这个名称是我想出来的，不一定合适，可以进一步讨论。1930年，《胡适文存三集》在亚东图书馆出版以后，胡适在上海把这一套四册的书送给林语堂。然而，他既没有在那套书上面用毛笔签名，也没有用钢笔签名，总之他就是没有签名。那么，"既然没有签名，你怎么知道这是胡适送给林语堂的呢？你有什么依据吗？"我是有证据的。在《胡适文存三集》初版第一册里，夹着一张名片，这张名片的正面有四个字："著者敬赠"，背面是一句英文：With the compliments of the author, Hu Shih，地址是：上海 Jessfield Road 49号A室，就是现在的万航渡路。虽然作者没有在书上签名，但在书里夹了这张名片，那就可以肯定是胡适送给林语堂的。这种做法可能是从日本传过来的。日本很多作家和学者喜欢在出版自己的著作时，印张"著者敬呈"的纸条夹在书里以代替签名。然而这套书不能和这张名片分开，一旦分开，便无法判断两者之间的关系，所以它们必须放在一起。试想想，在时间和空间上，这套《胡适文存三集》历经半个多世纪的沧桑变迁，书和名片还能够放在一起，实在难得。

第二类较为常见的签名本，是在作者出版新书时举行的"签名售书"仪式上出现的。例如，香港书展、上海书展每年都会有作家到场签售，读者买一本，作者当场签一本。这是作者和读者加强沟通的一种方式，也是出版社促销的一种手段。"签名售书"的签名本内容比较简单，往往没有上款，只有作者的签名和日期。当然，如果读者当场向作者提出要求，请他在书上题写上款，很多作者都会欣然写上一些勉励和祝贺的话。然而，一般情况下都只是签名而已。我藏有张爱玲中短篇小说集《传奇》1944年8月上海杂志社初版本，正文之前有一帧作者玉照，照片右下角有作者潇洒的英文签名 Eileen，我怀疑这册没有上款的签名本就是张爱玲为读者而签的。后来，果然在国内陆续发现了同样的《传奇》初版签名本，证实了我的推测。我在香港中大图书馆展览的签名本当中，也看到一批"中国当代作家选集丛书"，每本上都有作者的签名，上面还盖了印章，都属于这一类。

第三类是出版社的限量版编号签名本。当作家出版新著时，小说也好，诗歌也好，有品味有独特眼光的出版社会考虑出版限量版编号签名本。一般来说，编号从五十号到一百号不等。据我所知，比较早采用这种方法的，是1930年代的上海良友图书公司，赵家璧主编的"良友文学丛书"出版时就采用了这种方法。当时"良友文学丛书"每种印行一百本有编号的作者签名本，作者在书本前环衬左下角固定的签名位置签名，编号则写在右上角的固定位置。鲁迅和郑振铎合编的《北平笺谱》初版一百部也是编号签名本，每个编号都是鲁迅亲笔题写的。"良友文学丛书"出版限定版编号签名本时，曾经有过一段很感人的故事。那是在丁玲的小说《母亲》出版前，赵家璧事先已请丁玲在一百张前环衬上签了名，编号一百本。不料，书还未印出，丁玲却被捕了。消息一传出，赵家璧当机立断，立即赶印《母亲》，并在《申报》《时事新报》等上海大报上刊登《母亲》问世，次日在良友图书公司门市部出售编号签名本的广告，实际上是通过这个行动来表示对丁玲被捕的抗议。那天早上开门前，良友图书公司的门口已排了一条长队，读者纷纷前去抢购。作者被捕，生死未卜，这可能是丁玲最后的签名本，一下子，一百本签名本就被抢购一空。我有幸收藏这部珍贵的《母亲》签名本，编号"No.4"。由此可见，《母亲》编号签名本的发行与当时的社会环境结合起来考察，有一种特殊的意义。

第四类签名本，就是那些书出版后，作者没有立即签名送赠亲友，而是经过一段较长的时间后，作者应读者或收藏者的请求而补签的书。1930年代，文学青年温梓川从南洋到上海求学，之后在上海从事新文学活动，后来回到新加坡，1960年在新加坡世界书局出版了《文人的另一面》。这本书对1930年代上海文人的创作、生活和趣事作了很多生动的回忆。1980年代，我跟温先生通信，向他提到现在就连香港的旧书店也很难找到他这本新文学回忆录；想不到，温先生说他手边还有一本可以送我。于是，这本1960年代出版的书，在1986年5月从新加坡寄到上海我的手里。这是标准的签名本，有作者的签名、印章和上款。更有趣的是，这原本是温先生的藏书，有他的藏书票为证。从这本书的出版，到作者应我这个相隔千里从未谋面的后辈读者之请而签名送我，中间相隔了二十多年。

接下来要谈的是第五类签名本。一本有上款、下款和作者题词的签名本，可以说是最完善最齐备的签名本。也就是说，如果作者在签名本上题写一段有关他出版这本书的经过或感受的话，这类签名本就会显得更有意思、更有价值了。作家冯亦代 1949 年 8 月在上海潮锋出版社出版了《书人书事》一书。这本书在 1980 年代又出了一个新版。1997 年 6 月，冯先生来到上海，我突然想起我藏有这本书的初版本，于是赶快找出来请冯先生签名。他一看见就很激动，因为这是他早期的作品，马上把书翻开，在扉页上面写了一段话：

  此书出版于一九四九年秋，国内早已绝版，子善于一九九四年春，在新加坡旧书店中偶得，其缘乎！并嘱题数字，故而书此，距出版期已将半个世纪矣，能不慨然。　亦代题　一九九七年六月二日于上海小屋招待所。

现在，当我重读这段话时，脑海中就立刻浮现出冯先生拿着钢笔在我面前题写的情景，题词对我们了解作者题写时的心态是大有帮助的。

我先引冯先生这个例子，因为这是我的亲身经历。但要说更典型、更有说服力的例子，当然要举鲁迅《中国小说史略》题签本。到目前为止，这是我所知道的最有趣的一部题签本。那是 1923 年 12 月，鲁迅题赠给一位当时的散文家，后成为北京大学中文系教授的川岛（原名章廷谦），1924 年出版的有名的散文集《月夜》即出自他之手。当时鲁迅在北京大学新潮社出版了《中国小说史略》上

卷,他把这本书送给川岛。鲁迅不但签了自己的名字,更写了一首打油诗题在书的扉页。这首打油诗非常有趣:

> 请你
> 从"情人的拥抱"里
> 暂时汇出一只手来
> 接受这干燥无味的
> 中国小说史略
> 我所敬爱的
> 一撮毛哥哥呀!
> 　　鲁迅(印)
> 二三,十二,十三。

诗是鲁迅用毛笔写的,有趣的是,"中国小说史略"六个字,却是鲁迅从清样上剪下来铅字,逐字贴上去的。毛笔书写很快,鲁迅却偏爱开玩笑,喜欢这样把铅字剪贴上去。鲁迅这首打油诗,有些地方需要加以说明。"一撮毛哥哥"是什么意思?为什么鲁迅要用"敬爱的"而不用"亲爱的"? 川岛的年纪比鲁迅小二十岁,是鲁迅的学生,鲁迅对川岛根本用不上说"敬爱的"。川岛在1956年写过一篇《鲁迅先生所送给我的书》,特别提到这本《中国小说史略》上卷,说:"这一年正是我结婚的前一年,大部分的时间都用在谈情说爱上,除在鲁迅先生每星期来北大上课时见到以外,我很少到先生那里去。……所以给我《小说史略》时,就附上了这一首诗。至于'一撮毛'那是因为我当时留的头发是现在的所谓'学生头'，先生就给我这么一个绰号。"原来"一撮毛哥哥"是有来历的。"请你/从'情人的拥抱'里/暂时汇出一只手来"，说得非常形象，拥抱是用双手的。"请你""暂时汇出一只手来"也是有来历的，是鲁迅知道川岛当时沉浸在热恋中，所以才给他开这么一个小小的玩笑。其实鲁迅的意思是：你谈情说爱当然很有意思；看我这本书你可能会感到枯燥无味，但我还是要送给你。从这段题词，我们可以看到鲁迅性格的另一面。我们以前一直认为鲁迅是很严肃的人，一本正经不苟言笑，原来他也有十分风趣幽默的一面。1981年版《鲁迅全集》没有收入这则题词，2005年版《鲁迅全集》把它收入了，因为这完全可以视作鲁迅的创作。

另一个例子，就是冰心送给丈夫吴文藻的题签本。冰心翻译过阿拉伯诗人纪伯伦的散文诗集《先知》。这本诗集有很多中译本，冰心的译本1931年9月由新月书店出版，属于早期的翻译。当时出版了精装本和平装本。冰心就在其中一本黑布封面的精装本上题了一段话送给丈夫。很多时候，作家的新书出版后，第一个送赠的，往往是心爱的人，妻子或丈夫。《先知》签名本的题词是这样的：

这本书送给文藻，感谢他一夏天的功夫，为我校读，给我许多的纠正——这些纠正中的错误，都成了我们中间最甜柔的戏笑——我所最要纪念的，还是在拭汗挥扇中，我们隔着圆桌的有趣的工作。

十一，十七夜，一九三一，冰心。

这段题词真是精彩、生动、具体，我们可以想见他俩如何在那个炎炎长夏，坐在圆桌旁，干着同一件有意义的工作，一面擦着汗，一面挥着扇子，认真校对《先知》。

还可以再举一些例子。首先是大家熟知的诗人臧克家，以前中国大陆中学课本大都会选用他的名诗《老马》。1947年6月，他在上海读书出版社出版了第一本小说集《挂红》，就在书的扉页上题词签名，送给当时颇为有名的文学评论家冯雪峰。臧克家在题词里表示：

> 我以我第一个小说习作集，去碰一个严正而深邃的灵魂，并欣待着他的评断。

换句话说，臧克家很希望冯雪峰指正他的作品。这是很有意思的。现在一般的签名本，往往都会用"某某指教""某某指正"等字眼，这当然不会有错，并且是谦虚的表现，但好像成了惯例成了套语似的。臧克家的话清楚表示了他对冯雪峰的钦佩和信赖。这就带出了一个很重要的问题，就是通过签名本，我们可以窥见作者跟受赠者之间的亲密程度和关系。

再举一个例子。1954年，周作人在上海出版公司出版了他1949年以后比较重要的一部著作《鲁迅小说里的人物》，当时周作人在送给章士钊的书上写着："行严先生惠存　寿"。章士钊字行严，周作人原名樾寿，这本签名本非常有意思。当年"三一八惨案"发生的时候，鲁迅周作人兄弟与章士钊处于对立地位，双方展开笔战。但是到了1950年代初，事过境迁，周作人与章士钊两人的地位发生了戏剧性的变化，所以，周作人便把自己刚出版的新书，恭敬地请章士钊指正。这再一次说明，签名本对我们了解文人相交的经过情形是十分重要的。

　　介绍到这里，有必要引用大家熟知的新文学作家叶圣陶的一段话来作小结。1980年，北京新文学藏书家姜德明，在上海一家旧书店买到叶圣陶1945年在重庆文光书店出版的散文集《西川集》，可惜是个残本。所谓"残本"，是指有破损的书。一本缺少了封面、封底、版权页、扉页、目录页、序跋或若干正文的书，或上述方面残破的书，版本学上称之为"残本"。香港大学图书馆收藏的徐志摩《志摩的诗》初版线装本就是本"残本"。姜先生买到的《西川集》，扉页上有叶圣陶的签名，即是签名本。所以，尽管是残本，他仍毫不犹豫地买下，并写信把这件事告诉叶圣陶。叶圣陶在同年2月10日回信，信里有这样一段话："您收得本人签名的书，确有趣味，签名本必有上款……"这点我有不同的看法。有些签名本是没有上款的，我上面讲到的"签名售书"，就是这样。很多作家都不写上款，只是签名而已，不写上款，就不知道他为谁签名。当然，广义来说，他是为读者签的，只是他不是为指定的某一位读者而签。又当然，有上款的签名本才是完美的签名本。叶圣陶回信里继续指出：签名本"又可以考究受书者何以不能保存，以至传到旧书铺，此亦掌故也"。叶先生认为，通过签名本，我们可以考证书本流传的过程。当然，事实上考证往往是很困难的，中间有许多环节你永远无法知道，也无法查证。譬如你在旧书店买到了一本签名本，这本书是怎样来的，怎么会到你手里，不到别人手里，这个过程，可能辗转经过好几个读者和藏者，里面可能有着或大或小、或长或短、或断或续的故事，也许你永远不会知道。正因为你不知道，所以才显得更加神秘，其实内里也可能什么故事也没有，很平常。以《西川集》为例，这本书何以会流到上海那间旧书店？为什么会失去了半阕封面？究竟发生了什么事？这种探究，可能永远没有结果。但正因为这样，更易引发研究者的兴趣。

刚才我介绍了几种不同类型的签名本，然而大家有没有想过在中国现代文学史上，或者我们继续向上推移，在中国近代文学史上，签名本究竟在何时出现？明清以后，直至清末，我们很少看到古籍线装书上有作者的签名，我不敢说没有，但我相信数量一定很少很少。至少那些从事古籍研究的专家，至今还没有把这个问题特别提出来讨论，可能这个问题没有普遍性和代表性。但是在中国现代文学的领域里，签名本的重要性正逐渐凸显出来。据我所知，早期的签名本（我不敢说这是最早的，但显然是较早的一个）是由《天演论》译者严复严几道开始的。《天演论》在中国近代文学史、思想史和学术史上都具有相当重要的地位。鲁迅的进化论思想就是从《天演论》而来的。《天演论》最早的译本，我们现在知道的是1898年光绪戊戌年木刻本，是十九世纪末的事。新文学藏书家唐弢收藏的《天演论》，是1903年也即光绪辛丑年石印本。我收藏的是1901年也即光绪癸卯年石印本，比唐弢藏本还早了两年，书上有严复的亲笔签名题字："旧译奉彦复老兄大人教　弟复"。1901年与1898年已经相隔了三个年头，所以他说是"旧译"。受书者彦复，即吴彦复,字北山,是当时的名士,其女吴弱男曾是章士钊的妻子。严复的签名本是我所见到的最早的签名本。也许有更早的,但我想也不会早过十九世纪末。这很可能与西风东渐有关。因为签名本这种做法应该是从西方传入中国的,我这个判断可能过于大胆,期待有进一步的探讨。

除此之外,2005年5月在上海发现了一本十分重要的签名本——鲁迅编选的《引玉集》。《引玉集》初版时就已经有两个版本,非常特别。这部版画选集1934年3月出版,有两个版本:一是纪念本,一是流通本,均由鲁迅自费出版。这些书先在日本印刷,再运回国内。纪念本中有一本由鲁迅亲笔题字送给茅盾:"呈茅盾先生 出版人迅 一九三四年五月廿三日上海"。"出版人迅"是因为这本书是鲁迅自己编辑、自己掏钱出版的。这本签名本的来历是否可靠呢? 1934年5月23日《鲁迅日记》上有这件事的明确记载:"上午洪洋社寄来《引玉集》三百本,共工料运送泉三百四十元。"那时,三百四十元不是一个小数目。鲁迅当天收到这本书,第二天,即5月24日,鲁迅日记这样记载:"上午以《引玉集》分寄相识者。"在这批赠书中,有一本就是送给茅盾的。当时文坛公认鲁迅跟茅盾是左翼文学的两大台柱。在《申报·自由谈》写杂文最多的两位,就是鲁迅和茅盾。到了1935年4月,《引玉集》重印时,版权页上有一段说明,指出初版本是鲁迅以三闲书屋名义出版,印了三百本,其中五十本是纪念本。这五十本纪念本十分珍贵,是鲁迅专门送人的。茅盾收到的就是其中之一。余下的二百五十本为流通本,现在也非常珍贵了。鲁迅跟茅盾的交情,以此可证,可见签名本往往见证了作家之间的深厚友谊。每本签名本，从产生、保存、流传到散佚，都会有一个故事，当中可能包含深刻的社会历史背景，就是所谓的以小见大。这也是研究签名本的一个重要意义。至于签名本的数量，我们不会因数量少而忽略它的价值，何况"物以稀为贵"。最后，我们还是要把焦点集中在一个问题上：签名本能够提供什么研究基础或史料？签名本当然是独一无二，你不能想象有两本一样的签名本。不过，有时候也会碰到一些特别有趣的情况，我就藏有一本聂绀弩著《小鬼凤儿》（四幕话剧，1949 年 12 月上海新群出版社初版），封面有作者钢笔题签："承勋　高郎永玉三兄指教　绀弩敬赠"。也就是说，聂绀弩把自己这本新著题赠三位好友，一书赠三人，很有意思。当然，这是个案。

　　总之，从签名本中，可以考察作者的文坛交往，以至了解作者的著书缘起、思想变迁。我在北京琉璃厂书店，找到卞之琳早年由沈从文出资自印的诗集《三秋草》。后来我去请卞先生签名，他就写了一段话："这本见不得人面的少作，承陈子善先生留存，不胜感愧。　卞之琳　一九九四年三月"。我想，这不仅是他谦虚，他确实认为自己早期的作品不成熟。所以，近年来现代作家签名本愈来愈得到现代文学收藏家的重视，我认为也应该得到现代文学文献学研究者的重视和研究。

集外文和辑佚

《周作人集外文（1904—1945）》的重编

周作人是中国五四新文学运动的代表人物，也是20世纪中国文学史和文化史上一位举足轻重、影响深远的作家和学者。但是，由于众所周知的复杂的历史原因，他的作品的出版过程漫长而曲折。

周作人著作等身。在他生前，他的著作（包括翻译）的出版，以1945年为界，大致可分为两个阶段。从1905年5月翔鸾社出版译著《玉虫缘》开始，至1945年止，周作人一共出版了各类著作二十八种，译著十四种，又与兄长鲁迅合译著作五种（含周氏兄弟三人合译一种），还有编订古籍一种。1945年以后，又可分为两段。前段为1946年至1956年，在这十年中，周作人在内地出版了著作二种、翻译四种、与人合作翻译二种和校订古籍一种，虽然1949年以后在内地只能署名周遐寿或周启明；在香港出版了翻译二种。后段为1957年以后直至1967年去世，周作人仅在内地出版了一种著作，①但

---

① 周作人1957年3月以周启明的笔名由中国青年出版社出版《鲁迅的青年时代》一书后，就未再在内地出版著作。他1959年为天津百花文艺出版社编选"杂文小品"《草叶集》，1962年改名《木片集》，先后付排两次"终不能出版"。直到2002年1月，《木片集》才由河北教育出版社据百花文艺出版社"一九六二年十二月第一版"三校样印行，其时周作人已谢世35年矣。

还出版了翻译四种和与人合作的翻译四种。①此后"文革"十年，周作人著作在中国内地的出版当然完全空白。而从1959年至1975年，香港则出版了他的著作六种，包括他晚年重要的厚达数十万字的《知堂回想录》。

中国内地改革开放以后，随着思想解放和对中国现代文学史的重新审视，周作人其人其文提上中国现代文学研究日程，周作人的著译也逐步解禁。1980年4月，湖南人民出版社率先印行《周作人回忆录》（即《知堂回想录》），但只是"内部发行"。②1984年4月，许志英编《周作人早期散文选》由上海文艺出版社出版，这是报春第一燕，是改革开放以后公开出版的第一部周作人著作，虽然它的问世并非一帆风顺。③两年之后，钟叔河编《知堂书话》和《知堂序跋》先后由长沙岳麓书社出版，在周作人研究界和读书界产生了更大的影响，虽然它们的问世同样并非一帆风顺。④

自1987年7月开始，岳麓书社陆续重印周作人的自编文集，从

---

① 与人合作的译著中，1957年2月、11月和1958年9月人民文学出版社出版的《欧里庇得斯悲剧集》一至三集，系周作人与罗念生合译。奇怪的是，书的封面、扉页和版权页均未印上译者名字，只在"总目"每篇篇名下标明"周启明译"或"罗念生译"。

② 参见《出版说明》，《周作人回忆录》，长沙：湖南人民出版社，1982年1月初版。

③ 许志英为《周作人早期散文选》所作序言《论周作人早期散文的艺术成就》发表于1981年《文学评论》第6期，但此书两年多以后出版时，序言不翼而飞。

④ 据钟叔河《〈知堂序跋〉新序》中透露，此书1986年10月所作原序因"末尾那几句话得罪了人"，1987年2月岳麓书社初版本未刊，代之以几百字的《编者的话》。参见钟叔河：《〈知堂书话〉新序（外二篇）》，《文汇读书周报》2015年9月7日。

《自己的园地》起到《秉烛谈》戛然而止,共出十八种,费时两载,这是中国内地首次较具规模较有系统地重印周作人自编文集,可惜未能竟全功。十五年之后,止庵所编的规模更大更为完备的周作人自编作品集,即《周作人自编文集》三十六种,于2002年1月由河北教育出版社推出,除了周作人生前出版的著作三十二种和身后出版的著作三种悉数收入外,周作人生前已经编定却未能面世的《木片集》也根据保存下来的清样重编出版了。又过了近十年,止庵"重新校订"的《周作人自编集》三十七种,由北京十月文艺出版社自2011年1月起陆续出版,至2013年8月出齐。更大的亮点是,周作人从未出版过的《近代欧洲文学史》被止庵发现,首次编入《周作人自编集》。①

差不多与此同时,钟叔河又主编了两种大型的周作人作品集,可视为他编订周作人作品的新尝试。第一种是1998年9月湖南文艺出版社出版的十卷本《周作人散文分类全编》。所谓"分类全编",顾名思义,这部周作人作品"全编"按编者的分类编排,共分《中国气味》《本色》《日本管窥》《希腊之余光》等十大类。②第二种是十年之后,即2009年5月广西师范大学出版社出版的十四卷本《周作人散文全集》,改为按发表时间先后编排。这两部集子不仅把周作

---

① 周作人在北京大学文科的讲义《近代欧洲文学史》被发现后,2007年7月由北京团结出版社首次出版止庵、戴大洪校注的单行本,然后编入"世纪文景"新版《周作人自编集》。

② 钟叔河编《周作人散文分类全编》共10卷,各卷卷名依次为《中国气味》《千百年眼》《本色》《人与虫》《上下身》《花煞》《日本管窥》《希腊之余光》《夜读的境界》《八十心情》。

人生前身后出版的作品集中所收均予编入外，还把编集当时已经发现的周作人集外文，包括香港罗孚提供的周作人1960年代未能发表的随笔多篇，也尽可能收入，很有点周作人作品准"全集"的样子。

这就涉及周作人集外文的搜集、整理和出版了。几乎所有的中国现代作家都有集外作品，而且许多集外作品并非可有可无，恰恰相反，对研究和评估该作家的文学历程和文学成就往往至关重要，甚至可能改变或部分改变对该作家的既有的文学史定位。因此，对集外文的搜集、整理和研究是现代作家研究的题中应有之义，也因此，尽管编订方式各各不同，鲁迅、郭沫若、茅盾、徐志摩、沈从文、巴金、老舍、胡风等许多作家的全集中都有数量可观、不可或缺的集外卷或集外文部分。那么，周作人又岂能例外？搜集周作人集外文，其实也是为编订周作人全集或准全集进行必要的准备。这项有意义的工作在1980年代中期就开始了，几乎与重印周作人自编文集同步。1987年1月，郑子瑜保存的周作人《知堂杂诗抄》（又名《老虎桥杂诗》）书稿经陈子善增补后由岳麓书社出版，书中"外编"部分就收入了不少周作人的集外旧体诗。紧接着，就有大规模的编订周作人集外文计划开始实施。

1988年1月，陈子善编的《知堂集外文·〈亦报随笔〉》由岳麓书社推出，收入周作人1949年11月至1952年3月在上海《亦报》和《大报》上发表的专栏随笔共756篇。同年8月，陈子善编《知堂集外文·四九以后》也由岳麓书社出版，收入周作人1949年至1965年所作（《亦报》《大报》所载除外）各类文字186篇，附录

4篇。两种集外文集均按发表时间先后编排。这样，周作人1949年以后直至去世的集外文就有了初步的结集，这也是周作人集外文编订计划的最初成果。

稍后，陈子善、鄢琨合编，1994年9月由河北人民出版社出版的《饭后随笔——周作人自选精品集》（上下集）也值得一提。当年周作人曾以在《亦报》所开设的"饭后随笔"专栏名为书名编订了一份《饭后随笔》目录（1949年11月—1950年10月），本拟以此成集付梓，却未能如愿。①但这份目录手迹幸存，因此就以这份目录为依据，并补入1950年10月以后周作人在《亦报》《大报》发表的文字，成为一部新的周作人集外作品集。这是根据周作人生前自定的编排方式和顺序重新整理出版集外文的一项别致的尝试。

整整七年之后，周作人集外文编订计划的又一项成果，即陈子善、张铁荣合编的《周作人集外文》由海南国际新闻出版中心于1995年9月出版，共两集，上集收入周作人1904至1925年发表的各类集外文，下集收入周作人1926至1948年发表的各类集外文，仍均按发表时间先后编排。海南版《周作人集外文》与岳麓版《知堂集外文》两种形成上下衔接的一个较为完整的系列，周作人集外文的搜集、整理和出版至此终于完成第一阶段工作，周作人集外文有了初具规模的首次呈现。

然而，周作人著述之丰厚，远非我们所能想象，遗珠之憾一直

---

① 参见陈子善：《饭后随笔》（代序），周作人：《饭后随笔——周作人自选精品集》上册，石家庄：河北人民出版社，1994年9月初版，第1—3页。

存在。所以，对周作人集外文的搜集和考订工作也决不会就此停步。进入新世纪之后，互联网和各种数据库的无远弗届，海内外中国作家各类手稿拍卖的日益频繁，以及海内外周作人研究者、爱好者更为用心的发掘，为新的周作人集外文的不断出现提供了一个以往完全无法与之比拟的显示平台。特别是随着止庵先生编订的《周作人自编集》和《周作人译文全集》①的相继问世，周作人作品新一轮更为全面的搜集和整理自然不能三缺一，周作人集外文重编工作的启动，也就水到渠成，顺理成章。

按照新的编集构想，重编的《周作人集外文》分为上下两卷，以1945年为界，即上卷收入1904年至1945年的集外文，下卷收入1946年至1965年的集外文，一律按发表或写作时间先后编排。经过将近六年的努力，上卷部分已经大功告成。现把上卷所收入的原海南版《周作人集外文》失收的周作人集外文胪列如下：

《偶作》，1904年5月《女子世界》第5期，署名会稽女士吴萍云。

《题〈侠女奴〉原本》，1904年12月《女子世界》第12期，署名会稽碧罗女士。

《绝诗三首》，1907年7月25日《天义报》第4期，署名独应。

---

① 止庵编《周作人译文全集》共11卷，2012年3月由上海人民出版社"世纪文景"初版，为周作人作品出版史上译文部分首次较为完整的结集。2019年6月又出版了经过增订的《周作人译文全集》12卷。

《序说》,据手迹,未署名(1910年12月)。

《育珂摩耳传》,据手迹,未署名(1910年12月)。

《Souvenir du Edo》,据手迹,未署名(1911年10月)。

《老虎外婆》,据手迹,未署名(1913年)。

《蛇郎》,据手迹,未署名(1913年)。

《老虎怕漏》,据手迹,未署名(1913年)。

《老虎精》,据手迹,未署名(1913年)。

《兄弟》,据手迹,未署名(1913年)。

《狡鹿》,据手迹,未署名(1913年)。

《〈笑报〉所载杂文目》,据手迹,未署名(1917年3月)。

《小学假期究应如何办法乎》,1917年5月《绍兴教育杂志》第18期,署名怪石。

《补白》,1917年5月《绍兴教育杂志》第18期,署名怪石。

《小说丛话》,据手迹,未署名(1917年8月)。

《无题》,据手迹,未署名(1917年)。

《减发讲义案》,1918年1月1日《北京大学日刊》。

《致刘半农》,1918年5月《新青年》第4卷第5号,署名周作人。

《微明》,1919年3月《新青年》第6卷第3号,署名周作人。

《路上所见》,1919年3月《新青年》第6卷第3号,署名周作人。

《北风》，1919年3月《新青年》第6卷第3号，署名周作人。

《京奉车中》，1919年5月《新潮》第1卷第5号，署名仲密。

《偶成》，1919年6月8日《每周评论》第25期，署名仲密。

《东京炮兵工厂同盟罢工》，1919年11月《新青年》第6卷第6号，署名周作人。

《墨痕小识》，据手迹，未署名（1919年12月）。

《周作人启事》，1920年1月13日《北京大学日刊》第513号。

《苦人》，1920年2月《新生活》第25期，署名作人。

《新村北京支部启事》，1920年3月《新青年》第7卷第4号，未署名。

《孙伏园译〈呆子伊凡的故事〉附记》，1920年9月《新潮》第2卷第5号，署名周作人。

《醉汉的歌》，1920年10月13日《晨报副刊》，署名仲密。

《〈儿歌〉附记》，1920年12月《新青年》第8卷第4号，署名周作人。

《〈秋风〉附记》，1920年12月《新青年》第8卷第4号，署名周作人。

《读武者小路君关于新村的著作》，1920年12月8日《民国日报·批评》第4号"新村号",署名周作人。

《穆敬熙译〈自私的巨人〉附记》,1921年10月《新潮》第3卷第1号,署名周作人。

《葛孚英译〈穿靴子的猫〉附记》,1922年5月《妇女杂志》第8卷第5号,署名周作人。

《小杂感三则》,1922年6月17日《晨报副刊》,署名槐。

《小杂感(二)》,1922年6月30日《晨报副刊》,署名仲密。

《小杂感三则》,1922年11月8日《晨报副刊》,署名式芬。

《仁慈的小野蛮》,1923年1月15日《晨报副刊》,署名作人。

《新文学的意义》,1923年4月7日《燕大周刊》第7期,署名周作人。

《关于爱情定则讨论的来信》,1923年6月20日、23日《晨报副刊》。

《刘复〈写所见〉附记》,1923年7月20日《晨报副刊》,署名周作人。

《〈乡间的老鼠与京城的老鼠〉译者附记》,1923年7月28日《晨报副刊》,署名作人。

《节育方法的研究》,1923年9月19日《民国日报·妇女周报》第5号,署名子荣。

《讨论"恋爱难题"的第二封信》,1923年10月10日《民国日报·妇女周报》第 8 号，署名子荣。

《结婚仪式的问题》，1923 年 10 月 17 日《民国日报·妇女周报》第 9 号，署名子荣。

《讨论"恋爱难题"的第四封信》，1923 年 10 月 24 日《民国日报·妇女周报》第 10 号，署名子荣。

《〈儿歌之研究〉附记》，1923 年 11 月 25 日《歌谣周刊》第 34 号，署名周作人。

《花炮的趣味》，1924 年 2 月 14 日《晨报副刊》，署名荆生。

《小杂感（一）》，1924 年 4 月 7 日《晨报副刊》，署名陶然。

《小杂感（二）》，1924 年 4 月 15 日《晨报副刊》，署名陶然。

《〈几首希腊古诗〉译者附记》，1924 年 6 月 23 日《晨报副刊》，署名荆生。

《耀英〈省三病故的消息〉附记》，1924 年 7 月 5 日《晨报副刊》，署名周作人。

《致校长书》，1925 年 8 月 22 日《北京大学日刊》，署名周作人等。

《为反对章士钊事致本校同事的公函》，1925 年 8 月 29 日《北京大学日刊》，署名周作人等。

《反对章士钊的宣言》，1925 年 8 月 29 日《北京大学日刊》，署名周作人等。

《〈论鬼脸〉译者附记》，1925年8月31日《语丝》第42期，署名凯明。

《关于天罡的声明》，1925年9月28日《语丝》第46期，署名凯明。

《这一年》，1925年12月17日《北大学生会周刊》第1期，署名周作人。

《章衣萍〈语丝与教育家〉附记》，1925年12月21日《语丝》第58期，署名岂明。

《日本的恩惠》，1926年1月28日《国民新报副刊》第51号，署名岂明。

《致王茨荪》，1939年2月《商业周刊》第2期，署名周作人（写于1926年）。

《〈汉译古事记神代卷（二）〉译者附记》，1926年3月8日《语丝》第69期。

《糊涂双簧》，1926年3月16日《国民新报副刊》第91号，署名子荣。

《本校教授周作人君致校长书》，1926年4月30日《北京大学日刊》。

《题半农〈瓦釜集〉（用绍兴方言）》，1926年4月北新书局初版刘复著《瓦釜集》，署名仲密。

《〈汉译古事记神代卷（四）〉译者附记》，1926年5月10日《语丝》第78期。

《陈但一〈大同大学的王孝子〉附记》，1926年5月31日

《语丝》第 81 期，署名岂明。

《侯齐贤〈何以颂之？〉附记》，1926 年 6 月 21 日《语丝》第 84 期，署名岂明。

《关于大同大学的王孝子》，1926 年 7 月 12 日《语丝》第 87 期，署名岂明。

《〈谁的信？〉附记》，1926 年 7 月 19 日《语丝》第 88 期，署名岂明。

《〈漫云〉诗辑附识》，1926 年 8 月北京海音书局初版《漫云》（吕沄沁著），署名周作人。

《木郎〈无题〉附记》，1926 年 9 月 25 日《语丝》第 98 期，署名编者。

《关于"猥亵歌谣"》，1926 年 10 月 2 日《语丝》第 99 期，未署名。

《今昔之感》，1926 年 10 月 30 日《语丝》第 103 期，署名岂明。

《秋士译〈战争与性的问题〉附记》，1926 年 11 月 27 日《语丝》第 107 期，署名岂明。

《〈打雅拾遗〉补》，1926 年 12 月 1 日《世界日报副刊》第 6 卷第 1 号，署名作人。

《诗一首》，1927 年 4 月 30 日《语丝》第 129 期，署名岂明。

《诗两首》，1927 年 4 月 30 日《语丝》第 129 期，署名岂明。

《黄汝翼〈又关于毛边装订〉附记》,1927 年 7 月 23 日《语丝》第 141 期,署名岂明。

《游仙窟》("夜读抄"二),1928 年 4 月《北新》第 2 卷第 10 号,署名启明。

《裹脚与包脚》,1928 年《贡献》第 4 卷第 7 期,署名岂明。

《挑针眼的起因与治法》,1928 年《新女性》第 3 卷第 10 期,署名周作人。

《〈在女子学院被囚记〉附件十九篇及编者附识》,1929 年 5 月 20 日《语丝》第 5 卷第 11 期,署名岂明。

《〈塾师〉译者附记》,1930 年 7 月 28 日《骆驼草》第 12 期,署名岂明。

《〈成达学校同学录〉序》,1930 年 8 月 19 日《北平日报》副刊第 244 期,署名周作人。

《〈乐户〉译者附记》,1930 年 8 月 25 日《骆驼草》第 16 期,署名岂明。

《著书与印书》,1930 年 8 月 30 日《中华图书馆协会会报》第 6 卷第 1 期,署名启明。

《〈上庙〉译者附记》,1930 年 9 月 22 日《骆驼草》第 20 期,署名岂明。

《题〈异书四种〉》,据手迹,原无题,署名作人(1931 年 2 月 15 日)。

《与傅孟真先生谈图书馆事书》,1931 年 3 月 6 日《北京大学日刊》，署名周作人。

《题〈越城周氏支谱〉》，据2004年4月《文献》第2期张廷银《族谱藏书题记三则》，原无题，署名作人（1931年4月7日）。

《周启明君书翰》，1931年4月13日《北京画报》，署名作人。

《题〈尺牍双鱼〉》，据2014年《图书馆理论与实践》第12期朱姗《新见周作人藏书题识三则述要》，原无题，署名知堂（1931年6月19日）。

《题〈炭画〉》，据手迹，原无题，署名作人（1931年8月25日）。

《太平洋会议之轩然大波》，1931年11月7日《华北日报副刊》第646号，署名岂明。

《题〈群芳小集〉》，据2009年《文献》第4期谢冬荣、石光明《周作人藏书题记辑录》，原无题，署名作人（1932年2月24日）。

《题〈竹生吟馆墨竹诗草〉》，据2014年7月《文献》第4期杨靖《周作人未刊藏书题记六则》，原无题，署名作人（1932年2月25日）。

《〈莫须有先生传序〉附记》，1932年3月20日《鞭策周刊》第1卷第3期，署名岂明。

《题〈醉古堂剑扫〉》，据2009年《文献》第4期谢冬荣、石光明《周作人藏书题记辑录》，原无题，署名岂明（1932年

5月25日）。

《题〈庭闻忆略〉》，据2009年《文献》第4期谢冬荣、石光明《周作人藏书题记辑录》，原无题，署名作人（1933年2月6日）。

《〈潮州七贤故事集序〉附记》，1933年3月19日《鞭策周刊》第2卷第23期，署名岂明。

《题〈东山谈苑〉》，据2009年《文献》第4期谢冬荣、石光明《周作人藏书题记辑录》，原无题，署名知堂（1933年7月7日）。

《为于式玉编〈日本期刊三十八种中东方学论文篇目附引得〉序》，1933年9月燕京大学编纂处《引得》"特刊之六"于式玉编《日本期刊三十八种中东方学论文篇目附引得》，署名周作人。

《周作人先生手札》，1933年10月《艺风》第1卷第10期，署名作人。

《沈从文君结婚联》，1933年11月《艺风》第1卷第11期，署名知堂。

《〈谈岁时风俗的记载〉前言》，1933年11月23日《上海宁波日报·儿童周刊》第10期，署名作人。

《〈中国古代文艺思潮论〉序》，1933年12月北平人文书店初版清木正儿著、周作人校阅《中国古代文艺思潮论》，署名周作人。

《题〈瑶笺〉》，据2014年《图书馆理论与实践》第12期朱姗《新见周作人藏书题识三则述要》，原无题，署名知堂（1934年3月19日）。

《偶作打油诗二首》，1934年4月5日《人间世》第1期，署名苦茶庵。

《题〈帝京景物略〉》，据1934年6月《人间世》第6期沈启无《帝京景物略》，原无题，署名作人。

《步原韵和半农〈自题画像〉》，据1934年7月1日《论语》第44期半农《桐花芝豆堂诗集（八续）》，原无题，未署名。

《致〈大公报·图书副刊〉》，1934年7月7日《大公报·图书副刊》"来函照登"栏，署名周作人。

《题王青芳画〈鸡〉》，据1934年9月《艺风》第2卷第9期阿芳《追述刘半农》，原无题，署名作人。

《致曹聚仁》，据1934年10月20日《人间世》第14期曹聚仁《跋知堂两信》，原无题，署名知堂。

《致张次溪》，1934年北平邃雅斋书店初版《清代燕都梨园史料·增补菊部群英》，原无题，署名周作人。

《题〈什一偶存〉》，据2009年《文献》第4期谢冬荣、石光明《周作人藏书题记辑录》，原无题，署名知堂（1935年1月21日）。

《我对于妇女剪发留发的意见》，1935年3月《大众画报》第17期，署名周作人。

《钱、周二顾问致编者信》，1935年6月《日文与日语》第

2卷第6号，署名周作人。

《题〈鉴湖棹歌〉》，据2014年7月《文献》第4期杨靖《周作人未刊藏书题记六则》，原无题，署名知堂（1935年10月10日）。

《题〈姜露庵杂记〉》，据2014年7月《文献》第4期杨靖《周作人未刊藏书题记六则》，原无题，署名知堂（1935年11月）。

《周作人先生来函》，1935年12月16日《世界日报副刊》。

《民廿五贺年诗》，据手迹，署名知堂（1935年12月24日）。

《知堂四信》，1936年1月4日、11日《上海报·文艺周刊》第1、2期，署名周作人、作人。

《越中文献杂录》，1936年1月16日《越风》第6期，署名周作人。

《题〈历代名媛杂咏〉》，据2009年《文献》第4期谢冬荣、石光明《周作人藏书题记辑录》，原无题，署名知堂（1936年1月30日）。

《题〈传芳录〉》，据2014年7月《文献》第4期杨靖《周作人未刊藏书题记六则》，原无题，署名知堂（1936年2月8日）。

《题〈佚笈姑存〉》，据2009年《文献》第4期谢冬荣、石光明《周作人藏书题记辑录》，原无题，署名知堂（1936年3月18日）。

《关于〈广笑府〉》，1936年4月3日《大晚报·火炬·通俗文学周刊》第 1 期,署名作人。

《致赵家璧函两通》,1936 年 5 月生活书店初版孔另境编《现代作家书简》,署名作人。

《致汪馥泉函两通》,1936 年 5 月生活书店初版孔另境编《现代作家书简》,署名作人。

《〈希腊人的好学〉附记》,1936 年 8 月 16 日《新苗》第 6 期,署名知堂。

《知堂先生手札》,1936 年 9 月 16 日《宇宙风》第 25 期。

《题〈寿樟书屋诗钞〉》,据手迹,原无题,署名知堂(1936 年 10 月 29 日)。

《题〈通俗编〉》,据 2009 年《文献》第 4 期谢冬荣、石光明《周作人藏书题记辑录》,原无题,署名知堂(1936 年 11 月 8 日)。

《周作人启事》,1937 年 1 月 5 日《世界日报·明珠》。

《题〈日本杂事诗〉》,据 2009 年《文献》第 4 期谢冬荣、石光明《周作人藏书题记辑录》,原无题,署名知堂(1937 年 2 月 2 日)。

《〈谈俳文〉附记二》,1937 年 6 月《文学杂志》第 1 卷第 2 期,署名知堂。

《题〈袚园集〉》,据 2009 年《文献》第 4 期谢冬荣、石光明《周作人藏书题记辑录》,原无题,署名知堂(1937 年 6 月 11 日)。

《题〈冰雪堂诗〉》,据 2009 年《文献》第 4 期谢冬荣、石光明《周作人藏书题记辑录》，原无题，署名知堂（1938年2月27日）。

《题〈湘舟漫录〉》，据2009年《文献》第4期谢冬荣、石光明《周作人藏书题记辑录》，原无题，署名知堂（1938年2月27日）。

《通信》，残简，据1938年4月5日《戏言》半月刊费允臧《周作人是个富有艺术天才的书法家》中手迹，原无题，未署名。

《周作人先生致友人书》，1938年6月16日《众生》半月刊第4号，署名作人。

《题〈会稽三赋〉》，1938年7月2日北平《晨报》，署名药堂。

《读〈眉山诗案广证〉附记》，1938年7月6日北平《晨报》，署名药堂。

《〈白石诗词题记〉附记》，1938年7月15日北平《晨报》，署名药堂。

《关于〈南浦秋波录〉》，1938年7月20日北平《晨报》，署名药堂。

《谈关公》，1938年8月4日北平《晨报》，署名药堂。

《题〈五老集〉》，据2014年《图书馆理论与实践》第12期朱姗《新见周作人藏书题识三则述要》，原无题，署名岂明、知堂（1930年8月30日、1938年8月10日）。

《方外唱和诗钞》，1938年9月30日《燕京新闻·文艺副镌》第 1 期，署名知堂。

《题〈春在堂尺牍〉》，据 2009 年《文献》第 4 期谢冬荣、石光明《周作人藏书题记辑录》，原无题，署名知堂（1938 年 10 月 19 日）。

《〈谈劝酒〉附记四》，1938 年 11 月 10 日《朔风》第 1 期，署名知堂。

《周作人书简》（1939 年 1 月 13 日致陶亢德函），1949 年 2 月万象图书馆初版平衡编《作家书简》（真迹影印）。

《题〈梦痕馆诗话〉》，据 2014 年 7 月《文献》第 4 期杨靖《周作人未刊藏书题记六则》，原无题，署名知堂（1935 年 3 月 20 日、1939 年 3 月 20 日）。

《题〈洗斋病学草〉》，据 2009 年《文献》第 4 期谢冬荣、石光明《周作人藏书题记辑录》，原无题，署名知堂（1939 年 3 月 21 日）。

《题〈偶存集〉》，据 2009 年《文献》第 4 期谢冬荣、石光明《周作人藏书题记辑录》，原无题，署名岂明、知堂（1930 年 8 月 26 日、1939 年 4 月 20 日）。

《遣怀用六松老人原韵》，据手迹，署名知堂（1939 年 4 月 30 日）。

《〈野草的俗名〉补记》，1939 年 7 月 10 日《宇宙风乙刊》第 10 期，署名知堂。

《偶作用六松堂韵》，据手迹，署名知堂（1939 年 9 月 12 日）。

《题〈春水〉》，据手迹，原无题，署名知堂（1939年10月7日）。

《自题〈周作人随笔集〉》，据手迹，署名知堂（1940年4月16日）。

《丁巳旧诗》，1940年9月9日《庸报》，署名知堂。

《鲁迅年谱（第一期）》，据1940年9月16日《宇宙风乙刊》第29期许景宋《鲁迅年谱的经过》，未署名。

《〈庸报〉新年志感》，1941年1月1日《庸报》，署名知堂。

《〈日本诗歌选〉跋》，1941年4月30日日本田中庆太郎发行、文求堂书店发卖钱稻孙译《日本诗歌选》，署名周作人。

《题〈樵隐昔寱〉》，据手迹，原无题（1941年9月15日）。

《诗一首》，1941年10月《雅言》卷十，原无题，署名周作人。

《〈儿童新文库〉序》，1941年12月北京新民印书馆初版《燕子报恩》（张深切编著《儿童新文库》第1集第1册），原题"周作人序"。

《〈日本的孔子圣庙〉序》，1941年日本国际振兴会《日本的孔子圣庙》，署名周作人。

《题白石纸》，据手迹，原无题，署名知堂（1942年4月）。

《题〈激祭值年祭簿〉》，据2014年7月《文献》第4期杨靖《周作人未刊藏书题记六则》，原无题，署名知堂（1942年5月23日）。

《题〈柳边纪略〉》,据2009年《文献》第4期谢冬荣、石光明《周作人藏书题记辑录》,原无题,署名知堂(1942年7月18日)。

《题〈重刊校正笠泽丛书〉》,据2009年《文献》第4刊谢冬荣、石光明《周作人藏书题记辑录》,原无题,署名知堂(1942年12月14日)。

《题〈范蘅洲先生文稿一卷〉》,据手迹,原无题,署名知堂(1943年1月23日)。

《题〈海东逸史〉》,据2009年《文献》第4期谢冬荣、石光明《周作人藏书题记辑录》,原无题,署名知堂(1943年1月31日)。

《〈枝巢四述〉序》,1943年北京大学排印本《枝巢四述》(夏仁虎著),署名周作人。

《〈留学的回忆〉附记》,1943年3月15日《中国留日同学会季刊》第3号,署名知堂。

《对学习日语者进一言》,1943年3月25日《新天津画报》,署名智堂。

《知堂日记》,1943年4月26日《中华日报·中华副刊》第200期纪念号,署名知堂。

《苦雨斋书信》,1943年6月22日《中华日报·中华副刊》第241期,署名知堂。

《〈北大文学〉发刊词》,1943年6月《北大文学》第1辑,署名周作人。

《题〈六朝文絜笺注〉》，据 2009 年《文献》第 4 期谢冬荣、石光明《周作人藏书题记辑录》，原无题，署名知堂（1943 年 7 月 4 日）。

《〈关于祭神迎会〉附记》，1943 年 9 月《杂志》复刊第 14 号，署名药堂。

《〈少年文库〉小序》，1943 年 10 月新民印书馆出版境宇作《日本武尊》，署名周作人。

《看报的经历》，1943 年《新学生》第 2 卷第 3 期转载（原刊北平《实报》），署名知堂。

《题〈广阳杂记〉》，据手迹，原无题，署名十堂（1944 年 1 月 24 日）。

《〈论小说教育〉附记》，1944 年 2 月《天地》第 5 期，署名知堂。

《〈两种祭规〉附记》，1944 年 2 月《中和》第 5 卷第 2 期，署名知堂。

《题〈古文小品咀华〉》，据手迹，原无题，署名作人（1944 年 5 月 5 日）。

《〈北京地名志〉序》，1944 年 9 月新民印书馆初版《北京地名志》（多田贞一著，"东方民俗丛书"第 1 期），署名周作人。

《〈雨的感想〉附记》，1944 年 10 月《天地》第 13 期，署名十堂。

《题〈古赋识小录〉》，据手迹，原无题，署名作人（1944 年秋）。

《宇野季明先生七旬寿序》，据1999年5月上海人民出版社初版李庆编《东瀛遗墨——近代中日文化交流稀见史料辑注》，署名周作人（1944年11月）。

《题〈触藩始末〉》，据2009年《文献》第4期谢冬荣、石光明《周作人藏书题记辑录》，原无题，署名药堂、知堂（1944年7月29日、1945年2月）。

《俄国大作家》，1945年8月《读书》第2卷第1期，署名十堂。

从这份新增作品目录不难看出，此次重编，对周作人1945年以前集外文的增补，仅就数量而言，幅度也是相当大的。何谓"集外文"，学界历来有不同的理解。《鲁迅全集》之《集外集拾遗》和《集外文拾遗补编》采取的是比较包容的做法，凡鲁迅留下的文字，哪怕是一段告白，一个按语，一则更正，只要发现了，均予收录。毫无疑问，这与鲁迅在中国现代文学史上极为重要的地位有关。显然，对周作人也应作如是观。对新编《周作人集外文》而言，历年新发现的周作人集外评论、随笔、序跋、诗歌，自在收录之列；周作人1945年前公开发表的书信、日记等，也尽可能收录；至于题跋、附记之类，已公开发表的自不必说，未曾公开发表的，只要留存手迹或有可靠出处，也尽量不错过。① 周作人行文有个与

---

① 由于众所周知的原因，周作人因职务行为所作的各类公务性文字以及一些事务性的通知等，此次集外文重编不予收录。

众不同的地方，即喜欢对自己和他人作品酌加"前言"和"附记"，这类文字哪怕只有一句两句，片言只语，也有可能透露他的见解或心绪，有些甚至是很可珍贵的，因此，此次重编特别注意辑录。① 当然，旧编《周作人集外文》误收之文，② 此次重编不再保留。

在笔者看来，这次新增的周作人1945年以前集外文中，至少至少，早年的《小说丛话》系列、五四新文学运动初期的《读武者小路君关于新村的著作》《新文学的意义》和讨论"恋爱难题"的几通公开信以及关于《游仙窟》的长文、1930年代的《〈中国古代文艺思潮论〉序》、1940年代的《〈枝巢四述〉序》《俄国大作家》等文，都值得格外留意。尤其应该提到的是，抗战爆发后，胡适与周作人有名的唱和诗，早已为现代文学研究界所熟知，也曾被多次引用，但唱和诗的最初出处一直未明，成了周作人研究上的一个悬案。而今新收入《周作人集外文》上卷的一篇《方外唱和诗钞》，对此做出了新的解答。此文刊于1938年9月30日北平《燕京新闻·文艺副镌》第一期，署名臧晖居士、知堂，这应该才是胡周唱和诗的最初出处，从而填补了迄今各种周作人研究资料的缺漏。以上只是粗略举例，期待新编《周作人集外文》上卷给研究者带来更多的惊喜。

书稿编就，还应说明两点：一、周作人1939—1945年间所作

---

① 由于《周作人译文全集》已经出版，新发现的周作人译文的"附记"等，此次集外文重编不再重复收录。
② 参见汪成法：《周作人"顽石"笔名考辨》，《湖南人文科技学院学报》2007年2月第1期。

《先母事略》《〈一蒉轩笔记〉序》《文坛之分化》等文中提到的政府机构、官名等,均为伪政府和伪官职。 二、《国语与汉字》(刊1936年6月28日《独立评论》第207号)、《通信》(刊1936年12月9日《歌谣周刊》第2卷第29号)等六篇文章因故未收入。

周作人真是一个了不起的作家,无论荣辱,勤奋笔耕长达一个多甲子,正如他自己在《丙戌丁亥杂诗·文字》中所说的:"半生写文字,计数近千万";"出入新潮中,意思终一贯。"①其毕生著述之丰富多样,在此次重编的《周作人集外文》中再次充分体现出来了。新编《周作人集外文》上卷比之旧编1945年前部分新增190余篇(则),约十万余字,就是又一个明证。新编《周作人集外文》上卷即将问世,篇幅更大的《周作人集外文》下卷的编集也在抓紧进行。笔者期待,新编《周作人集外文》将会为周作人研究的拓展和深入提供新的阐释空间。

---

① 周作人:《知堂杂诗抄》,长沙:岳麓书社,1987年1月初版,第42页。

研究鲁迅杂文艺术第一篇

尘封的历史,一旦被揭开,往往会使人惊讶不已。

梁实秋和鲁迅在 20 世纪 20 年代末 30 年代初展开过一场尖锐激烈的论战,这是中国现代文学史上众所周知的大事。可是,又有谁能想到,恰恰是鲁迅著名论敌的梁实秋,在鲁迅研究史上率先探讨鲁迅杂文的文学价值,并给予了较为中肯的评价。

1927 年 6 月 5 日,上海《时事新报·书报春秋》发表书评《华盖集续编》,作者署名"徐丹甫"(见附录)。这位"徐丹甫"并非别人,正是梁实秋。

证实"徐丹甫"是梁实秋的笔名并不困难。是年春天,因北伐军逼近南京,局势混乱,在东南大学文学院执教的梁实秋携家避居上海。5 月 1 日,梁实秋经张禹九介绍,出任《时事新报·青光》编辑,历时三个月又九天。①梁实秋晚年写过一篇《我与〈青光〉》,②文中有段话说得很清楚:"我在《青光》上写了一些小文,后来辑成一小册,题名《骂人的艺术》,新月书店出版,现在看来觉得十分肤

---

① 参见梁实秋:《自序》,《骂人的艺术》,上海:新月书店,1927 年 10 月初版。
② 梁实秋:《我与〈青光〉》,台北:《文讯》1986 年 2 月第 22 期。

浅,悔其少作。我当时使用一些笔名,如秋郎、谐庭、慎吾、徐丹甫等。"在另一篇晚年所写的《副刊与我》①中,梁实秋又说: 针对当时上海某小报连载《乡下人到上海》,"我化名撰了一篇《上海人到纽约》,逐日连载于《青光》,即以其人之矛攻其人之盾"。而是年6月21日至7月5日《青光》连载的《上海人到纽约》,署名就是"徐丹甫"。据此两点,足以证明"徐丹甫"确是梁实秋的笔名。梁实秋在《青光》上发表作品全部使用笔名,"秋郎"出现的频率最高,其次就是"徐丹甫"。"徐丹甫"还是梁实秋使用时间最长的笔名之一,直到他1938年12月主编《中央日报·平明》时,还用这个笔名发表了小品《说酒》。当时,梁实秋也为《时事新报》新创办的"专登介绍与批评书报之文字"的周刊《书报春秋》撰稿,如5月8日就用本名发表了对狮吼社代表作家滕固的小说集《迷宫》和《死人的叹息》的评论。因此,这篇批评《华盖集续编》的文章出自梁实秋之手,是不容置疑的。

在批评《华盖集续编》前一天,梁实秋已用"徐丹甫"笔名在《时事新报·学灯》上发表了一篇《北京文艺界之分门别户》,从"在文艺的广大领域里,各树旗帜,分道扬镳,原是很平常"的观点出发,分析"新文学的策源地"——北京文艺界各种派别的兴衰消长。在梁实秋看来,胡适无疑是"新文学运动的先锋",尽管他"对于文学研究并无专攻",而在"文学革命"初期,号称"北大派"的康白情、俞平伯、傅斯年、罗家伦等人"独霸文坛","继北

---

① 收入梁实秋:《雅舍散文》,台北:九歌出版社,1985年6月初版。

大派而崛起者，当推二周"，在一个时期内，周氏兄弟成为北京"文坛盟主"。随之是以陈西滢、徐志摩等为代表的"现代派"与"以二周为主"的"语丝派"的对峙。他力图探究两派分歧之由来与发展，以及各自在不同的文学领域里所作的努力，"至于纷争之孰是孰非，则不在本文范围之内"。梁实秋又认为，"二周"虽然同为"语丝派"中坚，"平常总联在一起讲，但是二周并非一派，各有专长，各有徒众，各有机关，决不能混为一谈。这个分离的趋势，至最近始极明显"。对于鲁迅，梁实秋有两段较为集中的论述：

> 鲁迅先生是小说家及"杂感家"，他的个性真充足。《阿Q正传》据说已有好几种译本，其价值可知。鲁迅先生的特长，即在他的尖锐的笔调，除此别无可称。但是钦仰鲁迅先生的小说的人极多，鲁迅先生又极力奖掖后进，所以也有很大的势力。

> 《语丝》是专载小品文字的刊物，如周作人先生及鲁迅先生的杂感作品的确是很精彩，但是没有大规模的文学上的努力。鲁迅先生编的几部丛书，似是极力奖掖后起，颇有相当的成绩。

这是迄今所能见到的梁实秋批评鲁迅最早的文字。平心而论，就当时文坛对鲁迅的认识水平而言，还是比较客观的。值得注意的是，梁实秋肯定鲁迅杂文创作的成就，将其与鲁迅已享有盛誉的小说创作相提并论，这是从未有过的。称鲁迅为"杂感家"，系自梁实秋始，而且文中是从正面加以赞扬，并不像以后那样带有讽刺意味，这也是难能可贵的。不过，梁实秋该文点到即止，没有进一步发挥，对鲁迅杂文的文学价值进行具体分析的任务，是在评论《华盖集续编》一文中完成的。诚然，梁实秋该文也有一些说法失实，下文还将谈到。

《华盖集续编》是鲁迅继《坟》《热风》《华盖集》之后的第四本杂文集，1927年5月由北京北新书局出版。不到一个月，梁实秋就发表这篇批评文字，反应实在迅速。梁实秋在文中同意鲁迅自己的说法，认为此书"的确是'释愤抒情'的作品"，并且指出鲁迅所最愤的，也就是全书一大部分所攻击的是当时的教育总长章士钊和北大教授陈源两位。但他继续贯彻写作《北京文艺界之分门别户》时的主张，明确表示对鲁迅与章、陈之争的是非曲直不予讨论，他感兴趣的是该书在文学上的价值，他所注重的是鲁迅杂文这种独特的文体及其精湛的文字技巧。

梁实秋首先指出，自中国新文学发轫至今，讽刺的文字"很不多见"，鲁迅杂文正好填补了这一空白。鲁迅的杰出之处在于"他的思想是深刻而辣毒，他的文笔是老练而含蓄"。中国当时不分是非曲直美丑善恶的麻木的社会，尤其需要鲁迅这支比钢还锋利的讽刺的笔来刺激，来针砭。这里梁实秋实际上已经涉及鲁迅杂文的思想内涵和现实意义，当然，他主要还是从鲁迅文笔的犀利无比，从文学的角度来研读鲁迅杂文的。梁实秋的这些看法不但颇有见地，简直一语惊人。对鲁迅杂文是不是文学作品，对鲁迅杂文的历史地位,历来存在争论,梁实秋却早就宣告鲁迅杂文属于讽刺文学。从先秦寓言到晚清讽刺小说,中国讽刺文学的历史可谓源远流长,梁实秋把鲁迅杂文放在这个历史背景下进行考察,认为其隽永美妙堪称中国现代讽刺文学的代表,这在鲁迅研究史上又是前所未有的,后来的研究者也很少这样认识和提出问题,因而梁实秋这个观点直到今天仍不失其新鲜感。

梁实秋对鲁迅杂文艺术风格的具体分析,更加显示出他见解的独到和深刻。梁实秋认为作为讽刺文学的鲁迅杂文,有两个最成功的特色,一是"灵活巧妙"地引用文言,二是"喜欢说反语",从而嬉怒笑骂皆成文章,达其"切中时病","攻击敌方"的目的。鲁迅提倡白话一贯不遗余力,有关论述在鲁迅著作中比比皆是,但鲁迅也说过:"没有相宜的白话,宁可引古语,希望总有人会懂",[①]他同样擅长汲取古文中的营养,丰富自己的杂文语言,熔铸古今,文白相济,构成一种独特的讽刺文体,更为有力地抨击时弊。这一点现在已经引起鲁迅杂文研究界的重视,国内研究者的大量著述暂且不说,在海外,夏济安在1950年代就断言鲁迅杂文"依靠了文言词汇和修辞方式"来发挥讽刺作用。[②]而最先指出这一点并加以精辟论述的,不还是梁实秋吗?还应说明的是,当时新文学界简单地全盘否定古代文学语言的观点占统治地位,对鲁迅杂文的这个艺术特点故意视而不见,梁实秋敢于鲜明地提出自己的见解,也属

[①] 鲁迅:《南腔北调集·我怎么做起小说来》,《鲁迅全集》第4卷,第526页。
[②] 参见夏济安:《鲁迅作品的黑暗面》,《黑暗的闸门》(英文本),华盛顿:华盛顿大学出版社,1968年初版。

不易。

梁实秋所说的英文 Irony 现在通译为反讽,但在西方文论中,反讽的内涵广远得多,泛指整个文学技巧,包括言辞的反讽和场景的反讽等等。梁实秋此文探讨鲁迅杂文如何正话反说或反话正说,则是狭义的反讽,也即中国传统修辞通常称之为的反语。鲁迅说过他自己"好作短文,好用反语",① 显然主要指杂文而言,所谓尖锐冷峭的鲁迅笔调,从某种意义上讲,正是由此而来。鲁迅是运用反语、特别是在杂文中运用反语的大师。梁实秋慧眼独具,抓住鲁迅杂文文体的这个显著的特点进行剖析,还引述鲁迅《空谈》中的一段话细加论证,指出鲁迅在杂文中运用反语大大加强了嘲弄和讽刺的力量。他强调鲁迅杂文运用反语是如此高明出色,以致不但鲁迅的朋友,就是他的敌人也不得不承认。尽管早在 1922 年,周作人就已指出鲁迅多用反语,善于"冷嘲",然而周作人所说的是以《阿Q正传》为代表的鲁迅小说,② 若问是谁最早研究鲁迅杂文中的反语,仍然当推梁实秋。而今研究鲁迅文体已成为海内外鲁迅研究界的热门课题,梁实秋在这方面的开创之功不可没。

按照国内鲁迅研究界通行的分期法,1927 年以前称为鲁迅研究的发轫期或滥觞期。在这一时期内,对鲁迅杂文的研究尚处于初步反响的萌芽阶段。严格地说,在梁实秋之前还没有人把鲁迅杂文作为研究对象,屈指可数的提及鲁迅杂文的几篇文章都只是直感式的

---

① 鲁迅:《两地书·一二》,《鲁迅全集》第 11 卷,第 47 页。
② 参见仲密(周作人):《阿Q正传》,《晨报副刊》1922 年 3 月 19 日。

三言两语，不像梁实秋该文具有系统性和一定的理论深度。梁实秋该文实际上是对鲁迅早期杂文作了较好的概括，他非常重视鲁迅杂文的文学价值，对其作出了不仅在当时最充分就是今天看来也足资启迪的评价，可以毫不夸张地说，梁实秋是把鲁迅杂文引进文学大雅之堂的第一人。长期以来，国内的鲁迅研究者一直认为茅盾的《鲁迅论》对研究鲁迅杂文"做了十分有意义的开创性工作"，[①]但是《鲁迅论》比梁实秋该文迟发表五个月，而且《鲁迅论》并非专门讨论鲁迅杂文，对鲁迅杂文只是从思想内涵方面加以阐发，对其文学价值和艺术技巧基本没有触及，因此，对鲁迅杂文研究做了有意义的开创性工作的应是梁实秋，而不是茅盾。梁实秋该文的发现，使一部鲁迅杂文研究史也得重写了。何况迄今为止，国内出版的几种研究鲁迅的权威性工具书，如《鲁迅研究资料索引》（北京图书馆和中国社科院文研所合编）和《1913—1983 鲁迅研究学术论著资料汇编》（中国社科院文研所鲁研室编）都未收录该文，该文的史料价值就更不言而喻了。

在 20 年代末 30 年代初那场针锋相对的论战中和论战后，梁实秋对鲁迅杂文的看法自然有所改变，他一再批评鲁迅是消极的"不满于现状"的"杂感家"，这是不争的事实；另一方面，他仍多少坚持了评《华盖集续编》时的基本观点，这同样是不争的事实。他 1934 年在《现代文学论》[②]中把鲁迅与胡适、徐志摩、周

[①] 袁良骏：《鲁迅研究史》上册，西安：陕西人民出版社，1986 年 4 月初版。方璧（茅盾）：《鲁迅论》，《小说月报》1927 年 11 月第 18 卷第 11 期。

[②] 收入《偏见集》，南京：正中书局，1934 年 7 月初版。

作人、郭沫若并列为现代散文的五大代表,认为"鲁迅的散文是恶辣,著名的'刀笔',用于讽刺是很深刻有味的,他的六七本杂感是他的最大的收获"。1941年10月,他在《鲁迅与我》①中又说:"平心而论,鲁迅先生的杂感是写得极好,当代没有人能及得他,老练泼辣,在这一类型中当然是应推独步。但是做为真理的辩论看,我并不心服。"到台湾以后,他又在《关于鲁迅》②中称鲁迅"为文极尖酸刻薄之能事,他的国文的根底在当时一般白话文学作家里当然是出类拔萃的,所以他的作品(尤其是所谓杂感)在当时确是难能可贵。他的文字,简练而刻毒,作为零星的讽刺来看,是有其价值的"。"但是其中有多少篇能成为具有永久价值的讽刺文学,也还是有问题的。"回顾梁实秋鲁迅杂文观的这一变化发展过程是有必要的,它有助于加深对评《华盖集续编》一文的理解。

人们或许要问,鲁迅是否见过这篇评《华盖集续编》,恐怕未必,因为鲁迅当时远在广州。但是鲁迅却读到了《北京文艺界之分门别户》,并且一再批评作者"徐丹甫先生"。1927年6月10日、11日香港《循环日报·循环世界》转载了《北京文艺界之分门别户》,鲁迅读后立即致函循环日报社要求更正该文的三点失实:一是他从未担任《晨报副刊》的"特约撰述员";二是陈源与戏剧家陈大悲就翻译高尔斯华绥的剧本《忠友》在《晨报副刊》上展开争

---

① 刊重庆《中央周刊》1941年11月27日第4卷第16期。
② 收入《文学因缘》,台北:文星书店,1964年1月初版。

论后,他并未停止向《晨报副刊》投稿;三是他离开北京后并没有去武汉。①接着,鲁迅又在致李小峰的《通信》中对该文称他为"杂感家"表示反感,视该文希望他和现代评论派"泯除成见,协力合作"为咄咄怪事。隔了不久,新月书店在上海成立,书店的新书目录预告陈源的《西滢闲话》时,援引徐丹甫该文观点,称鲁迅为"语丝派首领",陈源为"现代派主将",②遂引起鲁迅更大的不满,先后写了《辞"大义"》《革"首领"》③等文进行反驳,鲁迅在文中把徐丹甫看作是现代评论派的同伙。他在同年8月17日和9月19日致章廷谦(川岛)的信中也两次提及这件令他感到"最可恶"的事。

其实鲁迅是大大误解了。撇开新月书店的广告确有借鲁迅之名招徕读者之嫌这一点不谈,徐丹甫也即梁实秋该文实非别有用心。梁实秋当时与陈源仅一面之缘,不是现代评论派中的人。他写《北京文艺界之分门别户》态度也是比较严肃的,尽管文中有几处与事实不符,应该纠正,文中的某些观点也可以商榷,但他从正面提出鲁迅是"杂感家"、"语丝派"首领,在今天看来根本没有什么错。梁实秋更没有偏袒陈源,他在评《华盖集续编》时引用鲁迅《空谈》中的那段话不正是鲁迅批评陈源的吗?可惜鲁迅不曾看到。如果说鲁迅与现代评论派论战时过于激烈,那么看待鲁迅对梁实秋该

---

① 鲁迅:《而已集·略谈香港》,《鲁迅全集》第3卷,第448页。
② 新月书店这份新书预告的全文未见,但主要内容已为鲁迅《革"首领"》一文所引用。
③ 《通信》和《释"大义"》《革"首领"》等文均收入《而已集》。

文的态度至少也应作如是观。估计鲁迅始终不知道徐丹甫就是梁实秋，梁实秋当时也没有对鲁迅的指责作出回答。但这毕竟是鲁迅与梁实秋之间的首次交锋，时间比目前海内外鲁迅研究界所公认的两人因梁实秋发表《卢梭论女子教育》一文而引起笔战提早了半年。

梁实秋和鲁迅的那场论战牵涉中国现代文学史上的许多重大问题，这不属于本文研究的范围，笔者也无意调和或缩小两人在政治观、文艺观和文化心态等方面的深刻分歧及差异，只是根据新发掘出来而梁实秋本人又从未忆及的评《华盖集续编》一文证明，梁实秋在与鲁迅交恶之前对鲁迅杂文的文学价值贡献过很精彩的意见，开拓了鲁迅杂文研究的新领域。他在鲁迅研究史上的重要地位是不应被遗忘和抹杀的，我们应该还历史的本来面目。

[附录]

《华盖集续编》

徐丹甫

鲁迅著第三杂感集

北新书局出版

实价八角

昨日《学灯》登载拙作《北京文艺界之分门别户》一文，我们知道鲁迅先生在北京文坛上是自成一派的。这本《华盖集续编》，就是他一九二六年一年中的文章的总集。在《小引》里，鲁迅先生很客气的叙述：

> 这里面所讲的仍然并没有宇宙的奥义和人生的真谛。不过是，将我所遇到的，所想到的，所要说的，一任它怎样浅薄，怎样偏激，有时便都用笔写了下来。说得自夸一点，就如悲喜时节的歌哭一般，那时无非借此来释愤抒情……

鲁迅先生一向是喜欢说客气话的，惟独这几句话，我相信不是客气话。《华盖集续编》的确是"释愤抒情"的作品。然而鲁迅先生究竟有甚么"愤"呢？这便是北京文艺界所谓的门户之争了。我们细看《华盖集续编》，便知道鲁迅先生所最愤的，一是孤桐先生，即整顿学风的章士钊先生，一是西滢先生，即北京大学陈源教授。全书的一大部分是对孤桐先生与西滢先生的攻击。我现在批评《华盖集续编》，不是要批评鲁迅先生的对于这次争执的是非曲直，我要批评的是《华盖集续编》在文学上的价值。

鲁迅先生的文字，极讽刺之能事，他的思想是深刻而辣毒，他的文笔是老练而含蓄。讽刺的文字，在中国新文学里是很不多见的，这种文字自有他的美妙，尤其是在现代的中国。一般的人，神经太麻木了，差不多是在睡眠的状态，什么是非曲直美丑善恶，一概的冷淡置之不生影响。在这种情形之下，非要有顶锋利的笔来激刺一下不可。就如同我们深夜读书，昏昏欲睡，用钢锥刺一下。痛自然是痛的，然而睡魔可以去了。鲁迅先生的这支笔，比钢还锋利。从前作文善辩善讽，称做"针针见血"。鲁迅先生的文章，是不见血的。因为笔锋太尖了，一直刺到肉里面去，皮肤上反倒没有痕迹。我们中国的麻木的社会，真需要这样的讽刺的文学。

讽刺文学的艺术，是极值得研究的。我们细读《华盖集续编》可以看出鲁迅先生最成功的几种讽刺的技术。兹约略言之。

鲁迅先生最用力的讽刺的字句，全是出以文言。其实鲁迅先生的文章，一向是文言白话，夹杂并用的。而用文言的地方最为隽永深刻。这也一半由于古文的本身是典雅有味，一半由于鲁迅先生引用得灵活巧妙。鲁迅先生之引用文言，其巧妙奇特，有如吴稚晖先生之引用白话，这两位先生真是滑稽大家，讽刺能手，可说是异曲同工。鲁迅先生喜在极平庸的记述里，出人意外的硬写几句古文，一唱三叹，摇曳生姿。你说他是取笑，他却极郑重其事的；你说他是古板，他却流露着一派的鄙夷神情。鲁迅先生属在军阀势力之下，满腔的孤愤，无法发泄，只能在文字上嬉怒笑骂，以抒其情。有许多话，却也切中时病，比什么正经的文字，反倒来得有力。

鲁迅先生还喜欢说反话，英文叫作"爱伦尼"(Irony)，就是明明要反对一件事，偏偏说一些拥护的话，事实上说得寒伧不堪，而口口声声的还要拥护，局外的明眼人一望便知个中深意。这样的爱伦尼的艺术，岂不比直说平叙一览无余的笔法高明得多？随便一翻，看见了这样一段：

> 这次用了四十七条性命，只购得一种见识：本国的执政府前是"枪林弹雨"的地方，要去送死，应该待到成年，出于自愿的才是。我以为"女志士"和"未成年的男女孩童"，参加学校运动会，大概倒还不至于有很大的危险的。至于"枪林弹雨"中的请愿，则虽是成年的男志士们，也应该切切记住，从

此罢休！

前面一段，句句是反话，头脑简单的人若认为字面的意思即是鲁迅先生的本心，这个误会可就大了。我们读一切幽默讽刺的文章，全要在字里行间体会作者的苦心。用心的作者，没有一个字是随便下的，没有一句话是平平说的。作文先求达意，能达意之后便要研究为何达意。鲁迅先生便是善于以讽刺的技术，达他的愤世嫉俗攻击敌方的意思。这一点，无论是与鲁迅先生友善或敌对的人，都要承认的。

喜欢鲁迅先生的深刻的文笔的人，不可不看《华盖集续编》，喜欢知道北京文艺界纷争的内容的人，也不可不看，因为这本书是代表鲁迅一方面的辩词。

闻一多集外情诗

1984年8月,台北皇冠出版社出版了梁实秋的《看云集》。在此之前十年,也即1974年3月,台北志文出版社已先出版了梁实秋的《看云集》。①两书内容不同而书名完全相同,这在梁实秋众多著作中可是一个特例,在现代文学版本学上也值得一提。

皇冠版《看云集》无序。志文版《看云集》有序,开宗明义,说"人到老年,辄喜回忆。因为峰回路转柳暗花明的阶段已过,路的尽头业已在望,过去种种不免要重温一番"。而书之所以"题名为《看云集》,无非是借陶诗'霭霭停云'之句聊以寄意云耳"。这篇序如果置于皇冠版《看云集》卷首,也完全合适。因为两书都是"回忆旧游"的寄情文字。

以梁实秋在中国现代文坛上的成就和交游,这两本《看云集》自然颇多珍贵史料,大有看头。且说皇冠版《看云集》里《旧笺拾零》的一节"徐志摩的一封信"。梁实秋告诉读者,这是徐志摩写给他的最后一封信,"是民国二十年夏写的,由上海寄往青岛"。此信已经收入最新的《徐志摩全集》第六卷(天津人民出版社2005年

---

① 此书又有香港文艺书屋1974年7月翻印本。

5月初版),却既缺了抬头,又错了写信日期,还有好几处误植。信的内容如此重要,有必要据手迹重录一次:

实秋:

前天禹九来,知道你又过上海,并且带来青岛的艳闻,我在丧中听到也不禁展颜。下半年又可重叙,好的狠,一多务必同来。《诗刊》二期单等青方贡献,足下,一多,令孺,乞于一星期内赶写,迟者受罚。

太侔,今甫,一多诸公均候。

志摩 二十八日

(原信仅三处有标点,其余标点由笔者酌加)

凡是喜欢"新月派"诗文的读者,一定会对徐志摩此信中所说的令他"在丧中听到也不禁展颜"的"青岛的艳闻"产生兴趣,①这"艳闻"是否涉及当时在青岛大学文学院执教的几位"新月派"名家?梁实秋对此作了解释:

信里所说的艳闻,一是有情人终于成了眷属,虽然结果不太圆满,一是古井生波而能及时罢手,没有演成悲剧。

好家伙,果然有"艳闻",不但有,竟然还有两件!"艳闻"不

---

① "丧中"指徐志摩在"母丧"中,1931年阴历三月初六,也即公历4月23日,徐母在浙江硖石病逝。由此也可推断此信当写于同年5月28日。

是"绯闻",虽然都是关涉男女情,"绯闻"往往是无中生有,"艳闻"一般是以事实为依据的。所谓"有情人终于成了眷属",系指戏剧家、曾任山东省实验剧院院长、时任青岛大学教务长的赵太侔与话剧演员俞珊的结合,可惜后来两人劳燕分飞。所谓"古井生波而能及时罢手",梁实秋有点吞吞吐吐,闪烁其词,其中必定大有文章。

"古井生波"何所指,不必大费周章,烦琐考证,在皇冠版《看云集》里就能找到线索。书中另一篇长文《再说闻一多》的末尾,梁实秋公布了闻一多从未发表的佚诗《凭藉》,正是一首"古井生波"的情诗:

> "你凭着什么来和我相爱?"
> 假使一旦你这样提出质问来,
> 我将答得很从容,——我是不慌张的,
> "凭着妒忌,至大无伦的妒忌!"
> 真的,你喝茶时,我会仇视那杯子,
> 每次你说那片云彩多美,每次,
> 你不知道,我的心便在那里恶骂:
> "怎么?难道我还不如它?"

书中同时刊出《凭藉》手迹,署名"沙蕾"。梁实秋对这首诗的解释是这样的:

> 我再在这里发表一首一多从未刊布的诗。这首情诗写得并

不好，有些英国形上诗人的味道，只是有一个平凡的 conceit 而已。但是这首诗是他在青岛时一阵情感激动下写出来的。他不肯署真名，要我转寄给《诗刊》发表。我告诉他笔迹是瞒不了人的，他于是也不坚持发表，原稿留在我处。

梁实秋当时主张不发表《凭藉》，一是认为闻一多此诗诗艺并不怎么高明，只是一个普通的有点牵强的"比喻"。这自可见仁见智。二是提醒闻一多，即使使用"沙蕾"的笔名，笔迹仍将为《诗刊》编者认出。他是想为闻一多隐瞒这段恋情。出乎他的预料，徐志摩还是从另外的渠道也即张禹九之口，获知了闻一多的"艳闻"。问题的关键是时任青岛大学文学院院长的闻一多对哪位女性产生了感情，以至"古井生波"，写下情诗《凭藉》？

不妨简略回顾一下闻一多1930年间的创作实况。当时他已经埋首中国古典文学研究，将近三年不写新诗了，用他自己的话说就是"足二三年，未曾写出一个字来"，却在1930年12月初"花了四天工夫，旷了两堂课"，诗思泉涌，写下了令他自己也"高兴，得意"的长诗《奇迹》。① 《奇迹》发表于1931年1月上海《诗刊》创刊号。闻一多很看重《奇迹》，20世纪40年代编《现代诗抄》，还特意选入了经过修订的《奇迹》，与被公认为是他代表作的《死水》《发现》《飞毛腿》等诗并列。

---

① 上述引文引自闻一多1930年12月10日致朱湘、饶孟侃函，《闻一多收信选集》，北京：人民文学出版社，1986年10月初版，第224页。当时的大学教授为了自己写诗，竟可旷课，今天看来真是不可思议。

与《凭藉》一样,《奇迹》也是一首不折不扣的情诗。徐志摩以为《奇迹》的诞生,是他新编《诗刊》,不断向闻一多催逼诗作的"神通"所致。梁实秋认为不然,他在《谈闻一多》中明确指出:

> 志摩误会了,以为这首诗是他挤出来的,他写信给我说:"一多竟然也出了'奇迹',这一半是我的神通所致……"实际是一多在这个时候在情感上吹起了一点涟漪,情形并不太严重,因为在情感刚刚生出一个蓓蕾的时候就把它掐死了,但是在内心里当然是有一番折腾,写出诗来仍然是那样的回肠荡气。①

这段话与梁实秋对《凭藉》的说明如出一辙,正可互相印证,互相发明,进一步坐实闻一多在青岛大学执教期间的这段情感纠葛,这段爱情的"奇迹"。至于令闻一多产生情愫的这位对象,也就差不多呼之欲出了。

当时与闻一多在青岛大学文学院共事的教师中,仅有一位女性,即教授国文的方令孺。方令孺(1897—1976)是安徽桐城人,家学渊博,又留学美国,中西文学均有造诣。她也是闻一多学生、"新月派"年轻诗人方玮德的姑母。据梁实秋在《谈闻一多》等文中回忆,当时青岛大学教授中有好饮者七人,即杨振声、赵太侔、闻一多、陈季超、刘康甫、邓仲存和梁实秋本人。他们经常觥筹交

---

① 梁实秋:《谈闻一多》,台北:传记文学出版社,1967年1月初版,第87页。

错,乐此而不疲。"闻一多提议邀请方令孺加入,凑成酒中八仙之数。"①方令孺既为闻一多下属,又是青大"酒中八仙"之"何仙姑",与闻一多接触日益频繁,两位作家也就互相爱慕,日久生情。现存闻一多文字中直接提到方令孺的仅有一处,即1930年12月10日致朱湘、饶孟侃信中所述:"此地有位方令孺女士,方玮德的姑母,能做诗,有东西,有东西,只嫌手腕粗糙点,可是我有办法,我可以指给她一个门径。"②评价不可谓不高,期望之殷,也是溢于言表。

作家名人之后,往往对父母的情感生活讳莫如深,甚至垄断资料,干涉阻挠研究者的研究,以求维护父母的"崇高形象",这个"通病"很普遍,很严重,真该好好治疗。其实,作家也是人,探究"作家私生活之真实情态",③正是为了更全面更真切地研究他的创作。这丝毫无损于作家在文学史上的地位,反而有可能对他的作品作出新的解读、新的阐释。就这点而言,应该感谢闻一多之孙闻黎明,他并不回避祖父的这段情感纠葛,在《闻一多传》(人民出版社1992年10月初版)和《闻一多年谱长编》(湖北人民出版社1994年7月初版,此书由闻一多次子闻立雕审定)中尊重史实,两次公开提到方令孺。传记中评述《奇迹》时称"有人揣测,这诗大约与方令孺有关"。年谱中介绍《奇迹》时,更点明梁实秋所说闻

---

① 梁实秋:《方令孺其人》,《梁实秋文学回忆录》,长沙:岳麓书社,1989年1月初版,第432页。
② 闻一多:《闻一多书信选集》,第225页。
③ 孔另境:《〈现代作家书简〉钞例》,上海:上海生活书店出版社,1936年5月初版。

一多"'情感上吹起了一点涟漪',大概是先生与中文系讲师方令孺之间的关系"。尽管用词是"大约"和"大概",十分谨慎,已属难能可贵了。

与《奇迹》一样,闻一多情诗《凭藉》系为方令孺而作,当无可怀疑。随着《凭藉》的公之于世,闻一多的新笔名"沙蕾"也得以确认。到了1935年3月22日,"新月派"女作家凌叔华在她主编的《武汉日报·现代文艺》第六期发表署名"沙蕾"的新诗《我懂得》,也应出自闻一多手笔:

> 我懂得您好意的眼神,
> 注视我,
> 犹如街灯注视夜行人,
> 仿佛说:
> 别怕,尽管挺着胸儿迈进,
> 我为您:
> 驱逐那威胁您的魔影。

《武汉日报·现代文艺》创刊于1935年2月15日,"新月派"和"京派"作家群是该刊作者的主力,包括胡适、陈西滢、杨振声、沈从文、孙大雨、朱光潜、李健吾、卞之琳、常风等名家,"珞珈三女杰"凌叔华、袁昌英、苏雪林更不会缺席,还发表了徐志摩和朱湘的遗作。凌叔华与闻一多的文字之交可以追溯到徐志摩编辑《晨报副刊·诗镌》时期,因此,凌叔华主编的《现代文艺》刊登闻一多的诗作本应在情理之中。"沙蕾"既为闻一多笔名,《现代文艺》上只出现了一次的这位神秘的"沙蕾"就不会是偶然的巧合。创作了《我懂得》的"沙蕾"只能是闻一多,存在另一位"沙蕾"的可能性应可排除。抗战爆发后,上海《南风》等杂志上出现署名"沙蕾"的诗作,那就确实是另一位青年诗人沙蕾了。

《我懂得》与《凭藉》在内容上也有相通之处。对话体的《凭藉》不满对方犹豫着不愿接受"我"的爱,《我懂得》则是对方鼓励"我"为了爱"挺着胸儿迈进"。也许《我懂得》写作在前,《凭藉》写作在后,《凭藉》表明闻方恋情已经开始降温了。完全可以这样推测,《我懂得》也与《凭藉》一样,写成以后未发表,后来凌叔华编《武汉日报·现代文艺》索稿,闻一多就以这首同样署了"沙蕾"笔名的小诗应命。时过境迁,如果《凭藉》原稿仍在闻一多手头,也会一并送交凌叔华刊登的吧?

值得注意的是,方令孺 1931 年 1 月在《诗刊》创刊号发表《诗一首》,被陈梦家誉为"一道清幽的生命的河的流响","是一首不经见的佳作"。①诗是这样的:

> 爱,只把我当一块石头,
> 　不要再献给我:
> 　　百合花的温柔,

---

① 陈梦家:《序言》,《新月诗选》,上海:诗社(新月书店发行),1931 年 9 月初版,第 27、28 页。

香火的热，
　　长河一道的泪流。

看，那山岗上一匹小犊，
　　临着白的世界；
　　　不要说它愚碌，
　　它只默然，
　　　严守着它的静穆。

全诗格律谐和讲究，与闻一多的《奇迹》《凭藉》等情诗对照阅读，内中深意不是也大可玩味么？两位诗人就这样各自用诗表达了内心丰富复杂的情感。

闻一多这场"古井生波"的恋情无疾而终，双方都克制自己，理智最后战胜了情感。闻一多为此留下了《奇迹》《凭藉》和《我懂得》三首情诗，不能不说是闻一多新诗创作史上意外的可喜的收获。后两首不但是《闻一多全集》（湖北人民出版社1994年1月初版）失收的佚作，而且几乎是闻一多新诗创作的绝响。离开青岛大学以后，闻一多仅仅创作了未完成的《八教授颂》。爱情结束了，一代诗人也停止了爱的歌唱。

附　记

不久前南京吴心海兄告知，当年苏州有位新诗人，也名沙蕾（1912—1986），原籍陕西西安，回族，著有诗集《心跳进行曲》和

《夜巡者》、中篇小说《热情交响曲》等。他从 1932 年到抗战爆发，先后任上海《金城》月刊文艺主编、湖北省建设所科员、湖北省财政所科员、汉冶萍砂捐所所长等职。因此，凌叔华主编《武汉日报·现代文艺》时，这位苏州沙蕾可能也在武汉。换言之，写作《我懂得》的沙蕾，尚不能完全排除苏州沙蕾的可能性，上海《南风》上写诗的沙蕾就是这位苏州沙蕾。特记之，以备进一步查考。

黄裳、黄宗江合作的历史剧《南国梦》

中国现代文学史上常有这样的情形，一些出人意外的作品，一些鲜为人知的事件，一旦被发掘，会给读者带来莫大的惊喜。这部署名"黄容"实为黄宗江先生与黄裳先生合作的话剧剧本《南国梦》的"出土"，就是又一个有力的例证。

事情还得从2013年1月27日说起。那天中午，复旦大学出版社陈麦青兄宴请黄裳先生家人，我应邀作陪。席间安迪兄说起黄裳早年写过一个历史剧《南国梦》，他1960年代写的"自传"材料中曾经提到，好像《杂志》发表过。这席话自然引起了我的浓厚兴趣。我想起黄裳2004年所作、2006年出书发表的《我的集外文》一文中，在回忆《古今》时期发表的文字时，也说到了《南国梦》，但说法略有不同：

> 当时曾与宗江合作，写了一本《南国梦》，是量体裁衣专为演员而作的话剧本。准备工作做了不少，读了大量野史，特别重视有关南唐李氏小朝廷的故事。剧本写成放在和平村楼上的妆台上，未及演出，终于失落了。但素材仍在，就用此写下了《龙堆杂拾》和《再拾》，着重写了历代王朝的亡国惨痛，

说是借古讽今，也没有什么不可以。①

然而，黄宗江生前数次撰文回忆与黄裳的交往，却均未说到与黄裳合作创作《南国梦》，②想必相隔时间较久，忘却了。既然黄裳已至少两次提到《南国梦》，那么，这部《南国梦》是否真的存在，是否以后又"失落"了？要回答这些疑问，其实并不难。查阅1940年代上海出版的《杂志》，果然有一部《南国梦》。这部黄裳与黄宗江合作的唯一的话剧剧本虽然"未及演出"，毕竟没有"失落"，在埋没近七十年之后，终于重见天日了。

《南国梦》连载于1944年6月至7月《杂志》第十三卷第三期至第六期，共4期才连载完。当时文学月刊《杂志》由"杂志社"发行，"编辑者 吴诚之"，实际由中共情报人员袁殊秘密掌控。③

连载的《南国梦》署名"黄容"，如何理解呢？"黄"者，黄宗江之"黄"；"容"者，容鼎昌（黄裳本名容鼎昌）之"容"，"黄容"就是黄宗江与容鼎昌两人名字的缩写。《南国梦》既为两人合作的作品，取这样的笔名，自在情理之中。但署这个笔名，到底是黄裳还是黄宗江的主意？已不可考。也就是因为这个十分陌生的笔

---

① 黄裳：《我的集外文——〈来燕榭集外文钞〉后记》，《来燕榭集外文钞》，北京：作家出版社，2006年5月初版，第509页。

② 参见黄宗江：《黄裳残笺简注》，《来燕榭书札》，郑州：大象出版社，2004年1月初版；《黄裳的"基因"》，《爱黄裳》，上海：上海书店出版社，2008年6月初版。

③ 参见陈子善：《袁殊与上海沦陷区文学》，《梅川书舍札记》，长沙：岳麓书社，2011年11月初版。

名,《南国梦》迟迟未被发现。

《杂志》以发表小说、散文和译文为主,极少发表话剧剧本。遍查1942年8月复刊至1945年8月停刊的《杂志》,发表的剧本仅《玻璃灯》(予且作)和《南国梦》两部。《南国梦》开始连载时,《杂志》的《编辑后记》中说:

> 黄容先生的《南国梦》于本期起开始刊载。时常有读者写信来,要求刊载剧本,本刊一向抱定宁缺毋滥的宗旨,所以取稿较为郑重,《南国梦》的刊载也许可以满足这一部分读者的希望。①

话虽然说得含蓄,但《杂志》编者欣赏《南国梦》,郑重发表的用心,却是不容置疑的。

接下来要解决的问题是,《南国梦》怎么会在《杂志》发表的?黄裳与黄宗江是天津南开中学的同学和好友,珍珠港事变后都在上海。按照黄裳的回忆,当时"和南开旧友黄宗江等混在一起,经常出入于宗江兄妹所居和平村一号的一角小楼和兰心剧院的绿屋(Green Room)之间,熟人有李德伦、丁力(石增祚)亦即'莘斋'等,过着龚定庵所说'醉梦时多、醒时少'的日子"。②这段时间里,黄裳为了筹措奔赴重庆的旅费,曾向《古今》半月刊卖稿,

---

① 《编辑后记》,《杂志》1944年6月第13卷第3期。
② 黄裳:《我的集外文——〈来燕榭集外文钞〉后记》,《来燕榭集外文钞》,第507页。

这已为学界所熟知,与黄宗江合作的《南国梦》也应诞生在这一时期。

仍然按照黄裳的回忆,"我和宗江是在'一·二八'周年的日子离沪的。路上走了一个多月,一九四三年初到达重庆"。① 而两人合作完稿的《南国梦》剧本却"放在和平村楼上的妆台上",未能带往重庆。直到一年半之后,方才在《杂志》揭载。在此期间,是谁把剧本送交《杂志》编辑部的?唯一可能的人选便是与黄宗江同住"和平村一号"的其妹黄宗英。只有黄宗英才有可能从"妆台上"读到剧本,也只有黄宗英才会把剧本送交《杂志》,因为当时黄宗英自己就是《杂志》的作者,她已先后在《杂志》上发表了散文《到水边去的足迹》《寄大哥》等作品。② 更何况,黄裳所说《南国梦》系"量体裁衣专为演员而作",很大程度上就是为他致黄宗江信中所说的"小妹"黄宗英而作吧?"演员"当指黄宗英,《南国梦》如能上演,已在演艺上崭露头角的黄宗英该是剧中大周后或小周后的不二人选。

五幕十景话剧《南国梦》是历史剧,再现了五代十国历史时期,地处江淮一隅的南唐的亡国之痛。主人公南唐国主李煜是中国文学史上开一代风气的大词人,他的许多词作绮丽神秀,"不失其赤子之心",自成其高奇境界,至今仍脍炙人口。《南国梦》有两条主

---

① 黄裳:《我的集外文——〈来燕榭集外文钞〉后记》,《来燕榭集外文钞》,第507页。

② 黄宗英:《到水边去的足迹》,《杂志》1944年1月第12卷第4期;《寄大哥》,《杂志》1944年4月第13卷第1期。

线，一条是李后主与大周后和小周后的爱情，另一条是南唐兵败，后主降宋幽囚。两条线交叉推进，刻画后主从日日莺歌燕舞的风流帝到朝夕以泪洗面的"违命侯"，直至最后悲惨地被宋太宗毒死。沉痛的家国之思贯穿始终，文笔之清丽低婉也有几许后主遗风，全剧哀伤凄凉，催人泪下。时值日本法西斯大举侵华，《南国梦》状写后主国亡身辱的不幸，借古讽今之意，自然也是明显的。

至于黄裳提到的《龙堆杂拾》和《龙堆再拾》两文，尤其是后者，是从大量野史笔记爬梳关于李后主与大周后、小周后等的记载，先后以鲁昔达笔名发表于1942年5月、9月《古今》第三期和第七期。① 从时间先后看，两文应视为创作《南国梦》的史料准备，而不是《南国梦》剧本"失落"之后才写的。若与《南国梦》对照阅读，揣摩作者是如何搜集和处理历史剧素材的，当更增兴味。

二黄创作《南国梦》时才二十四五岁，都已是才华横溢，文采斐然。黄宗江后来从表演到创作，一直活跃在话剧界，成为戏剧大家，而黄裳初试锋芒后却不再涉足话剧创作，尽管他后来也写过许多精彩的京剧剧评。因此，两位文友年轻时这次成功的合作极为难得。而今《南国梦》重现人间，深感遗憾的是，无论黄裳先生还是黄宗江先生，都未能亲见《南国梦》"失而复得"，否则，他们一定能回忆提供关于《南国梦》更多的有趣的细节。

在黄宗江先生逝世三周年，黄裳先生逝世一周年之际，重印话剧《南国梦》剧本，应该是一个有特殊意义的纪念。

---

① 黄裳的《龙堆杂拾》和《龙堆再拾》两文收入《来燕榭集外文钞》。

3

手稿的意义

胡适《〈尝试集〉第二编初稿本自序》的发现

2009年秋季,胡适的新诗集,也是中国新诗运动的开山之作《尝试集》第二编初稿本惊现杭州西泠印社拍卖会。这是近年来首次出现如此集中又相对完整的不为人知的胡适诗稿,是胡适作品版本研究上的一个重要发现。

这部《尝试集》第二编初稿本为毛边纸合订本,共计五十八页,胡适墨笔所书,又有多处红笔修改补充,编订于1918年6月。而《尝试集》1920年3月由上海亚东图书馆初版,换言之,该稿本应是《尝试集》初版本所收第二编的初稿本。由此也可见,早在《尝试集》问世两年前,胡适就已着手编选这部被文学史家认定为划时代的新诗集了。

把这部《尝试集》第二编初稿本与《尝试集》初版本里的第二编作一比较,是很有意思的。初稿本共收《一念》《鸽子》《人力车夫》《十二月五夜月》《老鸦》《三溪路上大雪里一个红叶》《新婚杂诗(五首)》《老洛伯》《四月二十五夜》《看花》《你莫忘记》《如梦令》《十二月一日奔丧到家》《关不住了!》《希望》十五题十九首诗,其中《老洛伯》《希望》两首是英文译诗并附原文铅印三页,另有《生查子》《丁巳除夕》《戏孟和》三首已分别用黑笔或红笔圈去。到了《尝试集》初版本第二编,抽出其中的《十二月五夜月》一首,补入《应该》《送叔永回四川》《一颗星儿》《威权》等十一首诗。《尝试集》1920年9月再版本的第二编,又补入《示威?》《纪梦》等六首诗。《尝试集》的定本是1922年10月出版的"增订四版"。把增订四版本第二编与初稿本比较,就增删更大,差别更大。因此,这部第二编初稿本对探讨《尝试集》从手稿开始的版本变迁的价值是不容置疑的。

更令人欣喜的是,《尝试集》第二编初稿本前有胡适本人的一篇自序(以下简称《初稿本自序》),这是海内外胡适研究界以前不知道的。《尝试集》初版本中,第一编有序,附录的《去国集》也有序,唯独第二编无序。《初稿本自序》的发现,说明《尝试集》第二编原来也是有序的! 现把这篇序照录如下:

> 我初到纽约时,看见那些方块形的房子,觉得没有诗料可寻。不料后来居然做了许多诗。《尝试集》的第一编,除了一首《百字令》,两首《如梦令》之外,全部是在纽约做的。自从我去年秋间来北京,——尘土的北京,龌龊的北京,——居然也会做了一些诗。我仔细想来,这都是朋友的益处。纽约的诗,是叔永、杏佛、经农、觐庄①、衡哲五个人的功,北京的诗是尹默、玄同、半农三个人的影响。有人说过,思想与文学都是

---

① 觐庄即梅光迪。他后来对胡适的白话新诗不以为然,并成为"学衡派"代表人物,所以胡适在序中说拟把《尝试集》第一编贡献给"叔永们五个人——只怕有人不肯受这种旁行小道的贡献","有人"当指梅光迪。

社会的出产物,这话真不错。西洋人著书往往把他的书"贡献"(Dedicate)给他所最敬爱的亲人师友。我若真个仿行此俗,一定把《尝试集》的第一编贡献给叔永们五个人,——只怕有人不肯受这种旁行小道的贡献!——一定把第二集贡献给尹默们三个人,我想这三位或者不至于不肯受这种贡献了。

这一编与第一编不同之处全在诗体更自由了。这个诗体自由的趋向,我曾叫他做"诗体的释放"(Emancipation of the poetic form)。诗体有四个部分:一是用的字,二是用的文法,三是句子的长短,四是音节。(音节包括"韵"与"音调"等等。)音节是释放与未释放的诗体都该有的。如"关门闭之掩柴扉",以音节论,有什么毛病可指摘?姑且不论。我的第一编只做的第一、第二两层的一部分。只因为不曾做到第三步的释放,故不能不省时夹用文言的字与文言的文法。后来因玄同指出我的白话诗里许多不白话的所在,我方才觉得要做到第一第二两层,非从第三层下手不可。所以这一编的诗差不多全是长短不齐的句子。这是我自己的诗体大释放。自经这一步的释放,诗体更自由了,达意表情也就能更曲折如意了。如《老鸦》一首,若非诗体释放,决不能做这种诗。若把《老洛伯》一篇比《去国集》里的《哀希腊》十六章,那更不用说了。

这种诗体的释放,依我看来,正合中国文学史上的自然趋势。诗变为词,词变为曲,只不过是这三层(字,文法,句的长短)的释放。词是长短句了,但还有一定的字数和平仄。曲的长短句中,可加衬字,又平仄更可通融了,但还有曲牌和套数的限制。我们现在的诗体大释放,把从前一切束缚自由的枷锁镣铐,拢统推翻:有什么话,说什么话;要怎么说,就怎么说。诗的内容,我不配自己下批评,但单就形式上,诗体上,看来,这也可算得进一步了。

民国七年六月七夜,胡适。

这篇《初稿本自序》是否全文?开头部分似有缺失,待考。

有意思的是,在耿云志主编的《胡适遗稿及秘藏书信》①第十一册中,也收有一篇《〈尝试集〉第二编自序》。这篇《自序》仅两段文字,经仔细核对,这两段内容与《初稿本自序》的第二、三段完全一致。换言之,这篇《自序》缺了《初稿本自序》的第一段,也许是《初稿本自序》的第二稿。而且从笔迹判断,这篇《自序》是他人的抄本,并非出自胡适本人手笔。为何后来《尝试集》正式出版时,第二编《初稿本自序》和抄本的《自序》都弃之未用,也待考。不过,这两篇自序中关于"诗体大释放"的一些意见,经过修改充实后,已经写入《尝试集》初版本的自序中了。

尽管如此,《〈尝试集〉第二编初稿本自序》仍应引起重视。胡适在序中回顾了自己当时在纽约和北京尝试创作新诗的经历,以及他所先后得到的任鸿隽(叔永)、陈衡哲、杨杏佛、朱经农、沈尹默、钱玄同、刘半农等人的鼓励和支持。此序初步阐释了胡适的"诗体大释放"观点,简要论述了中国诗歌从诗变为词、词变为

---

① 耿云志主编:《胡适遗稿及秘藏书信》,合肥:黄山书社,1994年12月初版。

曲、曲再变为白话诗的过程,并且探讨新诗创作"把从前一切束缚自由的枷锁镣铐,拢统推翻"如何成为可能,对研究胡适新诗观的形成、对研究早期中国新诗都有不容忽视的参考价值。

2012年12月17日是胡适诞辰120周年,就以这篇小文作为对这位"但开风气不为师"的中国新诗倡导者的纪念。

鲁迅《娜拉走后怎样》手稿和题跋出土

1957年，北京大学中文系教授魏建功在北京《文艺报》第29期上发表《关于鲁迅先生旧体诗木刻事及其它》。对鲁迅作品版本研究而言，这是一篇十分重要的回忆录，遗憾的是，一直没有人注意。

在此文中，魏建功透露了一件鲜为人知的史实。"七七事变"爆发，他于1937年11月离开沦陷后的北平，过香港，迁道广西，到长沙，再迁昆明。虽然长途跋涉，尝尽颠沛流离之苦，但他一直随身携带着鲁迅的三件手迹：一、《会稽郡故事杂集》手写本，二、《娜拉走后怎样》手稿，三、为台静农书写的诗幅。次年3月，他自昆明把《会稽郡故事杂集》手写本辗转香港，寄交在上海的鲁迅夫人许广平。许广平在1938年版《鲁迅全集》编校后记中，特别提到她收到这份鲁迅手泽时，"如获至宝，欣喜之情，无言可喻"。

魏建功从危城中携出的另一份鲁迅手稿，即《娜拉走后怎样》的下落，则颇富戏剧性。且看魏建功的详细追记：

《娜拉走后怎样》，是收在《坟》里的原稿，静农收藏，他

8月初南行，虽然日本军队还没有进北京城，交通秩序已经很坏，只带了自己抄的诗卷，①把这手迹卷子跟诗幅都存在我身边。我好容易带到昆明，但是跟静农中间失去了联系。他扶老携幼，辗转流亡，到了四川。后来我们取得联系，又在一处工作。1940年6月，我们在敌机空袭中聚首，当我交给他鲁迅先生两件手迹的时候，他也像景宋所谓"如获至宝，欣喜之情，无言可喻"。

文中所说的"静农"，即后来享誉海内外的文学家、书法家和教育家台静农。台静农是鲁迅的学生，20世纪20年代与鲁迅一起发起成立新文学社团——未名社，是鲁迅肯定的"乡土文学"的代表作家之一。查《鲁迅日记》，从1925年到1936年鲁迅逝世，他与鲁迅的交往多达109次之多，其中有互通音问，互投文稿，互赠书物，互托办事，甚至向鲁迅借款等等。鲁迅那封有名的谈自己不配获得诺贝尔文学奖的信，就是写给台静农的。鲁迅曾先后三次书赠台静农字幅。直到临终前三天，鲁迅还给台静农写信并送他刚出版的《海上述林》。台静农也编选了第一部鲁迅研究文集《关于鲁迅及其著作》。两人关系之密切，实在非同一般。

台静农与鲁迅既有如此深厚的友谊，他珍藏鲁迅的《娜拉走后怎样》手稿也就不足为奇了。《娜拉走后怎样》是鲁迅1923年12月26日在北京女子高等师范学校文友会上的演讲稿，较为集中地反映

---

① 即台静农手录的鲁迅旧体诗卷。

了鲁迅"五四"时期的社会观、妇女观和改革观,是研究鲁迅早期思想的重要文献。此文虽然早已收入鲁迅第一本杂文集《坟》,脍炙人口,但人们一直不知道此文手稿的下落。1999年12月,福建人民出版社出版了十二册宣纸影印线装,厚达1 482页的《鲁迅著作手稿全集》——这是鲁迅著作手稿较为完备的汇集。然而,《娜拉走后怎样》手稿并未包括在内。

魏建功把《娜拉走后怎样》手稿"物归原主"至今已经过去五十一年了,他的回忆录发表至今也已有四十四年。沧海桑田,这份我们所知鲁迅早期著作中现存最为完整、价值最高的手稿,① 除了舒芜十年前在《忆台静农先生》中说到1946年夏曾在四川江津白沙拜观过并应台静农之命题跋之外,再也未被人提及。台静农晚年写有感人肺腑的《始经丧乱》,对此也只字未提。因此,当我2001年夏天在美国发现这份手稿,亲见它仍完好无损地存于天壤之间时,也"欣喜之情,无言可喻"了。

这份极可宝贵的《娜拉走后怎样》手稿装裱成长六十五英寸、宽八又四分之一英寸的精美长卷,首三页书于完整的对折白纸之上,后多接页装裱,难以准确分页。卷首题字:"豫才先生讲演手稿一九三七年七月葛孚英题"。葛孚英者,常惠夫人是也。整份手稿字迹端正,一气呵成,几无修改斧削的痕迹。手抚简篇,足可想见鲁迅当年才思横溢、倚马可待的神情。

---

① 鲁迅代表作《阿Q正传》尚有两页手稿照片存世,但因是残稿,且非原件,不足与此份手稿相比。

特别令人惊喜的是，手稿长卷之后还附有从不为人所知的六篇题跋，分别出自常惠（常维钧）、魏建功、马裕藻（马幼渔）、方管（舒芜）、许寿裳和李霁野之手。除了舒芜，其余五位都是鲁迅生前好友，或与鲁迅有同窗之谊，如许寿裳；或与鲁迅有同事之雅，如马幼渔；更多的是师生之情，如常惠、魏建功和李霁野。他们也都与台静农交谊甚笃，否则，台静农是不会请他们在如此珍贵的鲁迅手稿上题跋的。这些题跋重见天日，对研究鲁迅、台静农和当时文人学者的交往史都有不容忽视的重要意义。现按顺序照录如下：

右为静农兄所藏　豫才师十数年前之女师大讲演手稿。民国二十三年七月，静农兄厄于小人，一日霁野兄持此卷存于寒斋，而已三越寒暑。今夏静农兄北来，因以检还，回忆　豫才师已作古将十月矣。今适卢沟桥事件正烈之时，日军围城炮声时闻，静农兄匆匆又拟南下，强书数语，以作纪念，不觉感慨系之矣。

中华民国廿六年七月廿一日
常惠识于北平

廿六年夏，静农自青岛来，小住寒斋，约为整理　鲁迅先生遗著。会日军作衅，景宋女士不克至，匆匆将归芜湖，示余此卷，披诵摩挲，百感交集。曩　先生在北京大学主讲小说史，指扮新思，箴砭旧痼，启愚发蒙，终身宝佩。闲尝偕静农诣门请益，又不以顽梗弃，每茶酒纵谈至于夜分，循循不倦。一九三（二）六年以后，先生游教南橄，寄迹沪上，世道险巇，音书若绝。然师友问讯中，未尝不殷殷垂念。建功无似，十数年间，浮沉颠沛，实无以报慰。而静农坎砢（坷）奔走，乾乾惕厉，视　先生道愈弘，数若穷，泰然巍然无所动者，当更能有以恢扩。谨守　先生遗训，不敢作颓废想，愿静农共勉之。

如皋魏建功敬书于北平独后来堂

右为亡友周豫材先生遗墨，静农兄所藏。豫材先生逝世后之次年夏，静农兄来北平小住，出是卷属书数语。藻因回忆十四年前与豫材、岂明昆仲及许君季茀、徐君耀辰、郑君介石，为北京女子高等师范学校事努力奋斗，卒使"女师"光复旧物，不禁神往。"女师"后虽不幸夭折，然此举固不无可资纪念之价值，余读豫材先生讲演遗稿，不仅恸念亡友，尤深为已亡之"女师"致慨也。豫材先生学行文章，功在民国。藻曾恭撰挽联曰："热烈情绪，冷酷文章，直笔遥师蓟汉阁；清任高风，均平理想，同心深契乐亭君。"自愧未能表示其万一，附书于后，惟静农兄教之。

马裕藻敬题

遗言寿世久弥新，况对遗文手迹真。一代苍生常入梦，千年故国赖回春。强刚不作中和圣，呵叱都参化育仁。展卷岂堪临永夜,极天光焰动星辰。

二十年前事可哀,坐看狐鼠又重回。仰企先烈真多愧,俯接来昆更乏才。空有高丘无女叹,未消芳蕙陨风灾。人间代代传薪火,火烬犹能剩劫灰。

一九四六年春,女子师范学院横被解散,撑拒数月,入夏而溃。白苍山既空废,管与　静农先生犹共羁居,晨夕过从,爰假所藏　鲁迅先生曩在女子师范大学讲演手稿卷子敬观,泰山梁木,方深感怆,且缘　马幼渔先生跋文,念狐鼠纵横,今昔如一,而力微莫御,复愧往哲。成二律以志此怀。

静农先生命书卷末　方管敬题

此篇讲稿《娜拉走后怎样》是亡友鲁迅先生关于妇女之意见,犹之《随感录四十》是关于爱情之意见,《我们现在怎样做父亲》是关于儿童教育之意见。以上三文发表时期在五四运动前后,是三十年来思想革命之先锋,其摧陷廓清之力甚大。孔子所谓"惟女子与小人为难养也,近之则不逊,远之则怨",鲁迅解说道:"我们看看孔子的唠叨,就知道他是为了要'养'而'难','近之''远之'都不十分妥帖的缘故,这也是现在的男子汉大丈夫的一般的叹息,也是女子一般的苦痛,在没有消灭'养'和'被养'的界限以前,这叹息和苦痛是永远不会消灭的。"(《南腔北调集·关于妇女解放》)他又申说道:所以一切女子必须得到和男子同等的经济权,才会有真的女人和男人,才会消失了叹息和苦痛,为真的解放而斗争。前途尚属辽远，鲁迅此言皆可与此讲演相参照。又鲁迅写字用毛笔，惟在学生时代记讲义用墨水笔，而且记得纯熟美观。此后则几全用毛笔，此讲稿如此，其它手稿亦然，亦是一件值得注意之事。其书法一笔不苟，饶有风趣。台君静农宝藏此卷有年，出示属题，因书数语，即希正之。弟二行妇女下夺解放二字。

民国三十六年三月许寿裳敬题，时客台北

静农以鲁迅先生遗墨卷嘱题，敬书一绝
毛锥粒粒散珠玑，奠定文坛万载基；
墨泽犹新音容杳，怆然把卷徒嘘唏。

一九四八年一月，霁野敬题于台北

常惠、马裕藻和魏建功的题跋作于北平。常惠的题跋与魏建功的题跋和魏建功1957年的回忆既相吻合又互相补充，如果没有常惠当年妥为保存，精心装裱手稿长卷，如果没有魏建功在连天炮火中把手稿长卷带到四川送还台静农，这份《娜拉走后怎样》手稿的命运实在难以逆料。马裕藻与魏建功深情地回忆了与鲁迅的交往。舒芜的题跋作于四川江津白沙。许寿裳和李霁野的题跋则作于台北，时许主持台湾省编译馆，李和台均在台湾大学任教。许寿裳的题跋除了阐发鲁迅妇女解放的思想（只不过他把《娜拉走后怎样》误记成五四之前的作品了），还高度评价了鲁迅的书艺。题跋之后不到一年，许寿裳就在台北遇害，这篇题跋很可能是他关于鲁迅最后的文字。所有题跋不约而同地赞颂鲁迅的崇高人格和精湛文章，充分显示了题跋作者对鲁迅的亲敬和仰慕。

无论中外，著名作家的手稿一直受到重视。手稿的价值是多方面的。校勘家据以校书，研究家据以探索创作心路，写作者据以揣摩"不应该那么写"的技巧，书法爱好者可欣赏书艺，收藏家自把它作为文物，古董商则拿它倒卖换钱。尤其今天已进入网络时代，电脑写作蔚然成风，作家手稿已愈来愈稀少。从这个意义上讲，鲁迅《娜拉走后怎样》手稿及其题跋的价值就更不待言，更值得珍视了。

从台静农珍藏半个多世纪的鲁迅《娜拉走后怎样》手稿及其题跋中，我清晰地看到了鲁迅思想的深邃、写作的一丝不苟和友人真挚情谊的凝聚。2001年9月25日是鲁迅诞生一百二十周年，11月23日是台静农诞生一百周年，故特撰此文绍介，以为纪念。

徐志摩墨迹的搜集、整理和研究

1937年11月,徐志摩的中学同学、好友郁达夫写了一篇题为《手民之误》的小文,文中说:

> 我所见到的原稿,写得最整齐的,是已故蒋光赤(慈)的稿子,其次是鲁迅的,其次是张资平的。光赤的可以不必说,鲁迅与张资平的原稿,不管是改得如何多,但总读得很清楚,郭沫若的原稿,也还可以看得清,但有几个字体(草字)却很畸形。原稿之最看不清的,是田汉初期的作品……①

《手民之误》主要讨论文学作品发表时的校对问题,但上述这段话已涉及了新文学作家的手稿,是在比较鲁迅、郭沫若、田汉等的手稿端正与否。可惜,由于郁达夫在主编《创造》《大众文艺》等新文学名刊时并未经手发表徐志摩的作品,他没有写到徐志摩的手稿。

---

① 郁达夫:《手民之误》,福州《小民报·救亡文艺》1937年11月20日。转引自《郁达夫全集》第8卷(杂文上),杭州:浙江大学出版社,2007年11月初版,第311页。

徐志摩虽然35岁就英年早逝，但以他在中国新诗坛举足轻重的地位和影响，在他生前，就已经有手稿公开发表了。而且，他很可能还是第一位公开发表手稿的新文学作家。1927年9月，徐志摩的第二部新诗集《翡冷翠的一夜》由上海新月书店出版，印在正文之前作为代序的徐志摩1927年8月23日致陆小曼函，就是他的楷书手稿，别具一格。这是徐志摩全文手稿的首次面世，比周作人为废名短篇小说集《桃园》再版本所作《跋》手稿[1]面世还早了一年又一月，比鲁迅为川岛校订《游仙窟》初版本所作《序言》手稿[2]面世则早了一年又五个月。

徐志摩逝世以后，他的手稿与手迹的整理和公布进入了一个新阶段。在徐志摩逝世当月就出版的最早的徐志摩遗文集《秋：徐志摩遗作》中，徐志摩学生也是该书编者的赵家璧率先发表了徐志摩1931年6月30日致其信札"遗墨"。[3]此后，徐志摩手稿与手迹偶有披露，如1949年2月出版的《作家书简》"真迹影印本"中，就刊出了徐志摩致赵景深毛笔信札一通手迹。[4]

---

[1] 废名短篇小说集《桃园》1928年2月北京古城书社初版时，并无周作人《跋》。同年10月由上海开明书店再版时，书末新增周作人《跋》，且是全文手稿制版，这大概也是周作人手稿首次全文面世。

[2] 川岛校订《游仙窟》1929年2月上海北新书局初版，书前有鲁迅的《序言》，也是全文手稿制版，这大概也是鲁迅手稿首次全文面世。《序言》手稿落款时间为"中华民国十六年七月七日"，但发表时间仍晚于徐志摩的《翡冷翠的一夜》代序。

[3] 《志摩遗墨》，赵家璧编：《秋：徐志摩遗作》，上海：良友图书印刷出版公司，1931年11月初版，第6—10页。

[4] 参见平衡编：《作家书简》（真迹影印本），上海：万象图书馆，1949年2月初版，第31—32页。但删去了最后一句。此信内容系徐志摩向赵景深推荐寒先艾的一部新诗集书稿，落款未署具体时间，约为1928年间。《徐志摩墨迹》增补本首次收入。

当然，1949年以前出版的影响最大也最值得称道的徐志摩手稿集，莫过于1936年4月上海良友图书公司印行的线装《爱眉小扎》"真迹手写本"。虽然此书只印了一百部，虽然此书排印本同年3月已先由良友图书公司推出，但首次公开徐志摩《爱眉小扎》全书手写"真迹"，不仅能使读者较有系统地亲炙徐志摩的手稿书法，正如书话家唐弢在评论此书时所指出的："志摩文章手迹，一如其人，热情奔放中别有秀丽之气"，① 同时也为研究者探讨这部著名的爱情日记打开了一个新的阐释空间。

1949年以后，在一个不算短的历史时段里，内地的徐志摩研究乏善可陈，徐志摩手稿的搜集和整理也无法提上议事日程。但是，在海峡彼岸，有件徐志摩作品出版史上的大事不能不提。1969年台北传记文学出版社出版了蒋复璁、梁实秋合编的六卷本《徐志摩全集》。这不仅是徐志摩逝世后出版的首部作品全集，而且其引人注目的亮点就是披露了大量徐志摩早期手稿。该全集第一卷第四、五部分分别是徐志摩的"墨迹函札"和"未刊稿"，公布了徐志摩致张幼仪、周作人、梁实秋、傅斯年和胡适等的信札共十通手迹，公布了徐志摩新诗《夏日田野即景》《夜半松风》《古怪的世界（沪杭道中）》《她是睡着了》《一星的弱火》《我有一个恋爱》《无儿》（以上徐志摩生前已发表，但手稿与发表稿均有不同程度的出入）和《草上的露珠儿》《悲观》（以上未刊稿）手稿，还公布了徐志摩

---

① 唐弢：《徐志摩手迹》，《唐弢文集》第5卷，北京：社会科学文献出版社，1995年3月初版，第754页。

译拜伦、济慈、华兹华斯、柯勒律治、白朗宁夫人、史温朋、哈代、泰戈尔等外国著名诗人作品手稿多首,以及徐志摩著译残稿若干。①如此大规模地整理公布徐志摩的创作和翻译手稿,其意义不容低估,徐志摩好友梁实秋就在《〈徐志摩全集〉编辑经过》中指出:这些徐志摩"未刊稿是(徐)积锴先生珍藏的手稿,无论其中有无曾经刊布均有保存价值"。②这也为编集更为完备的徐志摩手稿集打下了基础。

直到内地改革开放,徐志摩研究才突破禁区,开始走上正轨,徐志摩的选集、文集和全集不断编订出版。③随着徐志摩重返文学史,其不容忽视的新诗人地位得到论证和确立,他的诗文、日记和书信等手稿与手迹的搜集和研究也日益显示了其重要性,收获不断。举其大端,徐志摩1911年2—6月《府中日记》和1919年1—12月《留美日记》两册手稿奇迹般地失而复得、④徐志摩1921年留英时赠送英国史学家狄更生(G. L. Dickinson)康熙五十六年刻本

---

① 参见蒋复璁、梁实秋编:《徐志摩全集》重印本第一卷,北京:中央编译出版社,2014年5月初版,墨迹函札和未刊部分,第2—214页。

② 梁实秋:《〈徐志摩全集〉编辑经过》,《徐志摩全集》重印本第一卷,第4页。

③ 改革开放以后,内地先后出版了上海书店1988年1月据商务印书馆1983年初版影印的《徐志摩全集》(陆小曼、赵家璧编)、广西民族出版社1991年7月版《徐志摩全集》(赵遐秋、曾庆瑞、潘百生编)、上海书店1994年2月据商务印书馆香港分馆1993年初版影印的《徐志摩全集补编》(陆耀东、吴宏聪、胡从经编)、天津人民出版社2005年5月版《徐志摩全集》(韩石山编)、中央编译出版社2014年5月据台北传记文学出版社1969年初版重印的《徐志摩全集》(蒋复璁、梁实秋编)和浙江人民出版社2015年1月版《徐志摩全集》(顾永棣编)。

④ 参见虞坤林整理:《徐志摩未刊日记》,北京:北京图书馆出版社,2003年1月初版。

《唐诗别裁》所题旧体诗和题词手迹出土,①以及留存泰戈尔秘书恩厚之（L. K. Elmhirst）处的徐志摩1924年致林徽因函手迹在台湾公布等,②都是令人欣喜的重要发现。

内地整理徐志摩手稿与手迹集大成的标志性成果，到了2004年终于出现，那就是由吴德健、虞坤林先生主编、浙江西泠印社印行的《徐志摩墨迹》。这部墨迹集共分《府中日记》《留美日记》《爱眉小扎》和书信、文稿（含新旧体诗、散文和译稿）五大辑，凡当时已经发现的徐志摩手稿与手迹，绝大部分已经编入。显而易见，此书的问世，在徐志摩作品出版史上开辟了新径，也为徐志摩手稿研究提供了必要的保证。时光飞驰，从那时至今已经十四年过去了，徐志摩手稿与手迹又有不少令人欣喜甚至可以说是十分珍贵的新发现。因此，浙江古籍出版社再次推出《徐志摩墨迹》增补本，也就水到渠成，理所当然了。《徐志摩墨迹》增补本对《爱眉小扎》、书信和文稿三辑均有增补充实，还新设题字一辑，以更完整地反映现存徐志摩手稿与手迹全貌。

手稿研究历来被视为文学研究不可缺少的重要组成部分，名目繁多的西方文学理论中因此有"文本发生学"一说，强调通过手稿的校勘和释读更新对文本的认识。法国学者德比亚齐认为"文本发生学主要是对作家手稿进行分析，整理和辨读，需要时予以出版，

---

① 参见陈子善：《徐志摩佚诗与狄更生》，《发现的愉悦》，武汉：湖北人民出版社，2004年2月初版，第17—22页。

② 参见梁锡华：《徐志摩新传》，台北：联经出版事业公司，1979年11月初版，插图第13页。

发生校勘学主要是对这一分析的结果作出解释"。①英国学者拉曼·塞尔登也认为"版本目录学考察一个文本从手稿到成书的演化过程，从而探寻种种事实证据，了解作者创作意图、审核形式、创作中的合作与修订等问题。从20世纪80年代出现的这种考索程序一般被称作发生学研究"。②对徐志摩的文学创作，不妨也作如是观，且举《徐志摩墨迹》增补本新收入的《雪花的快乐》和《你去》两首新诗手稿略加讨论。

《雪花的快乐》是徐志摩的前期代表作，初刊1925年1月7日北京《现代评论》第一卷第六期，先收入1925年作者自印线装本《志摩的诗》，被朱湘誉为《志摩的诗》"全本诗中最完美的一首诗"，③后再收入1928年8月上海新月书店初版铅印《志摩的诗》删节本。此诗手稿毛笔竖行书写两页，字迹工整，系近年从日本回流，④想必是徐志摩当时书赠某位日本友人。将手稿与初刊、线装本和铅印初版本相对照，就有有趣的发现。此诗初刊时诗末有"十二月三十日雪夜"，手稿和线装本、铅印本均无这句落款。然而这句落款其实至关重要，它清楚地显示了《雪花的快乐》的写作语境，即作于1924年12月30日"雪夜"。那晚，大雪纷飞，徐志摩对雪生情，才写下了这首以雪花为寄托的优美的《雪花的快乐》。再看

---

① ［法］德比亚齐:《文本发生学》，汪季华译，天津：天津人民出版社，2005年5月初版，第1—2页。

② ［英］拉曼·塞尔登等:《当代文学理论导读》，刘象愚译，北京：北京大学出版社，2006年12月初版，第332页。

③ 朱湘:《评徐君〈志摩的诗〉》，《小说月报》1926年1月第17卷第1号。

④ 徐志摩《雪花的快乐》诗稿现由上海收藏家王金声先生珍藏。

此诗第四节也即最后一节第一句，初刊作"那时我凭藉我的轻盈"，手稿、线装本和铅印本均改作"身轻"；而这一节第三句开头，初刊作"凝凝的"，线装本也作"凝凝的"，但手稿已改为"盈盈的"，铅印本也作"盈盈的"了。由此可以作出如下判断：这份《雪花的快乐》手稿并非原始手稿，应该是线装本出版后，徐志摩应某位日本友人之请重书的，所以没有了落款，又把"凝凝的"改成了"盈盈的"。或许也可进一步推测，这份手稿当书于1925年线装本出版之后，1928年铅印本出版之前。尽管如此，这份手稿能够重见天日，仍然弥足珍贵。

《你去》是徐志摩后期的力作，初刊1931年10月5日上海《诗刊》第三期，收入徐志摩罹难后出版的第一本新诗集《云游》，1932年7月上海新月书店初版。据现存徐志摩1931年7月7日致林徽因信中透露，此诗作于1931年7月7日，"哲学家"（指金岳霖）读了之后，说了一句"It is one of your very best"，①即认为这首《你去》是徐志摩最好的诗之一。信末附录了《你去》毛笔手稿，②目的是"抄了去请教女诗人，敬求指正"，③或许还有弦外之音也未可知。值得庆幸的是，这封信和《你去》手稿都被林徽因保存下来了，这份手稿也就很可能是留存下来的徐志摩最后一首新诗手稿。将《你去》手稿与初刊（《云游》所收据《诗刊》初刊

---

① 徐志摩：《致林徽因》（1931年7月7日），《林徽因集：小说、戏剧、翻译、书信》，北京：人民文学出版社，2014年12月初版，第286—287页。
② 同上书，第288—290页。
③ 同上书，第287页。

本)比较,又有不少有趣的发现。首先,仍然是手稿有落款"七月七日",但初刊删去。其次,比对手稿与初刊,除去标点多处不同,字词也有不少出入,手稿中的"那株树""有乱石""在守候""等你走远了""大步的向前"和"但求风动"等字句,初刊时分别改为"那棵树""有石块""在期待""等你走远""大步向前"和"但须风动"。这份《你去》手稿极有可能是初稿,徐志摩把初稿送请林徽因批评后,在《诗刊》正式发表前作了字斟句酌的修改。因此,《你去》手稿与初刊《你去》之间存在的这些差异,虽然只是字词和标点的改动,毕竟为研读这首徐志摩的名诗提供了新的张力,同样极为难得。

徐志摩的手稿对深入研究他的诗文所具有的价值无可替代,即便他的题字手迹,片言只字,对研究他的生平、交游和私谊也不是可有可无。增补本中新收入的徐志摩把《经济自由》(哈罗德·考克斯著)一书赠送友人蒋廷黻时的题词、①把《志摩的诗》线装本送给前妻张幼仪时的题词、②把《猛虎集》送给法国友人魏智(Henri Vetch)时的题字、③他 1929 年 3 月为新加坡《叻报》副刊《晨星》

---

① 徐志摩在赠送蒋廷黻的哈罗德·考克斯(Harold Cox)著《经济自由》(Economic Liberty,1920 年初版)一书上的题词手迹刊于 2017 年 5 月济南《聚雅》特刊"鲁迅朋友圈",题词如下:"此计学放任主义之余响,甚矣,其衰也,疆弩之末,不可以穿鲁缟。其作奉 廷黻兄 志摩 九年冬 伦敦"。
② 徐志摩题赠张幼仪的线装本《志摩的诗》藏于上海图书馆,题词如下:"幼仪,这小作,是我这几年漂泊生涯的一帖子果实,怕没有熟透,小心损齿! 志摩 九月上海",参见浙江古籍出版社 2015 年 10 月初版线装《志摩的诗》影印本题词页。
③ 参见陈子善:《徐志摩:〈猛虎集〉》,《签名本丛考》,北京:海豚出版社,2017 年 5 月初版,第 27—35 页。

题写的刊名，以及他为胡适《庐山游记》和1931年1月上海新月书店初版《梦家诗集》题写的书名（很可能是徐志摩为他人著作题写的仅有的两个书名）①等等，都是我们以前所完全不知道的，也都是徐志摩年谱必须补充的。

毋庸讳言，与鲁迅、郭沫若、茅盾等几乎同时代的现代作家相比，徐志摩手稿的保存、整理、刊行和研究大大滞后。这固然因为徐志摩过早离世，手稿和手迹存世量甚少；更因为不断的战乱和政治运动，造成徐志摩这个名字被打入另册，他的作品被禁止传播所致。因此，这部新的《徐志摩遗墨》增补本能够编成，要感谢海内外徐志摩手稿爱好者、收藏者和研究者长期以来的共同努力，其中包括必须提到的张幼仪、陆小曼、陈从周等位前辈。

徐志摩是不幸的，他一定还有很多很多诗要写，却那么早就结束了生命；徐志摩又是幸运的，他在20世纪中国文学史上留下了不可磨灭的印记，他的优秀诗文已为好几代国人所传诵，并已远播海外。见字如面，《徐志摩墨迹》增补本的出版，使海内外徐志摩爱好者有了一次新的走近徐志摩、缅怀其文采风流的机会，也为海内外徐志摩研究者从手稿的角度推进徐志摩研究提供了新的契机，因而是徐志摩研究史乃至中国现代文学研究史上一件值得充分肯定的大事。

---

① 徐志摩为胡适《庐山游记》所题书名："庐山游记　志摩署"，但不知何故，后似未刊用；为陈梦家《梦家诗集》初版本所题书名："梦家诗集　志摩署"。

郁达夫《她是一个弱女子》手稿本

保存、整理和研究作家的创作手稿，是中国现代文学史研究一个必不可少的组成部分。笔者十多年前就提出要"重视手稿学的研究"，①后来又有论者进一步重申和发挥，研究现代作家手稿的学术成果也已陆续出现。②但是，与鲁迅、胡适、郭沫若、茅盾、巴金、老舍等重要作家手稿不断印行③相比，郁达夫这位在20世纪中国文

---

① 参见笔者2005年6月18日在香港中文大学图书馆的演讲《签名本和手稿：尚待发掘的宝库》，《边缘识小》，上海：上海书店出版社，2009年1月初版，第3—27页。修订稿刊《中国现代文学史实发微》，新加坡：青年书局，2014年6月初版，第243—258页。

② 参见王锡荣：《手稿学在中国》，《文汇报·笔会》2015年10月26日。《中国现代作家手稿及文献国际学术研究会论文集》也于2016年4月由上海文化出版社出版，书中对鲁迅、郁达夫、王文兴等现当代作家手稿有所探讨。

③ 据不完全统计，这六位作家手稿的出版概况如下：

鲁迅手稿，最早出版的为《鲁迅书简》，许广平编，上海：三闲书屋，1937年6月初版。第一部搜集较为完备的鲁迅手稿集为《鲁迅手稿全集》，北京：文物出版社，1978—1986年初版。此后，鲁迅手稿时有发现，鲁迅手稿全集也陆续出版了多种版本，最新的为《鲁迅手稿丛编》，北京：人民文学出版社，2014年10月初版。还出版了《国家图书馆藏鲁迅未刊翻译手稿》，北京：国家图书馆出版社，2014年8月初版。

胡适手稿，内地出版有《胡适遗稿及秘藏书信》，耿云志主编，合肥：黄山书社，1994年12月初版；《胡适留学日记》手稿本，上海：上海人民出版社，2015年8月初版。

（转下页）

学史上留下不灭印记的创造社代表作家的手稿的出版和研究,实在是乏善可陈,连他的中学同学、新月派诗人徐志摩的存世手稿也早已问世,①但他除了致王映霞书信部分手稿已经印行外,②还可以说些什么呢?

不妨先回顾郁达夫手稿的发表情况。

在郁达夫生前,他的新文学创作手稿的刊登仅见二次。1933年3月,上海天马书店出版《达夫自选集》时,书前刊出了《序》手稿之一页;1935年3月,郁达夫编选的《中国新文学大系·散文二集》出版时,《良友图画杂志》《新小说》等刊出了他的《编选感想》手稿一页。在郁达夫身后,他的一些旧体诗词手稿在海内外陆

(接上页)茅盾手稿,出版有《子夜》手迹本,北京:中国青年出版社,1996年6月初版。以后又出版数种版本;《茅盾手迹》三种,杭州:华宝斋书社,2001年版;《茅盾珍档手迹》,杭州:浙江大学出版社,2011年6月初版。连茅盾高小时代的作文,也出版了《茅盾文课墨迹》,浙江桐乡市博物馆,2001年3月初版。

郭沫若手稿,出版有《谈〈随园诗话〉札记》手稿本,北京:北京古籍出版社,2003年1月初版;《李白与杜甫》稿本,北京:线装书局,2012年9月初版。

巴金手稿,出版有《家》手稿本,北京:人民文学出版社、扬州:广陵古籍刻印社,1998年5月初版;《随想录》手稿本,上海:上海文化出版社,1998年11月初版;《寒夜》手稿珍藏本,上海:上海文艺出版社,2005年10月初版;《憩园》手稿珍藏本,上海:上海文艺出版社,2007年8月初版;《第四病室》手稿珍藏本,北京:华文出版社,2019年8月初版。

老舍手稿,出版有《骆驼祥子》手稿本,北京:人民文学出版社,2009年4月初版;《四世同堂》第1、2部手稿本,南昌:江西教育出版社,2010年2月初版。《〈正红旗下〉手稿》,北京:北京出版社,2015年8月初版。

① 吴德健、虞坤林编:《徐志摩墨迹》,杭州:西泠印社,2004年7月初版。至出书时已发现的徐志摩诗稿、译稿、书信和日记等手迹均编集在内。

② 张金鸿编:《郁达夫情书手迹》,杭州:华宝斋书社,1999年9月初版。书中收入郁达夫1927年、1932年和1938年致王映霞函共79通手迹。

续有所披露，但小说、散文、杂文、评论等新文学作品手稿的发表，哪怕只有一页，在相当长的一个历史时段也几乎完全空白。

1982年至1985年，广州花城出版社与香港三联书店合作出版《郁达夫文集》（十二卷本），作为插图之用的郁达夫新文学作品手稿共刊出如下数种：

> 中篇小说《迷羊》第二章第一页
> 中篇小说《她是一个弱女子》第一章第一页
> 《〈达夫自选集〉序》之一页
> 随感《〈中国新文学大系·散文二集〉编选感想》
> 评论《歌德以后的德国文学举目》第一页
> 《厌炎日记》第一页
> 译文《关于托尔斯基的一封信》（高尔基作）之一页

1992年，杭州浙江文艺出版社出版了《郁达夫全集》（十二卷本），新刊出的作为插图之用的郁达夫创作手稿仅有如下二种：

> 短篇小说《圆明园的秋夜》第一页
> 1929年9月27日（旧历八月廿五）日记之一页

2007年，浙江大学出版社出版了新的《郁达夫全集》，刊出的插图中，除了一些诗词和题词等手迹，郁达夫新文学作品手稿的搜集并无进展。

有必要指出的是，上述已披露的郁达夫新文学作品手稿中，仅有《〈中国新文学大系·散文二集〉编选感想》一页是一篇完整的手稿，其他都只是文中一个小小的片段而已。换言之，除了这篇短小的《编选感想》，迄今为止，郁达夫完整的新文学作品手稿从未与世人见面。由此足见，郁达夫手稿整理和研究工作的严重滞后。由此也有力地证明，郁达夫中篇小说《她是一个弱女子》手稿本的影印问世，不仅使读者能够欣赏难得一见的郁达夫钢笔书法，对郁达夫手稿的研究更是零的突破，对整个郁达夫研究也具有非同寻常的意义。

在郁达夫小说创作史上，《她是一个弱女子》占着一个特殊的位置。这是郁达夫继《沉沦》《迷羊》之后出版的第三部中篇小说。小说以1927年"四·一二事变"前后至"一·二八事变"为背景，以女学生郑秀岳的成长经历和情感纠葛为主线，描绘了她和冯世芬、李文卿三个青年女性的不同人生道路和她的悲惨结局。小说的构思和写作过程，正如郁达夫自己在《〈她是一个弱女子〉后叙》中所说：

> 《她是一个弱女子》的题材，我在一九二七年（见《日记九种》第五十一页一月十日的日记）就想好了，可是以后辗转流离，终于没有功夫把它写出。这一回日本帝国主义的军队来侵，我于逃难之余，倒得了十日的空闲，所以就在这十日内，猫猫虎虎地试写了一个大概。①

---

① 郁达夫：《〈她是一个弱女子〉后叙》，《郁达夫全集》第2卷（小说下），杭州：浙江大学出版社，2007年11月初版，第354、355页。

查《日记九种·村居日记》，在1927年1月10日日记中，郁达夫先记下了他完成周作人大为赏识的短篇《过去》，并打算一鼓作气续完中篇《迷羊》的感受，强调自己的"创作力还并不衰"，然后写道：

> 未成的小说，在这几月内要做成的，有三篇：一，《蜃楼》，二，《她是一个弱女子》，三，《春潮》。此外还有广东的一年生活，也尽够十万字写，题名可作《清明前后》，明清之际的一篇历史小说，也必须于今年写成才好。①

显而易见，这是一个雄心勃勃的创作计划，如能全部实现，那该多好。可惜后来中篇《蜃楼》只发表了前十二章，②《春潮》无以为继，③《清明前后》毫无踪影，"明清之际的一篇历史小说"也只是一个设想，唯独《她是一个弱女子》虽然拖延了不少时日，终于按计划大功告成。

从《她是一个弱女子》作者题记和末尾《后叙》的落款时间可知，这部作品1932年3月杀青，正值震惊中外的上海"一·二八事变"之后，郁达夫后来在《沪战中的生活》中对写作《她是一个弱女子》的经过又有进一步的回忆：

---

① 郁达夫：《日记九种·村居日记》，《郁达夫全集》第5卷（日记），第71页。
② 郁达夫：《蜃楼》，中篇小说，第1至4章（除第4章最后一节）初刊《创造月刊》1926年6月第4期，第1至12章后刊《青年界》1931年3—5月第1至3期，未完。收入《郁达夫全集》第2卷（小说下）。
③ 郁达夫：《春潮》，中篇小说，第1至3章初刊《创造》季刊1922年11月第1卷第3期，未完。收入《郁达夫全集》第1卷（小说上）。

在战期里为经济所逼,用了最大的速力写出来的一篇小说《她是一个弱女子》。这小说的题材,我是在好几年前就想好了的,不过有许多细节和近事,是在这一次的沪战中,因为阅旧时的日记,才编好穿插进去,用作点缀的东西。我的意思,是在造出三个意识志趣不同的女性来,如实地描写出她们所走的路径和所有的结果,好叫读者自己去选择应该走哪一条路。三个女性中间,不消说一个是代表土豪资产阶级的堕落的女性,一个是代表小资产阶级的犹豫不决的女性,一个是代表向上的小资产阶级的奋斗的女性。这小说的情节人物,当然是凭空的捏造,实际上既没有这样的人物存在,也并没有这样的事情发生过的。①

必须指出,郁达夫这段话已把他在《她是一个弱女子》中塑造三个不同的年轻女性的创作宗旨和盘托出,小说中这三位女子的同性恋纠葛也应在这样的背景下加以考察才有意义。但是,后来竟有人自动对号入座,认为这部小说是在影射作者自己的家庭纠纷,②未免把小说创作和现实生活混为一谈。

---

① 郁达夫:《沪战中的生活》,《郁达夫全集》第3卷(散文),第163页。
② 参见王映霞:《王映霞自传》,台北:传记文学出版社,1990年10月初版,第108—109页。王映霞"回忆",郁达夫当时"怀疑"她与女同学刘怀瑜"同性恋爱","好一个爱幻想的大作家",在"这种奇异的情绪下写了"《她是一个弱女子》。但是,早在认识王映霞之前,郁达夫就已在构思《她是一个弱女子》。据《日记九种·村居日记》,郁达夫1927年1月14日在友人孙百刚处结识王映霞,而在此之前四天,他已在日记中记下了《她是一个弱女子》的写作计划,他酝酿这部作品的时间当更早。

《她是一个弱女子》完稿后,并没有像《蜃楼》那样先在刊物上连载,而是像《沉沦》《迷羊》那样直接交付出版。1932年3月31日,此书由上海湖风书局付梓,4月20日出版,列为"文艺创作丛书"之一,印数1500册。据唐弢查考,《她是一个弱女子》出版后不久即被官方指为"普罗文艺"而禁止发行。湖风书局被查封后,上海现代书局接收湖风书局纸型于当年12月重印,但为了躲过检查,倒填年月作"1928年12月"初版,又被官方加上"妨碍善良风俗"的罪名,下令删改后方可发行。次年12月,删改本易名《饶了她》重排出版,不到半年又被官方认定"诋毁政府"而查禁。[①]《她是一个弱女子》命途如此多舛,在中国现代文学史上,像它这样一再被查禁的作品,并不多见。

对郁达夫这部中篇的评价长期以来也是毁誉参半。湖风初版本问世不到四个月,就有论者撰文评论,认为"这依然是一部写色情的作品","在结构上和文章上,都并不十分出色,可是它的描划人物却是非常成功的。作者本是这方面的能手。他写郑秀岳的弱,写李文卿的不堪,都能给与读者一个永远不能忘记的印象。这是不依靠文字的堆琢的白描的手段,在国内作品中很难找到类似的例子"。[②] 也有论者

[①] 参见唐弢:《饶了她》,《晦庵书话》,北京:生活·读书·新知三联书店,1980年9月初版,第133、134页。又,《饶了她》出版时,扉页上印有"本书原名《她是一个弱女子》奉内政部警字第四三三号批令修正改名业经遵令修改呈部注册准予发行在案"的声明,结果仍于1934年4月被官方查禁。转引自郁云:《郁达夫传》,福州:福州人民出版社,1984年4月初版,第110页。

[②] 杜衡:《她是一个弱女子》,《现代》1932年8月第1卷第4期。转引自王自立、陈子善编:《郁达夫研究资料》,北京:知识产权出版社,2010年1月初版,第324、326页。

认为《她是一个弱女子》"不失为郁先生作品中的杰作之一"。①1950年代初,论者在批评《她是一个弱女子》"对革命人物的塑造""显得有些浮泛平面",反让"他过去作品中的主调——肉欲和色情的描写占了上风"的同时,还承认"这篇小说在达夫先生作品中仍不失为具有进步意义的作品"。②但随着认为郁达夫作品有很大消极面的看法占据统治地位,《达夫全集》胎死腹中,③《她是一个弱女子》这样的作品当然也无法重印,更难以展开探讨了。直到1980年代改革开放以后,《她是一个弱女子》才在问世半个世纪后首次编入《郁达夫文集》重印,这部中篇手稿的第一页也作为插图首次与读者见面。但是,在一个不短的时间里,对《她是一个弱女子》仍然不是视而不见,就是评价不高。④近年这种状况才有所改观,已有研究者重新注意《她是一个弱女子》,重新研究这部小说的主人公,

---

① 黄得时:《郁达夫先生评传》,《台湾文化》1947年9—10月第2卷第6—8期。转引自王自立、陈子善编:《郁达夫研究资料》,第374页。

② 丁易:《〈郁达夫选集〉序》,《郁达夫选集》,北京:开明书店,1951年7月初版。转引自王自立、陈子善编:《郁达夫研究资料》,第389页。

③ 1949年1月,《达夫全集》编纂委员会在上海成立并开展工作。共和国成立以后,郭沫若认为郁达夫作品中的"黄色描写有副作用,不宜出全集,只能出选集",《达夫全集》的出版就此中止,直到改革开放以后才重新提上议事日程。参见赵景深:《郁达夫回忆录》,《回忆郁达夫》,长沙:湖南文艺出版社,1986年12月初版,第268—273页。

④ 改革开放以后的各种中国现代文学史著作,在讨论郁达夫时,很少提到《她是一个弱女子》。唐弢主编的《中国现代文学史》虽然论及,承认该中篇"侧面反映了大革命风暴在知识青年中激起的回响,接触到军阀压迫、工人罢工、日帝暴行等当时社会现实的若干重要方面",但同时认为"中篇的主要篇幅仍然用来描写性变态生活,却表明了作者远未能摆脱旧有的思想局限"。参见唐弢主编:《中国现代文学史》第一分册,北京:人民文学出版社,1979年,第197、198页。

试图运用女性主义理论、女同性恋理论、心理分析理论等重新解读这部中篇小说。①

《她是一个弱女子》手稿书于名为"东京创作用纸"的200格（10×20）稿纸之上，黑墨水书写，共一百五十四页（绝大部分一页二面，也有个别一页一面），又有题词页一页，对折装订成册，封面有郁达夫亲书书名："她是一个弱女子"。除了封面略为受损和沾上一些油渍以及第二十一页左面撕去一部分外，整部手稿有头有尾，保存完好，只是书末缺少了达夫作于1932年3月的此书《后叙》，想必《后叙》是他在此书交稿后或校阅清样时所作，未能包括在这册手稿本中。

翻阅这部《她是一个弱女子》手稿本，打开第一页就有个不小的发现。《她是一个弱女子》初版本题词上印有：

> 谨以此书，献给我最亲爱，最尊敬的映霞。一九三二年三月　达夫上

但是手稿题词页明明写着：

> 谨以此书，献给我最亲爱，最尊敬的映霞。五年间的热

---

① 参见龚达联：《叙写柔弱不是错》，《井冈山师范学院学报（哲学社会科学）》2004年第25卷增刊；郑蕙苡：《〈她是一个弱女子〉的当代意义》，《文艺争鸣》2008年第4期；陈静梅：《解读郁达夫小说〈她是一个弱女子〉中的女女关系》，《凯里学院学报》2010年第28卷第4期等。

爱，使我永远也不会［能］忘记你那颗纯洁的心。一九三二年三月　达夫上

不过，后一句几经修改后，最后又被作者全部划掉了。由此可知，这段题词原来有两句，但付梓前，郁达夫删去了后一句，仅保留了第一句。为什么要删去？耐人寻味。

经与《她是一个弱女子》初版本核对，又可知这部手稿既是初稿，又是在初稿基础上大加修改的改定稿，颇具研究价值。手稿本从头至尾，几乎每一页都有修改，大部分用黑笔偶尔用红笔的修改，或涂改，或删弃，或增补，包括大段的增补。有时一页修改有九、十处之多，还有一些页有不止一次修改的笔迹。郁达夫创作这部中篇小说的认真细致、反复斟酌，由此可见一斑。

品读手稿，我们可以揣摩郁达夫怎样谋篇布局，怎样遣词造句，怎样交代时代背景，怎样描写风土人情，怎样设计人物对话，怎样塑造主人公形象，一言以蔽之，可以窥见郁达夫是怎么修改小说的。这样的例子在手稿本中俯拾皆是，不妨举几例。

在交代时代背景方面，小说第一章写主人公郑秀岳求学经历，手稿初稿有这么一小段：

政潮起伏，时间一年年的过去，郑秀岳居然长成得秀媚可人，已经在杭州的女学校里，考列在一级之首了。

手稿上修改后的定稿，也即初版本所印出的这一段是这样的：

政潮起伏,军阀横行,中国在内乱外患不断之中,时间一年年的过去,郑秀岳居然长成得秀媚可人,已经在杭州的这有名的女学校里,考列在一级之首了。

两相比较,手稿上增添的这些字句显然并非可有可无,而是把小说主人公成长的背景交代得更为清楚具体了。

再如小说第十六章中,写到国共合作北伐时,手稿初稿有这么一段:

孙传芳占据东南不上数月,广州革命政府的北伐军队,受了第三国际的领导和工农大众的扶持,着着进逼。革命军到处,百姓箪食壶浆,欢迎唯恐不及。于是军阀的残部,就不得不露出他们的最后毒牙,来向无辜的百姓,试一次致命的噬咬。可怜杭州的许多女校,同时都受到了匪军的包围,几千女生同时都成了被征服的人身供物。

而手稿上修改后的定稿,也即初版本所印出的这一段是这样的:

孙传芳占据东南五省不上几月,广州革命政府的北伐军队,受了第三国际的领导和工农大众的扶持,着着进逼,已攻下了武汉,攻下了福建,迫近江浙的境界来了。革命军到处,百姓箪食壶浆,欢迎唯恐不及,于是旧军阀的残部,在放弃地盘之先,就不得不露出他们的最后毒牙,来向无辜的农工百姓,试一次致命的噬咬,来一次绝命的杀人放火,掳掠奸淫。可怜杭州的许多女校,这时候同时都受了这些孙传芳部下匪军的包围,几千女生也同时都成了被征服地的人身供物。

两相比较,手稿定稿修改增添的字句,当然更详细,更准确,作者的态度也更爱憎分明,更能激起读者的愤怒和同情。

在描写景物和人物心情方面,小说第二十一章写到郑秀岳和吴一粟坠入爱河,手稿初稿有这么一段:

这时候黄黄的海水,在太阳光底下吐气发光,一只进口的轮船,远远地从烟突里放出了一大卷烟。从小就住在杭州,并未接触过海天空阔的大景过的郑秀岳,坐在海风飘拂的回廊阴处,吃吃看看,和吴一粟笑笑谈谈,觉得她周围的什么都没有了,只有她和吴一粟两个人,只有她和他,像是亚当夏娃,在绿树深沉的伊甸园里过着无邪的日子。

手稿修改后的定稿,也即初版本所印出的则作:

这时候黄黄的海水,在太阳光底下吐气发光,一只进口的轮船,远远地从烟突里放出了一大卷烟雾。对面远处,是崇明的一缕长堤,看起来仿佛是梦里的烟景。从小就住在杭州,并未接触过海天空阔的大景过的郑秀岳,坐在海风飘拂的这旅馆的回廊阴处，吃吃看看，更和吴一粟笑笑谈谈，就觉得她周围的什么都没有了，只有她和吴一粟两人，只有她和他，像亚当和夏娃一样，现在绿树深沉的伊甸园里过着无邪的原始的日子。

显而易见，经过修改补充的手稿定稿更细腻，更生动，更好地烘托出主人公两情相悦的欢快心情。

《她是一个弱女子》手稿本所展示的作者的各种修改，当然举不胜举，读者如果仔细比对，一定还会有许许多多有趣的发现。

就"文本发生学"研究而言，手稿（包括草稿、初稿、修改稿、定稿乃至出版后的再修订稿等）的存在和出现，是至关重要的，它将大大有助于读者和研究者捕捉作者的"创作心理机制"，更全面、深入地理解和阐释文本。以此观之，《她是一个弱女子》手稿的影印出版，就意义决非一般了，因为它为我们进一步打开探讨这部备受争议的郁达夫小说的空间提供了新的可能。

总之，历经八十多年的风雨沧桑，《她是一个弱女子》完整的同时也是十分珍贵的手稿得以幸存于世，毫不夸张地说，确实是郁达夫研究的大幸，同时也是中国现代作家手稿研究的大幸。这部手稿得以完好地保存，郁氏后人功不可没。当年手稿正文第一页首先在《郁达夫文集》刊出，就是原收藏者、郁达夫长子郁天民先生热情提供的。

2016年12月7日是郁达夫诞辰一百二十周年，《她是一个弱女子》手稿本的影印出版，也是对这位20世纪中国文学史上极具个性的天才作家的别有意味的纪念，书比人长寿。

巴金《怀念萧珊》初稿初探

这是一份作家手稿,共八页,每页标明页码,首页开头部分蓝色圆珠笔书写,以后均为黑色钢笔书写,用纸为抬头"全国人民代表大会常务委员会办公厅"的比 A4 纸略小的"便笺"。文章无题目,每页上小字写得密密麻麻,写满了八页,而且均有不同程度的修改。当我见到这份手稿时,上面的小字字迹似曾相识,而第一句"今天是××逝世的六周年纪念日",不就是巴金《怀念萧珊》的第一句"今天是萧珊逝世的六周年纪念日"吗?只不过正式发表时"××"改成了"萧珊"。据此一端,就不难断定,这份手稿应是巴金《怀念萧珊》的手稿。

众所周知,《怀念萧珊》是巴金晚年的名篇,是五卷本《随想录》第一卷的第五篇,早已脍炙人口,文学史家也一直给予高度的评价。《随想录》是巴金晚年最重要的作品,也是 20 世纪中国文学史上极具震撼力的一部作品,是巴金留下的"精神遗嘱"。这些年来,不但《随想录》单行本和合订本已多次印行,《随想录》手稿本也已出版了两种,即 1998 年 11 月上海文化出版社出版的《巴金〈随想录〉手稿本》和 2001 年 1 月浙江华宝斋古籍书社出版的《巴金〈随想录〉手稿本》增订本。据查,《怀念萧珊》手稿这两种手稿本均已收入。那么,这份没有标题的《怀念萧珊》手稿又是怎么回事呢?

这就需要追溯《怀念萧珊》这篇名文是如何诞生的了。

《怀念萧珊》落款"一月十六日写完",即最后完稿于1979年1月16日,不久就连载于1979年2月2日至5日香港《大公报·大公园》,原题《随想录(五)》。1972年8月13日,巴金夫人萧珊在上海病逝。但在那个特殊的年代,巴金还是待罪之人,想要撰文纪念爱妻,根本无法办到,只能把悲痛默默埋在心底。六年之后,已获新生的巴金开始为香港《大公报》撰写《随想录》专栏,于是,对萧珊的思念喷涌而出,化为文字,就是这篇感人至深的《怀念萧珊》。值得庆幸的是,巴金1978、1979年的日记都已经公开,可以根据日记来梳理《怀念萧珊》是如何具体成文的。

1978年8月13日,即萧珊逝世六周年纪念日,当天巴金日记云:"今天是萧珊逝世六周年纪念日,我没有做任何事表示我的感情。但是我忘不了她。也还记得那些日子里她所经历的痛苦。"①这就清楚地表明在萧珊逝世六周年纪念日当天,巴金似未动笔写《怀念萧珊》,但在日记中表达了对萧珊的深切怀念之情,或者如巴金后来在正式发表的《怀念萧珊》中所说,"不仅是六年,从我开始写这篇短文到现在又过去了半年",也可理解为1978年8月13日这个难忘的萧珊忌日巴金已动笔写《怀念萧珊》,但刚起了个头就搁下了,也许就是这份手稿开头用圆珠笔所写的一小部分也未可知。

---

① 巴金:《"文革"后日记》1978年8月部分,《巴金全集》第26卷,北京:人民文学出版社,2000年4月初版,第270页。

1978年12月17日,香港《大公报·大公园》发表巴金《随想录》第一篇(后易题《谈谈〈望乡〉》),从此开启了他的伟大的《随想录》系列写作。《随想录》专栏的设立,促使巴金把构思和写作《怀念萧珊》重新提上议事日程。

1979年1月7日巴金日记云:"(上午)上车去杨树浦看望岳父,……在岳父处吃了中饭,一点半辞去,雇汽车返家。午睡后……写完《随想录(四)》,约一千字。萧苟来。晚饭后……写纪念萧珊文。"这是巴金日记中首次直接提到《怀念萧珊》的写作。以后的巴金日记就不断记录此文的写作了。

1979年1月8日巴金日记又云:"下午继续写短文。……晚饭后看电视。续写短文。"9日"晚饭后……写短文。十二点睡"。10日"七点半起。……写短文。……晚饭后看了电视新闻。写短文"。11日"饭后午睡。……写短文。晚饭后看电视(故事片《花儿朵朵》)。写纪念萧珊的短文。十二点睡"。12日上午"抄改《怀念萧珊》"。13日"上午继续抄改《怀念萧珊》"。14日上午"继续抄改《怀念萧珊》……晚饭后看电视(故事片《不是一个人的故事》)。抄改《怀念萧珊》。十二点后睡"。15日"下午抄改《怀念》"。16日"上午抄改《怀念》。……下午……继续校改《怀念》,夜十二点校改完毕,约九千余字"。17日"七点半后起。辛笛来,黄裳来,十一点后两人同去。把《怀念萧珊》交给黄裳,托他转寄给际坰"。[1]

---

[1] 以上引自巴金:《"文革"后日记》1979年1月部分,《巴金全集》第26卷,第309—311页。

以上就是巴金写作《怀念萧珊》的全过程，不能不令人深受感动。整整十天时间，除了不能推脱的各项文化活动和应酬，巴金都沉浸于对萧珊的追怀，思念之情在笔端流淌，一发而不可收，终于完成了这篇长达九千多字的《怀念萧珊》。由此又可知，巴金日记中一再所说的"短文"根本不短，《怀念萧珊》是一百五十篇《随想录》中篇幅仅次于《怀念非英兄》的一篇，在巴金的后期创作中是很少见的。

必须指出的是，1979年1月12日的巴金日记，该日日记明确记载上午"抄改《怀念萧珊》"，而在此之前，日记中均记载为"写纪念萧珊文""写短文"等，而在此之后，日记中均记载为"继续抄改《怀念萧珊》""抄改《怀念》""校改《怀念》"。也就是说，1979年1月7日以后，1月12日以前，巴金一直在"写"《怀念萧珊》，1月12日以后，1月16日以前，巴金一直在"抄改""校改"《怀念萧珊》，1月16日晚最后定稿。前一段时间一直在"写"，后一段时间一直在"改"（"抄改"或"校改"）。如果上述推测可以成立，那么现在收入《巴金〈随想录〉手稿本》的《怀念萧珊》手稿一定是一份"校改完毕"的定稿，而在这份定稿之前，一定还有一份初稿（或称草稿亦可）。而这份珍贵的初稿，竟然幸存于世，在巴金写下整整三十八年之后，奇迹般地出现了。

《怀念萧珊》初稿的重见天日，由于初稿每页上都有修改，包括涂抹、增添、勾画和删改后又加以恢复等等，更由于初稿和定稿也即发表稿之间存在不少差异，对我们全面而又深入地理解巴金这篇呕心沥血的悼亡之作不可或缺。仔细比对，我发现全文第四章也即最后一章定稿的改动尤其值得注意。在初稿中，第四章一段到底。而在定稿中，第四章分为四段，引人注目的是，最后一段初稿中没有，是定稿时才添加的。定稿的前三段与初稿大致对应，第一段与初稿相比，虽有修改，变动不是很大，故把定稿第二、三段与初稿中相对应部分进行对照，以显示初稿与定稿的差别。且先照录初稿，除个别明显笔误，如"清"误作"情"字等予以校正外，一仍照旧：

她是我的读者，1936年我在上海第一次同她见面，1941年我们在桂林象朋友似地住在一起，一九四五年在贵阳结婚。我至今弄不清楚她的真实年岁，据说她对我隐瞒了两三岁，这毫无关系，我认识她的时候，她还不到二十。对她的成长，我应当负很大责任。她读了我的小说，找到了我，对我发生了感情。她在中学念书，因参加学生运动被学校开除。倘使不是为了我，她三七、三八年一定去了延安。她同我谈了八年的恋爱。我写过不少恋爱小说，可是我并无什么经验，我真挚诚恳地处理个人的感情。我们后来到贵阳旅行结婚只印发了一张通知，没有摆过一桌酒席。结婚以后她和我先后到重庆住在文化生活出版社门市部楼梯下七八平方米的小屋里。我们以四个玻璃杯开始组织小家庭的。她陪着我经历了各种艰苦生活。在抗日战争艰苦的时期中。我们一起从广东到广西，从昆明到桂林，到金华、温州、上海，每当我落在困苦的境地里，朋友们离开我他去的时候，她总是亲切地在我的耳边说："不要难过,我在你身边。""我永不离开你。"的确她没有离开过我。但是我并没有好好地帮助她。她比我有才华却缺乏刻苦钻研的精神。我喜欢她翻译的普希金和屠格涅夫的小说,虽然不是普希金和屠格涅夫〔的作品,却是〕有创造性的作品,读它们对我是一种享受。她改变自己生活,不愿作家庭妇女却缺乏吃苦耐劳的精神。她到《上海文学》义务劳动。也做了一些小工作,但是后来却受到批判,说她专门向老作家组稿,又说她是我派进作协的"坐探"。她要求参加四清运动,到了某铜厂的工作组工作,相当忙碌,紧张,她却精神愉快。可是不久她就被叫回作协参加"文化大革命"运动。她第一次参加这种急风暴雨似的斗争,而且以反动权威的家属的身份,她不知道该怎么办,张惶失措,坐立不安。她盼望什么人向她伸出援助之手。可是朋友们离开了她,"同事们"拿她当箭靶,有人看她单纯可欺,有人想整她来整我。她让人欺负象一个小孩。她不是作协的工作人员,不拿工资,没有福利,可是整天上班,靠边劳动,站队挂牌,赶回家,又揪到机关。后来写了认罪的检讨书,才给放回家中,然后作协的造反协还通知里弄委员会,罚她扫街,她怕人看见每天大清早起来,拿着扫帚出门。扫得精疲力尽回到家里,但有时还碰到上学的小孩,叫骂她"巴金的臭老婆"。我偶尔看见她拿着扫帚回来,不敢正眼看她,我感到负罪的心情。这是对她的一个致命的打击。不到两个月她病倒了,以后就没有再扫街(我妹妹继续扫了一个时期),但是也没有完全恢复健康,尽管她还拖了四年,可是一直到死,她没有看见我恢复自由。这是她的最后。然而决不是她的结局。她的结局是和我的结局连在一起的。我不相信鬼,但是我多么希望有一个

正式发表的《怀念萧珊》的相应部分则是这样的:

她是我的一个读者。一九三六年我在上海第一次同她见面。一九三八年和一九四一年我们两次在桂林像朋友似地住在一起。一九四四年我们在贵阳结婚。我认识她的时候,她还不到二十,对她的成长我应当负很大的责任。她读了我的小说,给我写信,后来见到了我,对我发生了感情。她在中学念书,看见我以前,因为参加学生运动被学校开除,回到家乡住了一个短时期,又出来进另一所学校。倘使不是为了我,她三七、三八年一定去了延安。她同我谈了八年的恋爱,后来到贵阳旅行结婚,只印发了一个通知,没有摆过一桌酒席。从贵阳我和她先后到了重庆,住在民国路文化生活出版社门市部楼梯下七、八个平方米的小屋里。她托人买了四只玻璃杯开始组织我们的小家庭。她陪着我经历了各种艰苦生活。在抗日战争紧张的时期,我们一起在日军进城以前十多个小时逃离广州,我们从广东到广西,从昆明到桂林,从金华到温州,我们分散了,又重见,相见后又别离。在我那两册《旅途通讯》中就有一部分这种生活的记录。四十年前有一位朋友批评我:"这算什么文章!"我的《文集》出版后,另一位朋友认为我不应当把它

们也收进去。他们都有道理，两年来我对朋友、对读者讲过不止一次，我决定不让《文集》重版。但是为我自己，我要经常翻看那两小册《通讯》。在那些年代，每当我落在困苦的境地里、朋友们各奔前程的时候，她总是亲切地在我的耳边说："不要难过，我不会离开你，我在你的身边。"的确，只有在她最后一次进手术室之前她才说过这样一句："我们要分别了。"

我同她一起生活了三十多年。但是我并没有好好地帮助过她。她比我有才华，却缺乏刻苦钻研的精神。我很喜欢她翻译的普希金和屠格涅夫的小说。虽然译文并不恰当，也不是普希金和屠格涅夫的风格，它们却是有创造性的文学作品，阅读它们对我是一种享受。她想改变自己的生活，不愿作家庭妇女，却又缺少吃苦耐劳的勇气。她听一个朋友的劝告，得到后来也是给"四人帮"迫害致死的叶以群同志的同意，到《上海文学》"义务劳动"，也做了一点点工作，然而在运动中却受到批判，说她专门向老作家组稿，又说她是我派去的"坐探"。她为了改造思想，想走捷径，要求参加"四清"运动，找人推荐到某铜厂的工作组工作，工作相当忙碌、紧张，她却精神愉快。但是到我快要靠边的时候，她也被叫回"作协分会"参加运动。她第一次参加这种急风暴雨般的斗争，而且是以"反动权威"家属的身份参加，她不知道该怎么办才好。她张皇失措，坐立不安，替我担心，又为儿女的前途忧虑。她盼望什么人向她伸出援助的手，可是朋友们离开了她，"同事们"拿她当作箭靶,还有人想通过整她来整我。她不是"作协分会"或者刊物的正式工作人员,可是仍然被"勒令"靠边劳动、站队挂牌,放回家以后,又给揪到机关。过一个时期,她写了认罪的检查,第二次给放回家的时候,我们机关的造反派头头却通知里弄委员会罚她扫街。她怕人看见,每天大清早起来,拿着扫帚出门,扫得精疲力尽,才回到家里,关上大门,吐了一口气。但有时她还碰到上学去的小孩,对她叫骂"巴金的臭婆娘"。我偶尔看见她拿着扫帚回来,不敢正眼看她,我感到负罪的心情,这是对她的一个致命的打击。不到两个月,她病倒了,以后就没有再出去扫街(我妹妹继续扫了一个时期),但是也没有完全恢复健康。尽管她还继续拖了四年,但一直到死她并不曾看到我恢复自由。这就是她的最后,然而绝不是她的结局。她的结局将和我的结局连在一起。

比较《怀念萧珊》第四章第二、三段的初稿和定稿,不难发现初稿是巴金一气呵成,而定稿经过了多处前后调整、充实、删节和修订。初稿不确切的,核实了;初稿简略的,详细了;初稿遗漏的,补全了。但初稿决非可有可无,恰恰相反,它和定稿之间充满张力,自有其不可替代的研究价值。比如写萧珊可能隐瞒了两三岁,写自己并无恋爱经验等,都富于生活气息,虽然定稿中都已删去。最值得关注的是,初稿最后两句"我不相信鬼,但是我多么希望有一个",虽然定稿中也已删去,但短短十五个字,充满了对萧珊的深情,仍然振聋发聩,启人深思。

研讨作家作品，尤其像巴金这样的文学巨匠，其手稿是必不可少的重要的研究对象，所以才有他的《家》《寒夜》《憩园》《第四病室》以及《随想录》手稿本的不断影印。而这篇《怀念萧珊》初稿手稿的出现，又对巴金研究提出了新的课题。《怀念萧珊》从初稿到定稿到发表，形成了这篇名作诞生过程中既不同又互相衔接的三个阶段，每个阶段都值得研究者认真琢磨和探讨，特别在创作《怀念萧珊》的最初阶段，巴金是如何构思、立意和表达的。而这样完整的例证，不但在巴金作品中，就是在其他现代作家作品中都是十分难得的。

与《怀念萧珊》初稿手稿一起重现世人眼前的，还有《随想录》第44篇《访问广岛》、第129篇《"寻找理想"》和第131篇《卖真货》的部分初稿和复写稿（整页或残页），第59篇《长崎的梦》部分复写修改稿，第123篇《为旧版新作写序》的部分复写稿，《随想录》第5卷《无题集》目录初稿、很可能是巴金第一篇却未能完成的写外孙女小端端的一页半残稿，以及其他若干页包括五六十年代履历以及中英文信稿在内的各种类型的残稿手稿。它们与《怀念萧珊》的完整初稿一起，组成了一个特殊的巴金《随想录》初稿系列。这是一个新的研究空间，展示了巴金写作《随想录》时一部分最初的写作思路和修改轨迹，有待巴金研究界进一步查考和探讨。

笔名的考定

梁实秋笔名与"雅舍"集外文

梁实秋先生谢世之后,余光中先生在《金灿灿的秋收》①一文中高度评价梁实秋在散文、翻译、文学批评、学术研究和教育五个方面的卓越贡献,深得我心。但依笔者所见,余先生还遗漏了一点,那就是梁实秋作为新文学编辑家所取得的成就,同样是相当突出的。

在中国现代文学史上,既是作家又是编辑家的一身而兼二任者大有人在,而梁实秋无疑是其中的佼佼者。从早年编辑北京《清华周刊》"文艺"栏和《文艺增刊》开始,梁实秋先后主编过《大江季刊》(1925年7月至11月)、上海《时事新报·青光》(1927年5月至8月)、《新月》月刊(1928年3月至1933年6月,梁实秋数度参与编务或独立主编)、天津《益世报·文学周刊》(1932年11月至次年12月)、北平《世界日报·学文周刊》(1935年3月至6月)、《自由评论》周刊(1935年12月至次年9月)、《北平晨报·文艺》周刊(1937年1月至6月)、重庆《中央日报·平明》(1938年12月至次年4月),以及本文将要介绍的《益世报·星期小品》,时

---

① 余光中:《金灿灿的秋收》,香港《明报月刊》1988年2月号。

间之长，刊物之多，影响之大，在同时代的作家中实属少见。

梁实秋晚年在《副刊与我》《我与青光》等文中深情地回忆他当年编辑这些刊物的情形，但他提到《益世报·星期小品》时只说了一句："罗努生主持天津《益世报》的时候，我应邀编一个文艺周刊，后改名为《星期小品》。"① 语焉不详，且与史实略有出入。梁实秋在1930年代初编的《文学周刊》与1940年代后期编的《星期小品》，虽同为《益世报》副刊，性质却有所不同，两者实际上并无承继关系，前者以刊登文学评论为主，后者乃是揭载散文小品的专门刊物。作为梁实秋离开大陆前主编的最后一种副刊，《星期小品》自有其鲜明的艺术特色。笔者最近在查阅该刊时，又意外地发现梁实秋用笔名发表的隽永散文十余篇，均未结集。一下子新出土那么多"雅舍小品"，怎不令人惊喜万分？遗憾的是"雅舍"主人已不及重见了。

《星期小品》创刊于1947年7月20日，刊名由梁实秋亲笔题写，星期天出版，② 每次半版篇幅。当时梁实秋担任北师大英语系教授，遥领《星期小品》编务，按时将稿件寄到天津拼版付印。次年1月16日《益世报》第四版刊出一则"小启"："《星期小品》因稿未到，改刊《别墅》③，希读者注意。"《星期小品》就此完成它的历史使命，共出二十五期，历时近半年。这是一个很别致的文学周

---

① 梁实秋：《副刊与我》，《雅舍散文》，台北：九歌出版社，1985年6月初版，第105页。

② 梁实秋晚年误记作每星期六出版，参见《旧笺拾零》，《看云集》，台北：皇冠出版社，1984年8月初版，第166页。

③ 《益世报》的一个通俗性副刊。

刊，创刊时没有开场白，停刊时也未向读者告别，悄悄地诞生，悄悄地结束，不事张扬，只顾埋头耕耘，一如梁实秋的为人。刊名强调"小品"两字，不登小说、诗歌、剧本和评论文字，举凡怀旧伤悼、山水游记、读书随想、品物杂识等等，都可在《星期小品》上占有一席之地，自由驰骋。经常为该刊撰稿的有谢冰莹、老向（王向辰）、李长之、陈纪滢、隋树森、①季羡林、叶雅（龚业雅）等，全是擅长小品的名家高手。作者中也有刚出茅庐的新秀，如北大文学院学生，后来成为内地名诗人的李瑛便是。因此该刊珠玉纷陈，美不胜收，不仅四十年后的今天读来有耳目一新之感，当时就颇获京津文坛好评，著名散文家朱自清读了1947年12月7日第21期所载《老境》（叶雅作）一文后，感慨系之，特赋七律一首寄赠梁实秋，诗中就有"笔妙启予宵不寐"之句。②

梁实秋因在重庆《星期评论》和南京《世纪评论》连载"雅舍小品"，已经名噪士林，既编《星期小品》，自己当然也要披挂上阵。但是遍查该刊，在总共六十八篇小品中，署人们熟知的"子佳"笔名和梁实秋本名的文章只有六篇，它们是《写字》（7月20日）、《客》（8月3日）、《握手》（8月17日）、《闻一多在珂泉》

---

① 北京隋树森先生1988年4月28日惠函，忆及梁实秋主编《星期小品》时的情形，谨录如下："四十年代末，我在南京天山路国立编译馆任特约编审。梁实秋原来在四川重庆时与我同事，我们复员后，我仍留编译馆，梁先生辞职回北京，主持《星期小品》副刊。梁先生约我们撰稿，我先后写了三篇文章（指《香泛期中的鸡鸣寺》《汽车》和《忆澄江镇》——笔者注）。后来梁先生不编此刊了，我们也就不写稿子了，写稿的人多为南京编译馆的同事，文章背景多叙南京，我还记得梁先生曾提出希望把背景改一改呢。"

② 参见梁实秋：《旧笺拾零》，《看云集》。

(9月14日)、《我的国文先生》(11月16日)和《法巡捕房的一幕》(12月22日)。经笔者核对,前三篇已被收入《雅舍小品》初集,①早已脍炙人口。后三篇均系回忆录,《我的国文先生》也已改题《我的一位国文老师》收入《秋室杂文》;②《闻一多在珂泉》的主要内容则已写进梁实秋1960年代所著《谈闻一多》一书,不过文中披露的闻一多1924年负笈美国珂罗拉多大学时所作有名的英文诗《另一个支那人的回答》,《谈闻一多》却未录,这是应该特别加以说明的。

显而易见,梁实秋在《星期小品》上发表的文章远不止上述六篇,因为这不符合梁实秋编辑副刊的独特风格。由于"好稿不易得",③梁实秋编辑副刊喜欢亲自动手,往往一个版面半数以上文章由他本人执笔,有时甚至独自包揽,这就需要不断更换笔名,以免读者发觉主编唱独角戏而减少兴味,不消说,也有不便署真名,非得用笔名发表不可的。从《时事新报·青光》到《中央日报·平明》莫不如此,《星期小品》想必也不会例外。看来要寻找梁实秋在《星期小品》上的集外文,还得从结合文章内容,查考他的不为人知的笔名入手,尽管梁实秋在1986年公开声明过,自编《时事新报·青光》之后,"我很少用笔名,近三四十年几乎绝对不用笔名"。④

---

① 《雅舍小品》初集,台北:正中书局,1949年11月初版,后多次再版。
② 《秋室杂文》,台北:文星书店,1963年9月初版。
③ 梁实秋答丘彦明问:《岂有文章惊海内》,台北《联合文学》1987年5月号。
④ 梁实秋:《我与〈青光〉》,台北《文讯》1986年2月第22期。

笔者首先注意到下列诸文：署名"刘惠钧"的《推销术》（10月5日），署名"灵雨"的《钱的教育》，署名"马天祥"的《房东与房客》（11月23日），署名"魏璞"的《市容》和署名"吴定之"的《沙发》（均为11月30日）。这五篇小品醇朴淡雅，机智含蓄，而且亦庄亦谐，常于不经意处极讽刺之能事，无论从思想、情趣，还是从纵谈自如的文笔看，都是典型的雅舍小品，作者非梁实秋莫属。最有力的证据还在于它们半年多之后重新发表时，全都署名梁实秋，《市容》《沙发》《钱的教育》《房东与房客》分别载1948年4月至7月谢冰莹主编的大型文艺月刊《黄河》复刊第2至5期，《推销术》载同年4月16日邵洵美主编的《论语》第151期。因此，这五篇小品出自梁实秋手笔已毋庸置疑。同时，梁实秋的这五个笔名也得到了证实。

《星期小品》上署名"刘惠钧"的还有一篇《考生的悲哀》（9月21日），署名"马天祥"的还有一篇《电话》（10月5日），依此类推，自然也是梁实秋的作品。《考生的悲哀》中说某次考生遇到偏题《卜壶不苟时好论》一筹莫展，只得交白卷，以及《电话》中所追忆的早年家中安装电话的情景，梁实秋后来写的《谈考试》和《电话》①中又一次分别提及，这不是偶然的巧合，两相对照，只能进一步证明作者是同一人。关于"刘惠钧"这个笔名，还应补充一点，梁实秋三十年代主编的《世界日报·学文周刊》和《自由评

---

① 《谈考试》收入《秋室杂文》，台北：文星书店，1963年9月初版；《电话》收入《雅舍小品》三集，台北：正中书局，1982年8月初版。

论》周刊上有不少署名"刘惠钧"的译诗，梁实秋在1936年5月30日《自由评论》文艺专号的《编者后记》中说："刘惠钧先生是山东大学毕业生，他译过百余首Burns的诗，皆忠实可诵。"这不知是梁实秋故弄玄虚，还是当时真有一位刘惠钧，待考。但《星期小品》上的"刘惠钧"就是梁实秋，却是确实无误的。"灵雨""吴定之"和"魏璞"三个笔名虽然在《星期小品》上只出现了一次，但它们的重要性并不亚于梁实秋最有名的笔名"子佳"，梁实秋在《益世报·文学周刊》和《自由评论》上的许多精彩之作都使用这三个笔名，以后有机会当另文论述。

接着使笔者感兴趣的是署名"李敬远"的《火》（9月28日）、《疟》（10月26日）和《雷》（12月14日）三篇小品，同样委婉多讽，谈言微中，酷似"雅舍"风韵。

"李敬远"这个名字首次见诸梁实秋主编的刊物，还得追溯到二十年前。1927年7月24日《时事新报·青光》刊出署名"李敬远"的《竞学大纲》，嘲讽"性学大师"张竞生。《新月》月刊问世以后，"书报春秋"专栏上署名"敬远""李敬远"的书评又有好几篇，这次在《星期小品》上亮相已是第三次了。试想一下，二十多年沧桑变迁，"李敬远"却一再在梁实秋主编的刊物上出现，这难道是偶然的吗？梁实秋的文字之交中并无李敬远其人，唯一合乎情理的解释就是"李敬远"是梁实秋的又一个笔名。再说《疟》这篇中引用老杜主张以诗治疟的轶事，议论风生，其时梁实秋正在搜集杜诗版本，潜心研读杜甫，六天之后，《文潮月刊》第四卷第一期发表了他的《杜审言与杜甫》一文，正可作为一个佐证。

《星期小品》上又有署名"绿鸽"的"三记",即《演戏记》(7月27日)、《相声记》(9月10日)和《画梅小记》(12月14日),也都逸趣横生,引人入胜,其实仍是梁实秋的杰作。乍看之下,"绿鸽"这个笔名似乎难以查考,然而,只要对梁实秋生平稍微有点了解的人,把"三记"通读一遍,马上就能断定作者除了梁实秋,不作第二人想。梁实秋年轻时一度醉心于丹青,画梅尤其出色,晚年封笔,偶一挥毫,人见人爱。他曾在《岂有文章惊海内》中回顾往昔画梅的经历,三言两语而已,《画梅小记》恐怕是梁实秋详细谈论画梅甘苦的唯一的一篇文章,从养梅、爱梅说到画梅,清俊简洁,意味深长,确实十分难得。而《相声记》中与老舍合作表演相声的"我",除了梁实秋还会有谁呢?两人抗战期间在重庆联袂登台的热闹情景,海内外读者早已从梁实秋后来所作的《忆老舍》中领略一二了,不过远不及《相声记》生动具体。此文把老舍说相声时的神态举止刻画得惟妙惟肖,毕竟年代相去不远,才会有如此真切的记录。至于《演戏记》所记作者排练、主演一出外国悲剧时的形形色色,同样使人莞尔。这出戏当指抗战期间国立编译馆在露天的北碚民众剧场为劳军而演出的法国名剧《天网》(陈绵译),梁实秋后来在《回忆抗战时期》中也曾提到过的。

除此之外,《星期小品》上还有署名"紫华"的《跃马中条记》(8月31日)和《寂寞》(11月30日)两文,真正作者仍是梁实秋。"紫华"这个笔名并不难识别,一望便知是梁实秋原名治华的谐音。梁实秋写过两篇同名的《跃马中条记》,另一篇作于五十年代,已收入《秋室杂文》。1940年1月,梁实秋参加"国民参政会华北慰劳视察团"视察华北前线,道出山西中条山,涉水越岭,历尽艰险。两篇《跃马中条记》所记都是这段经历,尽管详略不同,措词各异。而作者一记再记,足见此次旅行印象之深刻。《跃马中条记》的作者既已明了,语涉玄妙、富于哲理的《寂寞》的归属也就不言而喻了。

《益世报·星期小品》上的梁实秋作品,在他多姿多彩的散文创作生涯中处于一个承先启后的地位。其中连作者本人也已遗忘的这批集外文,侧重议论性的本应像《写字》《客》等文一样编入《雅舍小品》初集,侧重记录性的也可像《我的国文先生》一样编入《秋室杂文》,不料竟长期埋没,直到整整四十年后才由笔者挖掘出来,重放夺目的光彩。原因何在? 也许作者自己并不满意,编集时严加删选,也许作者当年匆促南下,未能携出全部剪报,可惜雅舍主人已归道山,无从请益了。不管怎样,这些新发现的集外文中固有为凑版面的急就章,但大都能与已收集的"雅舍小品"媲美,它们或在平正朴实中流露风趣,或在幽默诙谐中显现温厚,"在最寻常的人生态中体味到人世间最深沉的悲哀",[①]曲折灵动,情思绵绵,其艺术价值完全值得肯定。在中国现代学者散文中,雅舍小品堪称一绝,久享盛誉,就作者的睿智、才情和深厚的功力而言,几乎无人可以企及,证之这批旧作,犹可信矣。

---

① 何怀硕:《雅舍的真幽默》,《秋之颂》,台北:九歌出版社,1988年1月初版,第195页。

"女人圈"·《不变的腿》·张爱玲

一

中国现代文学史上有一个十分有趣的现象，即几乎所有的作家，都或多或少使用过笔名，像鲁迅、周作人、茅盾、沈从文、巴金这样的大作家，毕生使用笔名都有几十个乃至上百个之多，这在20世纪世界文学史上恐怕也是绝无仅有的。现代文学众多笔名现象的产生，其原因，周作人已在《〈现代作家笔名录〉序》中作过很好的分析。

与鲁迅他们相比，张爱玲使用笔名在其文学生涯中几乎微不足道。张爱玲信奉"出名要趁早呀"，[①]那么，既要出名，就要少用甚至不用笔名，否则，读者怎么认识你这位与众不同的作者呢？也就难以真正"出名"了。所以，自创作《天才梦》正式登上文坛起，张爱玲无论发表小说、散文还是绘画作品，都使用了"张爱玲"这个她自己其实并不喜欢而称之为"恶俗不堪的名字"，[②]所谓"坐不

[①] 张爱玲：《〈传奇〉再版的话》，《传奇》再版本，上海：杂志社，1944年9月初版，第1页。

[②] 张爱玲：《必也正名乎》，《杂志》1944年1月第12卷第4期。

改姓,立不改名"是也。

然而,张爱玲毕竟还是使用过笔名的。目前已知并已得到证实的张爱玲笔名有:一、梁京,1950年3月25日至次年2月21日和1951年11月4日至次年1月24日,在上海《亦报》副刊连载长篇小说《十八春》和中篇小说《小艾》时所署;二、范思平,1952年12月由香港中一出版社出版译作《老人与海》(美国海明威著)初版本时所署,仅此两个而已。张爱玲当时为何一反常态署用这两个笔名,不在本文讨论的范围之内,本文要提出的问题是,张爱玲还使用过别的我们所不知道的笔名吗?

1946年6月26日上海《香雪海画报》第一期刊出一篇署名"春长在"的"文坛消息"《张爱玲化名写稿》,先照录如下:

善于心理描写,在中国也有一部分读者的张爱玲,自从胜利以后,便搁下中国笔,打开打字机,从事英语著述,准备像林语堂那样换取大大的美国金洋钱。但据消息传来称:张爱玲近忽化个叫"世民"的笔名,写了许多小品,交最近出版的《今报》的"女人圈"发表。她的第一篇东西叫《不变的腿》,是一篇颂扬女性大腿美的赞美诗,写来清[轻]松有味,引证亦多。据该报"女人圈"的编者苏红说:"张爱玲还有十几篇题材写给我,并要求我,每一篇替她都换上一个新的笔名呢。"

这则消息连标点在内只有寥寥二百余字,却颇夺人眼球。它清楚地透露张爱玲曾用"世民"笔名在上海《今报》发表了一篇散文《不变的腿》,而这是张爱玲研究界七十余年来一无所知的,非同小可。

二

"春长在"言之凿凿,但要坐实"春长在"的说法,即"世民"是张爱玲的笔名,《不变的腿》是张爱玲的集外文,得先从《今报》说起。

虽然在抗战以前和沦陷时期,上海一直有小报,有的还延续了很多年,但抗战胜利后,新的小报在上海如雨后春笋般大量出现,却是不争的事实,《今报》即为其中之一。《今报》创刊于1946年6月15日,为每日四版的日报,第四版下部占全版四分之一的篇幅即为副刊《女人圈》。创刊号上以"编者"名义发表的该刊《开场白》颇为重要,也照录如下:

> 亲爱的读者们:
>
> 我欢喜说话,尤其欢喜说老实话,现在到今报社来编辑这栏《女人圈》,希望每天能够多讨论些关于女人的切身问题。
>
> 我不怕被人目为激进或讥为落伍,总要说出我自己心中所想说的话。我承认我是一个"心直口快"的女人。
>
> 我绝对无党无派的。因为我既以写作及编辑为职业,生活没有什么问题,又何犯得把自己的鼻子去给别人牵呢?希望酷爱自由的朋友们也同此立场,大家来痛痛快快的读上一阵女人们自己所要说的话,谁敢道是:"妇女之言,慎不可听"?

"女人圈"者，女人自己言说的园地是也。《开场白》虽短小，火药味却甚浓，用今天流行的话来说，就是具有浓重的女权主义色彩。编者自诩"一个心直口快的女人"，强调要在《女人圈》里大说"一阵女人们自己所要说的话"，"谁敢道是：'妇女之言，慎不可听？'"其鲜明的态度，其泼辣的口吻，不能不使人联想到不久前在上海文坛十分活跃的女作家——苏青。

推测《女人圈》编者为苏青，这与"春长在"的说法是矛盾的，但"春长在"披露的《女人圈》编者苏红，不正是苏青的妹妹吗？要证实《女人圈》编者到底是苏青、苏红姐妹中的哪一位，本来有一个历史机会，因为苏红老人直到2010年还健在，当时如能向她求证，答案自当立即揭晓，但无情的历史留下了这个难题。

不过，《女人圈》创办当时的另一则小报消息却支持《女人圈》编者为苏青的推断，那就是发表于1946年7月20日上海《星光》周报新二号，署名"文探"的《骗美金稿费——张爱玲写英文小说》，文中说：

> 敌伪时期上海文坛上的二位红牌女作家苏青与张爱玲，胜利后苏青依旧很活跃，写写小说，并为某小型报［编］辑"妇女圈"，仍在文化界里活动。而张爱玲则销声匿迹，并无作品发表过。……

张爱玲当时是否写过英文小说"骗美金稿费"，尽管"文探"和"春长在"都这么说，但也不在本文讨论的范围内。只是这段话中苏青"为某小型报［编］辑'妇女圈'"这一句，实在值得注意。"妇女圈"当为"女人圈"之误，也就是说，"文探"认定《女人圈》的编者为苏青而非苏红。

从苏红（1921—2010）晚年的访谈录来看，也根本未曾涉及她曾主编《女人圈》这一话题。2005年1月的某一天，苏红在南京接受苏青研究者毛海莹的访谈，回忆苏青和她自己的文字生涯。苏红原名冯和侠，笔名苏红是苏青给她取的。正是在苏青的鼓励下，1944—1945年间，苏红在苏青主编的《天地》月刊，以及《小天地》等刊上发表了《五日旅程》《烧肉记》《安于食淡》和《女生宿舍》等生活情趣颇浓的散文。但苏红并未提起她曾编过《今报·女人圈》，如果她确有这段唯一的编辑经历，她不可能只字未提。①

再回到《女人圈》。《开场白》中有一句编者的夫子自道："我既以写作及编辑为职业"，那么，只有苏青才完全符合这两个条件。她既写了《结婚十年》《浣锦集》等小说和散文集，也编辑过颇有影响的《天地》月刊。她如主持《今报·女人圈》，可谓驾轻就熟，顺理成章。

更确凿的证据是，《开场白》虽然署名"编者"，但1946年7月20日《今报·女人圈》发表署名"鱼月"的《"女人圈"的将来》，文中称："限于篇幅，有许多较长的好文章不能发表"，完全是编者的口吻，而"鱼月"正是苏青的一个笔名。苏青原名冯和仪，字

---

① 参见毛海莹：《苏青胞妹苏红访谈录》，《苏青评传》，北京：中国社会科学出版社，2010年11月初版，第186—197页。

允庄。1946年5月13日,她在潘柳黛主编的上海《新夜报·夜明珠》以"鱼月"笔名发表随感《月下独白》,是为苏青使用这个新笔名之始。一个月之后,她主编《今报·女人圈》,继续使用"鱼月"笔名,就完全可以理解了。她不仅用"鱼月"笔名撰文交代《女人圈》编务,而且还用"鱼月"笔名在《女人圈》上发表了《女人的名誉》《真善美》等众多随感。有趣的是,1946年6月25日发表的《女人的名誉》中还引用了张爱玲的话:"记得张爱玲小姐曾经说过:'男人对女人最隆重的赞美是求婚。'"这是张爱玲在小说《倾城之恋》中说的。

当然,也不排除《女人圈》由苏青主编,苏红从旁协助的可能性,所以才会有"春长在"报道中的一席话。

三

确定了苏青是《今报·女人圈》的编者,张爱玲为《女人圈》撰文的可能性就大大增加了。一则在沦陷时期,张爱玲曾多次为苏青主编的《天地》月刊撰文,还写过一篇《我看苏青》,两人一直保持良好的合作关系;二则从抗战胜利前夕直至1946年6月,张爱玲已经快一年没有发表作品了。她上一次发表文章,还是在1945年7月,即刊登于《杂志》第十五卷第四期的译文《浪子与善女》(炎樱作)。对这位以写作谋生的年轻作家来说,这无疑已构成很大的经济压力。因此,如苏青为《女人圈》主动向张爱玲约稿,张爱玲就很难有理由加以拒绝吧?

果然，1946年6月15日，《今报·女人圈》创刊号以显著位置刊出了署名"世民"的《不变的腿》。《不变的腿》总共1 380余字，《女人圈》将其分为上中下三部分，于6月16日和17日继续连载才刊完。如果不是《不变的腿》作者大有来头，《女人圈》未必会作如此郑重其事的处理。现将《不变的腿》照录如下：

不 变 的 腿

世　民

据医生说：人的衰老，是自顶至踵渐渐往下移的，所以最先发现的是额上的皱纹；譬如半老徐娘尽管有面容憔悴而仍旧体态风骚的。最后老的是足部。我们君子国，对于女人的这些身边琐事向不深究，西洋讽刺画里便时常可以看见有些发福的太太，身段臃肿不堪了，下面却配上一双轻灵的腿，颤巍巍载着惊人的重量，踝骨都像要折断了似的。玛琳黛德丽也是一个例子，不过她是燕瘦型，年华老大之后，被刻薄的观众讥为"活骷髅"，惟有她的大名鼎鼎的玉腿，却是廿年如一日，有好莱坞"第一双腿"之誉。从最初在德国乌发拍摄的《蓝天使》到美国片《摩洛哥》，她演的终是下等舞场的舞女，裸着腿，耸着肩，拥着鸵鸟毛。中间有一个时期，她高级趣味起来，然而古装片《朱红皇后》便大大失败了。观众的理解力究竟差，就连她那样会说话的眼睛，似乎也常常"言不达意"。那一个时期她主演的《雅歌》，虽然她在里面扮一个书店女职员，再正经也没有，可是她爬上短梯去拿书还是有她的腿的一个特写镜头,但裙子相当的长,又穿了袜。私生活里她又有男装癖——她是第一个穿西装裤的女人。观众与她的感情有了隔膜,她渐渐不卖座了,甚至当选影片商举出的所谓"票房毒药"的十大霉星之一,终于退隐。

东山再起后,她常穿一种长袖短裙的服装,上身遮盖得十分严密,但把注意力集中在腿上。最近在沪献映的《平步青云》中,黛德丽出场第一幕,先从屏风后面慢慢的伸出一只银色的腿来。如此郑重介绍,可谓自有腿以来没有这样的风光过。前两天报纸上载着游泳池畔发现一条人腿的新闻记录中"该腿……该腿……"个不了,使人联想到黛德丽的一生事业。

究竟她的腿不是金刚不坏之躯。本来她的腿即在全盛时期,苗条则有之,肉感未必。看过《平步青云》的人更是异口同声都诧异说:怎么现在骨瘦如柴,手象鸟爪,大腿也凹了进去了。一代名腿,终于有沧海桑田之感,也可以说是世界风景线的变迁。——某报就腿言腿仍旧加以赞美,是偶像崇拜吧?

十几年前的时髦作品《啼笑因缘》里面有这样的话:"从古以来,美女身上的称赞名词,什么杏眼,桃腮,蟠蛴,春葱,新剥鸡头,什么都歌颂到了,然决没有什么恭颂人家两条腿的。……其实这两条腿,除富于挑拨性而外,不见得怎样美。"

现在恐怕很少人这样想了。中国人的审美观念果然大有进步,但是普通的看法还是把女人的体格简单化了,只讲究上乳下腿，似欠周到，但也可以算是"摘要"，因为只要这两处是美的，其余的肩背腰臂大约也不至于错到那里去。今年美国流行一种赤膊时装，上海的时装专家对此发表意见，断定它不能为上海仕女所接受，原因之一是体格够不上："这样的衣服上海有几个人能穿？"话是不错，但是这样的衣服，美国也不见得有多少人配穿呢。美国有一个著名的摄影家，被聘到好莱坞为明星拍照。条件之一是：他所看见的一切，必须严守秘密。可是他还是泄漏了一些风声，不过没有提名道姓罢了——原来好莱坞满是假乳，甚至于有许多假的腿肚！欧洲十六七世纪，男子风行短裤，因而对于腿的美丽也很注重，袜子里面常常衬垫棉花，使腿肚较为丰满。想不到今日的好莱坞，美女的大本营，也有此等事。

同一摄影家有一次想到裸体营去拍照，可是无法得到进门的许可，除非他自己也脱光了衣服。他说："我什么也不能带，除了我的表。"参观了一次，他后来为文记录，说："你从来没有看见过四个健康的女人裸体打网球？——看见过之后，那真是……"言下极其震恐。可想而知不是怎样美妙的印象。

四

本来，《香雪海画报》早已揭示署名"世民"的《不变的腿》系出自张爱玲之手，笔者又继续证明了《不变的腿》何以会在《今报·女人圈》发表，凭此两点，此文归属似已不成问题。但为慎重计,仍应对此文作进一步的考证。

《不变的腿》以美国女影星玛琳·黛德丽(Marlene Dietrich, 1901—1992)为例,审视中外对待女性身体尤其是大腿的不同的流行观念,及其所折射的中外性别文化种种。黛德丽者,大名鼎鼎,有论者曾以"黛德丽的腿、梦露的胸脯、施瓦辛格的胸肌"来代表好莱坞电影男女明星的身体特征,可见黛德丽当年的风华绝代。她生于德国,初学音乐,1920年代初开始从影,1930年出演约瑟夫·斯登堡导演的《蓝天使》而一举走红,旋即去好莱坞发展,仍由斯登堡导演的《摩洛哥》也好评如潮。她一度与嘉宝齐名,希特勒上台后曾邀请她回德,被她回绝。第二次世界大战期间,她用德语和英语演唱的爱情歌曲《莉莉玛莲》回响在欧洲上空,交战双方士兵均感动不已。她爱穿男装,擅演冷艳的蛇蝎美人,具有一种奇异的中性美,据说后来歌星麦当娜的造型也参考过她。

不难看出,《不变的腿》中对黛德丽及其"美腿"的概括和评价颇为到位,显示了"世民"对好莱坞电影和影星的熟稔。这与张爱玲的经历正好暗合。在中国现代作家中,张爱玲无疑是高度"触电"者,已有不少论者探讨过她与电影的密切关系。张爱玲"是个货真价实的影迷",高中毕业时就写过《论卡通画之前途》这样的文字。她从小爱看好莱坞电影,她弟弟张子静在《我的姊姊张爱玲·早慧——发展她的天才梦》中对此有很具体的回忆:

> 除了文学,姊姊学生时代另一个最大的爱好就是电影。她当时订阅的一些杂志,也以电影刊物居多。在她的床头,与小

说并列的就是美国的电影杂志，如《Movie Star》《Screen Play》等等。

三、四十年代美国著名演员主演的片子，她都爱看。如葛丽泰嘉宝、蓓蒂戴维斯、琼·克劳馥、加利古柏、克拉克盖博、秀兰邓波儿、费雯丽等明星的片子，几乎每部必看。①

张爱玲1956年2月10日致邝文美、宋淇信中还提到过奥黛丽·赫本。②然而，在这份已经不短的好莱坞明星名单中，并无黛德丽的大名。张爱玲是否真的对黛德丽一无所知呢？

在她后期创作也是她最好的长篇小说《小团圆》中，张爱玲不但对名导演库柏力克、女明星琼·克劳馥等的作品信手拈来，黛德丽的名字也终于出现了，而且不止一次。第一次是小说主人公九莉与母亲蕊秋在香港的一段对话：

又一天到浅水湾去，蕊秋又带她到园子里散步，低声闲闲说道："告诉你呀，有桩怪事，我的东西有人搜过。"

"什么人？"九莉惊愕的轻声问。

"还不是警察局？总不止一次了，箱子翻过又还什么都归还原处。告诉南西他们先还不信。我的东西动过我看不

---

① 张子静：《早慧——发展她的天才梦》，《我的姊姊张爱玲》，台北：时报文化出版公司，1996年1月初版，第117—118页。
② 参见张爱玲：《书信选录·致邝文美、宋淇1956.2.10》，《张爱玲私语录》，宋以朗主编，台北：皇冠文化出版公司，2010年7月初版，第153页。

出来?"

"不知道为什么?"

"还不是看一个单身女人,形迹可疑,疑心是间谍。"

九莉不禁感到一丝得意。当然是因为她神秘,一个黑头发的玛琳黛德丽。①

第二次是九莉回到上海后,姑姑楚娣有次来看她时的情景:

楚娣来联络感情,穿着米黄丝绒镶皮子下衣,回旋的喇叭下摆上一圈麝鼠,更衬托出她完美的长腿。蕊秋说的:"你三姑就是一双腿好",比玛琳黛德丽的腿略丰满些,柔若无骨,没有膝盖。②

这两处提到玛琳·黛德丽,一借以赞美母亲"神秘",一借以赞美姑姑"腿好",虽似不经意的淡淡几笔,却都恰到好处。由此可以清楚地看到张爱玲对黛德丽、对"玛琳黛德丽的腿"确实烂熟于心,直到后期的长篇中还加以引用。那么,她早年关注黛德丽风靡一时的好莱坞"第一双腿",关注这双腿终于走向"骨瘦如柴","终于有沧海桑田之感",就完全有了着落,不是正好前后期遥相呼应么?她早年写出这篇《不变的腿》,也就完全在情理

---

① 张爱玲:《小团圆》第1章,台北:皇冠文化出版公司,2009年2月初版,第44—45页。

② 张爱玲:《小团圆》第3章,第114页。

之中了。

同样值得注意的是,《不变的腿》中的这句话:"最近在沪献映的《平步青云》中,黛德丽出场第一幕,先从屏风后面慢慢的伸出一只银色的腿来。如此郑重介绍,可谓自有腿以来没有这样的风光过。"这个特写镜头固然是此片一个了不起的创造,但同时也是黛德丽的"美腿"由盛及衰的转折点。更重要的是,这句话明白无误地告诉我们,"世民"看过这部《平步青云》。

摄于1944年的好莱坞电影《平地青云》,英文原名 *Kismet*,在沪上映时译为"平地青云",《不变的腿》中则作"平步青云",不知是手民误植,还是"世民"记错或故意为之。一字之差,自然可以,也许还更好。1946年2月22日,《申报》第二张第四版首次刊出《平地青云》即将在"大华"上映的预告,有"千等万等的好消息""电影字典无法形容的瑰丽"等语。23日《申报》第二张第五版续刊《平地青云》预告,男女主角考尔门和黛德丽的大名首次亮相,对此片的评价则为"全部五彩""有美丽的故事　紧张的扑打　宏伟的场面　诱艳的镜头"。此后每天预告,广告词一天一变,极尽赞美之能事,甚至出现了"本年度最伟大最富丽最好看""五彩影片之王"等最高形容词。2月26日《申报》第二张第六版刊出最后一天预告,谓此片"出乎类　拔乎萃　登其峰　造其极",为"王于一切　鲜艳五彩　宫闱巨片",并且第一次昭告此片"幻术神异　玉腿腻舞　粉黛斗艳"。

1946年2月27日,《平地青云》终于在上海大华大戏院"特殊献映",当天连映四场。直至3月20日,《平地青云》作为首轮影片,在"大华"连映了三个星期。之后,到《不变的腿》发表的前一天,《平地青云》又先后在杜美、国联、东海、新新、胜利、亚蒙和西海等影院上映,足见其盛况。不过,原名夏令配克影戏院的大华大戏院坐落于静安寺路(今南京西路)近中正北二路口(今石门一路),离张爱玲当时居住的赫德路(今常德路)静安寺路口的爱丁顿公寓(今常德公寓)最近,相距不过一、二站有轨电车路程。所以,张爱玲应是"世民"的不二人选,她就近到"大华"先睹《平地青云》为快,也就顺理成章。

除此之外,《不变的腿》中还以整整一个自然段的篇幅,引用张恨水代表作《啼笑因缘》中的一段话,十分醒目。这段话出自《啼笑因缘》第二回"绮席晤青衫多情待舞 蓬门访碧玉解语怜花",写男主人公樊家树在北京饭店舞厅见到摩登女郎何丽娜而惊艳,在电灯下一面端详何丽娜喝酒时"左腿放在右腿上"的俏丽模样一面遐想翩翩。大概限于篇幅,"世民"的引用有所删节,不妨把原文照录如下:

> 家树心里想:中国人对于女子的身体,认为是神秘的,所以文字上不很大形容肉体之美,而从古以来,美女身上的称赞名词,什么杏眼,桃腮,蜘蛴,春葱,新剥鸡头,什么都歌颂到了,然决没有什么恭颂人家两条腿的。尤其是古人的两条腿,非常的尊重,以为穿叉脚裤子都不很好看,必定罩上一幅长裙,把脚尖都给他罩住。现在染了西方的文明,妇女们也要西方之美,大家都设法露出这两条腿来。其实这两条腿,除富

于挑拨性而外，不见得怎样美。①

"世民"引证张恨水笔下樊家树的这段想法切合《不变的腿》的主旨，也说明"世民"对张恨水作品的熟悉，不是一般的熟悉，而是很熟悉，相当熟悉。试想当时海上新文学作家中，有谁会对张恨水如此熟悉？只有张爱玲。

张爱玲不仅是货真价实的"影迷"，也是一位不折不扣的"张迷"，张恨水"迷"。在张爱玲的前期作品中，《必也正名乎》《童言无忌·穿》《存稿》等篇散文一而再再而三提到张恨水及其作品，每次都很推崇。她在《存稿》中公开宣称"我喜欢张恨水"，②还在1944年3月16日上海女作家聚谈会上明确表示她爱读的书是"S. Maugham、A. Huxley 的小说，近代的西洋戏剧，唐诗，小报，张恨水"。③1952年夏以后，到了香港的张爱玲对邝文美说："喜欢看张恨水的书，因为不高不低。"④去美国后，张爱玲1968年7月1日致夏志清信中说："我一直喜欢张恨水，除了济安没听见人说好"；⑤同月接受台湾记者殷允芃采访，又透露她的长篇《半生缘》，正是"看了许多张恨水的小说后的产物"。⑥1971年接受研究

---

① 张恨水：《啼笑因缘》第1册，上海：三友书社，1930年12月初版，第34页。
② 张爱玲：《存稿》，《新东方》1944年3月第9卷第3期。
③ 《女作家聚谈会》，《杂志》1944年4月第13卷第1期。
④ 邝文美：《张爱玲语录》，《张爱玲私语录》，第65页。
⑤ 夏志清：《张爱玲给我的信件》，台北：联合文学出版社，2013年3月初版，第127页。
⑥ 殷允芃：《访张爱玲女士》，《中国人的光辉及其他——当代名人访问录》，台北：志文出版社，1977年8月初版，第7页。

者水晶采访时,张爱玲谈到自己的阅读"专看'垃圾'",以至水晶认为"此所以她对于张恨水,嗜之若命了"。①直到后期创作《小团圆》,仍不忘设计一个小说主人公盛九莉在"八·一三"日军轰炸中,坐在法租界一家旅馆"梯级上,看表姐们借来的(张恨水)《金粉世家》"②的细节。由此足可证明,张恨水是张爱玲作品中提到名字最多的现代作家,而"世民"又恰恰在《不变的腿》中大段引述张恨水,这当然不可能是偶然的巧合,当时恐怕也只有张爱玲才会在文章中如此大段引述张恨水。因此,唯一合理的解释只能是在张爱玲与"世民"之间画上一个等号。

张爱玲前期散文中,有一个关键词经常出现,那就是"中国"。中国、中国人、中国女人、中国化、中国式、中国气味、中国文学、中国故事、中国的心……几乎比比皆是,出现频率之高,大大超出我们的想象。《不变的腿》发表之前,出现过"中国"或"中国……"的张爱玲散文,据粗略统计,就有《天才梦》《洋人看京戏及其他》《更衣记》《道路以目》《必也正名乎》《借银灯》《银宫就学记》《存稿》《论写作》《走! 走到楼上去》《自己的文章》《童言无忌》《私语》《炎樱语录》《诗与胡说》《中国人的宗教》《忘不了的画》《谈音乐》《谈跳舞》《被窝》《关于〈倾城之恋〉的老实话》《罗兰观感》《致〈力报〉编者》《谈画》《双声》《炎樱衣谱》《我看苏青》《天地人》等,再加上稍后的《中国的日夜》和《〈太太万岁〉

---

① 水晶:《蝉——夜访张爱玲》,《张爱玲的小说艺术》,台北:大地出版社,1973年9月初版,第29页。

② 张爱玲:《小团圆》第3章,第128页。

题记》,总共三十篇,超过张爱玲前期散文总数五十四篇的一半。其中,尤以"中国人"出现的次数为最多,"中国人"如何如何,一直是张爱玲所关心所不断讲述的。怎样看待张爱玲前期散文中这个突出的文化现象,怎样理解张爱玲心目中的"中国"及"中国人",这是另一篇论文的题目。但是,必须指出一点,"世民"的《不变的腿》中,"中国人"竟然也出现了。讨论国人如何讴歌女性,回顾以前"决没有恭颂人家两条腿"到当下赞美"美腿"的演变之后,《不变的腿》作了一个略带调侃的小结:"中国人的审美观念果然大有进步。"这句话如写成"我们的审美观念果然大有进步"也完全通,只有张爱玲才会强调"中国人",才会延续她一贯的风格如此表述。因此,这是"世民"即张爱玲的又一个有力证据。

分析至此,应该对"世民"这个笔名略作解说了。"世民"出自《晏子春秋·外篇下四》:"晏子闻之,曰:'婴则齐之世民也,不维其行,不识其过,不能自立也。'"张纯一注云:"婴世为大夫,自称世为齐民,谦也。"可见"世民"即"世代为民"之意。张爱玲出身名门望族,长大以后多次以自己的家世为荣,念念不忘,直到晚年还说过祖父母"我没赶上看见他们,所以跟他们的关系仅只是属于彼此,一种沉默的无条件的支持,看似无用,无效,却是我最需要的。他们只静静地躺在我的血液里,等我死的时候再死一次"[①]这些话。她怎么会是"世民"呢? 这就需要回到当时具体

---

① 张爱玲:《对照记——看老照相簿》,台北:皇冠文化出版公司,1994年6月初版,第52页。

的历史语境中去寻求答案了。

抗战胜利后,张爱玲颇受盛名之累。《不变的腿》发表两个月又十天后,也即1946年8月25日,她在上海《诚报》用本名发表的《寄读者》中就告诉读者:"最近一年来似乎被攻击得非常厉害,听到许多很不堪的话。""许多很不堪的话"中就有不少涉及她的出身,如"所谓有'贵族血液的作家'张爱玲",①"所谓'贵族血液'的张爱玲,骨头奇轻",②"自命贵族血液的张爱玲大作家,现在已落魄了"③等等,不一而足。因此,既然一时用真名发表新作还有诸多不便,张爱玲就反其道而行之,特别取了"世民"这么一个笔名,针对那些"很不堪的"指责,含蓄地表明虽然出身高贵,自己仍只是普普通通的中国人、普普通通的中国市民、普普通通的中国作者,正如她接着在《传奇》增订本跋《中国的日夜》中所真诚地表白的:"我真快乐我是走在中国的太阳底下。我也喜欢觉得手与脚都是年青有气力的。而这一切都是连在一起的,不知为什么。快乐的时候,无线电的声音,街上的颜色,仿佛我也都有份,即使忧郁沉淀下去也是中国的泥沙。总之,到底是中国。"④

可是,《不变的腿》之后,《今报·女人圈》再也没有发表"世

---

① 未署名:《女汉奸丑史》,上海:大时代书刊社,出版时间不详,第11页。
② 未署名:《女汉奸脸谱》,出版机构和出版时间不详,第24页。
③ 丁丁琳:《张爱玲浪漫有法国风味》,《海晶》1946年7月28日第22期。
④ 张爱玲:《中国的日夜》,《传奇》增订本,上海:山河图书公司,1946年11月初版,第392—393页。

民"的其他作品。"世民"之作仅此一篇,无以为继,原因何在?笔者推测,由于消息灵通、无孔不入的海上小报过早披露了"世民"的来历,张爱玲不得不放弃使用这个笔名,"世民"只能是昙花一现。至于《今报·女人圈》是否发表过张爱玲使用其他笔名所作的文字,恐怕也已无可能,因为她与《女人圈》的关系也已经被小报记者和盘托出。《不变的腿》发表五个月之后,即1946年11月,龚之方主持的山河图书公司推出《传奇》增订本,张爱玲的名字重现海上文坛,她不必再使用笔名发表文章了。《今报·女人圈》则自同年12月1日起"暂行休刊",未再复刊。

然而,考定《不变的腿》出自张爱玲之手,毕竟是发掘前期张爱玲集外文新的可喜的收获,"世民"也成了目前所知的张爱玲文学生涯中在梁京、范思平之前首次使用的笔名。

《作家笔会》作者真名考

1945年10月1日,即抗日战争胜利后一个半月,《作家笔会》在上海问世,柯灵编选,春秋杂志社出版,列为"春秋文库第一辑之一"。

柯灵的文名已不必笔者饶舌。薄薄的《作家笔会》在他大量著编中,也不占重要位置,却具有特殊的意义。柯灵同年9月29日写下《关于〈作家笔会〉》一文,文中说:

> 这小书所辑集的,原是为一个杂志所预备的特辑稿件,当时上海和内地的联系已经完全切断,关山迢递,宛然是别一世界;而我们所处的地方,只要沾一点点"重庆派"或"延安派"的气味,就有坐牢和遭受虐杀的危险。苍茫郁结之余,我却还想遥对远人,临风寄意,向读者送出我们寂寞婉曲的心情……①

此文本应作为《作家笔会》的序或跋,不知何故,没有。文中

---

① 柯灵:《关于〈作家笔会〉》,《长相思》,上海:上海文艺出版社,1982年11月初版,第205—206页。

所说的"一个杂志",正是柯灵在上海沦陷时期主编的《万象》,《作家笔会》中也确有四篇文字最初在《万象》揭载。而这个书名,如柯灵所说,"本来就叫作《怀人集》;后来觉得应该隐晦一点,这才改成了《作家笔会》"。①

《作家笔会》中被怀念的当时不在沦陷区的作家、学者计有(按文章顺序):丁玲、郁达夫、许杰、李青崖、方光焘、蹇先艾、沈从文、林徽因、陈白尘、袁俊(张骏祥)、吴祖光、曹禺、叶圣陶、徐懋庸、黎烈文、王统照、郑振铎、王勤堉、周予同、老舍、闻一多、茅盾、李霁野、台静农和崔万秋,均为一时之选。这些"怀人"之作无论长短,大都情真意切,或提供重要史料,或以评论中肯见长,读者自可细细品味,笔者也不必再饶舌。

然而,奇怪的是,《作家笔会》所有文章的作者都很陌生,无一人名见经传,但柯灵又说此书作者是"几位前辈和朋友"。②显而易见,他们当时身处沦陷区上海,几乎全都使用了笔名。因此,有必要逐一对各文作者真名进行考证。③

田苗,即画家、作家胡考(1912—1994)。《中国现代文学作者

---

① 柯灵:《关于〈作家笔会〉》,《长相思》,上海:上海文艺出版社,1982年11月初版,第206页。
② 同上。
③ 对《作家笔会》作者真名,笔者已见两篇相关的考证文字,姜德明:《怀人的散文》,《梦书怀人录》,上海:汉语大词典出版社,1996年8月初版;龚明德:《柯灵"编选"的一本小书》,《出版史料》2012年第4期。徐开垒《书情与友情》(《书屋》1998年第3期)中也有所提及,均可参阅。

笔名录》著录胡考的笔名，只有一个田苗，①所举例证即初刊1943年12月《万象》第三年第六期的这篇《忆丁玲》。

昔凡，即若瓢（1905—1976）。柯灵1948年冬写过《记若瓢和尚——并他和唐云的画展》一文，文中说："若瓢是一个迥异于一般和尚的和尚，能诗，能画，不忌荤酒，尤爱看话剧。……他和方外人常有往还，在杭州的时候，和故诗人郁达夫相知甚深。"②此文收入柯灵散文集《长相思》时，附录若瓢的《吉祥草——怀郁达夫》，柯灵特别加了注释："原刊《万象》一九四三年十一月号，第三年第五期，作者若瓢，发表时署名'昔凡'。"③《吉祥草》收入《作家笔会》时改题《忆郁达夫》。顺便一提，郁达夫的小说《瓢儿和尚》也是以若瓢为原型的。

林拱枢，不详。只知他自1930年代初起就在刊物上发表诗文，如1937年《图书展望》第二卷第六期就发表了他的《"史料·索引"》一文。《许杰》《李青崖》两文以"作家印象记"为总题，初刊1943年11月《万象》第三年第五期。

莳菲，即作家、翻译家吴岩（1918—2010）。姜德明曾致信柯灵"打听'莳菲'等人是谁"，柯灵"回信说可能是作家吴岩"。④柯灵的回忆虽未肯定，却是正确的，莳菲确确实实是吴岩。

---

① 徐迺翔、钦鸿编：《中国现代文学作者笔名录》，长沙：湖南人民出版社，1988年12月初版，第471页。
② 柯灵：《记若瓢和尚——并他和唐云的画展》，《长相思》，第85—86页。
③ 同上，第87页。
④ 姜德明：《怀人的散文》，《梦书怀人录》，第138页。

柯灵接编《万象》的第一期，即1943年7月第三年第一期就发表了署名蒳菲的短篇小说《中学教员》。到了1948年4月，上海文化生活出版社出版吴岩的短篇小说集《株守》，《中学教员》赫然在内，从而进一步证实写下感人的《方光焘》的蒳菲是吴岩的笔名。

子木、渭西，这两个笔名，姜德明已作过考证，认为都是以刘西渭笔名享誉文坛的文学评论家、戏剧家、翻译家李健吾（1906—1982）。他说："'子木'、'渭西'则是李健吾。'子木'合在一起是'李'，'渭西'乃'西渭'之倒置，更可从那文章的内容和风格来判断。"①对此，笔者完全同意。署名渭西的《林徽因》大概是最早关于林徽因的回忆文字，现在已很有名。

在子木的《蹇先艾》和渭西的《林徽因》之间，还有一篇小山的《沈从文》，笔者认为小山也是李健吾。理由有三：一、《沈从文》中写到作者"我"认识沈从文，"在他结婚以后，在他编辑《文艺》的时候"。查《李健吾传》，李健吾正是沈从文1933年9月在北平与张兆和结婚前后认识沈从文的，②他也是《大公报·文艺》的重要作者；二、《沈从文》一文末尾写沈从文读了巴尔扎克《葛朗台》译本后的感想，并对作者说"你应当给我这种读者好好儿译几部书出来"。可见沈从文很信任作者的翻译，而李健吾正是翻译法国文学的大家。三、此文在书中排在子木和渭西两文之间，既然子木和渭西都是李健吾，那么此文作者小山也应是李健吾，因为

---

① 姜德明：《怀人的散文》，《梦书怀人录》，第137页。
② 参阅韩石山：《李健吾传》，太原：山西人民出版社，2006年1月初版，第102、105页。

《作家笔会》中同一作者如有二篇和二篇以上文章,都编排在一起,如上文的林拱枢,下文要考证的余林和李杰、东方曦和吉灵,等等。

殷芜,不详。他这篇《剧校回忆录》很长,写了陈白尘、袁俊、吴祖光、曹禺四位剧作家,颇具史料价值,特别值得注意。共和国建立以后,1958年2月23日《文汇报》还发表了他的《话剧舞台上的"虎妞"——漫谈路珊的演技》一文,可知1950年代他还在上海。

余立,即作家徐开垒(1922—2012)。《叶圣陶》中说,叶圣陶编辑《新少年》时,该刊悬赏征文,"我那时在宁波,也寄了《两个泥水匠》去。结果,在一千二百三十篇稿件中,竟获得了第一名"。这是考定余立即徐开垒的关键"内证"。查《上海作家辞典》中的"徐开垒"条目,明确记载:"1936年10月在《新少年》半月刊发表第一篇作品《两个泥水匠》。"①条目所述与《叶圣陶》中的回忆完全一致。何况条目中记载徐开垒有余羽、立羽两个常用笔名,余立不正是余羽、立羽的首字组合吗?因此,余立非徐开垒莫属。

余林、李杰,都是杂文家、文学史家唐弢(1913—1992)。这两个笔名,傅小北《唐弢笔名考索》和《中国现代文学作者笔名录》均有所著录,但前者均未具体注明何处署用,②后者也都说"署用情

---

① 上海市作家协会编:《上海作家辞典》,上海:百家出版社,1994年12月初版,第226页。
② 傅小北:《唐弢笔名考索》,《唐弢研究资料》,北京:知识产权出版社,2010年1月初版,第452页。

况未详",①《徐懋庸》和《黎烈文》两文正好作了证实。唐弢是浙江镇海人,徐懋庸是浙江上虞人,两人是大同乡,又同在1930年代上海文坛以杂文成名,彼此较为熟悉。黎烈文1932年12月1日接编《申报·自由谈》后,唐弢成为其主要作者之一,对黎烈文有所了解理所当然。

天则,即作家王统照(1897—1957)。这篇《老舍与闻一多》,内容厚实,说明作者与老舍、闻一多交往匪浅。但现有各种作家笔名录,均无天则为何许人的著录。因此,只能从"内证"中去寻找答案。文中在回忆闻一多时,提到一个十分重要的细节。随闻一多在山大上散文班课,"以新诗人初露头角于沉沉新诗界中的某君"(疑为臧克家——笔者注)对作者说,闻一多向他推荐作者的《号声》一书,并"特别赞美"书中"写其由恳挚回念中滤出的人生辛怨"的《易梦》。查《中国现代文学总书目》,只有一种《号声》,即王统照所著短篇小说集《号声》,②1928年12月上海复旦书店初版。《号声》中又正好收有一篇《读〈易〉》。《读〈易〉》和《易梦》,仅一字之差,经核对,《读〈易〉》的内容与作者所回忆的《易梦》是"借在清寂海滨重温《易经》叙起"而"怀旧忆母"完全吻合。由此应可推断,天则就是王统照。"易梦"或为王统照记误,或为他故意写错。

原予鲁,仍应为徐开垒。原予鲁所作《暨南四教授》,以学生

---

① 徐迺翔、钦鸿编:《中国现代文学作者笔名录》,第573页。
② 贾植芳、俞元桂主编:《中国现代文学总书目》,福州:福建教育出版社,1993年12月初版,第940页。

身份记叙王统照、郑振铎、王勤堉、周予同四位暨南大学教授,颇为具体生动。1941年8月至12月,徐开垒正好在暨大求学,他在《我的母校校长何炳松》中明确表示:"除了周(予同)先生,我还上过王统照、郑振铎、王勤堉、孙贵定等先生的课。"① 又正好与此文所述高度重合。故有理由推断,原予鲁就是徐开垒。

东方曦、吉灵,均为作家孔另境(1904—1972)。这两个笔名,《中国现代文学作者笔名录》早已著录,② 吉灵即另境两字的同音倒写。孔另境是茅盾小舅,自然会写《怀茅盾》怀念当时远在重庆的茅盾。而"北方二友"李霁野和台静农1932年营救在天津被捕的孔另境,最后鲁迅也伸出援手之事,了解鲁迅与李、台、孔关系史的都知道。

但萍其人很陌生。但其所作《忆崔万秋》初刊1943年8月《春秋》第一年第一期。《春秋》是由刚从《万象》卸任的陈蝶衣主编的。据研究者马国平考证,③ 陈蝶衣与崔万秋1930年代同在上海,同活跃于文坛、歌坛和电影圈。更重要的是,此文中的一幅插图,正是一通崔万秋致陈蝶衣的信札。陈蝶衣有搜集文友信札的雅好,如果但萍不是陈蝶衣,怎会得到这通信札并作为自己作品的插图而不作说明?所以,但萍应是陈蝶衣的笔名。

《作家笔会》总共十七位作者,以上已考证出十四位的真名,另

---

① 转引自马国平:《柯灵编〈作家笔会〉作者考略》,《中华读书报》2014年4月2日。
② 徐迺翔、钦鸿编:《中国现代文学作者笔名录》,第78页。
③ 参见马国平:《柯灵编〈作家笔会〉作者考略》。

有三位（实际是二位，即林拱枢、殷芜，林拱枢一人二篇）的真名，仍待考。希望本书由海豚出版社重印后，能够得到新的线索全部查明，以进一步增加读者阅读和研究的兴味。

"满涛化名写文"

1957年7月,在"反右"高潮中,翻译家傅雷被迫写下了一份二万余字的交代材料《傅雷自述》。《自述》共八节,《傅雷全集》收入了前五节。其中第三节是"写作生活"。阅读《自述》,"写作生活"中的一句话引起了我的注意:

> 抗战期间,以假名为柯灵编的《万象》写过一篇《评张爱玲》。后来被满涛化名写文痛骂。①

众所周知,傅雷以迅雨为笔名在1944年5月上海《万象》第三年第十一期发表了《论张爱玲的小说》,而今这篇评论已成了张爱玲研究史上极为重要的文献,但在1957年时,很可能是傅雷的一个"历史罪状"。问题还在于,这篇名文怎么会受到另一位翻译家满涛"化名写文痛骂"?

满涛(1916—1978),原名张万杰,曾用名张逸候,留学日本和美

---

① 傅雷:《傅雷自述》,《傅雷全集》第17卷,沈阳:辽宁教育出版社,2002年12月初版,第8页。

国，译有果戈理的小说和契诃夫的戏剧多种，尤以翻译别林斯基而著称。他当年化了什么名，在哪一篇文章中"痛骂"傅雷论张爱玲，这篇文章又在何时发表于何处？这一系列的问题一直困惑着我。

从 1990 年代到 21 世纪初，我常有机会向王元化先生请教。我早知道他不喜欢张爱玲。1948 年 2 月，远在北平的王先生用"方典"笔名在上海《横眉小辑》第一辑上发表《论香粉铺之类》，此文虽然主要是批评钱锺书的长篇《围城》，但在结尾时也捎带说到了张爱玲：

> 最近一位友人告诉我，张爱玲在上海又死灰复燃起来，快要像敌伪时代那样走红了，而且聚拢在她周围的不仅是那些小报的读者，流行歌曲的听客，其中还参杂了几个文艺界的知名人士。

因此，我在向王先生请益时从不主动向他提起张爱玲，有意思的是，他也从不向我提到张爱玲，大概因为我不是他的学生的缘故。刚刚出版的吴琦幸著《王元化谈话录（1986—2008）》中，就记录了王先生的学生吴琦幸 1988 年 1 月 20 日与他的一次谈话。吴琦幸对王先生说，他读了张爱玲的小说，"没有想到中国的现代文学史上还有这样好和这样写法的小说"，王先生的回答也可进一步前后印证：

> 哦，你喜欢张爱玲的东西啊？你不懂这个背景，张爱玲的

东西不行的。我们40年代在上海搞地下工作的时候,她的东西我读了之后是非常反感的。我是不喜欢的。她的作品写的都是一些上海的风花雪月,与国难当头的时代不一致。这些都是我个人的看法,你也不要到外面去说。海外夏志清认为张爱玲的文学成就比鲁迅更厉害,我是更加不同意的了。……他写中国现代文学史,把张爱玲、钱锺书捧得都非常高,但是实际上没有这么高。大陆以前不讲张爱玲,一旦开放,读者当然会有一种新鲜感。但我是不喜欢的。①

一次王先生嘱我为他查找刊于抗战胜利后上海《时代日报》副刊上的旧文。我翻阅该报时,无意中见到1945年9月9日《时代日报·热风》第一期上的《腐朽中的奇迹》一文,署名言微。读完此文,我意识到言微很可能就是满涛,《腐朽中的奇迹》很可能就是傅雷所说的"满涛化名写文痛骂"之文。再次拜访王先生时,我就破例向他求证言微其人。我向王先生出示了《腐朽中的奇迹》一文的影印件,他看了之后,笑着告诉我:言微就是满涛。王先生与满涛的关系非同一般,他在《记满涛》中说得很清楚:"我和满涛不仅是亲戚(满涛是王先生夫人张可之兄——笔者注),而且是三十年的挚友、知己",②他的证言当然不会错。

---

① 吴琦幸:《谈张爱玲与钱锺书的〈围城〉》,《王元化谈话录(1986—2008)》,上海:上海文艺出版社,2015年6月初版,第145页。
② 王元化:《记满涛》,《人物·书话·纪事》,北京:人民文学出版社,2006年1月初版,第8页。

言微也即满涛的《腐朽中的奇迹》开宗明义,就把批评矛头指向迅雨的《论张爱玲的小说》:

> 腐朽化为神奇,垃圾堆中也能产生奇迹。记得去年《万象》某号上有评论家某君告诉我们:张爱玲女士的作品就是一个"奇迹",一株"文艺园地里的奇花异葩"。

《万象》直到停刊,只发表过一篇评论张爱玲的文字,"某君"非迅雨莫属,而"奇迹"和"文艺园地里的奇花异葩"也正是迅雨即傅雷《论张》中的原话。言微接着写到他到北平,发现张爱玲的作品竟然在北平也成了"畅销书",而且北平"某君"还在自己的散文里引用张爱玲的"妙文":"象朵云轩信件上落了一滴泪珠……"对张爱玲"已自成一派,象周作人文体似的居然有人在北方模仿起来",言微表示了强烈不满。

言微认为这些还"不觉得奇怪。可怪的是:有些我所敬佩的专家、学者之流,对文学可说是研究有素,学有专长的,为什么一见到垃圾堆上点缀了一些赝品假古董假珠宝,就会大惊小异的喊起来:'奇迹呀! 奇迹呀!'一面还沾沾自喜,俨然以首先发现周彝汉瓦者自居"。这段话仍然针对迅雨也即傅雷而发,但他完全会错了意。傅雷在《论张》中确实说过"奇迹",他的原话是"张爱玲女士的作品给予读者的第一个印象……'这太突兀了,太象奇迹了',除了这类不着边际的话以外,读者从没切实表示过意见"。可见傅雷从没说过张爱玲的出现是个"奇迹",恰恰相反,他并不认同

"奇迹"说，认为这是"不着边际的话"，而严肃的评论者应该从文学层面切实表达自己对张爱玲作品的意见。而且在《论张》的最后，傅雷进一步表示："一位旅华数十年的外侨和我闲谈时说起：'奇迹在中国不算稀奇，可是都没有好收场。'但愿这两句话永远扯不到张爱玲女士身上！"

为了证明张爱玲是"垃圾堆的腐臭"，言微特别举出了一个例证：

> 记得杂志社记者曾探问过张爱玲和另一位女士所最爱读的作家，一答《蝴蝶梦》的作者，张则答以传教士作家的 Stella Benson。把有这样读书口味的人和"文学"二字连结在一起，那是对文学的莫大的侮辱。传教士裴生怎么能和罗曼罗兰相提并论呢？

这段话可谓一箭三雕，但也很有辩正的必要。对"文学"当然会有不同的理解，言微也当然可对张爱玲的文学品味提出质疑，但 Stella 是否可算"传教士作家"，是否应该全盘否定？大可怀疑。1944 年 3 月 16 日，杂志社举行上海"女作家聚谈会"，张爱玲出席了。面对"外国女作家喜读那一位"这个问题，张爱玲的回答只有短短的一句话：

> 外国女作家中我比较欢喜 Stella Benson。①

---

① 《女作家聚谈会》，《杂志》1944 年 4 月 10 日第 13 卷第 1 期。

Stella Benson（1892—1933），是英国小说家、诗人。她 1920 年来华，曾先后在香港美国办的教会学校和医院工作，还到过北京和上海。著有小说《这就是终点》《一个人过》等和诗集《二十》，以《远方的新娘》最为有名，1932 年获费米娜文学奖，次年死于越南。Stella 逝世二年后，她的丈夫詹姆斯·安德森（James Andesen）续弦，后来生下的两个儿子都大名鼎鼎，那就是本尼迪克特·安德森（《想象的共同体》作者）和佩里·安德森（《新左派评论》主编）。因此，Stella 虽在教会学校和医院工作过，但说她是"传教士作家"而贬得一文不值，且据此推断张爱玲也一文不值，未免太牵强太绝对了吧？

当时傅雷已经翻译了罗曼·罗兰的《约翰·克利斯朵夫》，在知识阶层中影响很大，所以言微指责迅雨竟把斯特拉·本森与罗曼·罗兰"相提并论"。在他看来，既然欣赏了罗曼·罗兰，就不该再欣赏喜欢 Stella 的张爱玲。不过，言微文学造诣毕竟不低，当他把苏青和张爱玲加以比较时，还是承认张爱玲在文学上"比较站得住脚些"。但他在文末仍然要求："一，象张爱玲这样的'奇迹'，以后希望少出现几个；二，即便出现也希望不是借的文学的幌子，或罗曼罗兰的招牌。"这是再一次严厉批评迅雨肯定张爱玲，虽然迅雨在评论张爱玲时从未提到罗曼·罗兰。

有意思的是，言微也即满涛对迅雨也即傅雷的责难，反倒提醒张爱玲研究者应该注意斯特拉·本森，张爱玲为什么"欢喜"斯特拉·本森？她的创作是否受到 Stella 的影响？以前一直鲜有人关注。据我所知,仅有翻译家李文俊先生因张爱玲"欢喜"斯特拉·本森,而对这位英国女作家作过简要评介。①因此,"张爱玲与斯特拉·本森"这个题目很值得张爱玲研究者爬梳和探讨。

但是,满涛何以会断定"迅雨"即傅雷,而傅雷也何以会得知"痛骂"他的"言微"即满涛?由于两位当事人墓木早拱,已无法向本人求证,我只能略作推测。满涛和傅雷虽然未必认识,虽然即使认识也一定不会是深交,否则满涛不会化名写下这篇《腐朽中的奇迹》,但是他们两人有一位共同的朋友,那就是作家楼适夷。楼适夷晚年写下了《痛悼傅雷》《满涛周年祭》两篇感情深挚的回忆文字,分别纪念与他年龄相近的傅雷和比他年轻的满涛。楼适夷与傅雷关系密切,脍炙人口的《傅雷家书》就是楼适夷作的序。而在《满涛周年祭》中,楼适夷特别指出:"他译别林斯基,译果戈理,以翻译家出名,实在他写文章,又好又快,小说、散文,写得不少。不过,那时发表文章,一篇一个假名,故好多人不知他写了多少作品。"②因此,很可能通过楼适夷这个中介,满涛知道了"迅雨"即傅雷,而傅雷也知道了"言微"即满涛。这可以找到一个有力的旁证。王元化1979年7月20日致楼适夷信末尾表示:"我们(满涛)年轻时曾与傅雷发生过龃龉,这你是知道的。"③从而进一

---

① 参见李文俊:《拉都路、张爱玲与我》《关于斯特拉·本森》,《寻找与寻见》,武汉:湖北教育出版社,2002年5月初版,第372—375页。
② 楼适夷:《满涛周年祭》,《楼适夷散文选》,北京:人民文学出版社,1994年12月初版,第56页。
③ 王元化:《王元化集》第9卷,武汉:湖北教育出版社,2007年10月初版,第528页。

步证实楼适夷当时是知情者，满涛和傅雷正是通过楼适夷而知道了对方。虽然楼适夷也早已去世，无法作证了。

至此，应该可以说，"满涛化名写文"之谜已经完全破解了。

书信的文献价值

研究《沉沦》的珍贵史料

1921年10月《沉沦》的问世,是中国现代文学史上的一件大事。它不仅是破天荒第一本新文学小说集,而且开一代风气,奠定了作者郁达夫在现代文坛的重要地位。但在出版之初,却因其"惊人的取材与大胆的描写"[①]而震世骇俗,引起封建卫道士们的大肆反对,被斥为"不道德的文学";一些新文学营垒中人,对这部作品集的思想艺术价值也未能正确认识。正是新文学运动理论权威周作人,以"仲密"笔名率先在1922年3月26日《晨报副镌》"文艺批评"栏内发表《"沉沦"》一文,为作者辩护。周作人运用英国著名性心理学家霭理斯的学说,把文艺批评与道德批判,尤其是对封建的性道德的批判紧密联系起来,强调《沉沦》"所描写是青年的现代的苦闷","著者在这个描写上实在是很成功了",作为"一件艺术的作品",《沉沦》是"受戒者的文学","虽然有猥亵的分子而并无不道德的性质"。周作人的评价是较为全面和中肯的,有力地反驳了对《沉沦》的种种非难,这篇文章也因此成为中国现代文学批评史上的一篇名作。

---

① 成仿吾:《〈沉沦〉的评论》,《创造》季刊1923年2月第1卷第4期。

对周作人的知遇之恩，郁达夫一直怀着深深的感激之情，他在1927年写的《鸡肋集题辞》中说过："当时《沉沦》印成了一本单行本出世，社会上因为看不惯这一种畸形的书，所受的讥评嘲骂，也不知有几十百次。后来周作人先生，在北京的《晨报》副刊上写了一篇为我申辩的文章，一般骂我诲淫，骂我造作的文坛壮士，才稍稍收敛了他们痛骂的雄词。"①

到了1930年1月20日，原由上海春野书店出版的《达夫代表作》转到现代书局出版改版本，郁达夫又特意在扉页上题写了如下一段话以志感铭："此书是献给周作人先生的，因为他是对我的幼稚的作品表示好意的中国第一个批评家。"

但是周作人写作这篇《"沉沦"》的具体经过怎样，他何以会对郁达夫这部小说集发生兴趣的？长期以来一直无人知晓，郁达夫生前也从未提及。事过40年之后，周作人在1963年9月26日香港《新晚报》副刊上以"岂明"笔名发表回忆录《郁达夫的书简》时，才首次披露此中原委。周作人写道："我和郁达夫的交往还是和他的那本小说《沉沦》有关系。1922年春天起，我开始我的所谓文学店，在《晨报》副刊上开辟'自己的园地'一栏，一总写了十八篇批评，第十五篇便是讲那《沉沦》的。不记得是从日本还是从上海寄来的了，书面写几行字，大意是说我写了这几篇小说，给人家骂得要命，说是不道德的文学。现在请你看一看，究竟是不是要不

---

① 郁达夫：《题辞》，《鸡肋集》（《达夫全集》第2卷），上海：创造社出版部，1927年10月初版。

得的东西。末后还有两句话,因为抄存在那篇讲《沉沦》的文章里边,所以记得:'不曾在日本住过的人,未必能知道这书的真价。对于文艺无真挚的态度的人,没有批评这书的价值。'老实说我实在不懂得什么是文艺批评,但是不知怎的很热心于反对'卫道',听见人家说什么是不道德的东西,一定要看它一看,借此发一通议论,就是没有材料,也要拉扯从前的拉伯雷和沙诺伐诸人的著作,说上一场。所以我就断定这《沉沦》不是什么不道德的,乃是纯粹的文艺作品,不过是一种'受戒者的文学',正如有人评法国波特来耳的诗说:'他的著作的大部分颇不适合于少年与蒙昧者的诵读,但是明智的读者却能从这诗里得到真正稀有的力。'"由此可见,周作人当时是应郁达夫之请读了《沉沦》,有感而发,才写下这篇有名的《"沉沦"》的。那么,郁达夫当年给周作人的请求信会不会仍然存留人间呢?

目前所能见到的郁达夫致周作人信共有九封,其中四封分别写于 1923 年 10 月 22 日、11 月 1 日、1930 年 3 月 17 日和 1935 年 1 月 21 日,系周作人 1960 年代初清理故纸时偶然检出,后来赠给郁达夫研究工作者周艾文(浙江文艺出版社《郁达夫诗词抄》编者之一,已故),这在《周作人日记》中有明确的记载。如周作人 1962 年 11 月 17 日日记云:"上午周艾文来访,以郁达夫信二通赠之。"周艾文向我出示过这四封信。另四封则写于 1929 年 9 月 19 日,1930 年 5 月 21 日、6 月 23 日和 1931 年 7 月 6 日,现藏北京鲁迅博物馆,曾发表于 1980 年《鲁迅研究资料》第五辑,上述八封信均已收入拙编《郁达夫文集》

第九卷。①还有一封是在拙编出版后才发现的,就是周作人《郁达夫的书简》一文中所引用的郁达夫1923年10月23日的信,②可惜原件已不知下落。除此之外,经过半个世纪的沧桑变迁,再要寻找郁达夫给周作人的信,似乎已根本不可能,不料,事情在最近有了戏剧性的变化。

1987年10月,笔者到北京出席鲁迅博物馆和南开大学中文系等联合发起的首届"鲁迅周作人比较研究学术讨论会",会后专诚拜访周作人大公子周丰一先生,在丰一先生的客厅里,笔者一边欣赏沈尹默手书"苦雨斋"和疑古玄同(钱玄同)手书"凤凰砖斋"条幅,一边畅谈周作人晚年的生活和创作,度过了两个难忘的上午。在谈话中,笔者意外得知丰一先生在整理劫后幸存的周作人来往书信时又找到两枚郁达夫的明信片。承他美意,借阅这两枚明信片进行研究。笔者简直不敢相信,其中一张恰恰就是郁达夫写给周作人的第一封信,即希望周作人阅读《沉沦》并给予批评的请求信,真是欣喜万分。

这枚明信片正面的文字是中文,内容如下:

---

① 王自立、陈子善编:《郁达夫文集》第9卷(日记、书信),香港:三联书店香港分店,1984年9月初版。

② 郁达夫1923年10月23日致周作人信全文如下:"昨日写成一信,在路上丢了,不知拾得者亦为投入邮筒否?《呐喊》又蒙新潮社寄赠一册,谢谢。我想做一篇读《呐喊》因而论及批评,在《周报》上发表,成后当请指教。南方没有发售《呐喊》之处,是一大恨事,我想为鲁迅君大大的宣传一下。就此请安,弟郁达夫敬上十月二十三日。"

北京大学文科教授
　　周作人君

　　　　　　安徽安庆公立法政专门学校内
　　　　　　　　郁达夫
　　　　　　　　十一月二十七日
　　　　　（若本人不在校内乞为转送至公馆内）
　　　　　　　　外附《沉沦》一册

明信片反面的正文是用英文写的，原文和拙译如下：

Very Esteemed Mr. Chow,

　　Pardon me for my ungentlemanliness! With this card I send you a book of short stories, which was published last month, "Drowned". I hope that you will criticize it as candid as your conscience allows. All the literary men in Shanghai are against me, I am going to be buried soon, I hope too that you will be the last man who gives a mournful dirge for me!

　　　　　　　　　　　　　　　　　Your admirer
　　　　　　　　　　　　　　　　　T. D. Yuewen

非常尊敬的周先生：

　　请恕我冒昧！与这明信片一起，寄上一本上月出版的短篇小说集《沉沦》。希望先生以自己的良知尽量给予批评，所有的上海文人都反对我，我快要到坟墓里去了，我也希望先生是为我唱悲哀的挽歌的最后一人。

后学　达夫郁文

查《周作人日记》，1921年11月30日记云："晴。风。上午往大学，下午返。得郁达夫君信片。"12月4日记云："晴。上午得郁君寄赠《沉沦》一本。"同月10日又记云："晴。上午寄郁达夫函。"因此，完全可以肯定，这张英文明信片写于1921年11月27日。不妨这样推测：周作人11月30日去北大时收到明信片，四天后又收到郁达夫寄赠的《沉沦》，并在12月10日作了答复。当然，周作人复信的内容已不可考，估计他那时已读完《沉沦》，不外是答应郁达夫的请求，打算撰文批评之类的话。还应说明的是，郁达夫当时担任设在安庆的安徽公立法政专门学校英文教师，明信片和《沉沦》都寄自安庆，周作人《郁达夫的书简》一文记错了地点，而且他只记得收到书，忘记了还有英文明信片。他在《"沉沦"》和《郁达夫的书简》中两次提到的郁达夫那两句话，明信片上没有，大概是写在《沉沦》扉页上的吧？

《沉沦》出版前，郁达夫在国内只发表过屈指可数的一两篇作品（旧体诗不包括在内），周作人却已经是堂堂北京大学文科教授，以《人的文学》《平民文学》《思想革命》等文名噪一时，他对旧道德旧文化的批评可谓尖锐激烈，不遗余力。郁达夫为《沉沦》遭到封建卫道士攻击而求助于周作人，可算找对了人。他这封英文信写得很得体，既表达了对封建卫道士的愤懑，也体现了对周作人的尊重和信任,结尾二句尤为诙谐风趣。事实证明,这封信起了作用。更有意思的是,郁达夫给周作人写信之日,正是《沉沦》连印三版,①一纸风行之时,也许身在安庆的郁达夫自己并不知道。尽管如此,周作人的评论对刚登上新文坛的郁达夫来说确实是莫大的鼓励和支持。

另一枚明信片的内容也颇为重要,先把正反两面的文字照录如下:

> 本京西城前公用库八道湾十一
> 　　周作人先生
> 　　　　　　　　星期二、十三日
> 　　　　　　　　巡捕厅胡同二八浙江郁宅
> 　　　　　　　　　　郁达夫

仲密先生:

　　昨日聚谈颇快,旧历正月内先生若有余暇,当再走访。明日先生事忙,不如改天再见罢,并且劳驾来访是不敢当的。

　　鲁迅先生处也乞代候,《创造》四期若有高见,不妨请率直的对我说了,好教朋友们及我自家知道缺点,以后更能努力前进。就此
请安

　　　　　　　　　　　　　　　　弟郁达夫谨上

---

① 郁达夫:《沉沦》第3版,上海:泰东图书局,1921年11月10日出版,与初版相距还不到一个月。

郁达夫和周作人因《沉沦》而订交之后，虽然也曾互通音问，郁达夫还按期把创造社机关刊物《创造》季刊寄赠周作人，但两人直到1923年2月11日才首次见面。该天是星期天，该日《周作人日记》有"下午理发，郁君来访，赠《创造》一本"的记载。两天后又记云："下午……得郁君片。"当时郁达夫已辞去安徽公立法政专门学校教职，把家眷送回富阳老家后，到北京长兄郁华家小住，他途经上海时，适逢《创造》季刊第四期出版，① 就带到北京送请周作人指导。这枚明信片未署写信年月，好在把信中所说的"昨日聚谈""《创造》四期"和"星期二，十三日"这三点结合起来分析，不难断定它写于1923年2月13日，即郁达夫和周作人首次见面后的第二天，因为只有这个日期才能使周作人日记所记和明信片所述在时间和内容上都取得一致。

这封信清楚地表明，郁达夫和周作人的首次见面是很愉快的，郁达夫一定当面对周作人公正地评价《沉沦》表示感谢，在信中还希望周作人能对创造社同人的作品提出"高见"，帮助他们在创作上取得更大成就。4天之后，即1923年2月17日（正月初二），为欢度春节，周作人宴请郁达夫等人，鲁迅作陪，是为郁达夫和鲁迅首次见面。该日周作人日记云："上午在家约友人茶话，到者达夫、凤举、耀辰、士远、尹默、兼士、幼渔、遏先等八人，下午四时散去。"同日鲁迅日记则云："午二弟邀郁达夫、张凤举、徐耀辰、沈士远、尹默、叚士饭，马幼渔、朱遏先亦至，谈至下午。"郁达夫后

---

① 《创造》季刊第1卷第4期出版于1923年2月1日。

来对沉钟社小说家陈翔鹤说："二周兄弟都会着了。周作人温文尔雅，看来很有学问，真正像一个读书人的样子，鲁迅为人很好，有什么说什么。"①从此开始了郁达夫与周氏兄弟十多年如一日的深厚友谊。

总之，这两枚明信片是郁达夫和周作人友谊的生动见证，更是研究《沉沦》、研究《沉沦》评论史、研究郁达夫和周作人交往始末的珍贵史料，它们得以奇迹般地保存至今，实在值得庆幸。

---

① 陈翔鹤：《郁达夫回忆琐记》，《文艺春秋副刊》1947年1月第1卷第1期。

新见鲁迅致郁达夫佚简考

鲁迅和郁达夫深厚的文字交,凡治中国现代文学史的当不会感到陌生。单以两人的通信为例,鲁迅日记中有明确记载的鲁迅致郁达夫函,据笔者统计,就有 27 通之多。但《鲁迅全集》所收入的鲁迅致郁达夫函,1981 年版为四通,①2005 年版增加了一通,②总共只有五通而已。从鲁迅 1928 年 6 月 26 日致郁达夫第一通函至今,85 年过去了,沧海桑田,还有可能发现新的鲁迅致郁达夫书简吗?

2013 年 10 月,河南文艺出版社出版了黄世中先生编著的《王映霞:关于郁达夫的心声——王映霞致黄世中书简(165 封)笺注》。打开此书,首先映入眼帘的却是三通鲁迅致郁达夫函手迹照片(一通仅存最后一页),不禁又惊又喜。经核对,这三通书简 2005 年版《鲁迅全集》均未收入,是最新披露的鲁迅致郁达夫的

---

① 收入 1981 年版《鲁迅全集》的四通鲁迅致郁达夫书简,分别写于 1930 年 1 月 8 日、4 月 20 日,1933 年 1 月 10 日和 1934 年 9 月 10 日,其中 1930 年 1 月 8 日这一通收信人为郁达夫、王映霞。

② 2005 年版《鲁迅全集》增收的一通鲁迅致郁达夫书简,写于 1928 年 12 月 12 日。此信发现经过,参见陈子善、王自立:《新发现的鲁迅致郁达夫书简》,《鲁迅研究动态》1982 年 3 月第 13 期,收入陈子善:《文人事》,杭州:浙江文艺出版社,1998 年 8 月初版。

佚简。

　　这三通鲁迅佚简的来历,编者在是书附录三《新发现的鲁迅致郁达夫书简（三封）》的最后有一句说明:"美国伊利诺伊州吴怀家收藏并提供。"①再从书中附录四《新发现的郁达夫、王映霞书简》的"黄按":"这些信件是郁达夫1938年离开福州南下新加坡前,交给陈仪的秘书蒋受谦,②蒋转交给吴怀家先生的父亲收藏。吴父去世以后,这些书信就由吴怀家先生收藏保存了",③应可推断这三通鲁迅佚简也是循此同一路径,即郁达夫——蒋授谦——吴怀家父亲——吴怀家传承的,当可视作流传有绪。由于经过鲁迅研究界长期不懈的努力,鲁迅佚文佚简的发掘工作已几近于穷尽,这三通鲁迅致郁达夫佚简的公布,是2005年版《鲁迅全集》出版以来,鲁迅佚文佚简发掘工作的一个突破,也无疑是鲁迅研究和郁达夫研究在史料层面的重要收获。

　　但是,根据手迹可知,这三通鲁迅佚简均未署写作年份。编者

---

①　黄世中:《新发现的鲁迅致郁达夫书简（三封）》,《王映霞:关于郁达夫的心声——王映霞致黄世中书简（165封）笺注》,郑州:河南文艺出版社,2013年10月初版,第414页。

②　蒋受谦,应为蒋授谦,字鉴平,曾任国民政府福建省省长陈仪的秘书。笔者1980年初在杭州拜访过蒋授谦,他应笔者之请,写了回忆郁达夫的《我与达夫共事》（收入拙编《回忆郁达夫》,长沙:湖南文艺出版社,1986年12月初版）,文中详细回忆了郁达夫1936年6月担任福建省政府公报室主任起至1938年12月底远赴新加坡止两人的交往,未提及郁达夫托其保管鲁迅书简事。但蒋授谦藏有郁达夫"戊寅冬日"书赠其七律《钓台题壁》字幅,可证两人关系之密切,达夫去国前委托其代为保管鲁迅书简等友人信札也就在情理之中。

③　黄世中:《新发现的郁达夫、王映霞书简》,《王映霞:关于郁达夫的心声——王映霞致黄世中书简（165封）笺注》,第415页。

在是书附录三《新发现的鲁迅致郁达夫书简（三封）》中考定，这三通鲁迅佚简分别写于1928年9月8日、10月2日和10月11日，而依据的理由仅短短几句话："黄按：1928年6月20日，鲁迅与郁达夫合编的《奔流》月刊创刊，第二年12月即停刊。据鲁迅'五期希即集稿'云云，新发现致郁达夫三函，当为1928年所作。"①史实果真如此么？

查鲁迅日记，1928年9月和10月整整两个月中，只有9月12日有这样一句："寄小峰信，附寄达夫函。"除此之外，均无致函郁达夫的记载。而这唯一的一次寄函达夫，与第一通佚简落款"九月八日夜"也相差了四天，不可能是鲁迅笔误，或鲁迅写了四天之后才托北新书局老板李小峰转交。虽然鲁迅已写信而日记未记之个案并非没有，如已收入《鲁迅全集》的1936年10月2日致郑振铎函，日记就只有间接记载。但是接连三通佚简，日记中竟然全无记载，未免过于巧合，令人无法置信。也因此，是书编者断定这三通佚简均写于1928年，实在是过于轻率了。

从鲁迅日记可知，鲁迅1927年10月定居上海以后，他与郁达夫的交往日趋密切。达夫频频造访鲁迅，赠书借书，宴聚畅叙，特别是两人1928年6月合作创办《奔流》文艺月刊之后，讨论、交接稿件等更是经常，同年8月一个月里，两人见面就达七次之多。但1928年一年里，鲁迅致郁达夫函总共只有6月26日、9月12日、

---

① 黄世中：《新发现的鲁迅致郁达夫书简（三封）》，《王映霞：关于郁达夫的心声——王映霞致黄世中书简（165封）笺注》，第413页。

12月12日三通，而且，其中12月12日致达夫函已经收入《鲁迅全集》。而次年即1929年一年里，鲁迅致达夫函增至十四通，这也是两人交往史上鲁迅致函郁达夫最多的一年，占已知鲁迅致达夫函总数一半以上。因此，查考这三通佚简的写作年份和月份，显然1929年的可能性最大，下面就略作考证。

第一通佚简全文是：

达夫先生：

　　昨得小峰来信，其中有云："《奔流》的稿费，拟于十六号奉上，五期希即集稿为盼。"

　　这也许是有些可靠的，所以现拟"集稿"。第五本是"翻译的增大号"，不知道先生可能给与一篇译文，不拘种类及字数，期限至迟可以到九月底。

　　密斯王并此致候。

迅上　九月八夜

鲁迅1929年9月8日日记并无致函郁达夫的记载。但9月9日有"上午……寄达夫信"，应理解为"九月八夜"写，9日上午付邮。信中首句"昨得小峰来信"，鲁迅9月7日日记中果真有"得小峰信并书报等"句，完全吻合。此信告诉达夫，因出版《奔流》的北新书局老板李小峰答应支付稿费，《奔流》"五期"将续编"集稿"，这"第五本是'翻译的增大号'"，请达夫提供"一篇译文"。《奔流》共出二卷，1928年10月第一卷第五期并非翻译专号，1929年

12月第二卷第五期也即终刊号才是"译文专号",郁达夫也超额交稿,发表了德国 Felix Poppenberg 的论文《阿河的艺术》和芬兰 Juhani Aho 的小说《一个败残的废人》两篇译文。鲁迅1929年11月20日所作的该期《编辑后记》中,开头就说:"现在总算得了一笔款,所以就尽其所有,来出一本译文的增刊",①也正可与此信所述互相发明。因此,这通佚简的写作时间应为1929年9月8日。

第二通佚简全文是:

达夫先生:

十一信当天收到。Tieck 似乎中国也没有介绍过。倘你可以允许我分两期登完,那么,有二万字也不要紧的。

昨天小峰又有信来,嘱集稿,但那"拟于十六",改为"十五以后"了。虽然从本月十六起到地球末日,都可以算作"十五以后",然而,也许不至于怎样辽远罢。

迅上　十一下午

这通佚简与上一通在写作时间和内容上都是衔接的。写作时间应为1929年9月11日。信中说:"昨天小峰又有信来,嘱'集稿'",9月10日鲁迅日记明确记载:"晚得小峰信并《奔流》第四期",可见《奔流》第二卷第四期已经出版,李小峰再次恳请鲁迅

---

① 鲁迅:《〈奔流〉编校后记》(十二),《集外集》,《鲁迅全集》第7卷,第196页。

编选第二卷第五期即后来的"译文专号"稿,鲁迅在此信中也再次通知达夫。9月11日鲁迅日记明确记载:"下午得达夫信,即复",此信第一句又谓"十一信当天收到",两相对照,更是考定此信写于1929年9月11日的确证。大概郁达夫接到鲁迅9月8日信后,拟翻译德国作家路德维希·蒂克(Ludwig Tieck, 1773—1853)的作品,供《奔流》第二卷第五期"译文专号"之用,回信征询鲁迅意见,鲁迅才如此答复达夫,但此事后未能实现。

第三通佚简存文是:

> 商量。出一类似《奔流》之杂志,而稍稍驳杂一点,似于读者不无小补。因为《奔流》即使能出,亦必断断续续,毫无生气,至多不过出完第二卷也。
>
> 北新版税,第一期已履行;第二期是期票,须在十天之后,但当并非空票,所以归根结蒂,至延期十天而已。
>
> 迅启上　十月二夜

这是一通残简,仅存最后一页。鲁迅1929年10月2日日记云:"晚得达夫信",1929年9月29日,郁达夫自上海坐船到安庆安徽大学任教,据已公开的郁达夫这一时期日记片段,鲁迅收到的这封信,是郁达夫9月30日在安庆付邮的。① 10月3日鲁迅日记又

---

① 参见郁达夫:《断篇日记》(五),《郁达夫全集》第12卷,杭州:浙江文艺出版社,1992年12月版,第287页。

云："晨复达夫信"，应即此信。此信虽落款"十月二夜"，因鲁迅经常当天深夜工作到次日凌晨，"十月二夜"也可理解为10月3日"晨"。信中关于"北新版权"的一段话更强有力地证实了此信写于1929年10月2日。是年8月，鲁迅与北新书局因著作版税事发生严重纠纷，聘请律师提起法律诉讼，李小峰为此急电时在杭州的郁达夫赶到上海调解。8月25日，在郁达夫等人见证下，鲁迅与北新达成和解协议，鲁迅撤诉，北新则当年先分四期偿还拖欠鲁迅的版税，当日鲁迅日记有所记载。所以，鲁迅在此信中向调解人郁达夫报告北新偿还欠款的进度。鲁迅1929年9月21日日记云："午杨律师来，交还诉讼费一百五十，并交北新书局版税二千二百元"，即为信中所说的"已履行"的"第一期"支付欠款；是年10月14日日记又云："午杨律师来，交北新书局第二期板税泉二千二百"，也正是信中所述将"延期十天"才支付的"第二期"欠款。至于起首残句鲁迅说"商量。出一类似《奔流》之杂志"，也许郁达夫当时又起意另起炉灶，创办新的文学杂志也未可知，但不会是《王映霞：关于郁达夫的心声》编者所认为的指达夫与夏莱蒂合编的《大众文艺》，因为《大众文艺》早在1928年9月就已经创刊，鲁迅也已为创刊号赐稿，①似不必再"商量"也。

综上所述，这三通新见鲁迅致郁达夫佚简的写作时间可确定为1929年9月8日、9月11日和10月2日，而决不可能是《王映霞：

---

① 鲁迅在1928年9月《大众文艺》创刊号发表了俄国淑雪兼珂小说《贵家妇女》的译文。

关于郁达夫的心声》编者所说的 1928 年 9 月 8 日、10 月 2 日和 11 日。纠正编者这一错误的判断，考定鲁迅这三通佚简的确切写作年份，将有助于正确理解这三通佚简的内容和鲁迅与郁达夫的交谊，也有助于正确理解 1920 年代末上海文坛的文事人事。事实上鲁迅这三通佚简都不同程度地涉及另一位人物，即鲁迅的学生、出版鲁迅和郁达夫多种著作及所编刊物的北新书局老板李小峰。但考察鲁迅、郁达夫和李小峰的关系，是另一篇研究文字的题目了。

周作人致郑子瑜书札初探

去岁暮春,我为《周作人致松枝茂夫手札》撰写书评,①文末表示:"据笔者所知,周作人晚年致曹聚仁、高伯雨、郑子瑜等也属于'一心倾向周作人'者的大量信札依然存世,期待也能早日整理出版。"没想到时隔仅仅一年,周作人致郑子瑜的八十四通书札就惊现北京匡时2014春季拍卖会。

郑子瑜(1916—2008)是福建漳州人,为清代诗人郑开禧后裔,1939年南渡北婆罗洲。他自幼喜爱文史,廿一岁就主编《九流》文史月刊,后倾情于散文创作。1954年移居新加坡后曾主编《南洋学报》,并在日本早稻田大学、大东文化大学、美国阿里森那大学和香港中文大学等校研究或执教。他长期致力于周氏兄弟旧体诗、郁达夫旧体诗、黄遵宪与日本关系等领域的研究,尤以对古汉语修辞的研究为海内外学界所推重,所著《中国修辞学史稿》为世界第一部国别修辞学全史。

在与周作人通信之前,郑子瑜就与郁达夫、丰子恺等中国现代文学大家有所交往,本次同时付拍的丰子恺1948年至1950年间致郑子

---

① 《东方早报·上海书评》2013年3月3日。

瑜的九通书札就是一个明证。他与周作人通信始于内地"反右"运动告一段落后的 1957 年 8 月 26 日，终于"文革"运动爆发前夕的 1966 年 5 月 11 日。这批周作人致郑子瑜书札，存有原件也即此次付拍者，总共八十四通，并附吴小如致郑子瑜、谢国桢致周作人和周艾文致周作人信札各一通，又周作人作《〈郑子瑜选集〉序》手稿等。

然而，这还不是周作人致郑子瑜书札的全部。这就要说到我与郑子瑜的关系了。1980 年代初，因研究郁达夫，我与郁达夫研究史上第一位编订《郁达夫诗词抄》的郑子瑜取得联系。以后不断向他请益，他也为《中国修辞学史稿》出版事委托我与上海教育出版社多次交涉。而我们之间第一次成功的合作是，由郑子瑜保存的周作人《知堂杂诗抄》手稿经我略作增补后推荐给钟叔河主持的岳麓书社出版，时在 1987 年 1 月。郑子瑜在为《知堂杂诗抄》所作的《跋》中追忆了与周作人的交往始末，以及他谋求《知堂杂诗抄》出版的简要过程，笔者因此得知他珍藏着周作人的大批信札。当时因他正在香港中文大学中国文化研究所担任客座研究员，直至他返回新加坡，才于 1993 年 2 月寄赠我周作人致其书札影印件一套。二十多年过去了，这套影印件连同邮寄大信封均保存完好。

有意思的是，郑子瑜惠寄我的周作人书札影印件与此次付拍的周作人书札颇有出入。首先，郑子瑜是细心人，已对周作人手札按写信时间先后作了编号，此次付拍的八十四通书札原件最后一通和我收到的影印本最后一通右上角注明的编号均为 95，可知周作人寄给郑子瑜的书札前后总共九十五通，这个数字应是确数。其次，此次付拍的周作人书札原件为八十四通，我收到的影印本则有八十六通。经仔细核对,有原件而无影印本的书札为四通,无原件而有影印本的书札为六通,有编号而原件和影印本均无的书札则为五通,这五通恐怕真的是不明下落了。第三,影印本所有的一些附录,如周作人1961年7月18日致日本实藤惠秀函抄录稿影印件等,也为书札原件所缺。最后,书札原件除了编号,还加注写信年份;影印本除了编号和加注写信年份外,更注明每通信寄往新加坡还是东京,还注明已缺了哪些书札,如编号18的信上注明"(17缺)"等。令我特别感动的是,郑子瑜担心我无法辨认信中的某些字、词和内容,还在不少信上加注说明。

因此,我探讨这批周作人致郑子瑜书札的学术价值,以此次付拍之84通原件为主,以我收藏之郑子瑜惠寄影印件为辅,以求更为客观和全面。这84通书札原件均为毛笔书写,或端正或随意,可充分领略周作人独具一格的书艺自不在话下。而信中与郑子瑜互通音问、切磋学术、赠送资料和闲话家常,又可从一个侧面窥见周作人1957至1966年间的生活、写作和心境,也毫无疑义。但是最值得注意的是,周作人在信中不断与郑子瑜讨论《知堂杂诗抄》的编选,这批书札呈现了一条较为清晰的《知堂杂诗抄》成书轨迹,从而大大有助于后人对《知堂杂诗抄》的研究。

据郑子瑜在《〈知堂杂诗抄〉跋》中回忆,"一九五八年一月我曾写信给周氏,问他可否将生平所作的旧诗寄示,或者可以代为设法出版。"①果然,周作人1958年1月23日编号5信中说:"一月六

---

① 郑子瑜:《跋》,《知堂杂诗抄》,长沙:岳麓书社,1987年1月初版,第110页。

日手书敬悉。鄙人自解放后未曾作诗,前在南京狱中曾少有所作,(有《往昔》五古十韵三十首。《儿童杂事诗》七绝七十二首,稍成片段。)俟将来抄出。再行呈教,或谋出板耳。大作拜读,属和则目下未能,俟后有兴致时或当勉力为之。"这是编辑出版《知堂杂诗抄》的初议。同年2月16日编号6信中又说:"《往昔》等诗当觅人抄写,但如人难觅得,(抄写不难,校对为难,有时较自写为烦。)则拟觅闲自抄,但病后字不成字,殊为难看耳。"2月24日编号7信中又说:"正在抄录拙诗,(因杂乱不能找人代抄,且抄了需校,亦大费事。)俟竣事后寄奉。诗文本不值钱,尤不便自行索价,俟后看了时值估价,鄙人决不计较也,但以得借此发表为幸耳。"到了3月14日,周作人在编号8信中告诉郑子瑜:"拙诗集二册另封挂号寄上,乞察收。只要能付印成书,便已满足,其余请由先生酌定之可矣。"由此可见,周作人出版旧诗集一事出于郑子瑜的提议,同时也得到了周作人的认可,他不顾病后体弱,亲自抄录诗稿寄郑,郑重拜托,并表示只要能付印成书,可以不计报酬。更重要的是,按周作人最初的设想,《知堂杂诗抄》只收入老虎桥时期所作的《往昔》和《儿童杂事诗》两组诗。

周作人既已交付郑子瑜旧体诗集初稿,《知堂杂诗抄》第一阶段工作即告一段落,但后续之事仍然繁多。1958年4月15日编号9信整通仍都在讨论诗集出版事,转录如下:

手书敬悉。拙诗拟分作两册,亦无不可,唯内容不显得贫弱否?杂诗旧有题记(代跋)今抄呈。嘱写新序文,恨无话可说,一篇或尚可,两篇或为难矣。容考虑再奉答。"苦茶庵打油诗"已印行,唯该书未发行而书店关门,将来拟附录杂诗,(在题记之后)请斟酌。

信中所说"杂诗旧有题记(代跋)今抄呈",当指"一九四七年九月二十日,知堂自记"之《杂诗题记》,后收入《知堂杂诗抄》。"两篇或为难矣",当指郑子瑜希望周作人为《往昔》和《儿童杂事诗》两组诗各写一篇新序。而《苦茶庵打油诗》"已印行",当指这组打油诗已编入《立春以前》,但《立春以前》已于1945年8月由上海太平书局出版,何以"该书未发行而书店关门"?想必是周作人记忆有误。不过,他明确表示,非老虎桥时期所作的《苦茶庵打油诗》可以"附录"《知堂杂诗抄》。

仅仅过了两天,周作人在1958年4月17日编号10信中便说:"拙诗自序写了一篇寄上,杂诗亦似作为一册发表为佳。一切统俟尊裁,弟别无主张也。"这篇自序未见收入《知堂杂诗抄》,想必后来又写了新序而弃之不用。周作人毕竟是讲究礼数之士,一方面他再次对郑子瑜拟将《杂诗抄》分成二册印行不予首肯,另一方面又表示"一切统俟尊裁"。四十天之后,他在5月27日编号11的信中对《杂诗抄》的编选进一步陈述了自己的意见:

"立春以前"便以奉赠,不劳寄还。"苦雨斋打油诗"虽非老虎桥所作,但说明作"附录"登在里边,似也不妨事。儿童杂事诗尊意单行为佳,可以照办。今将原作序抄呈,并附说明，因前在亦报登过，且有丰子恺画，不说明似不妥当。南洋商报似最好选登一部分，因原本有些也乏味也。此事序文中难以叙入，故略之。儿童杂事诗如抽出，杂诗似分量太少，但注解太费事，增添题画诗亦不相宜，如何乞尊酌。序中"共有一百几十首"原系包括儿童杂事诗而言，可请酌改，或径删改为"六十首"可耳。

这通书札与上引4月15日编号9信同样重要，周作人还郑重地在落款后钤上名印。他再次同意《知堂杂诗抄》扩容，收入非老虎桥时期所作的《苦茶庵打油诗》（信中误作"苦雨斋打油诗"）。并把载有《苦茶庵打油诗》的《立春以前》一书寄赠郑子瑜；也同意郑提议的《儿童杂事诗》单印并寄其原序，此篇原序已收入《杂诗抄》。对《杂诗抄》分为二册后另一册分置如太少如何解决，也提请郑子瑜注意及之。至于信中所说的"序中'共有一百几十首'"云云，因此序已失，详情也就无从知晓。总之，《杂诗抄》初稿虽已成，此时还在不断地协商、调整和充实。

郑子瑜当时还通知周作人，拟将《儿童杂事诗》交新加坡《南洋商报》先行刊登，周作人也在此信中表示了态度，"最好选登一部分，因原本有些也乏味也"。在7月24日编号12的信中又对此事具体有所交代。此后一年余，周郑之间无通信。到了1959年10月25日，在编号14的信中，周作人对印行《知堂杂诗抄》旧事重提："拙诗承蒙厚意斡旋，无甚感荷。至于出版条件则但求得印出，俾可以给人，省得钞录。稿酬在鄙人所不计较，但请代斟酌，只要说得过去就好了。"想必是时间过去一年多，郑子瑜在新加坡印行《知堂杂诗抄》的努力没有进展，周作人有点焦急了，再次表明"不计较"稿酬的态度。

一个月后，周作人旧体诗集的出版似乎有了转机。该年11月25日编号16信中，周作人通知郑子瑜："顷得香港友人来信。云有新地出板社，拟将拙诗'往昔'刊行。为此如尊处出板计划尚无头绪。请将拙诗全稿并跋寄去，合并为一册。为省稿件转寄的麻烦，请由尊处直接寄港，'香港大道东循环日报馆朱省斋'收可也。"为答谢郑子瑜的前期努力，周作人特请郑子瑜为《知堂杂诗抄》作跋。1960年1月7日编号17的信中，周作人这样说："承赠为敝集作跋，已收到矣。尊文中有过奖之处，因为略加修正。日内当寄给朱君。唯港之出板社能否接受，亦未能预定，一切且看朱省斋先生与出板社交涉如何耳。"2月1日编号18信中又说："拙诗集朱君来信云已收到，由新地付印。大抵全是铅印，故无须原稿也。"同年1月28日，周作人为朱省斋拟印之诗集作了序，序中对郑、朱两位均表示了感谢，此序已以《前序》为题收入《知堂杂诗抄》。

接着周郑之间的通信大致围绕为《郑子瑜选集》作序、吴小如辑《人境庐诗》出版、打听陈望道地址、周艾文与郁达夫旧体诗词的编集等事而展开，周作人在信中对郑子瑜欲联系的俞平伯和丰子恺均不无微词。直到1960年10月31日编号31的信中，周作人又提到《知堂杂诗抄》在港出版不容乐观："至于拙诗，系在港友人携至彼地，云由新地出版社出板，其迟出缘因当别有在，唯据友人（不是朱省斋）来信说仍拟刊行，其日期则难以预知耳。"这位将周作人诗稿"携至彼地"即香港的友人当为曹聚仁。在同年12月25日编号32的信中,周作人就说得很清楚:"我的老虎桥杂诗则因为在香港出板不景气之故,亦恐一时没有希望。此书前与新地出板社接洽,已经说要,但现今该社的乡土半月刊亦已停顿。将来原稿索还后,仍当寄还先生。朱省斋君业已离循环日报,此事现托曹聚仁君代为接洽办理。"

不料事情又峰回路转。次年即1961年1月15日编号33信中,周作人告诉郑子瑜:"旧诗集据曹君说,拟另找出板处,颇有希望,故尚不便索还,只能再看机会。"然而,"颇有希望",毕竟还是没有希望。到底发生了什么变化,无从推测,但有一点可以肯定,一个月后,《知堂杂诗抄》仍要退还郑子瑜托其在新加坡重新谋求出版了,这有1961年2月14日编号34信为证。此信在此次付拍原件中并无踪影,故特别有必要转录如下:

关于拙诗集承关心甚感,兹有数事拟先商量:

一、拙集仍拟合并一册,因为此废物不值得出两册也。当先商之曹君,如港方无办法,则拟请仍照"杂诗"形式,包含"儿童诗"在内,唯插画可以略去。

二、如在新加坡出板,拟先一打听出板社是否有政治色彩,万一有什么关系,则于住在国内的人很有妨碍。此事想在谅解之中,特再说及。

三、赠书以代稿费,当然不成问题,唯个人赠送有限,尚有多数剩余,可否由出板社作价收回。如此虽不算稿费而仍在

[有]若干现款汇下，对于国内的人甚有利益。……

周作人所提三项要求，条条在理，尤其强调出版社不能有"政治色彩"，可见其之小心谨慎。对这些要求，想必郑子瑜也均会同意。在同年3月15日编号35的信中，周作人又对前信作了两点极为重要的补充：

诗集承关注，甚感。有两点仍请考虑。一、名称用苦茶庵觉得不妥，因为那些杂诗不是在苦茶庵所写的，拟改用"知堂杂诗抄"。如此则稍赅括，儿童诗亦拟收在内，（插画可省，因此系丰君板权）不然单行恐不易出版也。二、即酬书多余折钱之事，反正不要求多赠，谅可不成问题，因书多寄递不便，且鄙人也无需此数也。此二点祈考虑后示知为盼。题画诗记得前曾抄奉，今重加增补，比前次为多，又打油诗补遗亦同封寄呈，祈察入。上月照一相，以一纸奉赠，俾得见老病余生之本相耳。

正是在这通书札中，周作人首次确定旧诗集名"知堂杂诗抄"，而且坚持诗集包括《儿童杂事诗》在内，不分册，只出一集，同时增补了《苦茶庵打油诗补遗》和《题画五言绝句》两组诗，还寄去了可供插图用的近照。至此，《知堂杂诗抄》第二稿已具规模。

当然，周作人以后对《知堂杂诗抄》仍不断有所增补。1961年3月27日编号37信中说："拙诗集出板办法，请斟酌决定。抄呈

'自寿'诗二纸,祈为编入或加在'苦茶庵打油诗补遗'之后。印刷不必求精良,只求普通可备披览足矣。集中如须附照相,前此寄呈的一枚系现时所照,恐不适宜,别有当时(一九四九年春天)在上海所照的可以寄去。"奇怪的是,周作人《五十自寿诗》(七律二首)当时并未补入《杂诗抄》,现在《知堂杂诗抄》中所收的《自寿诗两章》是1987年1月岳麓书社初版时才补入的。而《杂诗抄》所刊用的照片也仍为"一九六一年摄于北京"的那枚。同年"四月初八日"编号38信中,周作人又寄给郑子瑜两张照片,"小张系在上海所照。距写诗时期不远,又一张则在家里,虽有庭院背景,却是晚了。送请尊酌办理"。但后来的《杂诗抄》均未采纳。

1961年4月20日,周作人应郑子瑜之请,新写了《〈知堂杂诗抄〉序》,此序手稿已制版置于《知堂杂诗抄》卷首。次日在致郑子瑜的编号39的信中,周作人说:"顷已写就杂诗集序,特附上,祈察收是荷。苦茶庵打油诗乞依原文编入,至补遗则只是诗而无文,似不会得有重出之处也。"信末他又添加了一句重要的话:"忠舍杂诗拟不收入,已于前函说及。"其实,周作人记错了,他并未把《忠舍杂诗》稿寄给郑子瑜。在1961年4月17日编号40信中,他就这样回答郑:"'忠舍什诗'如前回的稿上原本没有,现在也不加添了。"在此信中,他又寄给郑子瑜诗一首"希为编入",另有一首"望代为删去",惜均已不可考。他又把一份"蔡子民手稿"寄赠郑子瑜,"或者印入集中亦可",那应该是蔡元培的《五十自寿诗》手稿,但这个建议并未实现。信中还与郑子瑜讨论了《杂诗抄》选用哪首诗稿作为插图等具体问题。

郑子瑜当时是与新加坡世界书局接洽《知堂杂诗抄》出版事宜的，1961年5月11日编号42信中，周作人说："嘱自写书名，附上一纸，乞察收，反正写不好，所以也不多写了。"可见当时已经进入了题写"知堂杂诗抄"书名的阶段，似乎进展颇为顺利，《知堂杂诗抄》出版有望了。

然而，好事必然多磨。出版社方面审稿以后，提出了新的要求。1961年5月29日编号43信中有如下的话："诗集事承种种费心，不胜感谢。承询两样办法，鄙意以第二种为宜，因'新诗'不成东西，且已发表过，只有旧诗冀得印出，可省抄写之烦，故仍拟用'知堂杂诗抄'名义，但下署周作人著而已。所拟删去的系什么样的诗，统由编辑者处理，唯祈将其篇目开示为荷。"原来出版社一要增加新诗，改动书名，二要删去若干首诗，以至周作人不得不作如此表态。

不过，新诗后来未编入，删诗之事似也未具体进行，从后来出版的《知堂杂诗抄》所刊出的周作人自拟"目录"手迹看，除《忠舍杂诗》按其1961年4月17日信中意见不予收入外，其他各组诗作书中均已保留了。尽管如此，《杂诗抄》出版事进展仍然缓慢，1961年6月13日编号44信中，周作人要求郑子瑜："纸只用普通报纸好了，排印行款亦祈代定。一联一行，或照旧式接排，均无不可。唯末校，可否赐阅一次，倘有误字当航空奉复也。"其目的就是希望早日将《杂诗抄》印出。

十天之后，周作人在1961年6月23日编号45信中表示："诗集赠书任凭书局给予多少，不成问题。诗除前此奉托之外，不拟再有增删,即请付印可也。诗稿附奉二纸,一系新书,似乎草草不工,又一纸系旧日所写,未知那个可用,希代为决定用之。至底稿则可不必见还,便留在尊处。"显而易见,对《知堂杂诗抄》的出版,周作人在此信中包括插图诗稿和出版后原稿如何处理等问题在内,再次作了具体而又明确的交代,言下之意,《知堂杂诗抄》已经定稿,他的工作到此已经全部结束,不再赘言。

遗憾的是,郑子瑜到底还是功亏一篑。此后一个多月里,周作人信中未再提及此事,直到同年8月10日编号48信中,才又说到《知堂杂诗抄》:"诗集既难出板,亦可无庸自费付印,因诗无此价值,若自印必然徒招损失也。惟先生的好意,则一样的深所感激。"出版社最后拒绝了《知堂杂诗抄》,郑子瑜因此而有自费印行之议,周作人才在信中表示反对。

紧接着,似乎又有了一丝希望。1961年8月26日编号49信开头就说:"得十四日手书,敬悉。诗集仍俟周君①回来再说,如此甚好。"但从此仍毫无下文。其间还有一个插曲,当周作人告诉郑子瑜,曹聚仁拟在香港印行其"文选",郑又有"文选"可附录《杂诗抄》之建议,1962年5月28日编号58信中,周作人说:"文选事系曹聚仁君发起主持,鄙人未知其详,尊意杂诗亦可附在末尾,唯窃以为最好还是单行,如能出板什么条件都没有,一如前此所说的那样。"尽管"什么条件都没有",但《知堂杂诗抄》在新加坡单行出版就此彻底搁浅。

---

① 当指新加坡世界书局负责人周星衢。

到了1962年6月27日，在编号60的信中，周作人再次反对郑子瑜自费印行《知堂杂诗抄》："拙诗不能出版亦无妨，请勿自费刊行，非徒太耗费，亦实不值得也。"这是周作人对《知堂杂诗抄》出版与否的又一次表态。不久，郑子瑜就去了东京早稻田大学。1964年5月25日编号83的信中周作人不赞成郑子瑜拟在日本影印出版《知堂杂诗抄》，由于此信在此次付拍的书札原件中也无踪影，同样很有必要转录如下：

> 拙诗承蒙费心，甚为感荷。唯仍以排印为佳，不值得影印也。书名用老虎桥杂诗为宜，或附录前作，乞尊裁。儿童杂事诗印本（曹君已寄还给我）曾寄给在青海的友人，现去信索回，不日可到。

信中所说的"儿童杂事诗印本"当为《儿童杂事诗》1954年写本的香港影印本。可以想见，郑子瑜在日本的努力仍未成功，周作人在1964年7月12日编号86信中批评日本出版界时就间接提到了一笔："日本出版界只是生意经，全在投机，想正热心于《红岩》等时髦小说，对于落后如鄙人的东西加以留意者亦只是个别的人罢了。先生著作正是白费心思，故鄙人对于拙诗亦不甚汲汲求发表也。"

此后直到1966年5月11日编号95的最后一通信，周作人不断与郑子瑜讨论郑很感兴趣的另两个话题，即黄遵宪和《人境庐集外诗》种种、国内编集郁达夫旧体诗词种种，以及他自己晚年的重要作品《知堂回想录》（原题《药堂谈往》）种种，却再也未向郑子瑜提及《知堂杂诗抄》。但在他内心深处，一定为此事功败垂成而深以为憾吧？不仅如此，当郑子瑜流露拟研究他旧诗的想法时，周作人多次表示大可不必，如在1963年5月22日编号71信中劝阻郑子瑜："鄙意拙诗殊无研究之价值，如为此花这般力气，亦实是不值得也。"前辈风范，不能不令人钦服。

《知堂杂诗抄》是周作人晚年亲自编定，堪与《知堂回想录》称为双璧的重要作品。周作人虽然一再自嘲《知堂杂诗抄》是"废物"，"无此价值"，其实颇为看重这部旧诗集。从1958年1月23日编号5信中周作人答复郑子瑜的建议，到1964年7月12日编号86信中周作人最后一次提到这部诗稿，差不多五六年时间里，《知堂杂诗抄》虽然编成，谋求出版却一再受挫，其间的复杂，其间的曲折，真是一言难尽，也是我们以前所根本不知道的。与《知堂回想录》一样，周作人直至去世，也未见到《知堂杂诗抄》问世；与《知堂回想录》不同的是，《知堂杂诗抄》在周作人去世整整二十年之后方始与世人见面。这当然要归功于郑子瑜精心保存诗稿。而随着周作人致郑子瑜书札原件的"出土"，这位七十多岁老人为这部诗稿所花费的大量时间和精力，所遭受的种种尴尬和无奈，都在书札中几乎表露无遗。这批珍贵的书札在周作人作品出版史上不可替代的文化价值和意义也因此得以彰显。

日记中的史料

《胡适留学日记手稿本》浅释

一

1939年4月,上海亚东图书馆出版了胡适的《藏晖室札记》,也即胡适1911—1917年留美期间的日记和读书札记,共十七卷四大册。胡适在《札记》的《自序》里告诉读者:

> 我开始写《札记》的时候,曾说"自传则岂吾敢"(卷三首页)。但我现在回看这些札记,才明白这几十万字是绝好的自传。这十七卷写的是一个中国青年学生六七年的私人生活,内心生活,思想演变的赤裸裸的历史。①

并且着重指出:

> 这十七卷的材料,除了极少数(约有十条)的删削之外,

---

① 胡适:《自序》,《胡适日记全编一》(1910—1914),曹伯言整理,合肥:安徽教育出版社,2001年10月初版,第57页。

完全保存了原来的真面目。……

因为这一点真实性,我觉得这十几卷札记也许还值得别人的一读。所以此书印行的请求,我拒绝了二十年,现在终于应允了。①

《札记》出版后不久,就有署名"愚"的论者在1939年6月《图书季刊》新一卷第二期撰文评介,认为《札记》具有如下四大特色:

一、表现著者之政治主张,文学主张。
二、表现著者对国事及世界大事之关心。
三、表现著者对外国风俗习惯之留心。
四、记与本国及外国友人之交游,情意真挚,溢于楮墨。

显然,以胡适在中国现代思想、文学和文化史上的重要地位视之,《札记》的出版为研究早年胡适提供了宝贵的第一手资料。但是,由于《札记》出版于抗战初期,炮火连天,流传不广。有鉴于此,1947年11月,上海商务印书馆重出此书校订本。胡适在《重印自序》中,对日记初版"因为纪念一个死友的情感关系"而使用"藏晖室札记"这个"太牵就旧习惯"的书名表示"颇懊悔",亲自

---

① 胡适:《自序》,《胡适日记全编一》(1910—1914),第58—59页。

把书名改定为《胡适留学日记》。①

1959年3月,台湾商务印书馆又三版《胡适留学日记》。胡适在《台北版自记》中透露,借第二次重印的机会,他又"改正这里面几个错误"。②

此后,台湾和内地多次重印胡适早年留学日记,所依据的版本,不外上述三种之一,或三种互相校勘而成。可是,在长达半个多世纪的时间里,海内外胡适研究界并不知晓绝大部分胡适早年留学日记以及至今尚未公开的胡适归国初期的《北京杂记(一)》和《归娶记》手稿仍存在于天壤之间。

因此,当去年春天与陆灏兄、陈麦青兄等在海上收藏家梁勤峰兄的书房里见到十八册胡适早年日记手稿时,我几乎不敢相信自己的眼睛。胡适研究早已成为显学,这从每年海内外出版的大量的胡适传记、研究专著和学术论文中就可清楚地看出。对胡适生平和创作史料的整理也早已蔚为大观,作品全集、年谱长编、藏书目录、相关回忆录和研究资料汇编等等不断问世。胡适各种各样单篇作品的手稿也时有出土,翻翻南北各大拍卖公司的拍卖图录就可明瞭。但是,出于对稀见文学史料的敏感,我马上意识到这是新世纪以来胡适史料发掘方面最重大和最了不起的发现。

---

① 胡适:《重印自序》,《胡适日记全编一》(1910—1914),第54页。
② 胡适:《胡适留学日记台北版自记》,《胡适日记全编一》(1910—1914),第51页。

二

这十八册胡适早年日记,全部竖行书于开本统一的长方形 Webster Student's & Note Book 上,绝大部分是钢笔书写(《北京杂记(一)》和《归娶记》的开头部分为毛笔书写),而且使用了黑、蓝、紫、红等不同颜色的墨水。每册封面上胡适都题了名,编了号,部分还注明了确切的或大致的起讫日期。我将之与铅印本《胡适留学日记》(以下简称《留学日记》)稍加对照,结果如下:

第一册:"藏晖日记 留学康南耳之第三年"。为《留学日记》卷二。

第二册:"藏晖劄记 民国二年 起民国二年十月八日 终三年二月廿八日"。为《留学日记》卷三。

第三册:"藏晖劄记二 民国三年 起三月十二日 终七月七日"。为《留学日记》卷四。

第四册:"藏晖劄记三 民国三年 七月"。为《留学日记》卷五。

第五册:"藏晖劄记四 民国三年 八月"。为《留学日记》卷六。

第六册:"藏晖劄记五 民国三年 九月廿三日起 十二月十一日止"。为《留学日记》卷七。

第七册:"藏晖劄记六　民国三年十二月十二日起"。为《留学日记》卷八。

第八册:"藏晖劄记七"。为《留学日记》卷九。

第九册:"藏晖劄记　第八册　民国四年六月"。为《留学日记》卷十。

第十册:"胡适劄记　第九册　四年八月"。为《留学日记》卷十一。

第十一册:"胡适劄记　第十册　民国四年十一月　到五年四月"。为《留学日记》卷十二。

第十二册:"胡适劄记　第十一册　民国五年四月"。为《留学日记》卷十三。

第十三册:"胡适劄记　第十二册　民国五年七月"。为《留学日记》卷十四。

第十四册:"胡适劄记　第十三册"。为《留学日记》卷十五。

第十五册:"胡适劄记　第十四册"。为《留学日记》卷十六。

第十六册:"胡适劄记　第十五册　归国记"。为《留学日记》卷十七。

第十七册:"胡适杂记　第十七册　改为第十六册"。为《留学日记》和海峡两岸的《胡适日记全编》所均无。

第十八册:"胡适劄记　第十六册　改为第十七册"。为《留学日记》和海峡两岸的《胡适日记全编》所均无。

有必要指出的是，上述比对只是初步的和简要的。事实上当年《留学日记》编者在整理日记手稿时，作过许多技术性乃至实质性的处理，归纳起来，大致有以下数点应该引起注意：

一、日记手稿各册的具体起讫日期，与《留学日记》各卷相对照并不一致，《留学日记》有多处挪前移后的调整。

二、日记手稿是胡适率性所记，有话则长，无话则短，均无题。《留学日记》则按日按内容归类，一一酌加小标题，虽然得到胡适本人同意，毕竟不是手稿的原始面貌。

三、日记手稿中部分文字，《留学日记》有所修饰或改动。如日记手稿第一册第一天，即民国"元年九月二十五日"记"夜观萧氏名剧 Hanmlet"的感想，《留学日记》云："凡读萧氏书，几无不读此剧者"，手稿作"凡读萧氏书，几无有不读此剧者"；《留学日记》引用剧中名句后云："此种名句，今人人皆能道之，已成谚语矣。"而手稿则作"此种名句，今人人皆能道之，已成俚谚矣"。① 又如1914年7月8日日记中有一段，《留学日记》云："作一书寄冬秀，勉以多读书识字。前吾母书来，言冬秀已不缠足，故此书劝以在家乡提倡放足，为一乡除此恶俗。"而手稿则作：

> 作一书寄冬秀，勉以多读书识字。前吾母书来，言冬秀已不缠足，故此书勉以继续放足，略谓冬秀为胡适之之妇，不可

---

① 胡适：《胡适留学日记手稿本》，上海：上海人民出版社，2015年。以下引文均出自这一手稿本，不再另行出注。

不为一乡首创，除此恶俗，望毅然行之，勿恤人言也。

四、日记手稿中引用或剪贴了大量的英中文剪报，《留学日记》中有多处删节。如1914年8月11日一天所记的两则日记，一为"悉尔先生讲演欧洲战祸之原因"，手稿剪贴了二大段英文"大旨"，《留学日记》中均删去；另一为蒋生先生"言欧洲战祸之影响"，手稿又剪贴了一大段英文剪报，《留学日记》中也删去。凡此种种，不一而足。

五、青年胡适极喜摄影，日记手稿中黏贴了大量珍贵的大小不同的各类照片，人物照和风景照等等，而在《留学日记》中只选用了一小部分，大部分未能刊用。

六、即便《留学日记》中已经保留的英中文剪报和照片，胡适在日记手稿中对这些剪报和照片的一些文字说明和即兴感想，《留学日记》也有不少阙如。

七、日记手稿中所记录的胡适诗作（包括旧体诗和白话诗），颇有现行胡适各种文集和全集所未收者。且举一例。日记手稿第十四册第一页题有一首打油诗：

怀君武先生
八年不见马君武，见时蓄须犹未黑。
自言归去作工人，今在京城当政客。
　　看报作此。　　　　　　六年三月廿一日

此诗为《留学日记》所删削，而这正是一首至今不为人知的胡适集外诗。应该说明的是，胡适早年进中国公学就读时，国民党元老马君武（1881—1940）是总教习，两人有师生名分。胡适赴美留学后，常与马君武鱼雁往还。马君武1916年6月自欧洲返国途经纽约，胡适仍对其执弟子礼，"聚谈之时甚多"。《藏晖室札记》整理出版时，马君武尚健在，因此删去这首有嘲讽之意的打油诗，也就可以理解了。

八、日记手稿中有少量在日记时写了又删去的字句，如1916年7月22日日记所录《答梅觐庄驳吾论"活文学"书（白话诗）》（《留学日记》已把诗题改为《答梅觐庄——白话诗》），第一节"文字岂有死活，白话俗不可当（原书中语）"这句之后，日记手稿中原有以下整整十三行，但后来用红笔删去：

古人说：
"于皇来牟将采厥明
明昭上帝迄用康年
命我众人
庤乃钱镈奄观铚艾"。
何必要说：
"死后是非谁管得
满村听说蔡中郎。"
古人说：
"即出于余窍子亦将承之"。
岂不胜似

"放个屁也香"？

吁哗哉，嚣讼可乎？

《留学日记》当然也无这十三行，而这十三行对了解胡适当时的真实思想恰恰不无裨益。

九、胡适自己已经公开承认的《留学日记》有"极少数（约有十条）的删削"，在日记手稿中应有完整的呈现。

这还只是我粗粗翻阅日记手稿后的归纳，读者如果仔细研读，一定会有更多更有价值的发现。由此可知，这十八册日记因是胡适亲笔手稿，故能以最为原始、完整、全面的形态呈现胡适 1912 年 9 月—1918 年 2 月日记的原貌，具有唯一性、真实性和可靠性。也因此，真正"完全保存了原来的真面目"的，还不是铅印的《胡适留学日记》，而恰恰正是这十八册原汁原味的胡适早年日记手稿。

三

特别值得珍视的是，胡适归国以后所写的《北京杂记（一）》和《归娶记》两篇日记。收入日记手稿第十六册的《北京杂记（一）》为 1917 年 9 月 11 日至 11 月 30 日的日记，收入日记手稿第十七册的 1917 年 7 月 16 日、8 月 1 日和 26 日三则日记和 1917 年 12 月 16 日至 1918 年 2 月 21 日的《归娶记》，均为新发掘的胡适早年日记，实在难能可贵。现存胡适日记，在《归国记》1917 年 7 月 10 日结束之后，一下子就跳到了 1919 年 7 月 10 日，其间有整整两年的空白。而这两年于胡适而言,正是他酝酿和倡导新文学及新文化运动的极为重要的两年。因此,于胡适研究而言,这两年的日记空白是极为遗憾的。而《北京杂记(一)》和《归娶记》的重见天日,正好部分地填补了这一空白,其不可替代的学术价值也就不言而喻。

胡适1913年4月在《藏晖剳记(一)》的《题记》中说:"吾作日记数年,今不幸中辍,已无可复补;今已札记代之:有事则记,有所感则记,有所著述亦记之,读书有所得亦记之,有所游观亦略述之。"《北京杂记(一)》和《归娶记》正充分体现了这些特点。《北京杂记(一)》1917年9月11日第一条记云:

> 与钱玄同先生谈。先生专治声音训诂之学。其论章太炎先生之《国故论衡》,甚当。其言音韵之学,多足补太炎先生所不及。

从该条日记中对钱玄同的介绍看,当为胡适与钱玄同的首次见面,也可补钱玄同日记的失记。接下来所记大部分是读书札记,有围绕方东树《汉学商兑》的阅读和辨析,有围绕康有为《新学伪经考》的阅读和辨析等等,可见胡适当时读书之多,涉猎之广,思考之勤。其间也有多处胡适自作诗词的记载,均可补入胡适诗集。且举一例:

> 中秋日(九月卅日)回忆一月前(阴历七月十五)与曹胜

之君同在南陵江中。舟小，吾与胜之共卧火舱中。天大热，虽露天而睡，亦不成寐。是日大雨，雨后月色昏黄。江中极静。吾高歌东坡稼轩词以自遣。时与胜之夜话，甚欢。今已一月矣。遂写是夜事，作一诗寄之：空江雨后月微明，卧听船头荡桨声。欲把江水问舟子，答言从小不知名。

《归娶记》记的是胡适1917年12月16日离京回绩溪迎娶江冬秀的始末，记载颇为详尽。历来各种胡适传记对此过程均语焉不详，包括迄今篇幅最大的江勇振先生所著《舍我其谁：胡适》①在内，连胡适到底是哪一天正式结婚的，也无从知晓，成为胡适生平研究上长期未能得到解决的一桩悬案。而《归娶记》中已经明确记载：1917年12月30日"下午三时行结婚礼"。婚礼从头至尾的每一步骤，如参加者、行礼次序、演说等，均一一记录在案，甚至还附有结婚礼堂的平面图。有趣的是，胡适还对此"新式"其实还是有点不新不旧的婚礼作了分析：

吾此次所定婚礼，乃斟酌现行各种礼式而成，期于适用而已。

此次所废旧礼之大者，如下　一、不择日子。是日为吾阴历生日，适为破日。二、不用花桥、凤冠、霞帔之类。三、不

---

① 江勇振在《舍我其谁：胡适》第二部里写到胡适"新婚燕尔"，但胡适于何时以何种形式结婚等，均付阙如。参见《舍我其谁：胡适》第二部"日正当中"（1917—1927）上篇，杭州：浙江人民出版社，2013年8月初版，第14—16页。

拜堂。以相见礼代之。四、不拜天地。五、不拜人。以相见礼代之。六、不用送房、传袋、撒帐诸项。七、不行拜跪礼。

吾初意本不拜祖先。后以吾母坚嘱不可废,吾重违其意,遂于三朝见庙,新夫妇步行入祠堂,三鞠躬而归,不用鼓乐。

此次婚礼所改革者,其实皆系小节。吾国婚礼之坏,在于根本法之大谬。吾不能为根本的改革而但为末节之补救,心滋愧矣。

那么,"根本法大谬为何?"胡适认为其"大谬"还不是在于"父母之命,媒妁之言",而是在于"父母媒妁即能真用其耳目心思,犹恐不免他日之悔。况不用其耳目心思而乞灵于无耳目心思之瞎子菩萨乎?此真荒谬野蛮之尤者矣"。从中应可窥见胡适当时的婚姻观和对中国传统家庭制度的态度。不仅如此,《归娶记》中还有对江冬秀的具体印象和评价,认为此次婚礼"冬秀乃极大方,深满人意",也为研究两人的婚姻提供了新的第一手资料。而《归娶记》中对胡适组诗《新婚杂诗》的记载,也与以后正式发表的定稿在次序和字句上均有所出入,从而为研究胡适新诗的写作修改过程提供了新的佐证。

四

从1966—1970年间,台北胡适纪念馆陆续推出《胡适手稿》影印本开始,胡适手稿的印行和解读就已提上了胡适研究的议事日程。对胡适这样一位在20世纪中国现代史上产生了重大影响的人物，这是题中应有之义。研究胡适手稿，不仅可以欣赏胡适的书法，更可以从中发现与比较现行文本不同的声音，建构胡适作品的"前文本"，甚至可能改变或部分改变对胡适的既有评价，意义非同一般。从这个意义讲，胡适留学日记手稿的收藏者梁勤峰兄慨然提供这十八册胡适早年日记手稿，上海人民出版社果断影印这十八册胡适早年日记，均堪称化一成万，功德无量的大好事。

总之，无论是已经出版但仍需仔细爬梳的《胡适留学日记》，还是首次面世的《北京札记（一）》和《归娶记》，这一大批胡适早年日记手稿的影印，为研究早年胡适留学美国和回国初期的见闻、治学、创作、交游、思想、爱好和情感，均提供了令人欣喜的大量新线索。与1950年代初鲁迅日记手稿影印推动了鲁迅研究、1990年代周作人早中期日记手稿影印推动了周作人研究一样，不久之后，随着这十八册胡适早年日记手稿影印本的出版，胡适研究，至少早年胡适研究，将会出现一个新局面，我以为是完全可以预期的。

鲁迅的《狂人日记》与钱玄同日记

杨天石先生花费二十多年时间主编的三卷本《钱玄同日记》整理本 2014 年 8 月由北京大学出版社推出,研究中国近现代经学、史学、文学、文献学、文字学、书法学、碑帖学等,都可从这部内容丰富的日记中得到有价值的线索。笔者就从新文学的角度,对日记所反映的钱玄同与周氏兄弟特别是鲁迅在《新青年》时期的关系略作梳理。

钱玄同 1918 年 1 月起接编《新青年》,同年 2 月 15 日出版的《新青年》第四卷第二号是他责编的。他 1918 年 1 月 2 日日记云:"午后至独秀处检得《新青年》存稿。因四卷二期归我编辑,本月五日须齐稿,十五日须寄出也。"① 但他当晚在宿舍"略检青年诸稿",却发现中意的并不多,有的"胡说乱道",更有一篇"论近世文学"的,令他极为不满,在日记中狠狠嘲笑了一通: 此文"文理不通,别字满纸,这种文章也要登《新青年》,那么《新青年》竟成了毛厕外面的墙头,可以随便给什么人来贴招纸的了。哈哈! 这真

---

① 钱玄同:《钱玄同日记(整理本)》上册,北京:北京大学出版社,2014 年 8 月初版。后文所引钱玄同日记,均出自此册,不再重注。

可笑极了。"他只选录了"尹默、半农诸人的白话诗数首"。次日日记又云："携《新青年》四卷二号之稿至家中检阅，计可用者不及五十paĝo，尚须促孟和、独秀多撰，始可敷用。"正因为钱玄同认为《新青年》的许多来稿不符合他的要求，所以他身为编者，就一定要另辟途径，寻找新的作者。

钱玄同了不起的历史功绩之一，就是他想到了可能的《新青年》作者，周氏兄弟应是不可或缺的人选。他和鲁迅早在日本留学时就一起师从章太炎学文字学。当时，鲁迅已在教育部任佥事，钱玄同则和周作人在北大文科执教，他们一直有所往还。钱玄同日记1915年1月31日云："今日尹默、幼渔、我、坚士、逖先、旭初、季茀、预（豫）才八人公宴炎师于其家，谈宴甚欢。"这是被北洋政府幽禁的章太炎住所"门警撤去"后在京章门弟子的第一次聚会，而是日鲁迅日记只记了简单的一句："午前同季市往章先生寓，晚归。"[①]两相对照，显然钱玄同日记详细得多。同年2月14日钱玄同日记又云："晚餐本师宴，同座者为尹默、逖先、季茀、豫才、仰曾、夷初、幼渔诸人。"可见当时在京章门弟子经常宴师欢谈。

但是，从钱玄同和周氏兄弟三方的日记看，他们在1915年至1917年上半年交往并不频繁，整个1916年，钱玄同和鲁迅日记均无相关记载。钱玄同首次出现在周氏兄弟寓所，是在1917年8月，可惜这个月的钱玄同日记缺失。但8月9日鲁迅日记云："下午钱中

---

① 鲁迅：《鲁迅全集》第15卷《日记（1912—1926）》，北京：人民文学出版社，2005年11月初版。后文所引鲁迅日记，均出自此卷，不再重注。

季来谈,至夜分去",同日周作人日记更详细:"钱玄同君来访不值,仍服规那丸。下午钱君又来,留饭,□谈至晚十一时去。"8月17日鲁迅日记云:"晚钱中季来。"同日周作人日记则云:"晚钱君来谈,至十一时去。"8月27日鲁迅日记又云:"晚钱中季来。夜大风雨。"周作人日记又记得较详细:"晚玄同来,谈至十一点半去。夜风雨。"是夜钱玄同应是冒雨而归,但三人一定谈得很尽兴。同年9月24日钱玄同日记云:晚"八时顷访豫才兄弟",这是现存钱玄同日记中造访周氏兄弟的首次记载。是日鲁迅日记云:"夜钱中季来。"周作人日记则云:"晚玄同来谈,至十一时半去。"①可见双方谈兴甚浓,谈至夜深方散。六天后是中秋节,钱玄同日记云:午后"四时偕蓬仙同访豫才、启明。蓬仙先归,我即在绍兴馆吃夜饭。谈到十一时才回寄宿舍。"此日鲁迅日记更有趣:"朱蓬仙、钱玄同来……旧中秋也,烹鹜沽酒作夕餐,玄同饭后去。月色极佳。"可见是晚钱玄同与周氏兄弟共度中秋,而且谈得颇为融洽,鲁迅在日记中还顺便抒了一下情。这一天钱玄同与周氏兄弟一起欢度中秋佳节,他们的关系应该也由此进入一个新阶段。

鲁迅在1922年12月写的《〈呐喊〉自序》中有一段常被引用的有名的话,交代他开始写小说的缘由:

  S会馆里有三间屋,相传是往昔曾在院子里的槐树上缢死

---

① 周作人:《周作人日记(影印本)》上册,郑州:大象出版社,1996年12月初版。后文所引周作人日记,均出自此册,不再重注。

过一个女人的,现在槐树已经高不可攀了,而这屋还没有人住;许多年,我便寓在这屋里钞古碑。客中少有人来……

那时偶或来谈的是一个老朋友金心异,将手提的大皮夹放在破桌上,脱下长衫,对面坐下了,因为怕狗,似乎心房还在怦怦的跳动。

"你钞了这些有什么用?"有一夜,他翻着我那古碑的钞本,发了研究的质问了。

"没有什么用。"

"那么,你钞他是什么意思呢?"

"没有什么意思。"

"我想,你可以做点文章……"

我懂得他的意思了,他们正办《新青年》,然而那时仿佛不特没有人来赞同,并且也没有人来反对,我想,他们许是感到寂寞了……

是的,我虽然自有我的确信,然而说到希望,却是不能抹杀的,因为希望是在于将来,决不能以我之必无的证明,来折服了他之所谓可有,于是我终于答应他也做文章了,这便是最初的一篇《狂人日记》。①

"S会馆"即北京宣武门外南半截胡同的绍兴会馆,周氏兄弟当时正居住于此。"金心异"就是钱玄同(林纾小说《荆生》中有一

---

① 鲁迅:《自序》,《呐喊》,《鲁迅全集》第1卷,第440—441页。

影射钱玄同的人物"金心异",故而鲁迅移用)。两年半以后,鲁迅在为俄译本《阿Q正传》所作《著者自叙传略》中回顾自己的创作历程时,就直接提到了钱玄同的名字:

> 我在留学时候,只在杂志上登过几篇不好的文章。初做小说是一九一八年,因了我的朋友钱玄同的劝告,做来登在《新青年》上的。这时才用"鲁迅"的笔名(Penname);也常用别的名字做一点短论。①

由此可见,鲁迅踏上新文学之路与钱玄同的非同寻常的关系。那么,在这个过程中,钱玄同"偶或来谈"的"那时"大致是什么时候呢?钱玄同日记1918年3月2日云:"晚访周氏兄弟。"甚为可惜的是,该年4月至年底的钱玄同日记不存(1918年1月至3月1日的日记也有许多漏记),幸好鲁迅和周作人日记均存,可作补充。

鲁迅日记1918年2月9日"晚钱玄同来";15日"夜钱玄同来";23日"钱玄同来";28日"夜钱玄同来"。3月2日"夜钱玄同来";18日"夜钱玄同来";28日"夜钱玄同来"。4月5日"晚钱玄同、刘半农来";21日"夜钱玄同来";26日"晚钱玄同来"。周作人日记记得更具体,1918年2月9日下午"玄同来谈,十二时

---

① 鲁迅:《俄文译本〈阿Q正传〉序及其著者自叙传略》,《集外集》,《鲁迅全集》第7卷,第86页。

去"；15日"晚玄同来谈，十二时后去"；23日晚"玄同来谈，至一时去"；28日"晚玄同来谈"。3月2日"晚玄同来谈，十二时去"；18日晚"玄同来谈"；28日"晚玄同来谈，十二时去"。4月5日"玄同半农来谈，至十二时去"；17日"以译文交予玄同"；21日"晚玄同来谈，至十二时半去"；26日"晚玄同来谈，十二时半去"。

短短三个月之内，钱玄同造访周氏兄弟竟有十次之多，且均在晚间，均谈至深夜十二时以后，足见谈得多么投契和深入！而且，正因为均是晚间造访，夜深巷静，犬吠不止，以至鲁迅在《〈呐喊〉自序》中会说金心异"因为怕狗，似乎心房还在怦怦的跳动"。尽管如此，"怕狗"的钱玄同仍不断造访。可以想见，钱玄同的目的只有一个，那就是一定要说服鲁迅为《新青年》撰文。因此，这个时间段应该就是鲁迅《〈呐喊〉自序》中所说的金心异频频造访，打断了他埋头抄写古碑的兴致，"终于答应他（指钱玄同——笔者注）也做文章了"的"那时"。而周作人4月17日"交予玄同"的"译文"，应该就是发表于1918年5月15日《新青年》第四卷第五号的《贞操论》（与谢野晶子作）。

同期《新青年》上发表了鲁迅"意在暴露家族制度和礼教的弊害"[①]的小说《狂人日记》，这既是钱玄同不断催逼的可喜结果，更是中国新文学的开山之作，影响极为深远。从此以后，鲁迅"便一

---

① 鲁迅自评《狂人日记》的话，鲁迅：《〈中国新文学大系·小说二集〉序》，《且介亭杂文二集》，《鲁迅全集》第6卷，第247页。

发而不可收,每写些小说模样的文章,以敷衍朋友们的嘱托"。①《狂人日记》落款"一九一八年四月",但小说更为具体的写作和发表经过,鲁迅哪一天完稿,哪一天交予钱玄同,钱玄同日记失记,鲁迅日记也无明确记载。不过,《狂人日记》文前"题记"末尾署"七年四月二日识",如果小说确实于1918年4月2日杀青,那么,钱玄同1918年4月5日晚与刘半农同访周氏兄弟时,得到这篇小说稿的可能性应为最大吧?

关于《狂人日记》的诞生,周作人后来在《金心异》中有过较为具体的回忆,与本文的推测大致吻合:

> 钱玄同从八月(指1917年8月——作者注)起,开始到会馆来访问,大抵是午后四时来,吃过晚饭,谈到十一二点钟回师大寄宿舍去。查旧日记八月中九日,十七日,二十七日来了三回,九月以后每月只来一回。鲁迅文章中所记谈话,便是问抄碑有什么用,是什么意思,以及末了说"我想你可以做一点文章",这大概是在头两回所说的。"几个人既然起来,你不能说决没有毁灭这铁屋的希望,"这个结论承鲁迅接受了,结果是那篇《狂人日记》,在《新青年》次年四月号发表,它的创作时期当在那年初春了。②

---

① 鲁迅:《自序》,《呐喊》,《鲁迅全集》第1卷,第441页。
② 周遐寿:《金心异》,《鲁迅的故家》,上海:上海出版公司,1953年3月初版,第417页。

《新青年》第四期第五号在刊出《狂人日记》的同时，还刊出了鲁迅以"唐俟"笔名所作的新诗《梦》《爱之神》和《桃花》三首，鲁迅后来在5月29日致许寿裳信中说："《新青年》第五期大约不久可出，内有拙作少许。该杂志销路闻大不佳，而今之青年皆比我辈更为顽固，真是无法。"①"拙作少许"即指《狂人日记》和这三首新诗，而鲁迅之所以开始白话诗文的创作，实际上也是对当时销路并不理想的《新青年》编者钱玄同他们的有力支持。

　　无论如何，有一点是确凿无疑的，那就是《新青年》第四期第五号是钱玄同编辑的。该期还发表了吴敬恒（吴稚晖）的《致钱玄同先生论注音字母书》，文前有钱玄同的按语，称吴敬恒此信"精义尤多，实能发前人之所未发；因此再把全信录登于此，以供研究注音字母者之参考"，即为一个明证。《狂人日记》因钱玄同而诞生，由钱玄同经手而发表，钱玄同功不可没，正如钱玄同自己在鲁迅逝世后所写的纪念文中回忆的：

> 　　我的理智告诉我，"旧文化之不合理者应该打倒"，"文章应该用白话做"，所以我是十分赞同仲甫所办的《新青年》杂志，愿意给它当一名摇旗呐喊的小卒。我认为周氏兄弟的思想，是国内数一数二的，所以竭力怂恿他们给《新青年》写文章。民国七年一月起，就有启明的文章，那是《新青年》第四

---

①　鲁迅：《180529致许寿裳》，《两地书·书信（1904—1926）》，《鲁迅全集》第11卷，第362页。

卷第一号，接着第二、三、四诸号都有启明的文章。但豫才则尚无文章送来，我常常到绍兴会馆去催促，于是他的《狂人日记》小说居然做成而登在第四卷第五号里了。自此以后豫才便常有文章送来，有论文、随感录、诗、译稿等，直到《新青年》第九卷止（民国十年下半年）。①

1923年8月，鲁迅第一部小说集《呐喊》由北京新潮社初版，书中所收十四篇小说，单是《新青年》发表的就有《狂人日记》《孔乙己》《药》《风波》和《故乡》五篇，超过了三分之一。同月22日鲁迅日记云："晚伏园持《呐喊》二十册来。"8月24日鲁迅日记又云："以《呐喊》各一册赠钱玄同、许季市"，显然有感谢钱玄同之意在。同日钱玄同日记当然也有记载："鲁迅送我一本《呐喊》。"有意思的是，这是"鲁迅"这个名字第一次在钱玄同日记中出现。

两年以后，《京报副刊》发起"青年必读书"和"青年爱读书"大讨论，鲁迅在1925年2月21日《京报副刊》撰文"略说自己的经验"，主张青年"要少——或者竟不——看中国书，多看外国书"，②从而引起轩然大波。3月22日钱玄同在日记中借与黎劭西（黎锦熙）谈话，认同鲁迅的看法："晤黎劭西，他说日前遇鲁迅，谓汉字革命之提倡实有必要。他主张别读中国书，是同样的意思。

---

① 钱玄同：《我对周豫才（即鲁迅）君之追忆与略评》（上），北平：《世界日报》1936年10月26日。转引自《鲁迅研究学术论著资料汇编（1913—1983）》第2卷（1936—1939），北京：中国文联出版公司，1986年8月初版，第520页。

② 鲁迅：《青年必读书》，《华盖集》，《鲁迅全集》第3卷，第12页。

纵使过高，亦是讨价还价也。此说甚是。"钱玄同还别出心裁，以青年人而非专家的身份在3月31日《京报副刊》的"青年爱读书特刊（三）"发表了自己的一份"爱读书"书单，共十部作品，当代作品仅"《呐喊》（鲁迅）"一部，而且特地加了一条"附记"："《呐喊》中的《狂人日记》，《阿Q正传》，《药》和《风波》这几篇，一个月中我至少要读它一次"，[①]其中《狂人日记》等三篇正好都发表于《新青年》。

长期以来，中国现代文学研究界一直对孙伏园催生了鲁迅的《阿Q正传》津津乐道，那么，钱玄同催生鲁迅《狂人日记》的深远意义更不容低估，更必须在中国现代文学史上大书一笔。

[①] 转引自王世家编：《青年必读书：一九二五年〈京报副刊〉"二大征求"资料汇编》，开封：河南大学出版社，2006年7月初版，第166页。

徐志摩爱情日记出版考略

徐志摩是20世纪中国新诗坛祭酒,这早已为文学史家所公认。他的那些深具艺术魅力的诗章,如《再别康桥》,如《沙扬娜拉》,如《偶然》,如《海韵》等,也早已成为20世纪中国新诗的"经典",为一代又一代的新诗爱好者所传诵。今天,我们说到徐志摩,首先想到的就是他是一位杰出的新诗人,他的短暂而又浪漫的一生,也是一首优美的诗。

然而,也有论者如徐志摩好友梁实秋就认为,其实徐志摩的散文成就应在他的新诗之上。梁实秋对徐志摩散文的"妙处"曾作过中肯的分析,指出"志摩的散文,无论写的是什么题目,永远的保持一个亲热的态度。我实在找不出比'亲热的'更好的形容词"。① 如果认同梁实秋的观点,那么,在徐志摩散文中占据极为重要地位的他的日记,特别是爱情日记,就更是亲密无间,"亲热"无比了。

有必要指出,日记和日记文学是两个不同的概念,两者既亲密关联又不能完全等同。虽然现在有人主张"日记本就是写给别人看的",它"总有隐含的读者,隐含的交流欲望",但在一般情

---

① 梁实秋:《谈志摩的散文》,《新月》1932年(2月)第4卷第1期。

况下，日记应该是纯粹的记事，纯粹的个人表达，是作者"写给自己看的"①，并不打算发表，所谓"备遗忘，录时事，志感想"②是也，鲁迅而且断言"这是日记的正宗嫡派"。③而日记文学虽然也应该是真实的，不能虚构、不能作伪（日记体的小说是另一种情形，暂且不论），但并不排除艺术加工和艺术渲染的成分，如徐志摩同窗好友郁达夫的《日记九种》就是20世纪中国文学史上有名的日记文学作品，在作者生前就已出版且引起轰动，一纸风行。所以日记文学可以归入文学创作的范畴，而日记则不可。

当然，徐志摩日记的情形又有所不同。徐志摩的日记，特别是他那些"浓得化不开"的爱情日记，既是这位大诗人毫不作伪的生活实录，即真实的私人日记，同时也是感情真挚浓烈，文笔流丽隽永的散文作品，即上乘的日记文学，两者可谓合而为一，相得益彰，成为个人空间与公共空间之间相互渗透的一个范例，这在中国新文学史上是颇为鲜见的。

徐志摩日记的发表出版史十分曲折而令人感慨。徐志摩只在人世存留了短短的三十五个年头，用今天的流行话来说，真的是"潇洒走一回"。在徐志摩生前发表的丰富多彩的诗文中，除了在较为冷僻的上海光华大学校刊上刊登过四页英文的《翡冷翠日记》片段之外，再没有其他日记。1931年11月19日，徐志摩在山东党家庄上空驾鹤西去，不久由他参与创办的新月书店就预告出版《徐志摩

---

① 鲁迅：《马上日记》，《华盖集续编》，《鲁迅全集》第3卷，第325页。
② 郁达夫：《再谈日记》，《郁达夫全集》第11卷（文论下），第211页。
③ 同注①。

日记》以为纪念,但迟迟未见踪影。倒是徐志摩学生、后来成为著名编辑出版家的赵家璧在他所编的"徐志摩遗作"《秋》中重刊了《翡冷翠日记》,并盛赞徐志摩"用心血织成的日记","怕要比他所有的著作更值得宝贵"。①

到了1932年11月,也就是徐志摩逝世一周年之际,徐志摩好友、诗人邵洵美在他主编的《时代画报》第三卷第六期上揭载徐志摩的《眉轩琐语》(包括《眉轩琐语》首页手迹)。这是徐志摩日记的第一次正式公开,尽管只有短短的两则和序文。邵洵美在《眉轩琐语》文前加了一则按语,很值得注意:

去年十一月十九日志摩在济南遇险,匆匆已一年了。这一年中一切都有了很大的更易,志摩有灵,亦当惊讶这世界真会变化。可是志摩所一手栽培出的诗园里,到现在还只是畸畸零零的几朵。奈何!

最近小曼交予志摩所遗日记数册,嘱为编就付印,赶十九日出版,分送各亲友。《眉轩琐语》,乃新婚时所写,特选出刊登本报,以作纪念。

从中可以得知,当时已有出版徐志摩日记集的计划,可惜后来仍未落实。《眉轩琐语》一经发表,就引起文坛的关注,新文学史料

---

① 赵家璧:《篇前》,《秋:徐志摩遗作》,上海:良友图书印刷公司,1931年11月27日初版,第12页。

学家阿英就把它编入《日记文学丛选》一书，作为"私生活日记"之一种向读者推荐，并且指出"量的方面虽不多，但读者同样可以看到志摩日记写作的体例与方法的"。①

一年之后，徐志摩的另一好友林语堂在他主持的《论语》半月刊 1934 年 4 月—6 月第 38、39、40、42、43 期连载徐志摩另一部更为重要的爱情日记《爱眉小扎》，虽然仍是部分，并未刊完，却具有特殊的意义。因为这是《爱眉小扎》最早公开同时也是最真实的一个版本。后来出版的各种版本的《爱眉小扎》，包括"真迹手写本"在内，均有所删节，唯独这份最初发表的《论语》刊本是未经删节的，保留了历史的原貌，如其中一再出现的适之、叔华等友人的名字，后来的刊本都删去了，堪称原汁原味，极为难得。

又过了一年，1935 年 6 月上海《人言》第二卷第十六期刊出《志摩日记》出版预告，这是邵洵美为出版徐志摩日记所作的第二次努力，预告中说：

> 本书为已故诗人徐志摩杰作，文笔清新，字字含有深意，从该书中，可以窥见徐诗人之日常生活动态，开日记中之新颖格调。卷首并附有徐夫人陆小曼女士之《忆摩》，及邵洵美先生之《志摩日记三种书后》一文。邵先生为徐诗人知友之一，所记述之事，多为朋友中所不详者，其价值之可贵，自不待

---

① 阮无名（阿英）：《序记》，《日记文学丛选》（语体卷），上海：南强书局，1933 年 6 月初版。转引自《阿英全集》附卷，合肥：安徽文艺出版社，2006 年 5 月初版，第 108 页。

言。全书用上等道林纸活体字排印,硬面精装,美奂美轮。

尽管预告言之凿凿,连印刷用纸和装帧样式也已宣布,但这部《志摩日记》最终还是未能问世,再一次让读者感到失望。但预告中所透露的这部《志摩日记》拟收入的三种徐志摩日记,除了《爱眉小扎》和《眉轩琐语》,还有一种是什么,是否就是后来的晨光版《志摩日记》中所收的《西湖记》,这就有待徐志摩研究专家进一步考证了。

据说徐志摩日记的出版一波三折,困难重重,主要是受到了徐志摩生前十分信任的好友胡适等人的阻挠,陆小曼在回忆录中曾经有过较为含蓄的抱怨。现在看来,胡适等人的担心也不是没有道理,毕竟日记是很私人化的,甚至可能涉及隐私,徐志摩与林徽因、凌叔华、陆小曼等人的情感纠葛又颇为复杂敏感,胡适等人也不同程度地卷入其中,他们不愿意徐志摩日记过早公开,也就情有可原了。不过,胡适1932年6月在他主编的《独立评论》第三号上也发表过徐志摩1925年12月的日记之一页,并说明这是徐志摩和陆小曼"结婚前在北京的日记,文字最可爱",还是难能可贵的。

到了1936年1月,徐志摩日记终于"千呼万唤始出来"。为纪念徐志摩四十岁冥诞,上海良友图书公司隆重推出徐志摩《爱眉小扎》"真迹手写本"。这册题为"爱眉小扎"、署名"心手"的徐志摩1925年8月9日至31日、9月5日至17日的日记手稿影印本,用上等连史纸黑、蓝两色套印,十开丝线装,限印一百部,美轮美奂,十分珍贵。书中第一次清晰地展示了徐志摩和陆小曼之间那段刻骨铭心的浓情爱恋。紧接着，同年3月，上海良友图书公司又推出《爱眉小扎》布面精装铅排本。铅排本除了收入徐志摩上述日记，还增收了徐志摩1925年3月3日至5月27日致陆小曼的情书十一通，以及陆小曼1925年3月11日至7月11日所写的《小曼日记》，从而一并展示了陆小曼尚未为人所认知的出众的文学才华。徐志摩与陆小曼的恋爱，爱得轰轰烈烈，爱得死去活来，爱得令假道学震惊，爱得使后来者钦羡。这一切在《爱眉小扎》中表露得明明白白，显示得清清楚楚，使读者再真切不过地感受到徐志摩和陆小曼两颗活泼泼的爱的灵魂。这册徐志摩陆小曼爱情日记也因之大受欢迎，初版不到四个月即再版就是明证。

稍后，邵洵美又在他主编的1936年8月《论语》第九十三期上发表徐志摩日记《儒林外史之一页》。经查对，原来是《西湖记》的节选，冠以如此篇名，真是幽默风趣。《西湖记》是徐志摩1923年9月至10月间的一册日记，涉及徐志摩当时与胡适、任叔永、朱经农、郭沫若、田汉、郑振铎等文坛学界翘楚的交往，足以证实徐志摩是"人人的朋友"，具有不容忽视的史料价值。这也是《西湖记》的首次面世。

时光飞快地流逝，不知不觉，到了1947年3月，在徐志摩五十岁冥诞纪念来临之际，赵家璧主持的上海晨光出版公司出版了新的《志摩日记》，列为"晨光文学丛书"之一种。这部《志摩日记》除了保留了良友版《爱眉小扎》中的《爱眉小扎》和《小曼日记》，增补了全部的《西湖记》和《眉轩琐语》，还以真迹影印的形式公开了陆小曼精心保存的徐志摩纪念册《一本没有颜色的书》，其中有印度诗圣泰戈尔和胡适、闻一多、杨杏佛、邵洵美、陈西滢、顾颉刚、张振宇、曾孟朴、林风眠、俞平伯、叶誉虎、任叔永、章士钊、杨清磬、吴经熊、江小鹣、杨振声、谢寿康等徐志摩生前好友和徐志摩本人的题画题诗题词等，琳琅满目，美不胜收。这是20世纪前半叶出版的最后一部徐志摩日记，也是相对而言最为完整的徐志摩日记集。

良友版《爱眉小扎》和晨光版《志摩日记》组成了现存徐志摩日记的基本部分（近年新发现的徐志摩早年日记《府中日记》和《留美日记》当然使之更为完备，但这不在本文所讨论的范围之内），此后半个世纪里，海峡两岸三地出版的各种版本的徐志摩全集、文集、选集的日记卷无不采用之。这是应该庆幸的，这也不能不归功于这些日记的保存者陆小曼、出版人赵家璧和邵洵美等人。如果没有他们排除干扰、坚持不懈的努力，我们今天可能就读不到徐志摩这些情思绵绵又文采斐然的日记了。

台湾九歌出版社于2004年重编重印徐志摩爱情日记，不但是半个世纪以来首次完整地再现《志摩日记》一书，而且增补许多新鲜的内容，冠以更为确切的《真爱与永恒——徐志摩与陆小曼爱情日记》书名，毫无疑问是值得充分肯定的好事。这部显示徐志摩与陆小曼倾城之恋心路历程的日记集的问世，既为海内外徐志摩研究者提供了新的宝贵资料，同时也给年轻的文学爱好者提供了足资启示的优秀的日记文学读本，其意义是多方面的。因此缕述徐志摩日记出版史如上，作为回顾，也作为期盼。

7

文学刊物和文学广告

《京报副刊》的诞生及其他

一

《京报副刊》是五四时期四大文学副刊之一,另外三家副刊是《晨报副刊》《时事新报·学灯》和《民国日报·觉悟》,正好北京、上海各占一半。① 但是,这个"四大副刊"的说法起于何时?却一直未有定论。

新文学界最初提到五四时期有影响力的文学副刊,其实只有三家,《京报副刊》并不包括在内。朱自清在1929年写的清华大学国文系讲义《中国新文学研究纲要》中,介绍"五四运动时期"的文学副刊时,就是这样表述的:"日报的附张——北京《晨报副刊》,上海《民国日报·觉悟》,《时事新报·学灯》。"②

迄今所见到的最早把《京报副刊》归入"四大副刊"的提法源自沈从文。1946年10月17日,沈从文在北京写下了他接编天津《益世报·文学周刊》的《编者言》,文中有如下一段话:

---

① 《晨报》和《京报》在北京出版,《时事新报》和《民国日报》在上海出版。
② 朱自清:《中国新文学研究纲要·总论》,《朱自清全集》第8卷,南京:江苏教育出版社,1993年5月初版,第77页。

在中国报业史上，副刊原有它的光荣时代，即从五四到北伐。北京的《晨副》和《京副》，上海的《觉悟》和《学灯》，当时用一个综合性方式和读者对面，实支配了全国知识分子兴味和信仰。①

这是首次把《京副》即《京报副刊》和《晨报副刊》《时事新报·学灯》《民国日报·觉悟》相提并论，并且对它们的历史作用作了很高的评价，虽然并未直接提出"四大副刊"这个说法。

九年之后，曹聚仁在香港写他"一个人的文学史"《文坛五十年》。书中专设两章，即第廿五章"觉悟与学灯"和第廿六章"北晨与京报"，讨论五四运动以后有代表性的副刊。曹聚仁认为孙伏园主编的"北京《晨报副刊》，那是新文学运动在北方的堡垒"，"到了一九二五年十月间，由徐志摩主编，也还是继承着文学革命的任务。孙伏园走出了《晨副》，接编北京《京报副刊》，也就是《晨报》那一副精神"。②可见曹聚仁实际上也认同"四大副刊"的说法。

到了1979年，北京三联书店出版《五四时期期刊介绍》。该书介绍《晨报副刊》时，如下一段话值得特别注意：

---

① 从文：《编者言》，天津：《益世报·文学周刊》1946年10月20日第11期。转引自《沈从文全集》第16卷，太原：北岳文艺出版社，2002年12月初版，第447页。

② 曹聚仁：《北晨与京报》，《文坛五十年（正集）》，香港：新文化出版社，1955年5月初版，第159页。

自《晨报》（一九二一年十月十二日）改革第七版之后，不少报纸也随之改进了副刊。上海的《民国日报》从一九一九年六月取消了常刊载黄色材料的《国民闲话》和《民国小说》两副刊，改出《觉悟》，开始宣传新文化和介绍有关社会主义思想的材料，在一九二五年以前，长期起过进步作用。上海《时事新报》（也是研究系的报纸），自一九一八年三月便创办《学灯》副刊。《晨报》副刊改革后，也实行革新，传播科学知识和资产阶级哲学文艺思想。这些副刊和一九二四年十二月出版的《京报副刊》一起，被称为五四时期中的"四大副刊"。①

　　这是目前所看到的首次明确把《京报副刊》与《民国日报·觉悟》《时事新报·学灯》《晨报副刊》归并在一起，正式提出了"四大副刊"之说。因此，在新的史料尚未出现之前，五四时期"四大副刊"的提法只能定为起始于1970年代末。当然，《京报副刊》列为"四大副刊"之一，无论就其当时的成就和后来的文学史地位，都是当之无愧的。

二

　　《京报副刊》作为邵飘萍主办的《京报》的副刊，1924年12月

---

① 中共中央马克思、恩格斯、列宁、斯大林著作编译局研究室：《晨报副刊》，《五四时期期刊介绍》第1集上册，北京：生活·读书·新知三联书店，1979年8月初版，第100页。

5日创刊于北京，孙伏园主编。孙伏园原为《晨报副刊》编辑，如果他不离开《晨报副刊》，《京报副刊》就不会诞生。因此，要厘清《京报副刊》的创刊过程，就必须追溯孙伏园何以离开《晨报副刊》，对此，已有不少研究者作过颇有价值的梳理。①不过，仍可以再作进一步查考，尽可能发掘尚未被研究者注意而几近湮没的历史细节。

1921年10月21日，北京《晨报》第七版"文艺栏"改版为单张四版的《晨报副刊》，由原协助李大钊编辑"文艺栏"的孙伏园担任编辑。在孙伏园的精心主持下，在周氏兄弟等的倾力支持下，《晨报副刊》办得风生水起，成为中国现代知识分子传播新思想、新知识、新文艺的重要的公共空间。谁知到了1924年10月，因鲁迅打油诗《我的失恋》无法在《晨报副刊》刊出，已经陆续刊登的周作人等人的《徐文长的故事》也被晨报社方叫停，孙伏园愤而辞职了。关于此事的来龙去脉，被广泛引用的是孙伏园1950年代的回忆：

> 一九二四年十月，鲁迅先生写了一首诗《我的失恋》，寄给了《晨报副刊》。稿已经发排，在见报的头天晚上，我到报馆看大样时，鲁迅先生的诗被代理总编辑刘勉己抽掉了，抽去

---

① 参见吕晓英：《副刊掌门·主编〈京报副刊〉》，《孙伏园评传》，北京：中国社会科学出版社，2011年11月初版，第49—61页；陈捷：《〈京报副刊〉综述》，《史料与阐释》2012卷合刊本，上海：复旦大学出版社，2014年6月初版，第347—357页。

这稿,我已经按捺不住火气,再加上刘勉己又跑来说那首诗实在要不得,但吞吞吐吐地又说不出何以"要不得"的理由来,于是我气极了,就顺手打了他一个嘴巴,还追着大骂他一顿。第二天我气忿忿地跑到鲁迅先生的寓所,告诉他"我辞职了"。鲁迅先生认为这事和他有关,心里有些不安,给了我很大的安慰。事情虽是从鲁迅先生的文章开始,但实际上却是民主思想和封建思想的斗争。①

但是,孙伏园在事发仅一年之后所作《京副一周年》中的回忆却是这样的:

> 鲁迅先生做好这诗以后,就寄给我以备登入《晨报副刊》。那时我的编辑时间也与现在一样,自上午九点至下午两点。两点以后,我发完稿便走了,直到晚上八点才回馆看大样。去年十月的某天,就是发出鲁迅先生《我的失恋》一诗的那天,我照例于八点到馆看大样去了。大样上没有别的特别处理,只少了一篇鲁迅先生的诗,和多了一篇什么人的评论。少登一篇稿子是常事,本已给校对者以范围内的自由,遇稿过多时,有几篇本来不妨不登的。但去年十月某日的事,却不能与平日相提并论,不是因为稿多而被校对抽去的,因为校对报告

---

① 孙伏园:《鲁迅和当年北京的几个副刊》,子禾记,《北京日报》1956年10月17日。转引自孙伏园:《鲁迅先生二三事》,长沙:湖南人民出版社,1980年5月初版,第65页。

我：这篇诗稿是被代理总编辑刘勉己先生抽去了。"抽去!"这是何等重大的事!但我究竟已经不是青年了,听完话只是按捺着气,依然伏在案头上看大样。我正想看他补进的是一篇什么东西,这时候刘勉己先生来了,慌慌忙忙的,连说鲁迅的那首诗实在要不得,所以由他代为抽去了。但他只是吞吞吐吐的,也说不出何以"要不得"的缘故来。这时我的少年火气,实在有些按捺不住了,一举手就要打他的嘴巴。(这是我生平未有的耻辱。如果还有一点人气,对于这种耻辱当然非昭雪不可的。)但是那时他不知怎样一躲闪,便抽身走了。我在后面紧追着,一直追到编辑部。别的同事硬把我拦住,使我不得动手,我遂只得大骂他一顿。同事把我拉出编辑部,劝进我的住室,第二天我便辞去《晨报副刊》的编辑了。……我今天提到这件事,并不因为这也是我的生活史上重要的一页,而是因为有了这件事才有今日的《京报副刊》周年纪念日。《京报》自然在无论什么时候都可以出它的副刊,但倘没有这件事,《京副》与"伏园"或者不发生什么关系,"十二月五日"与"《京报副刊》周年纪念"或者也不发生什么关系。不但此也,因为我的"晨副事件"而人人(姑且学说大话)感到自由发表文字的机关之不可少,于是第一个就是《语丝》周刊出版。《语丝》第五十四期里,周岂明先生已经提起这件旧事。所谓"这件旧事"者,关于上面所讲鲁迅先生《我的失恋》一诗还只能算作大半件,那小半件是关于岂明先生的《徐文长的故事》,岂明先生所说一点儿也不错的。不过讨厌《我的失恋》的是刘勉己先生，讨厌《徐文长的故事》的是刘崧先生罢了。①

两相对照，可以清楚地看到孙伏园与《晨报》代总编辑刘勉己发生冲突并且决裂的原因，他最初提供的也是最可信的说法有两个，主要原因也即导火线是鲁迅《我的失恋》被"抽去"不能发表，次要原因是周作人等人的《徐文长的故事》被叫停。②有必要补充的是这个次要原因披露时间还早于主要原因，周作人《答伏园论"语丝的文体"》中已经说得很清楚："当初你在编辑《晨报副刊》，登载我的《徐文长故事》，不知怎地触犯了《晨报》主人的忌讳，命令禁止续载，其后不久你的瓷饭碗也敲破了事。"③此文比孙伏园《京副一周年》早发表十四天，正可互相印证。但是，到了1950年代以后，次要原因却消失得无影无踪，鲁迅《我的失恋》不能发表成了孙伏园离开《晨报副刊》唯一的原因。这是不符合史实的，应该澄清。

按照孙伏园在《京报一周年》中所说，与刘勉己冲突的第二天，他就辞去了《晨报副刊》编辑职务。周作人日记1924年10月24日云："伏园来，云已出晨报社，在川岛处住一宿。"鲁迅日记

---

① 伏园：《京副一周年》，《京报副刊》1925年12月5日第349号。
② 《晨报副刊》1924年7月9日、10日连载周作人以"朴念仁"笔名写的《徐文长的故事》，7月12日又发表林兰女士受周作人之文启发写的《徐文长的故事》，7月14日发表青人的《再谈徐文长的故事》，7月15日发表李小阿的《徐文长的故事》等，然后戛然而止。
③ 岂明：《答伏园论"语丝的文体"》，《语丝》1925年11月23日第54期。

1924年10月25日也云:"午后伏园来。"这两条日记提供了重要的时间节点,由此应可推测,在辞去《晨报副刊》编辑后,孙伏园立即先后走访周作人和鲁迅报告此事。那么,孙伏园为鲁迅《我的失恋》与刘勉己当面冲突的日期往前推算,就当为1924年10月23日,也即10月23日晚,孙刘发生冲突,24日孙向刘提出辞呈后离开晨报社,即赴周作人寓通报,25日又赴鲁迅寓通报。至于此事向文坛公开,则要等到一周以后了,《晨报副刊》1924年10月31日第四版刊出了《孙伏园启事》:"我已辞去《晨报》编辑职务,此后本刊稿件请直寄《晨报》编辑部。"

孙伏园离开《晨报副刊》之后,频繁拜访周氏兄弟等,酝酿创办新的能够"自由发表文字的机关"。很快,1924年11月2日周作人日记云:"下午……又至开成北楼,同玄同、伏园、小峰、矛尘、绍原、颉刚诸人议刊小周刊事,定名曰《语丝》,大约十七日出板。"第2天鲁迅日记云:"上午……孙伏园来。"这应是孙伏园向鲁迅汇报昨天的《语丝》筹备会。该年11月17日,《语丝》周刊果然按计划在北京应运而生,孙伏园全力投入《语丝》的编辑。然而,历史又向他提供了一个新的主编副刊的机会。

三

讨论《京报副刊》的创办,除了孙伏园和周氏兄弟,还不能遗漏一个人,那就是当时与《京报》有关系的文学青年荆有麟。荆有麟1940年代出版了一部《鲁迅回忆》,书中有专章回忆《京报副刊》的创刊。在"《京报》的崛起"这一章中,荆有麟回忆在世界语专门学校听鲁迅讲课时得悉孙伏园离开《晨报副刊》,就与一起编《劳动文艺周刊》(《京报》代为发行)的胡崇轩(胡也频)、项亦愚商议,拟请孙伏园为《京报》新编副刊:

> 我们当时对于《京报》很关心,时时向《京报》主人邵飘萍先生,提供改革意见。这一次,听见孙伏园离开《晨报》了,很想要《京报》创刊一个副刊,请孙伏园作编辑,三个人谈论的结果,觉得这办法很好,但有问题的,是《京报》请不请孙伏园呢?假使《京报》愿请孙伏园,而孙伏园又肯不肯干呢?两方面都没有把握。因为我们晓得:《京报》本来有副刊,不过它的副刊专登些赏花或捧女戏子的文章,而编此副刊者,又系与邵飘萍很有交情,且在《京报》服务多年的徐凌霄。那么,邵飘萍肯不肯停了徐凌霄所编的副刊,而另请孙伏园呢?而且伏园本人,我们都不认识他,万一邵飘萍答应请他,谁又有方法也使他答应呢?但即就是有这些困难吧,我终于大胆地找邵飘萍去。
>
> 我对邵飘萍述说了孙伏园向晨报馆辞职的经过,并告诉他《京报》应该借此机会,请伏园代办一种副刊,意外地,邵飘萍马上首肯了。而且他还说:
>
> "我想:除请孙伏园先生编副刊外,《京报》还可仿照上海《民国日报》办法,再出七种附刊,每天一种,周而复始。这样,可以供给一般学术团体,发表他们平素所研究的专门

学问。"

"能这样，当然更好。"

"那么，我们就这样决定：本报副刊，就请贵友孙伏园先生担任编辑。另外，七种附刊，请你设法相帮找一两个，我这里也有几个团体接过头。本报也预备出一种图画周刊，大约七种附刊，不会成问题。"

这真使我一则以喜，一则以惧，喜的是：《京报》愿担负起倡提新文化的使命。但伏园，在当时，不特不是"我的朋友"，是连一面之缘都没有，这却不能不使我恐慌起来了。

我抱着这种矛盾的心情，走出京报馆的门，看时间，已是夜里九点钟了。想着：鲁迅先生还未到睡觉期间，还是找他商议罢。

这件事，也是出乎鲁迅先生意外的，所以在我讲完了见邵飘萍的经过，并说明我根本不认识孙伏园时，鲁迅先生这样说：

"不要紧，我代你们介绍。我想：伏园大概没有问题罢？他现在除筹办《语丝》外，也还没有其他工作。我明天去找他来。你明天晚上到这里吃晚饭。"

我这一次，却是抱着愉快的心情走回去。第二天，也将这经过，告诉了胡也频与项亦愚，自然在吃晚饭前，赶到了鲁迅先生家里，会我久已仰慕的孙伏园先生。

要解决的事情，鲁迅先生早已同伏园说过，所以我也不必再重复，吃饭时，伏园就首先告诉我，他已同意。我说：

"那么，我明天告诉邵飘萍，再同他约好时间，你们先见见面。"

"那又何必呢？"鲁迅先生放下酒杯，突然插言，"邵飘萍是新闻记者，一天到晚，跑来跑去的，你我他，还得找伏园。有多麻烦？我看吃完饭，你们俩去看他，一下就决定了。"

伏园看着鲁迅先生这样力成其事，他当然也不好表示异意，所以他接着说：

"这样也好，那又要烦劳你跑一趟了。"

其实，不必说跑一趟，就是跑十趟，我也是愿意的。因为事情能成功，我们就可以看到一般学者及文人的高论与出色的创作。而我们一般青年，也可以有发言的地方了。于是一吃完饭，我就同伏园赶到了京报馆。邵飘萍刚好正在馆。

飘萍热烈地欢迎伏园进京报馆，在谈过办法，薪俸，稿费等条件后，飘萍还说：

"那么，我们现在就开始筹备罢。下一星期出版。"①

之所以如此具体地引录荆有麟的回忆，因为这是迄今为止关于《京报副刊》创刊的唯一详细而完整的追述。据荆有麟在《鲁迅回忆·题记》中所忆，他写这部回忆录，正是听孙伏园所说"关于先

---

① 荆有麟：《〈京报〉的崛起》，《鲁迅回忆》，上海：上海杂志公司，1947年复兴一版，第94—97页。《鲁迅回忆》1943年11月初版时书名《鲁迅回忆断片》，复兴一版时改为现名。

生（指鲁迅——笔者注）什么，应该写一点出来"①而得到启发。《鲁迅回忆》印行过两版，孙伏园应有机会读到，如荆有麟关于《京报副刊》创刊过程的回忆与事实有所出入，孙伏园不会不表示异议。由此可见，荆有麟的回忆基本是可靠的，可信的。而且，他的回忆从鲁迅日记也得到了进一步的证实。

1924年11月间的鲁迅日记有多条荆有麟、孙伏园到访的记载，但有两条引人注目，即11月24日，"午后荆有麟来……夜孙伏园来"；11月25日，"晚伏园来。荆有麟来。"荆有麟的回忆不是说他当时与邵飘萍谈妥后即访鲁迅，鲁迅对请孙伏园出山主编《京报副刊》表示支持，即约孙、荆两人次日晚饭商议吗？鲁迅日记这两个时间节点正与荆的回忆大致吻合，唯一不同的是荆有麟回忆前一天晚访鲁迅，而鲁迅日记所记是前一天"午后"荆有麟来访。不过，这可能是荆有麟记误。前一天晚上孙伏园正好访鲁迅，鲁迅正可与其先谈荆有麟下午来访的提议，然后次日晚孙、荆在鲁迅处首次见面商定，当晚孙、荆立即再访邵飘萍，这样不是更为合乎情理吗？何况整个11月间，鲁迅日记中孙、荆晚上同访鲁迅仅此一次，11月25日晚到12月5日《京报副刊》诞生又时间相距最近。因此，可以推断1924年11月25日晚对《京报副刊》的诞生是个关键时刻。

总之，创办《京报副刊》的动议出之于荆有麟等文学青年，得到了《京报》主人邵飘萍的首肯，又得到了鲁迅的支持，孙伏园本

---

① 荆有麟：《题记》，《鲁迅回忆》，第3页。

人也乐于重操旧业。于是,在荆有麟的奔走下,在相关各方的共同努力下,孙伏园主编的第二个"自由发表文字的机关"《京报副刊》终于水到渠成,横空出世。

四

新创刊的《京报副刊》为16开本,日出一号,每号八版,单独装订,随《京报》赠阅。每月一册合订本则独立出售。1924年12月5日创刊号上,孙伏园以"记者"笔名发表了《理想中的日报附张》,在简要回顾民国初期报纸副刊的得失之后,就以五四时期产生了重要影响的《民国日报·觉悟》《时事新报·学灯》《晨报副刊》为例,强调"理想中的日报附张"也即副刊应该做到:

一、"宗教,哲学,科学,文学,美术等""兼收并蓄",力求"避去教科书或讲义式的艰深沉闷的弊病",对"与日常生活有关的,引人研究之趣味的,或至少艰深的学术而能用平易有趣之笔表述的",也表示欢迎。

二、副刊的"正当作用就是供给人以娱乐",所以"文学艺术这一类的作品",理应是副刊的"主要部分,比学术思想的作品尤为重要"。当然,"文学艺术的文字与学术思想的文字能够打通是最好了",而就"文艺论文艺,那么,文艺与人生是无论如何不能脱离的"。

三、副刊的另一"主要部分,就是短篇的批评"。因为"无论对于社会,对于学术,对于思想,对于文学艺术,对于出版书籍",副刊"本就负有批评的责任",这是必须提倡和坚持的。

四、就文艺作品而言,副刊对于"不成形的小说,伸长了的短诗,不能演的短剧,描写风景人情的游记,和饶有文艺趣味的散文"等,也应给予关注,"多多征求并登载"。而副刊也"不能全是短篇",只要"内容不与日常生活相离太远",那么,"一月登完的作品并不算长"。①

孙伏园提出的编辑《京报副刊》的这四条"理想",不妨称之为他编辑副刊的四项基本原则。显而易见,他要通过贯彻这四项原则,搭建一个至少与他以前所编的《晨报副刊》一样,甚至更为宽广更具特色的平台,也就是把《京报副刊》办成更大更好的"自由发表文字的机关"。这是孙伏园的雄心壮志。综观一年又四个月,总共477号《京报副刊》,他预设的目标在相当程度上达到了。

《京报副刊》的作者阵容强大,自梁启超、蔡元培以降,《新青年》同人中的鲁迅、周作人、胡适、钱玄同、刘半农,《语丝》同人中的林语堂、川岛、江绍原、顾颉刚、孙福熙、李小峰等,还有吴稚晖、许寿裳、马幼渔、沈兼士、钱稻孙等,五四培养的一代新文学作家王统照、鲁彦、汪静之、许钦文、蹇先艾、韦素园、台静农、李霁野、高长虹、石评梅、陈学昭、黎锦明、焦菊隐、朱大

---

① 以上引自记者:《理想的报纸附刊》,《京报副刊》1924年12月5日第1号。

枬、向培良、章衣萍、吴曙天、冯文炳（废名）、尚钺、毕树棠、金满成、杨丙辰、荆有麟、胡崇轩（胡也频）等，后来在学术研究上卓有建树的丁文江、王森然、马寅初、俞平伯、张竞生、张东荪、张申府、容肇祖、吴承仕、邓以蛰、董作宾、魏建功、钟敬文、刘大杰、冯沅君、简又文、罗庸等，以及新月社和与新月社关系密切的徐志摩、闻一多、朱湘、饶孟侃、余上沅、子潜（孙大雨）、丁西林、彭基相等，《京报》主人邵飘萍自不必说，都在《京副》上亮过相。当时北京学界文坛的精英和后起之秀很大部分成为《京副》的作者，这无疑说明《京副》不囿于门户，不党同伐异，而是一视同仁，完全开放的。

当然，周氏兄弟对《京副》的鼎力支持至关重要。1924年12月5日《京副》创刊号上就有周作人以"开明"笔名发表的《什么字》。12月7日《京副》第三号也发表了鲁迅翻译的荷兰Multatuli作《高尚生活》。从此，周氏兄弟不约而同，成为《京副》的主要作者。据粗略统计，鲁迅在《京副》发表的著译多达五十余篇（包括连载译文在内）；周作人则更多，不断变换笔名发表的各类文字高达八十余篇。而且两人都有同一天在《京副》发表二文的记录。鲁迅有名的《未有天才之前》《青年必读书》《忽然想到》（一至九）和译文《出了象牙之塔》，周作人有名的《论国民文学》《国语文学谈》《与友人论章杨书》等，均刊于《京副》。周作人发表于《京副》的最后一文是1926年4月12日第465号的《恕陈源》，鲁迅发表于《京副》的最后一文则是同年4月16日第469号的《大衍发微》，八天之后，《京副》就被迫停刊了。应该可以这样说，周氏兄弟与《京副》的命运共始终。

正如孙伏园所设计的，作为大型的以文艺为主的综合性副刊，《京副》对新文学范畴内的小说、诗歌、散文、剧本、杂文、文艺理论、书评及外国文学翻译给予了足够的重视，对传统文化范畴内的国学、史学、古典文学、音韵文字学、考古学、佛学、医学等等，也给予了必要的关注，而对包括马克思主义、无政府主义、国家主义在内的西方哲学、历史学、政治学、教育学、心理学、逻辑学、新闻学、经济学、伦理学、宗教学、人类学、民族学、民俗学、艺术学、美学乃至性学，还有不少门类的自然科学，或评述或翻译，同样十分注重。而且，孙伏园力求"各方面的言论都能容纳"，[1]鼓励文艺学术上的争鸣诘难。特别是孙伏园1925年1月策划了声势浩大的"青年必读书"和"青年爱读书""二大征求"，七十余位知名专家学者，三百余位青年的应征文字陆续在《京副》刊出。鲁迅提出"我以为要少——或者竟不——看中国书，多看外国书"的主张，[2]引起激烈争论，论争文章多达六十余篇，成为当时中国学界的一桩公案，影响深远。而1925年5月至8月由顾颉刚主持的六期"妙香山进香专号"民间风俗信仰调查，1926年1月至3月的《京副》"周年纪念论文"系列等，也都颇具规模，可圈可点。

与此同时，《京副》也敢于直面现实，介入现实，孙伏园就曾严

---

[1] 钱玄同评《京报副刊》语，转引自伏园：《京副一周年》，《京报副刊》1925年12月5日第349号。

[2] 鲁迅先生选：《青年必读书》，《京报副刊》1925年2月21日第67号。

正宣告,"对于国家大事,我们也绝不肯丢在脑后"。① 对当时震动全国的"女师大事件""三·一八"惨案、"五卅"惨案等重大事件,《京副》都及时作出强烈反应。针对"五卅"惨案,《京副》先后推出"上海惨剧特刊""沪汉后援特刊""救国特刊"和"反抗英日强权特刊"等多期,旗帜鲜明地站在被压迫者这一边,支持爱国救亡,这在"四大副刊"史上颇为难得。

总之,《京副》后来居上,在推动新文学多样化进程,建构当时中国社会文化、政治公共空间方面作出了可贵的努力。《京报》也因《京副》而销路大增,不胫而走,青年人"纷纷退《晨报》而订《京报》","于是《京报》风靡北方了,终至发生'纸贵洛阳'现象,因为它在文化上实在起了重大作用"。②

然而,《京报》包括《京报副刊》的激进批判姿态,引起正在混战的北洋军阀的忌恨。1926年4月24日,《京报》突遭查封,26日《京报》主人邵飘萍被奉系军阀杀害。一夜之间,《京报副刊》在出版了477号之后划上休止符,结束了它的历史使命。

1920年代新文学"四大副刊"中,《京报副刊》虽然创刊时间最晚,存在时间也最短,但在当时中国知识界所发挥的作用,所产生的影响,却并不亚于另外三种。近年来海内外中国现代文学和文化研究界开始注意到《京报副刊》,意识到可把《京副》视为

---

① 伏园:《引言》,《京报副刊》1925年6月8日第173号"上海惨剧特刊(一)"。
② 荆有麟:《〈京报副刊〉的崛起》,《鲁迅回忆》,第100页。

1920年代中期中国文化场域整体结构的又一个重要部分来加以考察，以《京副》为对象的硕、博士论文和专题研究已经越来越多，有阐释《京副》的媒介性质及文化角色的，有探讨《京副》在新文学进程中的作用的，也有爬梳《京副》与《语丝》的互动关系的，甚至《京副》的合订本、"刊中刊"现象等等也进入了研究者的视野。但是，九十余个春秋过去了，寻找一套完整的《京报副刊》已经不易，影印全套《京报副刊》正逢其时。在笔者看来，《京报副刊》影印本的出版将促进对中国现代思想史、文学史、学术史、副刊史和知识分子心态史的研究，这是完全可以预期的。

重说《论语》半月刊

距今八十二年前的1932年9月16日,上海文坛出现了一份崭新的刊物——《论语》半月刊,主编林语堂。① 《论语》的创刊,大大改写了1930年代上海的文学地图。

1932年1月上海"一·二八"事变之后,由于商务印书馆毁于日本侵略军炮火,中国现代文学重镇的文学研究会机关刊物——改革后的《小说月报》被迫停刊。为了填补这个空白,短短四个月后,施蛰存主编的大型文学月刊《现代》在上海问世。然而,这毕竟只是一枝独秀。又过了四个月,《论语》半月刊创刊。再过了十个月,"上海文学社"实为傅东华主编的大型文学月刊《文学》也创刊了。上海文坛终于形成了《现代》《论语》《文学》三大刊物鼎立的新格局。

---

① 一般认为,《论语》自创刊号起至第廿六期止,由林语堂主编,创刊号即署名"主编 林语堂 经理孙斯鸣"。但邵洵美另有说法:"《论语》创刊于二十一年九月。最先的几期是章克标先生编辑的。后来他为了要专心撰著《文坛登龙术》,于是由孙斯鸣先生负责。到了十几期以后,方由林语堂先生来接替。"《一年〈论语〉·〈论语〉简史》,《论语》1947年12月1日第142期(复刊周年特大号)。林达祖在《沪上名刊〈论语〉谈往》(上海:上海书店出版社,2008年6月初版)第二章"《论语》的九位编辑"中也采用此说。

对《论语》的创办,当事人留下来不少回忆,大致相同又不尽相同。据《论语》同人章克标晚年回忆,1932年夏天,他与林语堂、李青崖、沈有乾、全增嘏等位在邵洵美寓,"一面纳凉一面闲话,大家提出要做一本杂志消消闲,发发牢骚,解解闷气,是'同人'刊物的样子"。①不过,郁达夫1936年2月在接编《论语》时公开说过:"《论语》出世的时候,第一次在洵美的那间客室里开会,我也是叨陪末座的一个。"②而在更早的时候,林语堂这样表述:"《论语》地盘向来完全公开。所谓'社'者,全、潘、李、邵、章诸先生共同发起赞助之谓也。"③章克标在《论语》创办一年半之后的回忆又是这样说的:《论语》"最后一次的预备会仍在洵美家中举行,除语堂,增嘏,光旦,青崖,达夫,斯鸣外,尚有画人光宇振宇文农等多人,大家决定办一个刊物"。④由此看来,如果说林语堂、全增嘏、潘光旦、李青崖、邵洵美、章克标、郁达夫、孙斯鸣等人都是创办《论语》的骨干,张光宇、张正宇、黄文农等人也不同程度地参与了《论语》的创办,也许是比较符合史实的。

不管怎样,《论语》和"论语社"应运而生了。"论语"刊名是章克标想出来的,他当时"忽然从林语堂的姓名'林语'两字想到

---

① 章克标:《〈论语〉半月刊》,《章克标文集》(下册),上海:上海社会科学院出版社,2003年1月初版,第159、161页。此文中又提到画家张光宇、正宇兄弟,"一定会参加夜晚纳凉谈话会,但他们不写文章"。在另一篇《林语堂两则》中,他还提到林微音也在《论语》"开始"时即参加了。《章克标文集》(下册),第394页。
② 郁达夫:《继编〈论语〉的话》,《论语》1936年3月1日第83期。
③ 语堂:《与陶亢德书》,《论语》1933年11月1日第28期。
④ 章克标:《林语堂先生台核》,《十日谈》1934年7月10日第34期。

了声音相近似的'论语',心里想大家不是又论又议,有论有语?干脆借用中国人全不生疏的孔夫子的'论语'来做刊名,岂不很好?"①封面上的"论语"两字由林语堂选用郑孝胥的法书,刊物则先由中国美术刊行社后由邵洵美主持的上海时代图书公司发行。

《论语》的问世,圆了林语堂的一个梦。其时林语堂在海上文坛锋头甚健,但他与鲁迅、郁达夫等友人不同,从未编过文学杂志,《论语》的创办,是他主编文学杂志的首次尝试,而且一炮走红。林语堂之后续编《人间世》,再编《宇宙风》,不能说与《论语》无关,《论语》是他成功的第一步。

《论语》的问世,也为林语堂提倡"幽默"提供了一个新的平台。林语堂一直是"幽默"的身体力行者,把英文 Humour 译成"幽默"就出自林语堂之手。早在 1924 年 5 月 23 日和 6 月 9 日,他就在北京《晨报副镌》接连发表《征译散文并提倡"幽默"》和《幽默杂话》,认为"中国文学史上及今日文学界的一个最大缺憾"就是不讨论、不欣赏"幽默"(Humour)。②因此,他主编《论语》,一开始就旗帜鲜明地提出:"《论语》半月刊以提倡幽默文字为主要目标。"③在《论语》最初几期,林语堂在《缘起》《我们的态度》和《编辑滋味》等一系列文章中反复申明这个观点。当他把《论语》具体编务移交给陶亢德时,又对《论语》的性质和编辑方针等作了

---

① 章克标:《〈论语〉半月刊》,《章克标文集》(下册),第 160 页。
② 林玉堂(林语堂):《征译散文并提倡"幽默"》,《晨报副镌》1924 年 5 月 23 日。
③ 本社同人(林语堂):《我们的态度》,《论语》1932 年 10 月 16 日第 3 期。

进一步的阐释:

《论语》个性最强,却不易描写,不易描写,即系个性强,喜怒哀乐,不尽与人同也。其正经处比人正经,闲适处比人闲适。或余心苦,而人将疑为存意骂老朽,或余心乐,而人将疑为偷闲学少年。然苦乐我自尝之,不求人理会,人亦未必理会。或有人所视为并不幽默者,我必登之,或有视之为荒唐者,我必录之。此中景况,惟有神会,难以形容。大概有性灵,有骨气,有见解,有闲适气味者必录之;萎靡,疲弱,寒酸,血亏者必弃之。其景况适如风雨之夕,好友几人,密室闲谈,全无道学气味,而所谈未尝不涉及天地间至理,全无油腔滑调,然亦未尝不嬉笑怒骂,而斤斤以陶情笑谑为戒也。"两脚踏东西文化,一心评宇宙文章",是吾辈纵谈之范围与态度也。①

当然,到底什么样的文章才算"幽默文学",自可见仁见智。纵观《论语》发表的文字,确实有油滑无聊之作,也决非篇篇"幽默",如创刊号发表的郁达夫的名作《钓台的春昼》,就是一篇慷慨激昂、直指时弊之作。但是,如果把自《论语》创刊号起,林语堂所发表的《中国何以没有民治》《脸与法制》《又来宪法》等一系列"论语"专栏杂文,《阿芳》《萨天师语录》《上海之歌》等一大批散文等,结合当时的政治和社会背景加以系统考察,或许就会对林语

---

① 语堂:《与陶亢德书》,《论语》1933 年 11 月 1 日第 28 期。

堂如何实践他自己所主张的"幽默文字"以及可能隐藏在"幽默文字"背后的用意和所指有一个全新的认识。

根据1932年10月1日《论语》第二期刊出的"长期撰稿员"名单,《论语》最初的作者群除了发起人,主要由三部分人组成。首先为林语堂《语丝》时期的同人,包括刘半农、孙伏园、孙福熙、章川岛、俞平伯、章衣萍等,其次为《新月》同人,如刘英士等,还有与林语堂关系密切的赵元任、谢冰莹等,他们中的大部分确实成为《论语》"长期"的支持者。特别是后来朱佩弦(朱自清)、丰子恺、老舍等陆续加盟,又推出了写"京话"专栏的姚颖、写"西北风"和"东南风"专栏的大华烈士(简又文)、老向(王向辰)、海戈(张海平)、何容(何兆熊),以及徐訏、黄嘉德、黄嘉音、周劭等后起之秀,作者极一时之盛,以至当时海上文坛流传"论语八仙"之说,① 而林语堂晚年忆及《论语》的作者,仍颇为自得。②

---

① 五知:《瑶斋漫笔·新旧八仙考》,《逸经》1937年4月20日第28期。文中称:"林语堂氏提倡幽默,他办《论语》,风靡一时。世人以在《论语》上发表文字之台柱人物,拟为八仙,林氏亦供认不讳。……至去今夏,林氏将赴美,其漫画杂志始有《八仙过海图》,即麇登新八仙也。所拟为吕洞宾——林语堂,张果老——周作人,蓝采和——俞平伯,铁拐李——老舍,曹国舅——大华烈士,汉钟离——丰子恺,韩湘子——郁达夫,何仙姑——姚颖。此新八仙题名录,亦近年来文坛佳话也。"但《论语》的林语堂、陶亢德时期(第1至82期),周作人并未撰稿。

② 林语堂:《姚颖女士说大暑养生》,《无所不谈合集》(上),台北:台湾开明书店,1974年10月初版,第309页。文中称:"当时《论语》半月刊最出色的专栏就是'京话',编辑室中人及一般读者看到她(指姚颖——笔者注)的文章,总是眉飞色舞。我认为她是《论语》的一个重要台柱,与老舍、老向(王向辰)、何容诸老手差不多,而特别轻松自然。在我个人看来,她是能写出幽默文章谈言微中的一人。"

这里有必要简要梳理一下鲁迅与《论语》的关系。林语堂在鲁迅逝世后回忆："鲁迅与我相得者二次，疏离者二次，其即其离，皆出自然。"①《论语》半月刊的创办，正值鲁迅与林语堂第二次"相得"之时。在林语堂主编《论语》一年期间，鲁迅为之撰杂文五篇，即《学生和玉佛》《谁的矛盾》《由中国人的脚，推定中国人之非中庸，又由此推定孔夫子有胃病——"学匪"派考古学之一》《王化》《"论语一年"——借此又谈萧伯纳》，②以及复读者函一通，③这无疑应视为鲁迅对"老朋友"办杂志的支持，又何尝不可视为林语堂对鲁迅的支持？特别是《王化》一篇，鲁迅最初投给《申报·自由谈》，被国民政府新闻检查处查禁，改投《论语》，才得以刊出，④且编排在该期《论语》第二篇，可见编者之重视。这种情形与鲁迅另一篇名文《为了忘却的记念》辗转"两个杂志""不敢用"，改投施蛰存主编的《现代》始得刊出，庶几相似。⑤如果施蛰存发表《为了忘却的记念》被视为与鲁迅关系中的一个亮点，传为美谈，那么，林语堂同样冒着一定风险发表《王化》，不也应给予相同的评价吗？

然而，鲁迅对林语堂在《论语》上提倡"幽默"其实是不以为

---

① 林语堂：《悼鲁迅》，《宇宙风》半月刊1937年1月1日第32期。
② 依次发表于《论语》1933年2月16日第11期、3月1日第12期、3月16日第13期、6月1日第18期和9月16日第25期。
③ 即《通信（复魏猛克）》，《论语》1933年6月16日第19期。
④ 参见鲁迅：《王化》注释（1），《伪自由书》，《鲁迅全集》第5卷，北京：人民文学出版社，2005年11月初版，第144页。
⑤ 参见施蛰存：《关于鲁迅的一些回忆》，《沙上的脚迹》，沈阳：辽宁教育出版社，1995年3月初版，第112—115页。

然的,他在《"论语一年"》中直言不讳:"老实说罢,他所提倡的东西,我是常常反对的。先前,是对于'费厄泼赖',现在呢,就是'幽默'。"鲁迅不但明确表示"我不爱'幽默'",而且认为《论语》"要每月说出两本'幽默'来,倒未免有些'幽默'的气息",但究其实,"和'幽默'是并无什么瓜葛的"。①尽管如此,林语堂并不以为忤,照样发表鲁迅这篇"祝贺"《论语》创办一周年的文字。因此,必须承认,在《论语》前期,鲁迅和林语堂仍然求同存异,保持合作,两人的第二次"疏离",则要到林语堂创办《人间世》之后。②

《论语》创刊号一纸风行,多次重印,以至1933年也被称之为"幽默年"。1934年10月,林语堂因新创办《人间世》半月刊,把《论语》编务交给《论语》的作者陶亢德负责。陶亢德主编《论语》从1933年10月16日第27期起至1936年2月16日第82期止,他萧规曹随,尽心尽力,使《论语》稳步前行。因此,从创刊至第82期,应视为《论语》的林语堂、陶亢德时期。

自1936年3月1日第83期起,《论语》主编再次易人,由远在福州的郁达夫遥领。郁达夫发表《继编〈论语〉的话》,自认是"一个根本就缺少幽默性的笨者",同时透露"鲁迅先生有一次曾和我

---

① 鲁迅:《"论语一年"——借此又谈萧伯纳》,《南腔北调集》,《鲁迅全集》第4卷,第582页。
② 鲁迅1934年8月13日致曹聚仁函云:"语堂是我的老朋友,我应以朋友待之,当《人间世》还未出世,《论语》已很无聊时,曾经竭了我的诚意,写一封信,劝他放弃这玩意儿,我并不主张他去革命,拼死,只劝他译些英国文学名作,以他的英文程度,不但译本于今有用,在将来恐怕也有用的。他回我的信是说,这些事等他老了再说。"《鲁迅全集》第13卷,第198页。

谈及，说办定期刊物，最难以为继的有两种，一种是诗刊，一种是像《论语》那么专门幽默的什志；因为诗与幽默，都不是可以大量生产的货物"。①郁达夫并未真正"继编"《论语》，但"难以为继"还得继续，《论语》具体编务自第83期起就由邵洵美"偏劳"。是年8月，林语堂离沪赴美，虽然他后来仍时有佳作揭载于《论语》，《论语》的林语堂、陶亢德时期由此告一段落。到了1937年4月16日第110期，邵洵美邀请《论语》的作者林达祖参与编务，《论语》的邵洵美、林达祖时期就这样开始了。②

在创办之初和林语堂、陶亢德时期，《论语》设有"论语""雨花""古香斋""月旦精华""幽默文选""群言堂"等栏目，丰富多彩。而且，先后编选了"萧伯纳游华""西洋幽默""中国幽默"和"现代教育"（上下）等专号，"萧伯纳游华专号"影响尤其大。到了邵洵美、林达祖时期，在保持《论语》原有特色的同时，又不断有所调整和开拓。一方面，周作人、梁实秋、施蛰存等新加盟《论语》，另一方面不断推出新的专号，计有"鬼故事专号"（上下）"家的专号""灯的专号"等等，不但作者名家荟萃，而且知识性、趣味性和现实针对性兼而有之，均颇具创意。而邵洵美几乎每期都用心撰写"编辑随笔"，《论语》成为邵洵美倾注心血最多的名山事业。

全面抗战爆发，《论语》于1937年8月1日出版第117期后被迫休刊。这一休就是九年余。抗战胜利后的1946年12月1日，《论

---

① 郁达夫：《继编〈论语〉的话》，《论语》1936年3月1日第83期。
② 参见林达祖：《〈论语〉的九位编辑》和《我与邵洵美》，《沪上名刊〈论语〉谈往》，第20—91页。

语》在上海复刊（第118期）。复刊后的《论语》仍为半月刊，除最初五期由《论语》元老李青崖执编外，自1947年2月16日第123期起，邵洵美再次与林达祖搭档编辑，《论语》的邵洵美、林达祖时期得以顺利延续，直至1949年5月1日第176期。是年5月16日出版了第177期后，《论语》终于完成了其历史使命而寿终正寝。

《论语》的第二个邵洵美、林达祖时期，同样办得风生水起。不但许多《论语》"旧朋"一如既往继续支持，沈从文、顾仲彝、徐仲年、赵景深、许钦文等"新友"也加了盟，为人称道的《论语》编选"专号"的传统也得以发扬光大，"新年特大号""癖好专号""吃的专号""病的专号""复刊周年特大号""睡的专号""逃难专号"等等，一个接连一个，都编得有声有色。这些"专号"既关注社会现实，又贴近日常生活，有揭露，有调侃，有嘲讽，有针砭，大受当时读者欢迎。正如邵洵美自己所揭橥的，《论语》展示"一种写作的态度"，[1]力求达到站在"老百姓立场"的"现在我国态度最纯粹的一种定期刊物"的目标。[2]后来的研究者也指出："邵洵美最惊人之笔，是敢于在国民政府濒临溃败之际，决然地出一本《逃难专号》(1949年3月16日第173期《论语》)，向这个末日王朝敲响最后的丧钟。"[3]凡此种种，使复刊后的《论语》又成为1940年代后期上海文坛颇具影响力的杂志，与郑振铎、李健吾主编的《文艺复

---

[1] 邵洵美：《编辑随笔》，《论语》1947年2月16日第123期。
[2] 同上，1947年12月16日第143期。
[3] 谢其章：《序》，《自由谭：邵洵美作品系列·编辑随笔卷》，上海：上海书店出版社，2012年7月初版，第2页。

兴》和范泉主编的《文艺春秋》形成新的三足鼎立。

无论是前期即林语堂、陶亢德主编时期,还是后期即邵洵美、林达祖主编时期,《论语》还有一个一以贯之的鲜明特色,那就是坚持每期都发表数量可观的漫画作品,或也可称之为"幽默绘画"作品,从而颇收图文并茂之效,这在中国现代文学期刊史上也绝对称得上是独树一帜。

1932年9月16日《论语》创刊号就刊出了《逸园所见》《普通之留学生回国不知救国》《陶行知先生口中之中外读书不同》三幅小漫画,《逸园所见》署名"语堂",这是目前所见林语堂继"鲁迅先生打叭儿狗图"之后的第二幅漫画作品。①不过,这三幅漫画还都只是"补白"。自10月1日第2期起,《论语》就设立了"卡吞"专栏,这期"卡吞"栏一口气发表了《中国财政之一丝光明》《一言而可以兴邦,有诸?》等五幅漫画,其中三幅还占据了整版篇幅,《中国财政之一丝光明》又署名"语堂"。卡吞者,英文cartoon之中文音译,即漫画,尤其是政治性漫画之谓也。《论语》也确实如此,从开始至最后停刊,所发表的大大小小"卡吞"不但题材广泛,而且有许多是直接或间接揭露时弊、讽谕时政,尖锐得很。

《论语》"卡吞"栏的漫画作品,起初有一些转载自英美《笨拙》《纽约客》等欧美老牌幽默和文学杂志,不久原创作品不断增加。从1933年6月第18期起,《论语》"卡吞"栏的漫画就几乎全是国内漫画家的作品了,而且大都署了名。且不算林语堂的"客

---

① 林语堂:《林语堂绘鲁迅先生打叭儿狗图》,《京报副刊》1926年1月23日第393号。

串",粗略统计一下在《论语》上先后亮相的1930年代漫画家是件有趣的事。陈静生、胡同光、张振宇、黄嘉音、丰子恺、华君武、黄文农、鲁少飞、曹涵美、宣文杰、胡考、张乐平、刘元、廖冰（兄？）、艾中信、黄尧、丁聪、（陶）谋基等都是《论语》"卡吞"专栏的作者，还有不少显然是使用了笔名而一时无从查考的。这份名单如此骄人，后来在中国现当代漫画史上留下或深或浅印记的这么多漫画家，原来都与《论语》结缘。

《论语》当然是以文字为主，以"幽默文字"为主，但漫画也是其十分重要的组成部分。也许可以这样说，《论语》的漫画与《论语》的文字是相得益彰，互相发明，互为补充的，幽默与讽刺并举，讥嘲与笑谑共存。与出版时间稍早的《上海漫画》和稍后的《漫画生活》《时代漫画》等专门性的漫画杂志相比，《论语》的漫画也是自成格局，并不逊色。

除了中途休刊九年余，《论语》前后存世七年半，总共出版177期，而且自始至终都是定期按时出版的半月刊，这在20世纪上半叶的中国文学杂志中是较为少见的。它同时也是20世纪上半叶上海出版期数最多的现代文学刊物。《论语》大致分为林语堂、陶亢德时期和邵洵美、林达祖时期两大阶段，两个阶段既先后承继，又各有特色。《论语》的创刊在当时是异军突起，又因倡导"幽默"而备受争议，但作为自由主义知识分子主办的文学刊物，它还是坚持走自己的路，在中国现代文学期刊史上写下了浓重的一笔，也为现代文学多面相、多样化的发展提供了一种新的可能。

据 1960 年代的统计，当时内地收藏整套 177 期《论语》的仅有三家图书馆。①时光荏苒，而今若要查阅完整的《论语》恐更非易事。因此，上海书店出版社是次影印全套《论语》，可谓功德无量。

---

① 即上海图书馆、中国人民大学图书馆和吉林大学图书馆，参见《1833—1949 全国中文期刊联合目录》增订本，北京：书目文献出版社，1981 年 8 月初版，第 1239 页。

梁实秋与胎死腹中的《学文季刊》

《出版博物馆》2010年第1期刊出梁实秋1935年3月16日写给王平陵的一封信,信仅一页,毛笔所书,梁实秋的书法清逸潇洒,颇有看头,重要的还是信的内容:

平陵先生:

  惠示敬悉。《学文》出版事宜,蒙代介绍,至以为感。不知正中书局编辑事务,主持者何人,能见告否?兹另草计划一纸,附上备览,并盼鼎力玉成。《读书顾问》已收到一册,多谢!惟《文月》则久不见。哥戈尔小说译稿,现译者另有他用,屡函来索,敬请先生检还,务希见谅!

弟梁实秋顿首 三月十六
附函乞转

梁实秋当时在北京大学外文系执教。王平陵时任南京《文艺月刊》和《读书顾问》主编,还是正中书局出版委员,属于右翼文人群。梁实秋为何致函于他?信中开宗明义,提出拟创办《学文季刊》,请王平陵绍介正中书局出版,还希望其"鼎力玉成",信末并附有《〈学文季刊〉计划》两纸。可见这信虽然只有三言两语,却并非文人间的普通应酬,而是透露了20世纪30年代中国文坛一件说大不大,说小也不小的秘密。

既说梁实秋,当然必须提到他是"新月派"的中坚,他当年与鲁迅的论战,至今仍为论者所探讨辨析。"新月派"同人在1933年上海《新月》月刊停刊前后陆续"北上"青岛和北平。1934年5月,"新月派"新刊物《学文》月刊在北平创刊。《学文》不再公开亮出"新月"的招牌,但正如叶公超晚年所回忆的:"《学文》的创刊,可以说是继《新月》之后,代表了我们对文艺的主张和希望。"① "主张文艺自由"的《学文》其实文艺和学术并重,不但保留了《新月》几乎所有的主要人马,后期《新月》推出的新秀中书君(钱锺书)、卞之琳、曹葆华、孙毓棠、吴世昌等也继续在《学文》显身手,《学文》上还出现了季羡林、莲生(杨联陞)、徐芳和赵萝蕤等新面孔。但梁实秋只在《学文》月刊上发表了一篇译文,也许你想象不到,那是卡尔·马克思的《莎士比亚论金钱》!

《学文》月刊自第四期起因叶公超出国而由"闻一多、余上沅、吴世昌三先生代行负责",梁实秋并未参与其事。《学文》月刊总共也只出了四期就关门大吉。因此,梁实秋在1935年春计划再办《学文季刊》,表明"新月派"同人打算在文学创作和出版上再出发。

梁实秋亲拟的《〈学文季刊〉计划》证实了这一点。《计划》多

---

① 叶公超:《写在〈学文〉重印之前》,《学文月刊》影印本,台北:雕龙出版社,1977年11月初版。

达八条，关键是第一、二、八条，第一条系办刊宗旨：

> 学文季刊社现拟出版季刊一种，内容专载文学作品，对于左倾理论采坚决反对态度，与生活书店版之《文学季刊》态度不同。

梁实秋的态度很鲜明，一则《学文季刊》"专载文学作品"，不谈理论；二则他对"左倾理论""坚决反对"，认为郑振铎和章靳以主编、在北平出版、由生活书店代售的《文学季刊》对"左倾理论"持同情态度，为他所不取。第二条宣布："季刊由梁实秋任编辑，负全责"，换言之，这次是梁实秋亲自出马主编《学文季刊》了。第八条开列了"季刊约定撰稿人"，更有意思：

> 胡　适　杨振声　余上沅
> 闻一多　叶公超　陈梦家
> 饶子离　林徽音　谢冰心
> 梁实秋　赵少侯　沈从文
> 朱光潜　李长之　陈　铨等

这份名单确实耐人寻味。胡适、闻一多、余上沅、叶公超、饶子离（饶孟侃）、林徽因（林徽音）、沈从文、陈梦家和梁实秋本人都是公认的"新月派"代表人物，杨振声、谢冰心和陈铨也都在《新月》上发表过作品。这些作家的"新月派"色彩是如此强烈，其中除了谢冰心一位,也统统都是《学文》月刊的作者。朱光潜并非"新月派"中人,但叶公超的回忆无疑值得注意:"《学文》同人,除了《新月》的原班人马,新人中有个朱孟实(朱光潜——笔者注)先生。那时他刚回国不久,在北大教文艺心理。书教得很好,很叫座,北大师生很多自动去旁听他的课。我们邀请他加入我们的阵容,他自己也很乐意。他是生力军,有他参加,使《学文》增色匪浅。"①可是,遍查《学文》月刊,并无朱光潜的作品。尽管叶公超的回忆有所出入,这次朱光潜愿意加盟《学文季刊》该是真的了。赵少侯是翻译家,李长之后来被文学史家视为"京派"文学评论家,他们都与梁实秋个人过从甚密。《学文季刊》如若办成,朱、赵、李三位可能被文学史家归入后"新月派",或者还可能把《学文季刊》的"约定撰稿人"统名之曰"学文派"?

《学文季刊》有主编,有强大的作者阵容,有明确的办刊宗旨和具体设想,可谓"万事俱备,只欠东风"。但"东风"还是没有吹到,《学文季刊》最后未能办成。可能正中书局因办刊经费问题未能接受,也可能梁实秋和"新月派"同人后来又改变了想法,其中原因不得而知。但幸存的梁实秋此信和《〈学文季刊〉计划》,白纸黑字,终于在时隔七十五年之后使这段不为人知的现代文学史实浮出水面。文学史家一直以为,随着《学文》月刊停刊,"新月派"已经风流云散。然而,事实是《学文》月刊停刊半年后,梁实秋创意新办"专载文学作品"的《学文季刊》,"新月派"同人力图东山

---

① 叶公超:《写在〈学文〉重印之前》,《学文月刊》影印本。

再起。

　　胎死腹中的《学文季刊》成了梁实秋和"新月派"同人无法实现的梦想，也留给后人以想象的空间。两年又两个月以后，朱光潜主编的"京派"代表刊物《文学杂志》在上海创刊，《学文季刊》"约定撰稿人"中有一半包括梁实秋自己成了《文学杂志》的作者。不过，那已是另一个现代文坛故事了。

《野草》出版广告小考

鲁迅的散文诗集《野草》出版至今已经整整九十周年了。此书虽然在鲁迅生前出版的作品集中篇幅最为短小,在鲁迅文学创作史上却占着一个特殊而极为重要的位置。如何理解《野草》?海内外学界一直在认真探讨,新见迭出。笔者新近考定的鲁迅亲撰《野草》出版广告,或可视为对研究《野草》不无裨益的一个小小的新收获。

《野草》所收二十三篇散文诗最初陆续刊载于北京《语丝》周刊,第一篇《秋夜》刊于1924年12月1日《语丝》第三期,最后两篇《淡淡的血痕中》《一觉》同刊于1926年4月19日《语丝》第七十五期。① 四个月后,鲁迅就离京南下,执教于厦门大学国文系了。半年以后,鲁迅继续南下,于1927年1月到广州出任中山大学文学系主任。

正是在广州期间,鲁迅开始了《野草》的编订。具体的编辑过

---

① 《野草》首篇《秋夜》在《语丝》初刊时,总题为《野草》,分题《一 秋夜》。《影的告别》《求乞者》《我的失恋》三篇则在总题《野草》之下,分题《二 影的告别》《三 求乞者》《四 我的失恋》。自第五篇《复仇》起,才改题为《复仇——野草之五》,这个题式一直沿用到最后一篇《一觉》。由此可见,鲁迅创作《野草》,自一开始起就有了书名,这与他的其他作品集是有所不同的。

程，鲁迅日记并无详细的直接记载，但留下了关键的一条。1927年4月28日鲁迅日记云：

> 寄小峰信并《野草》稿子一本。①

显而易见，这天鲁迅把已经编好的《野草》书稿寄给还在北京的北新书局老板李小峰，交其付梓。而在此前两天，鲁迅完成了《〈野草〉题辞》。这篇有名的《题辞》篇末落款正是"一九二七年四月二十六日，鲁迅记于广州之白云楼上"，②在时间上完全衔接。

有必要指出的是，当时北京未名社曾有希望出版《野草》之议，负责未名社出版部的韦素园曾写信向鲁迅提出，以至鲁迅在1926年11月21日致韦素园信中明确表示："《野草》向登《语丝》，北新又印'乌合丛书'，不能忽然另出。《野草丛刊》也不妥。"③也就是说，鲁迅并未采纳韦素园的提议，仍打算把《野草》交给正印行《语丝》和出版"乌合丛书"的北新书局出版。后来《野草》果然作为"乌合丛书"第七种也即最后一种出版了。作为补偿，鲁迅把一直在未名社主办的《莽原》上连载的"旧事重提"系列散文交给未名社出版，书名改定为《朝花夕拾》，列为鲁迅自己主编的"未名新集"之一。

---

① 鲁迅：《鲁迅全集》第16卷（日记），北京：人民文学出版社，2005年11月初版，第19页。
② 鲁迅：《题辞》，《野草》，《鲁迅全集》第2卷，第164页。
③ 鲁迅：《261121致韦素园》，《鲁迅全集》第11卷（书信），第624页。

也因此，编定《野草》之后，鲁迅立即续编《朝花夕拾》。他在1927年5月1日所作的《〈朝花夕拾〉小引》中提到了他编辑这两部书稿时的心情："广州的天气热得真早……看看绿叶，编编旧稿，总算也在做一点事。做着这等事，真是虽生之日，犹死之年，很可以驱除炎热的。前天，已将《野草》编定了；这回便轮到陆续载在《莽原》上的'旧事重提'。"① 这"前天"即1927年4月29日，比寄出《野草》书稿的4月28日晚了一天，很可能是鲁迅笔误。

从鲁迅寄出《野草》书稿，直到1927年7月《野草》由北京北新书局推出初版本止，鲁迅与李小峰和上海北新书局的通信统计如下：

> 5月18日　得小峰信，八日发自上海。
> 5月19日　寄小峰信。
> 6月8日　复沪北新书局信。
> 6月18日　下午寄小峰信。
> 6月27日　寄小峰译稿三篇。
> 7月3日　晚寄小峰信。
> 7月9日　得小峰信，一日发。
> 7月19日　午后得小峰信，十三日发。

---

①　鲁迅：《小引》，《朝花夕拾》，《鲁迅全集》第2卷，第235页。

7月20日　寄小峰信。①

之所以不厌其烦地抄录鲁迅日记，无非是要证明，李小峰已在5月上旬从北京到了上海，负责上海北新书局和《北新》周刊的事务，而《野草》书稿则留在北京，仍由北京北新书局印行，《野草》初版本版权页上也已印明："北京东厂胡同西口外迤北　北新书局发行"，②鲁迅此时寄给上海李小峰的信和稿大都与向《北新》周刊投稿有关。

《野草》原计划作为鲁迅主编的"乌合丛书"第六种出版，2005年11月人民文学出版社出版的《鲁迅全集》第八卷《集外集拾遗补编》中，已收入了鲁迅所撰《〈未名丛刊〉与〈乌合丛书〉》印行书籍广告。这份广告初刊1926年7月未名社初版《关于鲁迅及其著作》（台静农编）版权页后的广告页。其时，《野草》并未编就，所以，"乌合丛书"的广告仅列入了前五种，即《呐喊》（鲁迅著，四版）《故乡》（许钦文著）《心的探险》（高长虹著）《飘渺的梦及其他》（向培良著）和《彷徨》（鲁迅著）。《彷徨》的广告，因《彷徨》尚未出书，还只是预告"校印中"。原定的第六种《野草》则还未编成，其广告并不在内，完全在情理之中。

那么，《野草》有没有出版广告呢？答案是肯定的。《野草》出版广告刊于何处？就刊登在1927年7月《野草》初版本版权页之后

---

① 上述七则日记分别引自《鲁迅全集》第16卷（日记），第22—30页。
② 1927年7月北京北新书局初版《野草》书末版权页。

的广告页"乌合丛书"广告第三页。该广告页重刊了《〈未名丛刊〉与〈乌合丛书〉》印行书籍广告,包括已经出版的《彷徨》广告,只是删去了"校印中",改为"实价八角"。但在《彷徨》之后,新增了一则《野草》出版广告,全文照录如下:

> 野草　　实价三角半
> 《野草》可以说是鲁迅的一部散文诗集,优美的文字写出深奥的哲理,在鲁迅的许多作品中,是一部风格最特异的作品。①

这则《野草》出版广告也出自鲁迅之手,如何证明呢?可以从远因和近因两个角度来考察。

远因是鲁迅给自己的著译撰写出版广告由来已久。早在青年时代,他与周作人合译的第一本也是他文学生涯的第一本书《域外小说集》的广告,就是鲁迅自己所撰。②说鲁迅是中国现代作家中给自己的著、译、编和翻印的书刊撰写广告最多的一位,应该是能够成立的。③因此,从理论上讲,鲁迅为《野草》撰写出版广告的可能性完全存在。

---

① 1927年7月北京北新书局初版《野草》书末广告页第3页。
② 参见"会稽周树人":《〈域外小说集〉第一册》,上海《时报》1909年4月17日第1版。《鲁迅全集》第8卷(《集外集拾遗补编》),第455页。
③ 2005年11月人民文学出版社版《鲁迅全集》第7卷中的《集外集拾遗》"附录"和第8卷《集外集拾遗补编》"附录一"中,收录了鲁迅所撰著、译、编和翻印书刊广告,数量相当可观,可参阅。

近因呢,可从以下六个方面论证:

一、这则《野草》广告列在署名"鲁迅编"的《未名丛刊与乌合丛书》中的"乌合丛书"已有五种作品集出版广告之后,无疑应视为"乌合丛书"整体广告之最新一种,不可能前五则广告都是鲁迅亲撰,而这最后一种会出自他人之手。

二、如上所述,《野草》出版前,北新书局老板李小峰已经到了上海。这则《野草》出版广告,在京的北新编辑写得出吗?李小峰也未必能写,作者只能是鲁迅自己。

三、"乌合丛书"总共才七种,第一至五种,都由鲁迅亲撰出版广告。《野草》本列为第六种,所以在《野草》初版本广告页上刊登的"乌合丛书"出版广告中,《野草》广告也列为最后一种即第六种。不料,"乌合丛书"又新增了一种,即淦女士(冯沅君)的短篇小说集《卷葹》,1927年1月由北京北新书局初版,列为"乌合丛书"第六种。《卷葹》是鲁迅的青年朋友王品青推荐,李小峰"允印",临时安排进"乌合丛书"的,并不在鲁迅原定计划之内。鲁迅1926年11月20日致许广平信和同年12月5日致韦素园信两次提及此事,致韦素园信这样说:

> 这稿子,是品青来说,说愿出在《乌合》中,已由小峰允印,将来托我编定,只四篇。我说四篇太少;他说这是一时期的,正是一段落,够了。我即心知其意,这四篇是都登在《创造》上的,现创造社不与作者商量,即翻印出售,所以要用《乌合》去抵制他们,至于未落创造社之手的以后的

几篇,却不欲轻轻送入《乌合》之内。但我虽这样想,却答应了。①

所以,鲁迅并未为之撰出版广告,《卷葹》初版本书后也未印上"乌合丛书"的出版广告,而《野草》实际上也就变成了"乌合丛书"第七种。但在《野草》初版本广告页所印的"乌合丛书"广告中,《野草》仍为第六种,这也从另一个角度可证这则《野草》出版广告出自鲁迅之手。

四、把《野草》视为"散文诗集",是这则《野草》出版广告中首次提出的,这点很重要,可视为鲁迅自己对这部作品的"定位"。已知新文学创作中,最早使用"散文诗"这个提法的是刘半农,②而鲁迅显然认同刘半农的提法,清楚"散文诗"之所指,并不止一次地使用。他在1927年5月30日所作的自译荷兰望·蔼覃著《小约翰》的《引言》中,在说到《小约翰》续编时,就据作者"同国的波勒兑蒙德说,则'这是一篇象征底散文诗'"。③在"乌合丛书"《飘渺的梦及其他》和"未名丛刊"《小约翰》出版广告中,也

---

① 鲁迅:《鲁迅全集》第11卷(书信),第645页。淦女士(冯沅君)著《卷葹》所收的《隔绝》《旅行》《慈母》《隔绝之后》四篇小说,均初刊《创造季刊》和《创造周报》。但鲁迅信中所说的创造社"不与作者商量,即翻印出售"淦女士这些小说,至今未见原书,只能存疑。也许这只是创造社的一个出书计划,并未实施。

② 刘半农在1918年5月《新青年》第4卷第5期发表翻译"印度歌者RATAN DEVI所唱歌"《我行雪中》,同时还翻译了原刊此歌词的美国《VANITY FAIR月刊记者之导言》,《导言》首句即为"下录结构精密之散文诗一章"。

③ 鲁迅:《〈小约翰〉引言》,《鲁迅全集》第10卷(《译文序跋集》),第286页。

先后使用"散文诗"的提法，称《飘渺的梦及其他》里作者"自引明波乐夫的散文诗"，又称《小约翰》"是用象征来写实的童话体散文诗"，①这些当然都不是偶然的巧合。到了1930年5月16日，鲁迅新作《自传》，又提到自己著作中有"一本散文诗"。②1932年4月，鲁迅重订《鲁迅译著书目》时，又将《野草》称为"散文小诗"。③同年12月，鲁迅编自选集，在《〈自选集〉自序》中，仍把《野草》称为"散文诗"："后来《新青年》的团体散掉了，有的高升，有的退隐，有的前进，我又经验了一回同一战阵中的伙伴还是会这么变化，并且落得一个'作家'的头衔，依然在沙漠中走来走去，不过已经逃不出在散漫的刊物上做文字，叫作随便谈谈。有了小感触，就写些短文，夸大点说，就是散文诗，以后印成一本，谓之《野草》。"④由此可知，鲁迅把《野草》看作"散文诗"一以贯之，但《野草》诸篇在《语丝》陆续刊载时，并未注明体裁，鲁迅这种看法正是自这则《野草》出版广告才公开的。

五、这则《野草》广告提出"优美的文字写出深奥的哲理"，用这种说法概括和介绍《野草》。"哲理"这个词，鲁迅使用过吗？他在早期论文《人之历史》中评论歌德（鲁迅当时译作"瞿提"）时就使用了"哲理"这个词："于是有瞿提（W. von Goethe）起，建'形蜕论'。瞿提者，德之大诗人也，又邃于哲理，故其论虽凭理

---

① 鲁迅编：《未名丛刊与乌合丛书》，《野草》初版本，北京：北新书局，1927年7月初版，广告页第3、7页。
② 鲁迅：《鲁迅自传》，《鲁迅全集》第8卷（《集外集拾遗补编》），第343页。
③ 鲁迅：《鲁迅译著书目》，《三闲集》，《鲁迅全集》第4卷，第183页。
④ 鲁迅：《〈自选集〉自序》，《南腔北调集》，《鲁迅全集》第4卷，第469页。

想以立言，不尽根于事实，而识见既博，思力复丰，则犁然知生物有相互之关系，其由来本于一原。"①接着在另一篇早期论文《科学史教篇》中评论笛卡尔（鲁迅当时译作"特嘉尔"）时再一次使用了"哲理"："特嘉尔（R. Descartes 1596—1650）生于法，以数学名，近世哲学之基，亦赖以立。……故其哲理，盖全本外籀而成，扩而用之，即以驭科学，所谓由因入果，非自果导因，为其著《哲学要义》中所自述，亦特嘉尔方术之本根，思理之枢机也。"②尤其是前一次使用时，揭示歌德既是"大诗人"又"邃于哲理"，与《野草》广告中"优美的文字写出深奥的哲理"这一句句式正有暗合之处。因此，鲁迅在这则广告中使用的"哲理"这个词完全找得出文字根据。

六、除了《野草》初版本广告页，别的刊物上是否也刊登过这则《野草》出版广告呢？答案也是肯定的。上海《北新》周刊自1927年7月起，陆续刊出《野草》出版预告，7月15日第三十九、四十期合刊《新书出版预告》中，有《野草 鲁迅著》的预告，但只预告了一个书名，8月1日第四十一、四十二期合刊的《野草 鲁迅著》预告就是一大段话了：

　　《野草》　　鲁迅著
　　快出版了！

---

① 鲁迅：《人之历史》，《坟》，《鲁迅全集》第1卷，第11页。
② 鲁迅：《科学史教篇》，《坟》，《鲁迅全集》第1卷，第31—32页。

> 野草，野草当然不是乔木，也不不是鲜花。
>
> 但，鲁迅先生说：
>
> "我自爱我的野草，——"
>
> "我以这一丛野草，在明与暗，生与死，过去与未来之际，献于友与敌（仇），人与兽，爱者与不爱者之前作证。"
>
> 鲁迅先生的著作是不用花言巧语式的广告的，我们现在就拿他自己的话来做广告罢。

不难判断，从形式到口气，这则广告才出自北新书局编辑或李小峰本人之手，直接引用《〈野草〉题辞》中的原话，还明确告诉读者是借用了鲁迅自己的话来做广告。然而，到了8月16日第四十三、四十四期合刊继续刊出《野草　鲁迅著》的同题《野草》出版广告时，内容马上作了更换，换上了上引《野草》初版本广告页上的广告，内容一模一样，只是缺少了一个逗号，同时把"鲁迅著"误排成"鲁迅译"了：

> 《野草》　　鲁迅译
>
> 《野草》可以说是鲁迅的一部散文诗集，用优美的文字写出深奥的哲理，在鲁迅的许多作品中是一部风格最特异的作品。
>
> 　　实价三角半　　北新书局出版①

---

① 这则广告刊于1927年8月16日《北新》周刊第43、44期合刊第44页。

接下来的《北新》周刊所刊《野草》出版广告，就都是这则新换上的广告了。对此，只能有一种解释，那就是当上海《北新》周刊编辑或李小峰发现北京北新书局所印《野草》初版本广告页上的这则广告后，马上就明白这出自鲁迅手笔，于是，尽管原来的广告中已经引用了《〈野草〉题辞》中的鲁迅"自己的话"，还是立即在下一期《北新》上作了更换并沿用。

上述所列举的理由，如果单独一项，恐还难以证实这则广告作者之所属，但集中在一起，就自然形成了有力的证据链。所以，笔者敢于断定，这则《野草》出版广告确实出自鲁迅本人之手。

《野草》出版广告，连书名、定价的字数包括在内，总共才五十余字，实在是言简意赅。然而，这则广告中所提示的"散文诗""用优美的文字写出深奥的哲理"和"风格最特异"三点，各有侧重又相互关联，不正是研究《野草》应该加以重视的三个维度吗？这正可视为鲁迅对这部作品集最初的也是恰如其分的自评。[①] 虽然现在的《野草》研究早已众声喧哗，各抒己见，但鲁迅当年的多次自评，包括鲁迅亲撰的这则《野草》出版广告在内，毕竟还是应该引起鲁迅研究者的注意。

研究《野草》这样蕴含极为丰富复杂的鲁迅作品，不但要讨论作者的写作过程，出版过程也理应进入研究者的视野，出版广告自然也是出版过程中不可或缺的一环。鲁迅为自己和他人著译所撰的

[①] 对于《野草》的写作，鲁迅先后在《〈野草〉题辞》《〈野草〉英文译本序》《〈自选集〉自序》和1934年10月9日致萧军信等文中从不同的角度作过自评，可参阅。

出版广告，虽然早已有研究者关注，但至今对其之梳理仍不能称为全面和完整，《野草》出版广告未能编入《鲁迅全集》，[①]就是明显的一例。由此推测，恐怕还有我们所不知道的散见于其他报刊的鲁迅所撰出版广告，还有待进一步的发掘。

[①] 2005年11月人民文学出版社初版18卷本《鲁迅全集》、2006年6月天津人民出版社初版《鲁迅全集补遗》（刘运峰编）、2012年12月光明日报出版社初版20卷本《鲁迅全集》等书，均未收入这则《野草》出版广告。

文学广告与《传奇》的出版

传奇　张爱玲小说集

本社发行　不日出版

内有精彩小说十篇：金锁记，倾城之恋，茉莉香片，沉香屑第一炉香，沉香屑第二炉香，琉璃瓦，心经，年青的时候，花凋，封锁。

每册售二百元

（原载 1944 年 8 月《杂志》第 13 卷第 5 期）

张爱玲著　传奇增订本

厚厚一册　五十万言

近年出版界之宝贵收获

小说体裁·别出机杼·一字一句·俱见工力

存书无多　每册仅售九千元

目录（略）

刊行者　山河图书公司

总经销　百新书店
总经销　中国图书杂志公司

(原载 1947 年 4 月 1 日《大家》创刊号)

第一则是张爱玲中短篇小说集《传奇》初版本的广告,第二则是《传奇》增订本的广告,期间相隔将近三年。

张爱玲在中学时代就显露了不同凡响的文学才华。[①] 1940 年 4 月,在香港大学借读的张爱玲以散文《天才梦》获上海《西风》三周年纪念征文名誉奖第三名,从此正式开始她的文学生涯。

太平洋战争爆发后,张爱玲于 1942 年 5 月初回到上海,卖文为生。当她的中短篇小说《心经》《倾城之恋》《金锁记》《封锁》《红玫瑰与白玫瑰》等,源源不断地出现在《紫罗兰》《万象》《杂志》和《天地》等当时上海颇具影响的文学杂志上时,立即震动了整个上海文坛,翻译家傅雷就专门撰文指出:《金锁记》"该列为我们文坛最美的收获之一"。[②]

由于杂志社主办的《杂志》发表张爱玲作品最多,她的第一本中短篇小说集《传奇》交杂志社出版也就顺理成章。第一则广告朴实无华,仅仅指出《传奇》"内有精彩小说十篇",并未展开。《传奇》初版本于 1944 年 8 月 15 日出版,开本、装帧都是张爱玲亲

[①] 参见陈子善:《天才的起步——略谈张爱玲的处女作〈不幸的她〉》《埋没五十载的张爱玲"少作"》《雏凤新声——新发现的张爱玲"少作"》,《张爱玲丛考》上册,北京:海豚出版社,2015 年 7 月初版,第 3—28 页。

[②] 迅雨(傅雷):《论张爱玲的小说》,《万象》1944 年 5 月第 3 年第 11 期。

定，颇为别致。此书一经问世，立即不胫而走，短短五天之内就被抢购一空，这在现代文学出版史上是并不多见的。杂志社立即再版，再版本于9月25日出版，改变了装帧，又新增张爱玲提出"出名要趁早呀！"的《再版的话》。出版前杂志社又刊出《传奇》再版本广告：

张爱玲小说集　传奇

> 再版出书　售三百元
>
> 张爱玲女士为近年驰誉文坛的新作家，所撰小说，有独特之作风，情文并茂，极受读者欢迎，本书为其自选小说集，计"金锁记，沉香屑第一炉香，第二炉香，琉璃瓦，倾城之恋，茉莉香片，心经，年青的时候，花凋，封锁"等十篇，都二十四万言，初版发售不到五日，即已售罄，创出版界之新纪录，兹再版出书，每册三百余页，售三百元，各书局报摊均代售，街灯书报社总经销。
>
> 杂志社发行①

这则再版广告强调张爱玲是"近年驰誉文坛的新作家"，其小说"有独特之作风，情文并茂，极受读者欢迎"，都是符合事实的。

---

① 转引自唐文标编：《张爱玲资料大全集》，台北：时报文化出版公司，1984年6月初版，第75页。最初出处待查。

由中共地下党实际控制的杂志社为《传奇》出版,于8月26日举行《传奇》集评茶会,到会的上海作家纷纷肯定《传奇》,班公(周炳侯)指出张爱玲的小说"是一种新的尝试","是有价值的试验",特别"佩服她练字练句的功夫"。谭维翰认为"张爱玲小说有三种特色,第一是用词新鲜,第二色彩浓厚,第三比喻巧妙"。苏青也表示:"我读张爱玲的作品,觉得自有一种魅力,非急切地吞读下去不可。读下去像听凄幽的音乐,即使是片段也会感动起来。她的比喻是聪明而巧妙的,有的虽不懂,也觉得它是可爱的。它的鲜明色彩,又如一幅图画,对于颜色的渲染,就连最好的图画也赶不上。"谷正櫆(沈寂)、钱公侠等更强调张爱玲是"描写变态心理人物"的高手。[①]《〈传奇〉集评茶会记》随即在《杂志》发表,也可以看作是对《传奇》的另一种别具特色的文学广告。

《传奇》的确是"一种新的尝试",集中显示了年仅二十五岁的张爱玲在小说上所达到的高度和深度,显示张爱玲的文学创作从一开始就特立独行。她说过:

> 我写作的题材是这么一个时代,我以为用参差的对照的手法是比较适宜的。我用这手法描写人类在一切时代之中生活下

[①] "《传奇》集评茶会"由鲁风、吴江枫主持,谷正櫆(沈寂)、炎樱、南容、哲非、袁昌、陶亢德、尧洛川、实斋、钱公侠、谭正璧、谭维翰、苏青和张爱玲本人出席并发言,柳雨生(柳存仁)和班公(周炳侯)书面发言,这是对《传奇》的文学成就的首次品评。以上引文均出自《〈传奇〉集评茶会记》,《杂志》1944年9月第13卷第6期。

来的记忆。而以此给予周围的现实一个启示。我存着这个心，可不知道做得好做不好。一般所说"时代的纪念碑"那样的作品，我是写不出来的，也不打算尝试，因为现在似乎还没有这样集中的客观题材。我甚至只是写些男女间的小事情，我的作品里没有战争，也没有革命。我以为人在恋爱的时候，是比在战争或革命的时候更素朴，也更放恣的。①

《传奇》中的所有作品都表明张爱玲固然是描写两性关系、变态情欲的高手，同时她的创作视野也并不狭窄，《倾城之恋》《封锁》《等》等篇都从不同角度和不同程度写到战争。张爱玲写战争不直接写炮火连天、血肉横飞，她倾力刻画战争时期普通人的心态，特别是他们在心理上所承受的压力，着重描写人性在战争中会有怎样反常、扭曲的表现，这恰恰是更难写、更难表现的。《倾城之恋》隐含着日本侵略者侵占香港的背景。《封锁》写沦陷区上海空袭"封锁"中，一对在电车上萍水相逢的青年男女瞬间的恋爱体验；《等》写沦陷区上海某推拿诊所里各式各样候诊病人的"等"。这些小说都写出了沦陷区上海和香港的众生相，写下了两地普通市民被战争无情耗损的特殊心理状态，也写出了尽管战云笼罩，两地普通市民的日常生活仍在继续，"生命自顾自走过去了"。②因而使采用了

---

① 张爱玲：《自己的文章》，《张爱玲全集·流言》，北京：北京十月文艺出版社，2012年9月初版，第93—94页。

② 张爱玲：《等》，《张爱玲全集·红玫瑰与白玫瑰》，北京：北京十月文艺出版社，2012年6月初版，第149页。

"参差的对照的手法"的《传奇》进一步展示了张爱玲的日常生活视野,具有独特的文学魅力。

抗战胜利后,张爱玲受"盛名之累",一年多时间在上海文坛销声匿迹,计划中创作的长篇《描金凤》也胎死腹中。直到1946年11月,《传奇》才改由上海山河图书公司隆重推出增订本,本文开头所引第二则以整版篇幅刊登于《大家》创刊号的广告正是宣示《传奇》增订本的问世,也宣示了张爱玲的复出。这则广告再次告诉读者,《传奇》是"近年出版界之宝贵收获",赞扬有加,很可能出自出版《传奇》增订本的山河图书公司主持人唐大郎或龚之方之手。

《传奇》增订本增补了《留情》《鸿鸾禧》《红玫瑰与白玫瑰》《等》《桂花蒸 阿小悲秋》等五篇小说和代后记《中国的日夜》,张爱玲又新写了回答对她的指责的代序《有几句话同读者说》。对此,她在《寄读者》中还作过具体的说明:"这次《传奇》增订本里新加进去八万多字,内容与封面的更动都是费了一番心血在那里筹划着的。"[①]从此,《传奇》增订本成为《传奇》的"定本"。

虽然张爱玲是后起之秀,但以《传奇》为代表的她的小说创作在上海文坛产生了很大影响,一些青年作家模仿张爱玲,也在小说创作上取得了各自的成就,其中以东方蝃蝀(李君维)的短篇小说集《绅士淑女图》[②]最具代表性。正如当时一位青年评论者兰儿所

---

① 张爱玲:《寄读者》,《诚报》1946年8月25日第2版。
② 东方蝃蝀(李君维):《绅士淑女图》,收入《春愁》《绅士淑女》《忏情》等7篇短篇小说,上海:正风文化出版社,1948年8月初版。

指出的:"有人说张爱玲的文章是'新鸳蝴派',因为她另有一番琐屑纤巧的情致,后起而模仿者日众,学得最像的是东方蝃蝀,简直像张爱玲的门生一样,张派文章里的小动作全给模仿像了。"①"张派"的提法由此而产生。

《传奇》不但在1940年代上海文坛上,也在整个中国现代文学史上留下了辉煌的不可磨灭的一页,而当时的文学广告对《传奇》的传播所起的作用也不容忽视。

---

① 兰儿(王兰儿):《自从有了张爱玲》,《新民报晚刊·夜花园》1947年4月13日。

文学社团史实探究

骆驼社与《兰生弟的日记》

1929年春，朱自清在清华大学中国文学系讲授"中国新文学研究"课程，留下了一部研究中国现代文学史"无论从哪一方面说都是带有开创性"（王瑶语）的《中国新文学研究纲要》。《纲要》讨论新文学运动最初十余年的长篇小说创作（其中部分作品以今天的标准视之只是中篇），设初期的创作、张资平、《玉君》与《兰生弟的日记》、《迷羊》与《结局》、老舍与沈从文、陈铨、巴金、蒋光慈、茅盾、叶绍钧十个专节。[①]《兰生弟的日记》因此得以与郁达夫、老舍、沈从文、巴金、茅盾等大家的小说并列。但是对今天的中国现代文学史研究者而言，情形就完全不同了。朱自清评论过的这些中长篇小说中，除了《结局》（汪锡鹏著），恐怕只有《兰生弟的日记》及其作者徐祖正令研究者感到最为陌生，更不必说普通读者了。

徐祖正（1895—1978），字耀辰，江苏昆山人。他早年负笈东瀛，1922年夏回国后执教北京高等师范学校，开始与周氏兄弟交

[①] 参见朱自清：《中国新文学研究纲要》，《朱自清全集》第8卷，南京：江苏文艺出版社，1993年5月初版。

往，尤与周作人往还频繁。他1922年9月5日首次出现在周作人日记中，1923年1月1日首次出现在鲁迅日记中。自1923年起接连好几年元旦，周作人都要在八道湾举行北大同人迎新宴集，徐祖正几乎每年都是座上客，可见关系已非同一般。也正是这一年，周作人推荐徐祖正进入北京大学。1925年北大创办东方文学系，周作人任筹备主任，徐祖正又和张凤举（张定璜）一起应邀任教。还有一事不能不提。周氏兄弟失和，1924年6月11日，鲁迅回八道湾检取书籍什器，周作人夫妇与之发生争执，在场见证人中就有徐祖正。

　　当然，更重要的是徐祖正与周作人的文字交。这可从两个方面考察。一是周作人1924年11月与孙伏园、钱玄同、江绍原、顾颉刚等创办《语丝》周刊，徐祖正即成为主要撰稿人之一，发表了独幕剧《生日的礼物》、岛崎藤村的《新生》译后记，以及杂文、小诗和翻译诗文等。尤其是系列散文《山中杂记》，前后共十篇在《语丝》连载，周作人后来特意将其中的五篇选入《中国新文学大系·散文一集》，可见其对徐祖正的文字是看重的。另一就是他俩加上张定璜合办了新文学社团骆驼社。骆驼社出版了《骆驼》第一册，《兰生弟的日记》最初就是在《骆驼》第一册上亮相的；还出版了"骆驼丛书"三种，即第一种《兰生弟的日记》单行本和第二、三种长篇翻译小说《新生》上下卷，均出自徐祖正之手。这在新文学最初十年的发展史上是不能不提却至今仍很少提到的、说大不大说小却也不小的事。

　　今天能见到的记载骆驼社的文字实在不多，周作人日记中最早出现"骆驼社"是在1924年6月15日，他该日日记云：

> 晴，傍晚大雨。……下午二时赴松筠庵研究所思亲会，在商务买书一本，五时至公园水榭，由骆驼社公宴，共二十五人，十时返。①

骆驼社这次"公宴"活动，得到了钱玄同日记的进一步证实，该日钱玄同日记云：

> 晚骆驼社（周、张、徐三人）宴客于水榭，现代评论社（《太平洋》与《创造》）诸君皆与焉，初识江绍原、郁达夫。吃时大雷雨。②

所谓"水榭"，指北京中央公园水榭，当时北京文化人经常聚会之地。1924年6月15日晚，周作人、张定璜、徐祖正三人组成的骆驼社首次宴请北京文学界同人，包括"江绍原、郁达夫"在内共二十五人到会，规模不小，至十时始散。这一天，当可视为骆驼社的正式成立之日。

按当时新文学社团的惯例，骆驼社问世之后，理应展开文学活动，聚会、办刊、出版丛书之类。但除了1924年6月22日周作人日记有"下午凤举、耀辰来"的记载，此后一年多时间里，骆驼社

---

① 周作人：《周作人日记》中册，郑州：大象出版社，1996年12月初版。本文所引周作人日记均出自该书，不再出注。
② 钱玄同：《钱玄同日记（整理本）》中册，北京：北京大学出版社，2014年8月初版，第590页。但这则日记与史实有出入，钱玄同这晚见郁达夫并非"初识"，据其日记，他早在1923年2月23日就已在北京认识郁达夫。

竟毫无动静。但骆驼社和《骆驼》已引起胡适的注意，周作人1924年11月14日复胡适信就是一个明证：

> 山中来信念及我们的《骆驼》，甚感。徐君在南方生病，张君也进了医院，印刷更不能进行，恐怕这要比八大处旅馆的那一只更瘦了。但我们另外弄了一个发言的机关，即可出版，就是我那一天对你说过的小周刊。"慨自"《新青年》《每周评论》不出以后，攻势的刊物渐渐不见，殊有"法统"中断之叹，这回又想出来骂旧道德、旧思想……①

原来骆驼社活动不能经常举办，《骆驼》出版也陷停顿，是事出有因，那一阵"徐君""张君"均身体欠佳也。而"另外弄了一个发言的机关"，即指周作人参与发起的语丝社，《语丝》周刊1924年11月17日创刊后，张定璜与徐祖正一样，也是重要作者。

直到1925年11月1日，骆驼社才重新在周作人日记中现身，但已不称骆驼社，而改称"驼群"。该日周作人日记云："上午驼群同人来聚会，共十二人。"骆驼性温驯，耐饥渴，能负重致远，周作人称骆驼社同人为"驼群"或更贴切。他次年2月6日日记又云：下午"六时往东兴楼，驼群之会"。5月30日日记云："大风在家，午驼群聚会，不去。"可见骆驼社的活动又得到了继续，尽管

---

① 陈子善、张铁荣编：《周作人集外文》上集，海口：海南国际新闻出版中心，1995年9月初版，第649—650页。

并不频繁。

骆驼社到底有几位成员？《骆驼》第一册出版前夕，周作人写了一篇《代表了〈骆驼〉》，发表于1926年7月26日《语丝》第89期，与《骆驼》第一册问世恰好同一天，可谓巧合，也可谓为《骆驼》第一册做了广告。周作人在文中特别声明：

> 骆驼社里一共只有三个人，即张定璜，徐祖正，周作人是也。此外帮助我们的朋友也有好些，不过那不算是驼员之一，即如江绍原君虽然通晓'骆驼文'（江绍原曾写过一篇《译自骆驼文》——笔者注），却也不是其中的一只。

周作人强调"原始驼群"仅只三人，这与他日记中所记的"驼群同人""共十二人"相差甚大。但骆驼社不是组织严密的文学社团，除了周作人、张定璜、徐祖正三位之外，到底还有谁应属于并非"原始驼群"的更大的"驼群"，已无法确定了，也许江绍原仍可算一位。

"原始驼群"之中，如果说周作人是灵魂，那么徐祖正就是核心。他曾自号室名"骆驼书屋"，[①]《骆驼》第一册也是他编的，杂志末尾有编后记《沙漠之梦》两篇，就分别出自周作人和徐祖正之手。周作人这篇作于1925年12月17日，特别提到要赶紧把《骆驼》第一册印出来，"希望能在一九二五年内出现于这多风尘的北京

---

① 参见徐祖正：《沙漠之梦（二）》，《骆驼》1926年7月第1册。

市上"。徐祖正一篇则透露:"两年半以前我们几个想合办一种纯文艺的杂志,内中要登我们的力作。"《骆驼》让北京读者苦苦等待了两年多之久,沈从文1926年1月至6月在北京《文社月刊》连载长文《北平之文艺刊物及作者》,还特设一小节说到《骆驼》:

> 两年前,我们就听见人提起过这个名字了,由骆驼社几位骆驼组织,我所知的,只两个骆驼:就是周作人与江绍原。近来,大概他们自己也忘却了,虽然我一个人感到中国出版物缺乏时还念到这不能出版的东西。①

沈从文期待已久的《骆驼》第一册延至1926年7月终于由北京北新书局出版了,周作人7月26日日记云:"晴。上午得乔风函及汇票,《骆驼》出板",就是明证。②虽然姗姗来迟,《骆驼》第一册还是令人刮目相看。第一册上总共只有五位作者的六篇文章,译作和创作各三篇。译作依次为 Millet,Romain Rolland 作,张定璜译;《论左拉》,蔼理斯作,周作人译;《希腊牧歌抄》,谛阿克列多思作,周作人译。创作依次为中篇小说《兰生弟的日记》,徐祖正作;《秋明小词》五首,沈尹默作;独幕剧《盲肠炎》,陶晶孙作;另有编后记《沙漠之梦》二则,作者则为周作人、徐祖正。因此,

---

① 沈从文:《北京之文艺刊物及作者》,《沈从文全集》第17卷,太原:北岳文艺出版社,2002年12月初版,第26页。
② 《骆驼》第一册版权页作"编辑者骆驼社 发行者北新书局 一九二六年六月出版",但刊物目录页后粘有装帧说明小纸,落款为"民国十五年七月,骆驼同人"。书脊上又印"骆驼 第一册"。

《骆驼》第一册几乎全部由"驼群"三员大将周作人、徐祖正、张定璜包办，客串的外稿作者只有沈尹默和陶晶孙两位。沈尹默与周作人本是《新青年》同人，而陶晶孙系早期创造社成员，很可能是同为早期创造社成员的徐祖正向他组的稿。

如果说《论左拉》可算是《骆驼》第一册翻译的"力作"，那么《兰生弟的日记》则毫无疑问是创作的"力作"。无独有偶，就在同一个月，《兰生弟的日记》单行本也由北京北新书局推出。此书列为"骆驼丛书"之一，版权页印有："1926年7月初版100部　这是　号"。《骆驼》第一册也印数极少，难怪都流传不广，严重影响了后来对它们的研究和评价。《兰生弟的日记》版式颇别致，仿欧洲古典印刷法，每页右下角印有下一页起首的第一个汉字，据说为了方便读者检索。由于《骆驼》第一册和"骆驼丛书"之二、三《新生》上下卷（长篇小说，日本岛崎藤村著，徐祖正译，1927年北新书局初版）也采取此种版式，出版社又是同一家，笔者怀疑《兰生弟的日记》单行本借用了《骆驼》第一册的版式。这也是今天能够见到的仅有的三种采用欧洲古典印刷法印制的新文学书刊。

《兰生弟的日记》单行本收入中篇小说《兰生弟的日记》和"一幕剧"《生日的礼物》，两者密切关联。《兰生弟的日记》末尾署："一千九百二十四年二月二十七日，北京，兰生"。《生日的礼物》末尾署："一九二五，十一，十一作"，写作时间晚了一年半多，但发表时间反而在先，刊于1925年11月23日《语丝》第五十四期，副题"赠给《语丝》"。主人公罗兰生与表姐薰姊的爱情波折，正是由《生日的礼物》中"主客男女二人"的对话作了预告,在《兰生弟的日记》中得以完整展开的。

徐祖正在小说创作上有自己的雄心。《兰生弟的日记》名曰"日记",实际上是通过一封兰生弟致薰姊的长信引述众多兰生弟的日记,两者互相穿插,又交织大段心理描写,尽情铺陈兰生弟与薰姊曲折的情感经历及其不断的自我反省。小说详写兰生弟的留日生活和他回国后执教北京高校,特别是兰生弟在"江教授"带领下首次拜访"叶教授"的经过,与周作人日记中关于1922年9月5日"徐耀辰君"在"凤举兄弟"等陪同下来访的记载颇有些相似,因此笔者推测《兰生弟的日记》很可能有不少作者亲身经历的投影,兰生弟在某种意义上或许就是作者的自况。但是,也许正是作者的雄心太大,作为"书函告白式的小说",《兰生弟的日记》虽有特色,小说叙事上只取得了部分的成功,文字上日化和欧化的痕迹也是明显的不足。朱自清在《中国新文学研究纲要》中对《兰生弟的日记》主题、人物和技巧的评价是较为全面而中肯的:

(一)礼教所不许的恋爱
(二)"多愁多病,有力有勇"的表现
(三)"沉潜迂回"的调子
(四)"极真率的记录"
(五)书函体与日记体的合一
(六)女主人公性格不分明

(七)冗杂与琐屑①

其中,"极真率的记录"句借用了郁达夫的观点。《兰生弟的日记》甫一问世,郁达夫率先在同年8月28日《现代评论》第四卷第九〇期发表有名的书评《读〈兰生弟的日记〉》,对这部小说作了精到的分析,在承认这部中篇是徐祖正的"一部很诚挚的作品"的同时,着重指出:

《兰生弟的日记》是一部极真率的记录,是徐君的全人格的表现,是以作者的血肉精灵来写的作品,这一种作品,在技巧上虽然失败,然若以真率的态度,来测文艺的高低,则此书的价值,当远在我们一般的作品之上。

事实上,《兰生弟的日记》的出版当时确曾引起北京文坛较大的关注,兰生弟甚至成了当时失恋文艺青年的代名。女作家石评梅也在1926年11月6日《语丝》第一〇四期发表《再读〈兰生弟的日记〉》,详细记叙了她一读再读《兰生弟的日记》的感动,对作者不吝赞美之词:"很慕敬作者那枝幽远清淡的笔致,处处都如一股幽谷中流出的清泉一样,那样含蓄,那样幽怨,那样凄凉,那样素淡。"从郁达夫到石评梅到朱自清,他们不约而同、不同程度地肯定《兰生弟的日记》,而今的现代文学史家不管出于何种原因,对

---

① 朱自清:《中国新文学研究纲要》,《朱自清全集》第8卷,第108页。

这部小说只字不提，不能不说是一种缺失吧？

令人意想不到的是，《兰生弟的日记》单行本问世，本应高兴的徐祖正见了却"废然丧气"，因为一则"书样装订都是不洽人意"，二则"错字怪多"，所以要求北新书局重印重订，他又另请沈尹默"书面题字"、叶灵凤"封面制图"。① 这一新装再版本拟印一千册，可惜最后未果。值得庆幸的是，徐祖正为新装再版本所作的序《进献之辞》发表了，刊于1926年10月23日《语丝》第一〇二期，成为这一设想留下的唯一的文字见证。

周作人1926年8月1日日记云："上午往幽风堂，赴驼群之会"，想必是骆驼社同人庆贺《骆驼》第一册出版，11月7日日记又云："上午凤举，耀辰，犀海，民生四君来议续出《骆驼》事"，也就是说，再出《骆驼》第二册也已提上议事日程。令人遗憾的是，《骆驼》第二册未能编成付梓。《骆驼》只有第一册，没有第二册了；"骆驼丛书"也只有第一种《兰生弟的日记》和第二、三种《新生》上下卷，没有更多了。但维持了三年的骆驼社、徐祖正和《兰生弟的日记》是不应被遗忘的。在《兰生弟的日记》诞生八十五年之际，笔者把《进献之辞》和《兰生弟的日记》合为一帙付梓（限于篇幅，《生日的礼物》只能割爱，幸好《语丝》早已有影印本，读者如有兴趣，可进一步对照研读），作为对骆驼社、徐祖正和这部在现代文学史上产生了一定影响的中篇小说的纪念，并供治中国现代文学史者参考。

---

① 徐祖正：《进献之辞》，《语丝》1926年10月23日第102期。

最后需要说明的是，因单行本《兰生弟的日记》有不少错字，校勘颇费斟酌。编者尽可能在保持历史原貌和改正明显的错讹之间求取平衡，像"朝上""元来""飘流""灯明"等作者的习惯用法均予保留，各类译名和语助词（"的""得""地"）等悉依原样，有些长句按今天的语法视之有不通之处，也不擅改。标点除酌加书名号外，均悉依原文。

左联·郁达夫·《北斗》

1930年3月2日,中国左翼作家联盟在上海成立,距今已经整整八十五年了。

据现有史料,左联发起人有五十余人之多,①包括了鲁迅、郁达夫和后期创造社、太阳社、南国社等文学社团的成员,而对创造社元老郁达夫是否列名发起,当时曾有过不同意见。参与左联筹备小组工作的夏衍在1980年1月所作的《"左联"成立前后》一文中回忆,当他与冯乃超二人受筹备小组委托,将左联纲领和发起人名单初稿送请鲁迅审阅时,鲁迅对发起人名单中没有郁达夫提出了异议:

> 这次会见是在鲁迅家里,我们说明了筹备会讨论的经过,把两个文件交给了他。鲁迅很仔细地同时也是很吃力地阅读了那份文字简直象从外文翻译过来的纲领,后来慢慢地说:"我

---

① 参见记者:《中国左翼作家联盟的成立》,《拓荒者》1930年3月10日第1卷第3期。又参见丁景唐:《关于参加中国左翼作家联盟成立大会盟员名单(校订稿)》,《犹恋风流纸墨香:六十年文集》,上海:上海文艺出版社,2004年1月初版,第691—702页。

没意见，同意这个纲领。"又说："反正这种性质的文章我是不会做的。"接着他又看了发起人的名单。有些他不认识的人，我们一一作了介绍，他也没有表示不同意见。最后他提出为什么没有郁达夫参加发起？我们说，郁达夫最近情绪不好，也不经常和一些老朋友来往。鲁迅听了之后，很不以为然地说："那是一时的情况，我认为郁达夫应当参加，他是一个很好的作家。"我们表示同意。不过我们说这还得征求他本人的意见，鲁迅也赞成。①

查鲁迅日记，1930年2月24日云："午后乃超来。"《鲁迅全集》对此句的注释为"冯乃超来请鲁迅审阅'左联'纲领草稿"。由此，或可断定，冯乃超、夏衍与鲁迅的这次重要会见，时间为1930年2月24日。只是有一点，鲁迅日记未记沈端先（夏衍当时用名）的名字。

四年之后，夏衍撰长篇自传体回忆录《懒寻旧梦录》，在第四章"左翼十年（上）"之第三节"筹备组织'左联'"中，写到这次拜访鲁迅时，几乎原封不动地照搬了《"左联"成立前后》中的上引这段话，但有一个关键的改动，即把"我们说，郁达夫最近情绪不好……"改为"乃超说，郁达夫最近情绪不好……"②，"我们

---

① 夏衍：《"左联"成立前后》，《左联回忆录》上册，北京：中国社会科学出版社，1982年5月初版，第42页。
② 夏衍：《懒寻旧梦录·左翼十年（上）》，《夏衍全集》第15卷，杭州：浙江文艺出版社，2005年12月初版，第80页。

说"变成"乃超说",这可以理解为对郁达夫列名左联发起人,至少冯乃超开始是持有不同意见的。①

到了1985年,为纪念郁达夫遇害四十周年,夏衍写了充满感情的《忆达夫》,文中在忆及郁达夫与左联关系时,又是这样回忆的:

> 关于达夫和"左联"的关系,我看到过的有关文史资料和回忆文章中,也有一些不符合实际情况的记载。1930年2月下旬,"左联"筹备组草拟发起人名单时,对郁达夫应否列名的问题,确曾有过不同意见,有人(郑伯奇、钱杏邨)赞成,也有人反对,当时我不了解文艺界内情,也没有坚持。后来冯乃超和我拿了这个名单向鲁迅征求意见,鲁迅就问:你们问过郁达夫没有?为什么不列他的名字?于是我们就在发起人名单上加上了达夫的名字,并决定由我去征求他的同意。大概在2月下旬的一个雨天,我和陶晶孙一起去看他,他病卧在床上,我简单地把筹备成立"左联"的事告诉了他,并让他看了发起人名单。他就说:你们要我参加,

---

① 冯乃超1977年12月20日改定的《左联成立前后的一些情况》中所说与夏衍有出入:"第三次去鲁迅家里是请他对左联的《宣言》等文件提意见,是我一个人去的。"他1978年9月4日所作《鲁迅与创造社》中,也否认对郁达夫列名左联发起人持有不同意见:"有人提到郁达夫参加'左联'是鲁迅介绍的,姑无论这是否事实,便派生出了创造社的人排斥郁达夫参加'左联'的说法;更有人说我主张开除郁达夫出'左联',鲁迅不同意,我因此受到了批评云云,真是无中生有。"参见《冯乃超文集》(上),广州:中山大学出版社,1986年9月初版,第383、395页。有必要指出,据鲁迅日记,冯拜访鲁迅仅1930年2月24日这一次而不是"三次"。

就参加吧,不过我正在"冬眠",什么事情也做不了。①

这个回忆又恢复了"我们说",对整个事情来龙去脉的回忆则更为完整。如果 1930 年 2 月 24 日冯乃超、夏衍拜访鲁迅这个日期确实无误,那么,夏衍与陶晶孙拜访郁达夫征求同意列名左联发起人的日期就应该在 1930 年 2 月 25 日至 3 月 1 日之间,因为 3 月 2 日左联就召开成立会了。但已经刊行的郁达夫 1930 年 2 月—3 月日记是摘录,不是全部,②所以夏、陶到底哪一天拜访郁达夫,还是个悬案,有待将来郁达夫日记的全部公开。

不管怎样,郁达夫列名左联发起人曾有过不同意见,在鲁迅建议下方得以列名,却已是不容置疑的了。令人惊讶的是,郁达夫列名左联发起人之后不到九个月,又被左联"请他退出"。有关情形,左联首任常务委员郑伯奇在十五年之后所写的《怀念郁达夫》中首次作了披露:

> 不久,文坛起了波动,新的运动发生了。达夫对于新运动早有共鸣,大家都希望他能够参加。也许是达夫在文坛的地位和他的社会关系妨碍了他,大家总觉得他不甚积极。但是当团

---

① 夏衍:《忆达夫》,《夏衍全集》第 9 卷,第 581 页。
② 郁达夫 1929 年 2 月至 3 月的日记,由其后人摘编成《断篇日记》,但其中并无 2 月 24 日至 3 月 1 日陶晶孙等来访的记载,当然不排除郁达夫失记或摘编者未摘录。参见《郁达夫全集》第 5 卷(日记),第 281—283 页。

体成立的时候,他当然参加了。不知由那里传出来的话,据说他曾对徐志摩先生说:"I am a writer, not a fighter"。这句话引起青年朋友们的不满。在我主持的一次大会席上,通过了请他退出的决议案。这是我终身引为遗憾的一件事。其实,"我是作家,不是战士"这一句话,严格地解释起来,固然有点不妥,而解决的办法,至今思之,究嫌过火。我在当时不能制止,自然应该负责。这句话若在以后几年间说出来,决不会引起这样的波澜。①

这段文字尽管有点隐晦,意思还是明确的。"新的运动"指左翼文艺运动,"大家"希望郁达夫"参加",他当然也参加了的"团体"是指左联。时光荏苒,又过去了十七年,进入晚年的郑伯奇撰写了《"左联"回忆散记》,再次旧事重提,表述也更为清晰完整:

因为政治环境恶劣,"左联"很少开会员大会,但在初期,却召开过几次人数较多的会,地址好象都在北四川路附近。记得在北四川路横浜桥附近一所小学里开过一次会,是临时召集的。会上有人提出这样的意见:郁达夫对新月社的徐志摩说:"我是作家,不是战士。"向"左联"的敌人公然这样表示,

---

① 郑伯奇:《怀念郁达夫》,《书报精华》1945年第12期。转引自《郑伯奇文集》,西安:陕西人民出版社,1988年5月初版,第1197页。

等于自己取消资格，应该请他退出。一时群情激动，纷纷表示赞成。我主持会议，未经深思，遂付表决。达夫因此和"左联"一时疏远，并对我深致不满。以后，我担任良友图书公司编辑，彼此才逐渐恢复交情。①

归纳郑伯奇先后两次回忆，可以得出这样的结论：左联初期，在一次"临时召集"的"大会"上，表决通过了请郁达夫"退出"左联的决议，这次"大会"正是由郑伯奇主持的，而之所以非请达夫"退出"不可的依据，是他对左联的"敌人"徐志摩说了"我是作家，不是战士"这句话。郁达夫与徐志摩是中学同学，两人关系一直很好，当时的徐志摩是否就是左联的"敌人"，是大可怀疑的。徐志摩的文学主张和创作实践当然与左翼作家不同，但他却没有把左翼作家视为"敌人"，而很愿意与之交朋友。②

郁达夫生前对此事也有过两次直接的公开表态。一次是1933年5月在杭州答记者问，他是这样说的：

> 左翼作家大同盟，不错，我是发起人中的一个。可是，共产党方面对我很不满意，说我的作品是个人主义的。这话

---

① 郑伯奇：《"左联"回忆散记》，《新文学史料》1982年2月总第14期。

② 郑振铎在徐志摩去世后回忆，"他在上海发起'笔会'。……他很希望上海的'左翼'文人们，也加入这个团体。同时，连久已被人唾弃的'礼拜六'派的通俗文士们他也想招致。虽然结果未必能够称如他意，然他的心力却已费得不少了。在当代的文坛上，象他那样的不具有'派别'的旗帜与偏见的，能够融合一切，宽容一切的，我还没见过第二人。"《悼志摩》，《北平晨报·学园》1931年12月8日。

我是承认的,因为我是一个小资产阶级出身的人,当然免不了。……

后来,共产党方面要派我去做实际工作,我对他们说,分传单这一类的事我是不能做的,于是他们就对我更不满意起来了。所以在左翼作家联盟中,最近我已经自动的把"郁达夫"这名字除掉了。①

另一次是他1939年在有名的《回忆鲁迅》中提到此事:

当时在上海负责在做秘密工作的几位同志,大抵都是在我静安寺路的寓居里进出的人;左翼作家联盟,和鲁迅的结合,实际上是我做的媒介。不过,左联成立之后,我却并不愿意参加,原因是因为我的个性是不适合于这些工作的,我对于我自己,认识得很清,决不愿担负一个空名,而不去做实际的事务;所以,左联成立之后,我就在一月之内,对他们公然的宣布了辞职。②

郁达夫这两次回忆显然对左联成立后的一些过左的"实际工作",如"分传单"、飞行集会等表示不满,但回忆也存在若干偏差,如他说的"一月之内"就向左联"宣布了辞职",按常理视之,

---

① 许雪雪:《郁达夫先生访问记》,杭州:《文学新闻》1933年5月第3期。
② 郁达夫:《回忆鲁迅》,新加坡:《星洲日报半月刊》1939年6月第23期。转引自《郁达夫全集》第3卷(散文),第325—326页。

时间上不可能那么快。而且,"宣布了辞职"是什么意思呢?1930年12月间确实有关于郁达夫"脱离"左联的公开报道,值得注意:

> 中国左翼作家联盟成立以后,郁达夫亦有名字在里面,不过听说达夫在左联并没有做过什么事情,左联的会议,他从未参加过。近来达夫在林语堂、徐志摩等宴会上,曾当众表示:"自己是一个文人,不是一个战士。"同时,他又写信给左联,说他自己因为不能过斗争生活,要求脱离关系云。①

这则报道或可证实那句"我是作家,不是战士"并非空穴来风,而是郁达夫在某次与徐志摩、林语堂等的宴席上所说的。想必由某位在场者传了开去,才引发左联大会上"请他退出"的表决。但是,这次宴会到底是什么时候举行的,有哪些人参加?郁达夫"又写信给左联"的"同时"到底是何时?仍都是个谜。

不仅如此,夏衍在《怀达夫》里对左联的这次表决也表示了怀疑:

> 谈到达夫和"左联"的关系,还有一个直到现在还弄不清楚的问题,那就是郑伯奇1962年9月间写的《左联回忆散记》

---

① 《郁达夫脱离左联》,上海:《读书月刊》1930年12月1日第1卷第2期"国内文坛消息"栏。

中所记的"左联"通过了把郁达夫除名的决议。……这篇回忆中对于"左联"在会员大会上通过"请他（郁达夫）退出"的情况叙述得很详细，但这件事发生于哪年哪月，却没有具体说明，而只说是在"左联"成立之后的"初期"。"左联"成立于1930年3月，"初期"，那应该是在1930年或1931年之间，当时我是"左联"的执行委员，说我对这样一件大事毫无印象，是不大可能的。更使我不解的是"左联"成立初期的党团书记是冯乃超，不久后接替乃超的是冯雪峰，以及当时和达夫经常有来往的阿英，乃至郑伯奇本人，在"文革"以前的二十多年中，都没有和我谈起过这件事。"左联"初期（到1933年达夫迁居杭州之前），我和他不时见面，他迁居杭州后，每次到上海，也常常来找我，而他也从来没有提到这个问题。现在，乃超、雪峰、伯奇都不在了，已经没有核对的可能。近几个月来，我问过几位研究"左联"史实的朋友，据说冯雪峰在60年代也曾讲过，说"左联"会员大会通过这个决议时只有他和柔石等四个人反对。柔石是在1931年2月殉难的，那么这件事应该是在1930年的5月之后，因为5月以前"左联"召开的三次会员大会，我都参加了的，我还自信我的记忆力不会坏到连这样一件大事也会忘记到一干二净的程度。当然，考虑到当时的历史环境，发生这样的事也是有可能的。①

---

① 夏衍：《忆达夫》，《夏衍全集》第9卷，第581页。

夏衍的疑问，确实事出有因。夏衍提出左联"初期"三次会员大会，即1930年3月2日成立大会、4月29日第二次盟员大会和5月29日第三次全体大会，①他都出席，却对除名郁达夫的表决"毫无印象"，这该怎么解释呢？因此，郑伯奇的两次回忆是否属实，必须寻找新的证据。

值得庆幸的是，左联关于郁达夫的表决留下了文字记载，白纸黑字，证据确凿，可惜夏衍生前未及看到。这个表决恰恰是在夏衍没有参加的左联第四次全体大会上作出的。1930年11月22日出版的中共中央机关报《红旗日报》刊出了一篇《左翼作家联盟第四次全体大会补志》，摘录如下：

> 本月十六日下午六时左翼［联］在会所开第四次全体大会，到会人数除联盟会员三十余人外，还有日本战旗社及中准会，文化总同盟等代表多人参加。
> 首由主席作政治报告……
> 嗣战旗代表报告……
> 旋由常委报告；大都是极严重的自我批评，例如过去脱开群众坐在亭子间创作和不参加组织生活，忽视经常的训练……等（此处的省略号为原文所有——笔者注），因此文化斗争不能起实际作用，所以过去的工作，那是没有什么好成绩。报告

---

① 关于左联三次会员大会，参见《中国左翼作家联盟的成立》（《拓荒者》1930年3月10日第1卷第3期）和《左翼作家联盟的两次大会记略》（《新地月刊》1930年6月，即《萌芽月刊》第1卷第6期）两篇报道。

毕，开始讨论各提案，主要议决如下：（一）派代表参加广暴代表大会并加紧广暴工作——如印发传单，公开宣传集会等。（二）全体动员参加群众实际工作。（三）扩大工农兵通信运动。（四）争取公开出版运动。（五）建立农村通信机关。（六）肃清一切投机和反动分子——并当场表决开除郁达夫。此外还有实际行动，决议多条不载录。……至十时始散会。①

这篇报道清楚地传达了一个信息，即左联第四次全体大会1930年11月16日下午6时在上海某"会所"举行，历时四个小时之久。在众多议程中，"常委"关于左联工作"自我批评"的报告颇为详细，而最后"议决"了六条决议，第六条是"肃清一切投机和反动分子——并当场表决开除郁达夫"。而与郑伯奇的两次回忆比对，不仅在大的方面，在具体细节上，也大致吻合。由此足以证明，郑伯奇的回忆是可靠的。左联就郁达夫会员资格进行正式表决确有其事，而且还不是表决"请他退出"，而是"开除"！

有必要指出的是，鲁迅并未参加是次大会，1930年11月16日鲁迅日记云："星期。晴。午后往内山书店买书一本，二元五角。下午蒋径三来。"左联"初期"四次会员大会，鲁迅总共只参加了二次，即1930年3月2日的成立大会和5月29日的第三次全体大会。②如果

---

① 未署名：《左翼作家联盟第四次全体大会补志》，上海：《红旗日报》1930年11月22日。转引自《红旗日报》影印本。
② 《鲁迅日记》1930年3月2日云："午后……往艺术大学参加左翼作家连盟成立会。"1930年5月29日云："午后往左联会。"《鲁迅全集》第16卷，第186、198页。

鲁迅出席了第四次全体大会，也许"开除"郁达夫不会付诸表决，或者是另一种表决结果？一切皆有可能，但历史不容假设。夏衍的质疑终于得以澄清。但夏衍披露的冯雪峰1960年的回忆仍然十分值得重视，左联第四次全体大会表决"开除"郁达夫时，并非意见一致，冯雪峰、柔石等四位左翼作家投了反对票。

通过以上辨析，1930年11月16日左联第四次全体大会表决"开除"郁达夫已无可怀疑。左联成立之初，左联成员中，郁达夫的文坛声名仅次于鲁迅，因此，"开除"郁达夫决非一件小事。而冯雪峰等反对这种轻率的关门主义做法，也为此后左联机关刊物《北斗》发表郁达夫作品，以实际行动纠正这个错误决议埋下了伏笔。

《北斗》月刊创刊于1931年9月，距左联"开除"郁达夫十个月。主编丁玲，郑伯奇、张天翼参与编务。①《北斗》共出版了二卷八期，不像在它之前出版的《艺术月刊》《文艺讲座》《沙仑月刊》《世界文化》等左联刊物，仅出了一期就无以为继。它比出版了六期的《萌芽月刊》时间还要长，实际期数与《前哨·文学导报》相等，②正如郑伯奇所说的："《北斗》是'左联'刊物中出版时期较长的一个。"③

《北斗》"出版时间较长"的原因，当然会有很多，但有一点是无论如何不能忽视的，很可能还是决定性的，那就是《北斗》与以

---

① 郑伯奇在《"左联"回忆散记》中回忆，《北斗》"由'湖风书店'出版，丁玲主编，我和张天翼等同志参加过编委"。《新文学史料》1982年2月总第14期。

② 《北斗》出了2卷8期，第2卷第3、4期为合刊，总共出版7册。《前哨·文学导报》出了1卷8期，第6、7期为合刊，总共也出版7册。

③ 郑伯奇：《"左联"回忆散记》，《新文学史料》1982年2月总第14期。

往的左联刊物不同,《北斗》彰显了文学性,突出了作者的多样性。以往大部分左联刊物以发表宣言、声明、报告、决议等左翼文件为主,而《北斗》改为发表文学作品为主,而且在主要发表左翼作家作品的同时,也有意识地刊登不少非左翼的有影响力的作家的作品。这是以前的左联刊物从未有过的文学新气象。

且举创刊号为例。创刊号发表的丁玲的小说《水》、蓬子的小说《一幅剪影》、白薇的剧本《假洋人》、隋洛文(鲁迅)的译文《肥料》(里琪亚·绥甫林娜作)、朱璟(茅盾)的评论《关于"创作"》、李易水(冯乃超)的书评《新人张天翼的作品》、寒生(阳翰笙)的书评《南北极》、董龙(瞿秋白)的杂文《哑吧文学》和《画狗吧》等,作者都是左联作家,乃至左翼文艺运动的领导人,这是题中应有之义。但同时也发表了冰心的诗《我劝你》、林徽音的诗《激昂》、徐志摩的诗《雁儿们》、陈衡哲的"小品"《老柏与野蔷薇》、叶圣陶的"速写"《牵牛花》和西谛(郑振铎)的评论《论元刻全相平话五种》。冰心、林徽音、徐志摩、陈衡哲、叶圣陶、郑振铎当时均在文坛上享有盛名,却又都不是左翼作家,徐志摩还曾被左联视为"敌人",然而都在左联刊物的《北斗》上亮相了,这是前所未有的,令人意想不到。

不仅如此,1931年10月《北斗》第一卷第二期发表凌叔华的小说《晶子》,同年11月《北斗》第一卷第三期以头条位置发表沈从文的小说《黔小景》,都延续了创刊号的办刊思路,即注意刊登非左翼的文学名家的新作。到了同年12月,郁达夫的名字终于出现在《北斗》第一卷第四期上,他发表了"杂感"《忏余独白》,这是又一个令人注目的新讯号。

左联成立之后，郁达夫作为"发起人"之一，并非一事不做，至少他在左联刊物上发表过两篇作品，即刊于《大众文艺》1930年5月第二卷第四期"新兴文学专号"（下）的《我希望于大众文艺的》和刊于同刊1930年6月第二卷第五、六期合刊的《我的文艺生活》。《大众文艺》本是郁达夫创办的，自1929年11月第二卷起，郁达夫将该刊交由他创造社时期的同人陶晶孙接办。陶晶孙也是左联"发起人"之一，左联成立，《大众文艺》也就顺理成章地成为左联的刊物。从已经公开的郁达夫日记可知，郁达夫当时与陶晶孙关系颇好，来往甚多，他还引领陶晶孙拜访鲁迅。[①]左联成立前夕，筹备小组特意委派陶晶孙和夏衍去征求郁达夫列名"发起人"的意见，显然是经过认真考虑的。而郁达夫能为已成为左联刊物的《大众文艺》撰稿，恐也与此不无关系。

然而，为左联机关刊物撰稿，且以已被"开除"出左联的敏感身份为之撰稿，毕竟大不相同。郁达夫在《忏余独白》中说得很清楚："沉默了这许多年，本来早就想不再干这种于世无补，于己无益的空勾当了。然而《北斗》说定要我写一点关于创作的经验，我也落得在饿死之前，再作一次忏悔。"也就是说，他为《北斗》写这篇《忏余独白》，并非是主动投稿，而是《北斗》的热情约稿。左联的机关刊物主动向已被"开除"出左联的作家约稿，这在左联历史

[①] 《鲁迅日记》1929年4月1日云："晚郁达夫、陶晶孙来。"《鲁迅全集》第16卷，第129页。是为陶晶孙首次拜访鲁迅。《鲁迅日记》记载陶晶孙四次拜访，有两次郁达夫在场。

上也是前所未有的。

除此之外，1932年1月出版的《北斗》第二卷第一期特大号发表一组"创作不振之原因及其出路"的征文，郁达夫又在被征之列，而且最快交稿，刊于征文首篇。鲁迅也写了有名的《答北斗杂志社问》。应征撰稿者除了茅盾、郑伯奇、陶晶孙、张天翼、沈起予、杨骚、寒生（阳翰笙）、建南（楼适夷）、华蒂（叶以群）、穆木天、蓬子等左联作家，还有叶圣陶、方光焘、徐调孚、邵洵美、周予同等非左翼作家和学者，丁玲则以主编的身份作了总结。其中戴望舒和陈衡哲发表的意见有点特别，戴望舒在《一点意见》的末尾说："我觉得中国的文艺创作如果要'踏入正常轨道'，必须要经过这两条路：生活，技术的修养。再者，我希望批评者先生们不要向任何人都要求在某一方面是正确的意识，这是不可能的事，也是徒然的事。"陈衡哲则在复丁玲的信中，一方面表示"我很惭愧不能有什么有价值的意见贡献给《北斗》"，另一方面又提问"你为什么不请陈通伯（陈西滢）写一点批评的文章呢？他是很好的"。显然都有所指，都有弦外之音。

作为左联机关刊物，《北斗》采取了与以往左联刊物完全不同的颇为开放的姿态，这是什么原因呢？关于《北斗》，主编丁玲生前未曾留下专门的回忆文字，但她晚年在另两篇文章中对这个问题作出了富于启示的解答。

第一篇是她1981年8月3日在长春纪念鲁迅诞辰一百周年学术研讨会开幕式上的发言《我便是吃鲁迅的奶长大的》，其中有这一段：

《北斗》是左联的机关刊物,是鲁迅领导下的刊物。我是遵照他的意见办事的。杂志开始比较灰色,但团结了各方面的知名作家,发表他们的作品,这都是按照鲁迅的意见办的。①

第二篇是她 1983 年 5 月 30 日完稿的《我与雪峰的交往》,文中以更多的篇幅较为详细地回顾了她主编《北斗》的过程:

（党组织）要我留在上海,编辑《北斗》。为什么要我来编呢?因为我在左联没有公开活动过,而且看起来我带一点资产阶级的味道,虽说我对旧的社会很不满,要求革命,但我的生活、思想、感情还有较浓厚的小资产阶级的味道。叫我来编辑《北斗》,不是因为我能干,而是左联里的有些人太红了,就叫我这样还不算太红的人来编辑《北斗》。这一时期我是属冯雪峰领导的。《北斗》的编辑方针,也是他跟我谈的,尽量地要把《北斗》办得像是个中立的刊物。因为你一红,马上就会被国民党查封。如左联的《萌芽》等好几个刊物,都封了。于是我就去找沈从文,当时沈从文是"新月派"的,我也找谢冰心、凌叔华、陈衡哲这样一些著名的女作家。这在当时谁也不会相信她们是左派。所以《北斗》开始几期,人家是摸不清的。撰稿人当中有的化名,外人一时也猜不着是谁。瞿秋白在

---

① 丁玲:《我便是吃鲁迅的奶长大的》,《丁玲全集》第 8 卷,石家庄:河北人民出版社,2001 年 12 月初版,第 205 页。

这里发表不少文章就是用的化名。我编《北斗》有没有受到过左的干扰呢？有，我记得有些时候，有的文章，一发出去同我们原来想的好像有抵触。这不是又暴露了吗？我们原来不想暴露《北斗》是左联办的，但这种文章一发出去，就暴露了。结果，原来给我们写文章的一些人就不再给我写文章了。像郑振铎、洪深这一些老作家，本来是参加左联的；郁达夫，第一次左联开会有他，在这个时候，都不晓得到哪里去了。这时候，雪峰提出：还要想办法把这些人的文章找来。于是，我们想出个题目：请你们谈一谈对现在创作的意见——征文，这样有些人的名字又在《北斗》上出现了，显得我们这个刊物还是和很多著名作家有联系。那个时候冯雪峰在左联当书记，后来他调到文委工作，但是他还经常关心过问《北斗》的事。①

丁玲这两段回忆在史实上略有出入。洪深确是左联成员，但郑振铎并未加入左联，郁达夫也未参加左联"第一次开会"（即左联成立大会）。尽管如此，这两段文字仍具有很重要的史料价值。从中可知《北斗》的编辑方针自始至终得到了鲁迅和冯雪峰的指导，特别是冯雪峰，当时正担任左联党团书记，②丁玲在他直接领导下编辑《北斗》。主动约请有影响的非左翼作家为《北斗》撰稿，把《北斗》"办得象是个中立的刊物"，其实都是冯雪峰的主意。这固然是

---

① 丁玲：《我与雪峰的交往》，《丁玲全集》第 6 卷，第 270 页。
② 参见王锡荣：《左联领导机构及任职考》，《新文学史料》2015 年 2 月第 146 期。

应对国民政府高压政策的策略，但显然也有纠正左联内部左的关门主义，团结一切可以团结的作家的长远考虑在，显示了《北斗》主办者较为阔大而非狭隘的政治视野和文学眼光。而当初左联"开除"郁达夫，冯雪峰就表示了反对，《北斗》一再发表曾被斥为"投机和反动分子"的郁达夫的作品，其良苦用心也就完全可以理解了。

总而言之，在左联出版的所有刊物中，《北斗》办得最有特色，文学性强，包容性也大，可以视为左翼作家建立文学统一战线的最初尝试，应在左联史上占有特殊的地位，在1930年代上海文学史上也应占有较为显著的一席之地。因此，在纪念左联成立八十五周年之际，重新梳理左联"开除"郁达夫的来龙去脉，重新评估冯雪峰、丁玲等编辑《北斗》的历史功绩，对更全面、客观地审视左联的功过得失，不是没有益处的。

徐志摩与国际笔会中国分会

徐志摩对中国新文学的贡献,从文学社团角度而言,人们首先会想到他是新月社的主要发起人,接连主编了《晨报副镌》《晨报副镌·诗镌》《新月》和《诗刊》等刊,还参与创办了新月书店,有关这方面的研究已很多很多。但除了新月社,徐志摩还是另一个文学社团——国际笔会中国分会(以下简称中国笔会)的发起人和积极推动者,至今鲜有人关注。尽管中国笔会是较为松散的文学团体,其在中国现代文学史上的地位和影响也不能与新月社相比,但还是值得探究。

一

国际笔会是英国女作家道森·司各特夫人发起的,1921年10月成立于伦敦。1923年春,伦敦总会聘请世界各国二十位著名作家为国际笔会名誉会员,其中有好几位当时已是或后来成为诺贝尔文学奖的得主。除英国的哈代、爱尔兰的叶芝、美国的弗罗斯特、法国的法朗士和罗曼·罗兰、比利时的梅特林克、挪威的汉姆生、丹麦的勃兰兑斯、奥地利的施尼茨勒、德国的豪普特曼、苏联的高尔基等人外，亚洲地区被聘的只有两位，一位是印度的泰戈尔，另一位就是中国的梁启超。梁启超的被聘系当时中国北洋政府驻英国代办公使朱兆莘所提名，朱兆莘在该年 3 月 15 日《致任世伯大人书》中说得很明白："伦敦万国著作家俱乐部，征求亚洲名誉会员二人，除日本应占一席外，由莘推举一人。该会悬格极高，入会者皆当世知名之士。环顾国中，著作等身，足膺斯选者，舍公谁属？故擅举大名，代表吾国。除由该会迳通讯外，谨将会章函件附呈备览"。① 梁启超是中国近代文学巨匠，他那些"笔锋常带情感"的散文汪洋恣肆，在 20 世纪初的中国文坛上开一代风气，推荐他代表中国作家担任国际笔会名誉会员，是合适的，梁启超的被聘也正是中国作家与国际笔会建立关系的开始。

然而，把国际笔会正式介绍给中国文学界的是徐志摩。两个多月后，梁启超的学生徐志摩在 6 月 11 日北京《晨报副镌·文学旬刊》上发表《国际著作者协社》一文，首次向中国文学界介绍了国际笔会。徐志摩在文中简述国际笔会的组织和活动情况之后，指出：创立国际笔会"目的是在于联合各国的著作家，发展相互的同情"。同时列出国际笔会二十位名誉委员名单，认为国际笔会会长高尔斯华绥亲自致函梁启超聘其为名誉委员，"这未始不是东西文化实际携手的一个好消息"。② 值得注意的是，徐志摩还进一步指出：

---

① 丁文江、赵丰田编：《梁启超年谱长编》，上海：上海人民出版社，1983 年 8 月初版，第 990 页。

② 徐志摩此文介绍国际笔会的材料和所列国际笔会二十位名誉委员名单，应得之梁启超处。

我想北京也有组织支部的必要，泰谷尔快来了，威尔士也快来了，将来西伯利亚一通路，西欧的著作家，一定会得源源而来，这里如其有一相当的组织，专司介绍与招待的责任，岂非实际上很有利便。文学家最不愿意亲近的是势利机关，政治外交的官员，他们就爱私人的交谊，与不事铺张却真有同情的接待。而且此后我们的著作家去欧美游历的一定也有，有了这样一个机关，我们便可与各国大都会的文艺界直接有呼应，岂非是创举？

这段话可视为在中国建立国际笔会分会的最初动议。但是，徐志摩的这个美好设想具体付诸实施，则要到七年之后了。

目前所知徐志摩文字中再次提及这个设想，已到了1930年5月。该年5月9日徐志摩致郭有守的信中有这样一段话：

小郭：你不要生气，《缘起》我还是写了。我现在适之先生处，我们商量决定星一中午在跑马厅华安八楼请客，主人还是那晚签名的十人（加入程沧波）。请的客不多，也只有十人左右，是请他们来加入做发起人的，因为那晚的名单是不够代表各方面的。你想必同意。《缘起》等等到那天吃饭时再谈，事情反正是成了的，不必再着急了。你和老谢能同来最好……①

---

① 徐志摩：《致郭有守》，顾永棣编：《徐志摩全集》书信卷，杭州：浙江人民出版社，2015年1月初版，第319页。

"小郭"指郭有守,字子杰,是徐志摩留英时结识的好友,时任国民政府教育部次长。"老谢"指谢寿康,戏剧家,曾任中央大学文学院院长。徐志摩逝世后,郭有守把此信交给陆小曼编入《志摩全集》时,在信末加了一个重要的注释:"《缘起》指《笔会缘起》,原文甚长,志摩笔迹,存戈公振处,盼望不知此物尚在否?"① 徐志摩这份《笔会缘起》手稿恐早已不存,幸好全文于 1930 年 11 月 22 日刊于天津《大公报》第四版,1933 年收入章克标著、上海绿杨堂版《文坛登龙术》一书,1983 年又编入香港商务印书馆版《徐志摩全集》第五卷(戏剧书信集)。

徐志摩为什么要写这份《笔会缘起》呢?那就是当时在京沪的以新文学家为主的一批作家开始酝酿筹组中国笔会了。在徐志摩致郭有守此信之前,"那晚签名的十人"已议过此事,打算在此基础上再增加"十人左右"作为发起人,召开中国笔会发起人会。显然,徐志摩与胡适一起是其中的核心人物,他为即将举行的发起人会起草了这份《笔会缘起》。三天之后的 5 月 12 日,中国笔会发起人会在上海举行,次日《申报》以《笔社发起人会》为题作了正式报道:

> 蔡孑民、胡适、叶玉虎、杨杏佛、谢寿康、徐志摩、林语堂、邵洵美、郑振铎、郭有守、唐腴庐、戈公振等君,昨在华安大厦开笔社发起人会,缘发起人中人,多数系海外笔会会员,故在国内亦拟有此组织。席间,由胡适之博士说明发起经

---

① 徐志摩:《致郭有守》,顾永棣编:《徐志摩全集》书信卷,第 319—320 页。

过，次通过章程，会址暂设亚尔培路二百零三号，《缘起》由徐志摩君拟就。

按理，既然上述十二位发起人已开会商议，通过章程和《缘起》，并发了消息，中国笔会的成立，应指日可待。不料，到了1930年10月20日，即发起人会召开五个多月后，徐志摩致郭有守信中还在提中国笔会成立之事：

> 适之有信来，要我们主催笔会，但彼归期，度亦不远，即待之，则待其归而行矣，想足下亦必同意也。①

从此信可知，当时胡适在北京，徐志摩计划待其南归后，正式"主催"中国笔会成立。果然，1930年11月16日，中国笔会终于在上海宣告成立。同年11月19日上海《时事新报》以《笔会之成立》为题作了详细报道：

> 笔会之组织系蔡孑民、杨杏佛、胡适之、曾孟朴、叶誉纬〔虎〕、宗白华、徐志摩、戈公振、谢寿候〔康〕、林语堂、郑振铎、邵简〔洵〕美、唐瘦〔腴〕庐、郭有守诸君所发起，曾迭开筹备会，上星期日下午四时，在华安八楼开成立会，除发起人外，到有宋春舫、杨哲子、赵景深、章克标、罗隆基、李

---

① 徐志摩：《致郭有守》，顾永棣编：《徐志摩全集》书信卷，第320页。

青崖、王国华、吴德生、沈亮君等，公推胡适之主席致词，谓五年前在英伦受彼邦笔会之招待，即有组织中国笔会之动机，迨返国内，觉著作家非常散漫，竟搁置至今，近以在外国笔会之会员纷纷言归，乃旧事重提，且以著作家之散漫，更有从早组织之必要，俾思想不同者常得联欢一堂，此在《缘起》中曾切实言之。又本年世界笔会在波兰开会，知中国在组织，亦希望能有代表参与，临时乃与蔡孑民诸先生商定，请郭子雄君就近出席，其报告书已寄到，容再发表，此应请会中追认者。次宣读章程，稍有修改，遂通告［过］。复次选举理事七人，蔡孑民、叶誉虎［虎］、徐志摩、郑振铎、邵简［洵］美、戈公振、郭有守七君当选，又互选蔡孑民君为理事长，戈公振为书记，邵简［洵］美君为会计，乃用茶点而散。

经查 11 月 19 日是星期三，报道中所说的"上星期日"正是 11 月 16 日。11 月 22 日，天津《大公报》也刊登了《笔会中国总会成立》的消息。不仅如此，11 月 30 日《申报图画周刊》第 29 期又刊出中国笔会成立会照片，会议主席胡适端坐会桌中央，其右侧第二、三人分别为徐志摩和邵洵美，从而为这一历史瞬间留下了一个宝贵的记录。

二

对于中国笔会，徐志摩的陈义很高，在他起草的颇具文采的

《笔会缘起》中有明确的表达：

> 我们现在发起组织中国笔会的一个显明的意思当然是借此我们的作家可以与全世界的作家有一个友谊的联络，并且享到因此得来的种种利便。但我们同时还有一个也许更深切一些的意思，那就是我们看了近年来国内文学界的分裂又分裂，乃至相与敌对相与寻仇的现象，觉得有些寒心，这笔会的组织，或许可以造成一个中性的调剂的势力，所谓各系各派的成见与误解或许可以由此消灭，更正确的文学的任务或许可以由此提醒。

徐志摩接着援引巴比塞、高尔基、萧伯纳、威尔斯等"在时代思想的前面站着的"大作家和"保守的或右翼的作家一样欣欣然的加入笔会的活动"为例，呼吁中国"各派的作家放宽一些度量，让我们至少在这一件事上彼此不时有一个友谊的聚晤的机会，至少在这一件事上彼此可以把一切的'不同'和'差异'暂时放在一边。这样也许可以节省许多在彼此无谓的斗争中的一些精力，移向更近人情的事业不更好吗？"最后，徐志摩表示，"谦卑的，诚恳的，邀请国内的作家加入"中国笔会。[①]他这些话说得很坦率，很真诚，显然不是无的放矢，而是有所指的。

[①] 以上三段引文均引自徐志摩：《笔会缘起》，顾永棣编：《徐志摩全集》散文卷，第394—395页。

1930年3月，中国左翼作家联盟在上海成立，大力倡导无产阶级革命文学。三个月后，"民族主义文学家"发表《民族主义文艺运动宣言》，直接与左翼文学运动对抗。而在此前后，新月派文学家既反对左翼作家的文学主张，梁实秋还和鲁迅展开了激烈的论战，同时又对国民政府的许多做法表示不满。在这种形势下，徐志摩希望各派作家抛开争论，消除成见，互相合作，共同组织中国笔会，就天真得有点可爱了。就左翼作家这方面而言，有足够的理由不加入中国笔会，因为他们中不少人正在遭受官方的种种压迫，处于地下或半地下状态，不可能参加公开组织的笔会，此其一；徐志摩所主张的各派之间的论战属于"无谓的斗争"，是"相与敌对，相与寻仇"，也不能为坚持原则立场的左翼作家所接受，此其二；当时在苏联设有革命作家国际局（1930年11月改为国际革命作家联盟），中国左翼作家联盟成立后很自然地与之建立联系而不愿与国际笔会及其中国分会发生关系，此其三。所以，徐志摩的想法固然出于好意，实际上却难以办到。

　　事实果真如此。上引徐志摩1930年5月9日致郭有守信中提到拟邀请二十位左右能够"代表各方面"的作家列名中国笔会发起人，与笔会《缘起》所主张是相一致的，即徐志摩打算尽可能地争取包括左翼作家在内的各派作家共同发起中国笔会，以扩大中国笔会的代表性，提升中国笔会的威望。可是临到5月12日举行发起人会那天，到会者仅十二位，至少有七八位被邀者不曾与会。现在当然已无从猜测徐志摩当初还打算或已邀请了哪些人，但缺席者中包括左翼或接近左翼的作家代表恐不会错。

同年 11 月 16 日中国笔会正式成立时，再次公布的发起人为十四位，除了 5 月 13 日公布的徐志摩和蔡元培、胡适、杨杏佛、叶誉虎、戈公振、谢寿康、林语堂、郑振铎、邵洵美、唐腴庐、郭有守等十二位，新增曾孟朴、宗白华两位，后来在《文坛登龙术》刊出的《笔会缘起》所附发起人名单，也是这十四位。因此，中国笔会的正式发起人正是这十四位，应确切无误，代表性也确实有所扩大。但徐志摩的初衷仍未能达到。

平心而论，中国笔会大部分发起人是当时中国文学界的俊彦，蔡元培与胡适的地位和影响自不必说，徐志摩是新月派代表，郑振铎是文学研究会发起人，林语堂是语丝派骨干（后创办《论语》成为论语派首领），邵洵美先主持狮吼社后又加盟新月派，宗白华曾主编五四"四大副刊"的《时事新报·学灯》，曾孟朴既是近代小说大家又是真美善社主帅，戈公振是新闻记者的翘楚，等等。当然，毋庸讳言，叶恭绰、杨杏佛、郭有守、谢寿康，以至蔡元培本人当时都在政府机关中任职，从表面上看，中国笔会一部分发起人毕竟带有或浓或淡的官方色彩，因此，左翼作家从一开始就不参与中国笔会，也就更容易理解了。

尽管左翼作家不列名发起中国笔会，也不参与中国笔会的活动，甚至在左翼刊物《巴尔底山》上严厉批评中国笔会，[①]难能可贵的是，自中国笔会成立直至徐志摩逝世，他一直没有放弃邀请左翼

---

① 参见戎一：《笔会与聚餐》，《巴尔底山》1930 年 5 月 21 日第 1 卷第 5 号，此文认为中国笔会是"资产阶级文人的集合"。

作家的努力。中国笔会成立十二天之后，即 1930 年 11 月 28 日，胡适就举家北上。又"十多天"之后，徐志摩致信胡适，信中有这样一段话：

> 笔会这星期日开会，沈雁冰、达夫等都允到，你在北京亦可着手组织。上海一班文人似乎颇吃醋，有一张攻击我，说我一人包办，这是《申报》宣传的反响。我意思以后此项宣传可以无须，我们自己多出几个真够"笔员"资格者是真的。①

这就说明，中国笔会成立之后的第二次聚会，徐志摩邀请了茅盾（沈雁冰）和郁达夫。郁达夫是徐志摩老同学，又经鲁迅提议列名左联发起人之一，茅盾 1930 年 4 月初自日本回到上海后即应冯乃超之请参与左联活动，如果他俩参加中国笔会聚会，自是一件大好事，但结果是两人虽已允诺，似均未到会。现存唯一一通徐志摩作于 1931 年 3 月间的致郁达夫信，信中有"笔会再三相请，未蒙枉驾"句，②就是一个有力的旁证。

中国笔会自成立至全面抗战爆发，虽然时断时续，却一直有活动。③但是，徐志摩与中国笔会的因缘只有短短一年左右的时间。他对中国笔会的创立发挥了极为重要的作用，中国笔会成立以后的

---

① 徐志摩：《致胡适》，《远山：徐志摩佚作集》，北京：商务印书馆，2018 年 3 月初版，第 163—164 页。
② 徐志摩：《致郁达夫》，顾永棣编：《徐志摩全集》书信卷，第 215 页。
③ 参见陈子善：《国际笔会中国分会活动考（一九三〇—一九三七）》，《文人事》，杭州：浙江文艺出版社，1998 年 8 月初版。

活动他依然是积极的参与者，正如对徐志摩执弟子礼的赵景深后来所回忆的："四年半的上海生活间，时常在笔会上和其他宴会席上遇见徐师。"①可惜，现能查到的确切的文字记载并不多。1931年8月9日，中国笔会举行常会，改选理事，徐志摩到会了，同年9月出版的《新时代月刊》第一卷第二期对此报导甚详：

> 世界笔会中国分会，于八月九日在北京路邓脱摩西餐馆开会，计到会员徐志摩、邵洵美、戈公振、罗隆基、曾今可、曾虚白、孟寿椿、孙大雨、毛壮侯、王景岐、梁得所、孙席珍、赵景深、郑振铎，及应王二女士等。改选理事，当选者为邵洵美、郑振铎、孟寿椿三君。

从该报导看，徐志摩不再担任中国笔会理事，这或与他那时已去北京大学执教，不常在上海有关。但他对中国笔会会务仍相当热心，同年11月1日，他在致郭有守之弟、正在英国留学的郭子雄的信中说：

> 你的"笔会报告"已寄《新月》，不知四卷一号赶得及否？国内笔会情形实不甚佳妙。北方朋友因多惩怼之思，至今还不曾组织分会。我怕得你回来才能鼓起兴会，目前更谈不到

---

① 赵景深：《徐志摩》，《文人印象》，上海：北新书局，1946年4月初版。转引自《现代文人剪影》，武汉：湖北人民出版社，2009年1月初版，第59页。

文化事业。终日偃蹇，谁都不得舒服。①

由此足见徐志摩对中国笔会不能进一步开展活动深怀忧虑。然而，谁又能料到，当郭子雄生动记述国际笔会第九次年会的长文《在荷兰：笔会第九次年会纪事》在1932年2月《新月》第四卷第一期上刊出时，徐志摩已与中国笔会永别，该期《新月》已成了"志摩纪念号"。

三

徐志摩的突然去世是中国笔会的一个重大损失。徐志摩空难三天之后，中国笔会就集会沉痛哀悼这位发起人，11月30日上海《文艺新闻》第三十八号和12月《新时代月刊》第一卷第五期分别作了报导，前者标题为《诗卷晦新月　笔会悼长空》，后者"文坛消息"专栏《笔会近讯》中对此记述较详，转录如下：

> 笔会日前假大西洋番菜社开常会，到叶恭绰、章士钊、程演生、赵景深、曾今可、戈公振、孟寿椿、汪翰章、罗隆基、曾虚白、宋春舫、陈志群、邬翰芳、沈旭庵及王右家、应德蕙[蕙德]女士等。因理事长蔡元培出席第四次全国代表大会，公推孟寿椿为临时主席，首由主席报告接到伦敦等处笔会寄来

---

① 徐志摩：《致郭子雄》，顾永棣编：《徐志摩全集》书信卷，第317页。

会刊信件等,继全体为笔会发起人徐志摩遇难静默三分钟志哀,后议决出版《笔会会刊》,第一期为《纪念徐志摩先生特刊》,限一星期内集稿云。

不知为什么,中国笔会的纪念徐志摩特刊后来未见出版,这无疑是很遗憾的事。但笔会不少发起人、理事和会员纷纷撰文纪念徐志摩。对徐志摩创办中国笔会的良苦用心,有一位作家看得最清楚,那就是笔会另一位发起人郑振铎。他在《悼徐志摩》中说过一大段话,对徐志摩"发起'笔会'"的种种做法给予极高的评价。这段话一直未引起徐志摩研究者应有的关注,因此有必要照录如下:

　　志摩是一位最可交的朋友,凡是和他见过面的人,都要这样说。
　　他宽容,他包纳一切,他无心机,这使他对于任何方面都显得可以相融洽。他鼓励,他欣赏,他赞扬任何派别的文学,受他诱掖的文人可真是不少!人家误会他,他并不生气,人家责骂他,他也能宽容他们。诗人、小说家都是度量狭小得令人可怕的,志摩却超出于一切的常例之外,他的度量的渊渊,颇令人难测其深处。
　　他在上海发起"笔会"。他的主旨便在使文人们不要耗费时力于因不相谅解而起的争斗之中。他颇想招致任何派别的文学家,使之聚会于一堂,俾得消泯一切无谓的误会。他很希望上海的"左翼"文人们，也加入这个团体。同时，连久已被人唾弃的"礼拜六"派的通俗文士们，他也想招致。虽然结果未必能够尽如他意，然他的心力却已费得不少了。

在当代的文坛上，像他那样的不具有"派别"的旗帜与偏见的，能够融洽一切，宽容一切的，我还没见过第二个人。

他是一位很早的文学研究会的会员，但他同别的会社也并不是没有相当的联络；他是一位新月社的最努力的社员，但他对于新月社以外的文学运动，也还不失去其参加的兴趣。

他只知道"文学"，他只知道为"文学"而努力，他的动机和兴趣都是异常的纯一的，所以他决不会成为一位偏执的人。①

从上文的梳理已不难看出，中国笔会成立以后一直以"文学研究会、新月社、真美善社、论语社这四社社员为主要分子"。②但郑振铎是知情人，他公开披露徐志摩始终为各种派别的文学家，尤其是"上海的'左翼'文人们"和"'礼拜六派'的通俗文士们"都能参与中国笔会费尽心力，并对此举给予了充分的肯定。十五年后，中国笔会另一位参与者赵景深在《笔会的一群》中也不忘加上重要的一句："当时笔会曾邀请思想前进的作家加入，结果是不曾达到愿望。"③所以，今天在回顾徐志摩参与创建中国笔会所作出的贡

---

① 郑振铎：《悼志摩》，《北平晨报·学园》1931年12月8日。
② 赵景深：《笔会的一群》，《文人印象》。转引自《现代文人剪影》，第105页。
③ 同上书，第103页。

献时，这一点必须予以强调。

由于当时错综复杂的历史环境和文坛情势，尽管再三努力，徐志摩争取左翼作家加入中国笔会的良好愿望仍无法实现，但这并不意味着徐志摩与左翼作家没有其他形式的合作。而今已知他介绍史沫特莱认识茅盾；①他在左联机关刊物《北斗》发表诗作《雁儿们》；②他参与营救左翼作家胡也频，在胡也频遇害之后又创作了小说《珰女士》，③等等，都是明证。徐志摩大概是新月派中唯一与左翼文学有过合作的作家，这一点也是必须指出的。

还应该补充的是，1936年10月，《文艺界同人为团结御侮与言论自由宣言》在上海发表，④鲁迅、郭沫若、郑振铎、谢冰心、林语堂、巴金等与包天笑、周瘦鹃一起联署；1938年3月，包含各种政治倾向和文学派别的作家、成员更为广泛的中华全国文艺界抗敌协会在武汉成立，从某种意义上讲，不正是徐志摩当年倡导的中国笔会精神在新的历史条件下的延续和拓展吗？总之，爬梳徐志摩与国际笔会中国分会关系的始末，给我们后人的启示是多方面的。

---

　　① 参见查国华：《茅盾生平著译年表》，《茅盾全集》附集，北京：人民文学出版社，2001年2月初版，第81页。

　　② 徐志摩：《雁儿们》，《北斗》1931年9月创刊号。

　　③ 徐志摩参与营救胡也频之事，参见邵华强：《徐志摩年谱简编》，《徐志摩研究资料》，西安：陕西人民出版社，1988年1月初版，第65页。徐志摩：《珰女士》，《新月》1931年9月第3卷第11期，未完。

　　④ 《文艺界同人为团结御侮与言论自由宣言》，《文学》1936年10月第7卷第4号。

9

作家文学活动考略

鲁迅与巴金见过几次面？

鲁迅与巴金是中国现代文学史上举足轻重的两位大家，1930年代同时驰骋海上新文坛，他们见过面吗？如见过，又见了几次？这是个有趣和值得探究的问题。

《鲁迅日记》明确记载巴金只有五次，即1934年10月6日、1935年9月25日、1936年2月4日和8日及4月26日，实在不算多。而且，这五次记载中，后四次都是巴金托黄源转赠著译或寄送稿件，两人见面仅1934年10月6日这一次，该日鲁迅日记云：

> 夜公饯巴金于南京路饭店，与保宗同去，全席八人。①

这是巴金名字首次出现在鲁迅日记中。由于是首次见到鲁迅，巴金的印象特别深刻。1956年10月，为纪念鲁迅逝世二十周年，巴金写了《鲁迅先生就是这样的一个人》，其中两处写到此次见面：

---

① 鲁迅：《鲁迅全集》第16卷，北京：人民文学出版社，2005年11月初版，第477页。以后所引鲁迅日记均出自该卷，不另注。

> 我第一次看见鲁迅先生是在文学社的宴会上,那天到的客人不多,除鲁迅先生外,还有茅盾先生,叶圣陶先生几位。茅盾先生我以前也没有见过,我正在和他讲话,饭馆的白布门帘一动,鲁迅先生进来了:瘦小的身材,浓黑的唇须和眉毛……可是比我在照片上看见的面貌更和善,更慈祥。这天他谈话最多,而且谈得很亲切、很自然,一点也不啰嗦,而且句子短,又很有风趣。
>
> ……
>
> 1934年我去日本之前,10月初文学社的几个朋友给我饯行,在南京饭店定了一个房间,菜是由餐厅送上来的。鲁迅先生那天也来了。他好像很高兴。①

从巴金的回忆可知,此次聚宴是"文学社"为巴金即将赴日饯行,也就是鲁迅日记中所谓的"公饯"。"文学社"出版《文学》月刊,当时主编是傅东华,编辑黄源。所以,参加聚宴的"八人","文学社"同人鲁迅、茅盾(保宗)、叶圣陶和傅东华、黄源,加上巴金,这六位完全可以肯定。另两位恐已难以查考了。

除了此次,巴金在此文中回忆还与鲁迅见过数次面,每次都非简单应酬。第一面是:

> 第二年秋天我从日本回来,有一天黄源同志为了"译文丛

---

① 巴金:《鲁迅先生就是这样的一个人》,《忆鲁迅》,北京:人民文学出版社,1956年10月初版,第106页。

书"的事情在"南京饭店"请客,鲁迅先生和许景宋夫人都来了。他瘦了些,可是精神很好。他因为"译文丛书"和他翻译的《死魂灵》第一部就要在文化生活出版社刊行感到高兴。……那个时候我正计划编辑"文学丛刊"第一集,我对他说:"周先生,编一个集子给我吧。"他想了想就点头答应了。过两天他让黄源同志通知我集子的名字和内容,说是还有三四篇文章没有动笔写,等写好就给我送来。这就是他的最后一个小说集子:历史短篇集《故事新编》。①

"第二年秋天"是 1935 年秋。查鲁迅 1935 年 9 月 15 日日记,果然有"河清邀在南京饭店夜饭,晚与广平携海婴往,同席共十人"的记载,时间上完全吻合。这次聚宴十分重要。当时黄源(河清)协助鲁迅编辑"译文丛书",而巴金和吴朗西合作,刚刚创办了文化生活出版社,计划出版"文学丛刊"。正是在此次晚宴上,巴金得到了鲁迅的全力支持,决定"译文丛书"和鲁迅自己的最后一部小说集《故事新编》均交给文化生活出版社出版。《故事新编》列为"文学丛刊"第一集第一种。而参加此次聚宴的"十人",黄源在《鲁迅书简追忆》中也已有详细的回忆:

> 九月十五日傍晚,我先到鲁迅先生家里,同鲁迅先生、许先生、海婴一起到南京饭店夜饭,同席共十人。即译文社四

---

① 巴金:《鲁迅先生就是这样的一个人》,《忆鲁迅》,第 107 页。

人：鲁迅、茅盾、黎烈文和我，文化生活出版社两人：巴金、吴朗西。还有四位客人：除许先生和海婴外，鲁迅先生邀了胡风，因有话和他谈；我邀了傅东华，他是《文学》主编，我和他在一起工作，这次是我以译文社名义作东，也请了他。①

巴金在《鲁迅先生就是这样的一个人》中还回忆，在1935年9月15日黄源宴请席上与鲁迅见面之后，又有一次见面：

> 几个月后，我在一个宴会上又向鲁迅先生要稿，我说我希望"文学丛刊"第四集里有他的一本集子，他很爽快地答应了。过了些时候他就托黄源同志带了口信来，告诉我集子的名字：散文集《夜记》。不久他就病了，病好以后他陆续写了些文章。听说他把《半夏小集》《这也是生活》《死》《女吊》四篇文章放在一边，已经在作编《夜记》的准备了，可是病和突然的死打断了他的工作。他在10月17日下午还去访问过日本同志鹿地亘，19日早晨就在寓所内逝世了。收在"文学丛刊"第四集中的《夜记》还是许景宋先生在鲁迅先生逝世以后替他编成的一个集子。②

这次见面的具体时间能否查考出来？答案也是肯定的。"几个

---

① 黄源：《鲁迅书简追忆》，杭州：浙江人民出版社，1980年1月初版，第93—94页。
② 巴金：《鲁迅先生就是这样的一个人》，《忆鲁迅》，第107—108页。

月后",虽然可以三四个月,也可以五六个月,但查鲁迅日记,1936年2月9日有"晚河清邀饭于宴宾楼,同席九人"的记载。更重要的是,黄源也留下了回忆,明确告诉我们,这晚是"邀请译文社同人和其他友人在宴宾楼夜饭,共同商定《译文》复刊事",同席的"九人"是"鲁迅、茅盾、黎烈文、巴金、吴朗西、黄源、胡风、萧军、萧红"。①巴金的名字正好在内,这当然不会是巧合。这次见面时间是1936年2月9日据此应可确定。

正是在这次见面时,巴金又有了新收获,鲁迅答应为"文学丛刊"提供第二本书稿《夜记》,书名鲁迅自定,书中将收入《半夏小集》《"这也是生活……"》《死》《女吊》等四篇散文也是鲁迅自己选定。可惜他3月2日去溧阳路藏书室检书时受寒患病,以后病情时好时坏,直至10月19日去世。《夜记》成了鲁迅生前拟编而最终未能编成的一本书。后来于1937年4月由上海文化生活出版社出版的《夜记》是许广平在鲁迅逝世后代为编辑的,她在《〈夜记〉编后记》中有明确的交代。

除了上述三次,根据现有史料,鲁迅与巴金至少还有两次见面。一次是1934年10月30日,当日鲁迅日记云:"吴朗西邀饮于梁园,晚与仲方同去,合席十人。"这次宴席应该是吴朗西为巴金赴日饯行,鲁迅与茅盾(仲方)当时都是吴朗西编辑《漫画生活》杂志的约稿对象,所以都受邀参加。四天后巴金离沪赴日。另一次则是1936年5月3日,当日鲁迅日记云:"译文社邀夜饭于东兴

---

① 黄源:《鲁迅书简追忆》,第110页。

楼，夜往，集者约三十人。"这是译文社为《译文》复刊而举行的上海文学界同仁宴会，规模较大。据唐金海等编《巴金年谱》记载，巴金在这次宴席上把刚到上海不久的《大公报·文艺》主编萧乾介绍给鲁迅。① 这大概也是鲁迅与巴金的最后一次见面。

鲁迅与巴金见面很可能不止这五次，但这五次是确切无误的，而且均非普通的应酬，都具有实质性内容，甚至影响到现代文学史的书写，如鲁迅最后一部小说集《故事新编》的诞生正是由于巴金的约稿，如鲁迅的最后一部散文集《夜记》本来应该是他自己编定的，如《译文》杂志的复刊巴金也是参与者之一等，由此也可见鲁迅对巴金的欣赏和信任。鲁迅后来在著名的《答徐懋庸并关于抗日统一战线问题》一文中称"巴金是一个有热情的有进步思想的作家，在屈指可数的好作家之列的作家"，② 也就更可以理解了。如果我们只根据鲁迅日记的明确记载，认为鲁迅只见过巴金一面，那就大错特错了。

---

① 参见唐金海、张晓云主编：《巴金年谱（上、下卷）》，成都：四川文艺出版社，1989年10月初版，第417—418页。

② 鲁迅：《答徐懋庸并关于抗日统一战线问题》，《且介亭杂文末编》，《鲁迅全集》第6卷，第556页。

"唐弢兄嘱题"

打捞历史碎片是一件有趣的事,打捞之初,打捞者往往并不知道打捞的结果,也许满载而归,也许一无所获,但更多的可能是得到意想不到又不得不面对的无情的史实。

2012年5月北京中国嘉德拍卖公司拍卖了中国现代文学研究家、藏书家唐弢先生收藏的一大批现当代名家字画和手稿,当人们津津乐道于有鲁迅批校的周作人《日本近三十年小说之发达》手稿和朱自清楷书七绝《市肆见三希堂山谷尺牍,爱不忍释,而力不能致之》时,笔者对另一件相对不那么引人注目的拍品——中华全国文学艺术工作者代表大会《代表纪念册》产生了浓厚的兴趣。

第一次全国文代会于1949年6月30日至7月19日在北平举行。7月11日,大会向与会代表赠送《代表纪念册》。唐弢当时是文代会"南方代表第二团"的代表,理所当然得到了一本《代表纪念册》。于是他持册请出席文代会的中共领导人和许多文艺界旧雨新知签名、作画和题词,这册《代表纪念册》也因此留下了那个时代那个历史瞬间的鲜明印记。

先说最简单的签名,共有三十余位,虽只占了与会代表总数约二十分之一,却已涵盖文学、美术、音乐、电影、戏剧、新闻各界，包括京剧大师梅兰芳、画家赵望云、电影导演陈鲤庭、女明星白杨、音乐家吕骥、报人张慧剑、记者徐盈等等，当然，主要是作家，计有从五四至四十年代先后成名的柯仲平、钟敬文、曹靖华、何其芳、李广田、周文、周立波、李伯钊、李季、罗烽等位，他们当中既有来自国统区的，更多来自解放区。再说绘画，《代表纪念册》中有三幅唐弢头像，一幅出自小丁（丁聪）之手的漫画，另一幅是刃锋的速写，还有庞薰琹画的文代会主席台，张乐平画的举着"儿童团"小旗的新生的三毛，均颇为生动别致。

特别值得讨论的是许多同中有异、异中有同的题词。唐弢拿到《代表纪念册》当天就请三位文学研究会发起人、二位名作家题词。叶圣陶的题词是大白话："唐弢兄嘱题名于此册。　一九四九年七月十一日，叶圣陶"。郑振铎的题词："为工农兵服务　唐弢兄嘱书　38/7/11"。这句话无疑是当时的时代最强音，但郑振铎一不留意，落款还是民国纪年，其他人都已写作公元"一九四九"了。王统照的题词是："唐弢先生对于我的陈腐的旧体诗与麻麻烦烦的毛笔字特为爱好，殊觉自愧。重遇于北平文代大会中，书此一笑。1949.7.11 王统照"。这段题词不那么正式，完全是私人化的，因为回忆了唐弢请王统照写字的往事，是次嘉德拍卖会上就拍出了恂如（王统照）1945年初春为唐弢所书镜心七律《将北归赋此以示诸友》，尽管王统照也作了"自我批评"，承认自己的旧体诗是"陈腐的"。巴金和金近的题词，一为事务性的，另一为互勉性的。巴金题曰："希望你开完了文学工作者协会才离开北平。唐弢兄　巴金　七月十一日"；金近题曰："我向你看齐，你再向前面的朋友看齐，大家并肩前进！

唐弢兄嘱题　金近　一九四九,七月十一日北平留香饭店"。

　　来自国统区的许多作家,大概都已意识到要向解放区作家学习,所以题词已凸现两大主题:一、改造自己,二、为工农兵服务。戏剧家熊佛西的题词就是:"今日我们文艺工作者最大的任务,首先是改造自己,希望你我今后在这方面共勉　风子兄　弟佛西"。杂文家陈子展的题词则是"从活泼泼的时代　取得活泼泼的真理　创造活泼泼的人生　陈子展于怀仁堂大会1949.7.12"。戏剧家曹禺的题词更显然反映了愿意认认真真改造的态度:"让我们一同学习劳动,爱劳动,学习人民的生活,爱人民。　唐弢兄　曹禺"。"二流堂"骨干冯亦代的题词再一次写到"为工农兵",而且还画上了一头勤勤恳恳的老牛:"学老牛的精神,负起为工农兵服务的使命来。　亦代　一九四九年七月　北平留香饭店"。而曾是"新月派"一员的女诗人方令孺的题词简直就是一首诗:

　　　　最初读到你的杂文,
　　　　钦佩你作风的刚劲;
　　　　稍后读到你的散文,
　　　　赏鉴你文字的华润;
　　　　今后等待你的创作,
　　　　都是为了工农兵。

　　　　　　　　　　　　风子先生　方令孺

　　表扬唐弢杂文的还不止方令孺一人,无独有偶,小说家吴组缃的题词也说到了，而且比较风趣："老早在《自由谈》上读到你的杂文，心想又是一位世故老人，这回有幸相识，出乎意料这么年青！唐弢兄　弟吴组缃"。"又是一位"云云，当指在《申报·自由谈》上几与鲁迅乱真的唐弢是又一位以杂文名世者。另一位诗人冯至的题词自然也是诗，虽然有点像顺口溜：

　　　　我们在这里见了面
　　　　我们在这里谈了天
　　　　我们在这里展开了
　　　　我们生活里的另一篇

　　　　　　　　　　　　冯至　七·十三.

　　资历更老的左翼诗人萧三的题词调子也不可谓不高："感知音……但愿在这大时代　更提高我们的嗓子。　埃弥（萧三）　北平，14/Ⅶ/1949n"。

　　为唐弢《代表纪念册》题词的来自解放区的作家仅两位，一为写作了《小二黑结婚》等作品而被誉为代表解放区文学"赵树理方向"的赵树理，唐弢请他题词自是题中应有之义。赵树理的题词为"愿与先生共同为大众服务　赵树理　七月十六日"，以平等的姿态说平实的话，是难得的。另一为诗人艾青，他的题词很特别："怀念中南海　艾青　一九四九年七月"，怎么理解都可以。

　　只有二位代表的题词似乎有些不协和音。一位为"红学"大家、后来被选为"中华全国文学工作者协会"常务委员的俞平伯，他的题词是"临渊羡鱼，不如归而结网。 风子先生属书 俞平伯 一九四九·七·一九"。俞平伯是小心谨慎的，他借用《汉书·董仲舒传》中"古人有言曰：'临渊羡鱼，不如退而结网'"的典故委婉地提醒唐弢，面对完全崭新的文艺形势，"当自求之"。另一位则是"七月派"首领、后来也被"指定"为"中华全国文学工作者协会"常务委员的胡风，文代会期间他很不愉快，他 1949 年 7 月 4 日日记中记曰："上午，由茅盾作国统区报告，还是胡绳、黄药眠所搞的那一套。"① 7 月 10 日日记又记曰："上午，自由发言，周扬'亲自'来邀过。下午，文学组开会，丁玲又要我发言，终于推脱了。"② 所以，他给唐弢《代表纪念册》的题词虽也是诗的形式，却很沉痛，与全册题词的基调很不一致：

你是虫　我是鸟
虫鸟都是吃的
谷和草
吃了多少年的
谷和草
今天才知道农民
的负担太重了

　　　　　　　　　　风子兄　风

---

① 胡风：《胡风全集》第 10 卷（日记），武汉：湖北人民出版社，1999 年 1 月初版，第 85 页。
② 同上书，第 86 页。

这首小诗很可能是胡风的集外诗。但"今天"是哪一天，为何"今天才知道"，"知道"了什么？似已不可考。胡风1949年7月12日致梅志信中说："已经开了十三天的会，还要六天才开完。开完以后，大概还得开十几天小会。……过着这种被优待的生活，实在太难为情了。"① 也许可以对照起来阅读和理解？

唐弢先生这册小小的《代表纪念册》上的题词，如果单独地看，信手拈来的一两句话而已，只是一页页历史的碎片，但如集中在一起加以考察，意义就不一般了。已有论者指出第一次全国文代会与改造来自国统区的作家、与以后全国文学体制的建构均关系至为密切，② 从这册《代表纪念册》的题词中也已可略见端倪了。十六则题词直接提到"工农兵"和"大众"的有五则，间接提到的至少有七则，足以体现当时文坛的新风气，要"为建设新中国的人民文艺而奋斗"。③ 不能说这些题词的作者想法不真诚，表达不由衷，后来的坎坷遭遇决非他们所能料及的。提一下唐弢先生《代表纪念册》上一位签名者不久之后的结局不是无益的，作家周文1952年7月1日在中央马列学院秘书长任上受批判后弃世。至于绝大部分签名者和题词者后来在历次政治运动和十年浩劫中的命运，就不必再辞费了。

---

① 晓风选编：《胡风家书》，上海：复旦大学出版社，2007年4月初版，第101页。
② 参见斯炎伟：《全国第一次文代会与新中国文学体制的建构》，北京：人民文学出版社，2008年10月初版。
③ 这是郭沫若在第一次全国文代会上所作总报告的题目。

张爱玲与上海第一届文代会

1950年7月24日至29日,在夏衍、巴金、冯雪峰等人发起下,上海举行第一届文学艺术工作者代表大会。张爱玲的出席,成为这次大会的"亮点"之一。柯灵在他的名文《遥寄张爱玲》中就特别提到:

> 一九五二年,上海召开第一次文学艺术界代表大会,张爱玲应邀出席。季节是夏天,会场在一个电影院里,记不清是不是有冷气,她坐在后排,旗袍外面罩了件网眼的白绒线衫,使人想起她引用过的苏东坡词句,"高处不胜寒"。那时全国最时髦的装束,是男女一律的蓝布和灰布中山装,后来因此在西方博得"蓝蚂蚁"的徽号。张爱玲的打扮,尽管由绚烂归于平淡,比较之下,还是显得很突出。①

整整六十年之后,还有第一届文代会的参加者艾明之忆及此事:

---

① 柯灵:《遥寄张爱玲》,《读书》1985年第4期。

我出席了上海市第一次文代会。如果我的记忆没有错的话，张爱玲女士也参加了文代会，坐在会场靠后的位子上。会议开了六天，圆满闭幕。①

可见，身份特殊的张爱玲当时与会确实引人注目。张爱玲与会登记的名字是"梁京"，也即她自1950年3月25日起在上海《亦报》连载长篇小说《十八春》时所署的笔名。查1950年7月24日《解放日报》公布的《出席本届文代大会代表名单》，"梁京"的名字列于"文学界"九十四名代表之中，出现在下列作家、学者之间："唐弢、师陀、倪海曙、梁京、孙大雨、孙席珍、孙福熙、郭绍虞、许杰"等。这些人中"梁京"也即张爱玲最为年轻，按年龄和资历，郭绍虞、许杰、孙大雨、孙席珍等位都是她的老师辈了，即此一端也可证明，邀请她参加上海第一届文代会实在是不小的礼遇。

柯灵和艾明之回忆的应是文代会7月24日在虹口解放剧场举行开幕式时的情景。开幕式之后，7月25日，"部队、文学、美术、音乐、舞蹈、剧影、戏曲、翻译等各协会工作报告"；7月26日，"由陈（毅）市长报告国内外形势"；7月29日，"上海市第一届文代大会胜利闭幕，上海市文学艺术工作者联合会宣告成立"。②大会期间，各界代表多次分组讨论，张爱玲被分在"文学界代表"第四

---

① 艾明之：《第一次文代会前后》，《文汇报·笔会》2010年11月23日。
② 以上引自《一九五〇年上海文艺大事记》，上海市人民政府文化局艺术处编印，无出版时间，第76、77页。

小组。真是万幸，一份蜡纸刻印的"文学界代表第四小组名单"被组长赵景深保存了下来，上面印得清清楚楚：

> 组长赵景深；副组长陆万美、赵家璧；周而复、潘汉年、孙福熙、沈起予、叶籁士、姚蓬子、程造之、谷斯范、刘北汜、平襟亚、梁京、余空我、张一苹、邓散木、陈灵犀、陈涤夷、张慧剑、柯蓝、王若望、哈华、姚苏凤、严独鹤①

这份名单大有看头。除了余空我、张一苹较为陌生，其他都有或大或小的文名（陈涤夷即为大名鼎鼎的 1940 年代《万象》杂志首任主编陈蝶衣），其中有来自延安和其他解放区的，有来自国统区的，更多的是长期在上海的，包括不少被称为旧派或鸳鸯蝴蝶派的作家，充分显示了 1950 年代初期文艺界统一战线的广泛和宽容。特别应该提到的是，赵景深在"梁京"名字左旁写了"张爱玲"三字，并在两个名字之间划了一个等号，这说明"梁京"即张爱玲，在当时已是公开的秘密了。张爱玲是否参加和参加了几次第四小组的活动？由于该组作家已全部谢世，无从查考了。张爱玲对他们中的大多数人本来就不熟悉，她即便参加了小组活动，恐怕也没有多少话可说。她只与平襟亚和邓散木两位有特殊的因缘。平襟亚就是当年发表她小说的《万象》的发行人，笔名"秋翁"，张爱玲为了稿

---

① 徐重庆：《关于张爱玲的一则史料》，《文苑散叶》，南京：东南大学出版社，2002 年 5 月初版，第 335 页。

费还与他有过一场笔墨官司；邓散木则曾为她的《传奇》增订本题写了书名。

邀请张爱玲参加上海第一届文代会，作出这个决定的无疑是当时上海文艺界的高层领导，柯灵《遥寄张爱玲》中已经说得再明白不过：

> 左翼阵营里也不乏张爱玲的读者，"左联"元老派的夏衍就是一个。抗战结束，夏衍从重庆回到上海，就听说沦陷期间出了个张爱玲，读了她的作品；解放后，他正好是上海文艺界第一号的领导人物。这就是张爱玲出现在文代会上的来龙去脉。……后来夏衍调到文化部当副部长，我还在上海书店的书库里，购了《传奇》和《流言》，寄到北京去送给他。①

夏衍时任中共上海市委常委兼宣传部长，作出这样的决定自在情理之中，因为夏衍是当时中共执行知识分子政策的典范。这个决定也确实需要勇气和胆略，显示了新政权的雅量。夏衍晚年在谈到张爱玲时没有涉及此事，但当他昔日的秘书李子云说到"您（指夏衍——笔者注）是左联的发起人之一，奇怪的是您居然能接受被'直接为政治服务论者'认为不能入流的作品。最明显的例子是您能欣赏张爱玲的作品。她的作品实在是离政治太远了。但是您在1950年曾介绍我看她的作品，说她是写短篇小说的能手。当年没有

---

① 柯灵：《遥寄张爱玲》，《读书》1985年第4期。

一个革命作家敢承认张爱玲在小说创作上的成就"时,夏衍的回答耐人寻味:

> 我认识张爱玲和读她的作品,是唐大郎给我介绍的。唐大郎也是一个有名的"江南才子",所以,也可以说,欣赏张爱玲的作品和希望她能在大陆留下来,一是爱才,二是由于恩来同志一直教导我们"要团结一切可以团结的人"这一方针。①

这段话一直未引起张爱玲研究者的关注。夏衍说"我认识张爱玲",可以有两种解释,一种是通过张爱玲的作品而"认识"她,另一种是他真的与张爱玲见过面而"认识",介绍人或许就是"小报大王"唐大郎?但这仍然只是一种推测,也已无法证实。

夏衍还有一段可能更为关键的话从未引起张爱玲研究者的关注。他在去世前一年多为《大江东去——沈祖安人物论集》作序时再一次提到张爱玲,不但对张爱玲的评价简要而中肯,而且披露了极为重要的史料:

> 张爱玲一直是个有争议的人物。她才华横溢,二十多岁就在文坛上闪光。上海解放前,我在北京西山和周恩来同志研究回上海后的文化工作,总理提醒:有几个原不属于进步文化阵

---

① 夏衍:《文艺漫谈》,《夏衍全集》第 8 卷,杭州:浙江文艺出版社,2005 年 12 月初版,第 621、622 页。

营的文化名人要争取把他们留下，其中就谈到刘海粟和张爱玲。总理是在重庆就辗转看过她的小说集《传奇》，50年代初我又托柯灵同志找到一本转送周总理。但是张爱玲后来到了香港，走上反共的道路，这是她自己要负责的。①

如果夏衍的回忆无误，那么他在这段话中清楚地告诉读者：不是别人，正是周恩来，在上海解放前夕指示他设法争取张爱玲留下来。或者也可理解为，邀请张爱玲出席上海第一届文代会，正是贯彻了周恩来的指示。这是张爱玲研究界所从来不知道的！而柯灵回忆的夏衍调回北京工作后，托他代购的小说集《传奇》，原来转送给了周恩来。这也是张爱玲研究界所从来不知道的！至于夏衍批评张爱玲"后来到了香港，走上反共的道路"，应该视为限于当时内地所知的史料和认识，还无法得出更为积极和全面的结论。

第一届文代会前夕，张爱玲除了在《亦报》连载《十八春》，还以"梁京"笔名在1950年6月23日《亦报》发表影评《年画风格的〈太平春〉》，高度评价黄佐临编剧、桑弧导演、石挥和上官云珠等主演的电影《太平春》。张爱玲欣赏《太平春》的民间味，特别指出：

（影片所描绘的）这一类的恶霸强占民女的题材，本来很

---

① 夏衍：《〈大江东去——沈祖安人物论集〉序》，《夏衍全集》第3卷，第476页。

普通，它是有无数的民间故事作为背景的。桑弧在《太平春》里采取的手法，也具有一般民间艺术的特色，线条简单化，色调特别鲜明，不是严格的写实主义的，但是仍旧不减于它的真实性与亲切感。那浓厚的小城空气，轿行门口贴着"文明花轿，新法赍器"的对联……那花轿的行列，以及城隍庙演社戏的沧桑……

我看到《大众电影》上桑弧写的一篇《关于〈太平春〉》，里面有这样两句："我因为受了老解放区某一些优秀年画的影响，企图在风格上造成一种又拙厚而又鲜艳的统一。"《太平春》确是使人联想到年画，那种大红大紫的画面，与健旺的气息。

我们中国的国画久已和现实脱节了，怎样和现实生活取得联系，而仍旧能够保存我们的民族性，这问题好像一直无法解决。现在的年画终于打出了一条路来了。年画的风格初次反映到电影上，也是一个划时代的作品。

这篇埋没了六十年之久的张爱玲集外文刚刚由巫小黎博士和谢其章、止庵先生差不多同时发掘出来。① 《太平春》当时受到了观众的欢迎，令人意想不到的是，《年画风格的〈太平春〉》发表次日，《文汇报》同时刊出梅朵的《评〈太平春〉》和黎远冈的《对〈太平

---

① 参见巫小黎：《张爱玲〈亦报〉佚文与电影〈太平春〉的讨论》，《中国现代文学研究丛刊》2010年11月15日第6期；谢其章、止庵：《张爱玲佚文发现记》，《中华读书报·书评周刊》2010年11月24日。

春〉的几点意见》两文,对《太平春》大加批判,严厉指责影片犯了温情主义的错误,违背生活逻辑和人物的阶级属性,①编导"没有深入体验现实生活","不少情节依然是在上海亭子间里的凭空臆造"。②张爱玲是否读到梅、黎两文,不得而知。但夏衍读到了。他6月25日在文汇报社的一次会上明确表态:"《文汇报》上梅朵对《太平春》的批评是不正确的。本片在小市民中起了很大的教育作用;以桑弧过去的作品来看,这是一个飞跃的进步,应当肯定地加以赞扬。它有些小毛病,但并不严重。"③直到晚年在回忆录《新的跋涉》中,夏衍仍认为《太平春》是"比较优秀的电影"。④以夏衍对《亦报》的关心,几乎每天过目,他也不大可能不读到张爱玲的《年画风格的〈太平春〉》。夏衍和张爱玲,一位是主流文学开明的代表,一位是非主流文学的高手,一位从思想上表扬《太平春》,一位从艺术上肯定《太平春》,真太有意思了。

上海第一届文代会之后,张爱玲参加了一项对她后半生来讲几乎具有决定性意义的活动,那就是到苏北地区参加土改。这事一直存在争议。高全之在《张爱玲学》增订版中已援引张爱玲本人1968年夏初在美国接受殷允芃访问时所谈的和张爱玲姑父李开第1990年代接受萧关鸿访问时所回忆的两条证据,力图证实张爱玲在

---

① 参见梅朵:《评〈太平春〉》,《文汇报》1950年6月24日。
② 黎远冈:《对〈太平春〉的几点意见》,《文汇报》1950年6月24日。
③ 转引自柯灵1950年6月26日致黄佐临、桑弧信,唐文一编:《柯灵书信集》,北京:学苑出版社,1996年10月初版,第111页。
④ 夏衍:《新的跋涉》,《夏衍全集》第15卷,第348页。

第一届文代会后"下乡参加过土改"。①其实，还有第三条证据，与张爱玲见过面的魏绍昌在《在上海的最后几年》中也说："一九五一年七月，上海召开第一届文代会，夏衍提名张爱玲参加。会后张还随上海文艺代表团去苏北参加了两个多月的土改工作。回来不久，她就离沪去港了。"②当然，魏绍昌此说有何直接依据？仍可存疑。可惜他也已谢世，无法再向他进一步求证。但他点出张爱玲下乡参加土改与第一届文代会有关，却是极具启发的。

查《一九五〇年上海文艺工作大事记》，9月19日有如下记载："华东土改即将开始，市文协特向百余会员发出通知，号召文艺工作者响应文联土改委员会号召，踊跃登记，参加土改。"③同年11月，"新华书店华东总分店"又出版了"林冬白"编的《土地改革与文艺创作》一书，编者在《前言》中开宗明义："华东地区土改工作即将展开，上海文代大会曾通过了'上海文艺工作者配合华东土改工作'的决议，并为了实践这决议，一部分文艺工作者已经下乡

---

① 高全之在《〈赤地之恋〉的外缘困扰与女性论述》中说："根据萧关鸿访谈张爱玲姑丈李开第的记录，我们知道作者的确曾参与土改。萧关鸿这段话说得很清楚：'上海解放后，主管文艺工作的是夏衍。夏衍爱才，很看重张爱玲，点名让她参加上海第一届文代会，还让她下乡参加过土改。当时张爱玲还是愿意参加这些活动，她希望有个工作，主要是为了生活。'这项认知也与《秧歌·跋》《赤地之恋·自序》一致。1968年在美国剑桥接受殷允芃访问，曾说写《秧歌》前，在乡下住了3、4个月，可能就与土改经验有关。"《张爱玲学》增订新序版，台北：麦田出版社，2008年10月第2版，第212页。

② 魏绍昌：《在上海的最后几年》，《回望张爱玲·昨夜月色》，北京：文化艺术出版社，2003年1月初版，第224页。他把上海第一届文代会的时间误记作1951年了。

③ 《一九五〇年上海文艺工作大事记》，第86页。

去了,不久将有大批文艺工作者下乡。为了配合这一行动,特搜集有关土改创作的文章,集成这一小册,以供从事文艺工作的朋友们参考。"①显而易见,上海第一届文代会代表下乡,是为了实践文代会的相关决议,"配合华东土改工作"。张爱玲作为文代会代表,作为"大批文艺工作者"之一,"响应文联土改委员会号召","下乡""参加土改",也就理所当然,理当身体力行。也许她下乡时就读过这本"对于下乡的文艺工作者,是有很大帮助的"《土地改革与文艺创作》小册子?

《土地改革与文艺创作》出版于1950年11月这个时间节点十分重要,它与殷允芃1968年夏初记录的张爱玲对她所说的下乡时间正好前后大致吻合。殷允芃写道:"写《秧歌》前,她曾在乡下住了三、四个月。那时是冬天。""'这也是我的胆子小,'她说,缓缓的北平话,带着些安徽口音:'写的时候就担心着,如果故事发展到了春天可要怎么写啊?'《秧歌》的故事,在冬天就结束了。"②再查《一九五〇年上海文艺工作大事记》,9月22日有如下记载:

> 市文联土改工作委员会下午在中西女中礼堂举行动员参加土地改革大会,各协代表出席者二百余人。会上决定分三期分

---

① 《土地改革与文艺创作》一书收入《关于土改创作的一些问题》(《长江文艺》所载)、《文艺工作者下乡问题》(王力作)、《投身到一场激烈的斗争中去》(洪林作)、《接近农民和写作》(希坚作)、《先做好工作呢,先体验生活?》(艾中信作)等文,还"附录"《知识分子下乡中的问题》(丁玲作)一文。

② 殷允芃:《访张爱玲女士》,《中国人的光辉及其他——当代名人访问录》,台北:志文出版社,1977年8月再版,第5页。

发会员下乡，第一期十月底至十一月底，第二期定十二月初出发，第三期在明年一月间。分为参观，从事创作，参加工作队等三种，会员个别如有困难，亦可申请解决。①

张爱玲也许出席了这次"动员参加土地改革大会"？这则记载明确告诉读者，当时上海第一届文代会各协会代表参加土改分为三期，第三期下乡时间是1951年1月间；同时，又明确告诉读者，下乡分为"参观，从事创作，参加工作队等三种"。由此或可推断，张爱玲到苏北农村参加土改的时间如在冬天，以第三期即1951年1月间的可能性较大；②如前后大约三个月左右，那么不大会是"参观"，而是"从事创作"或"参加工作队"的可能性较大。不过，这里有一个疑问。当时上海《亦报》还在连载张爱玲的长篇小说《十八春》，至1951年2月11日才结束，她这时能离开上海去苏北参加土改吗？

如果张爱玲真的去了，需要进一步追问的核心问题是，张爱玲当时到了苏北哪个农村？有多少第一届文代会文学界代表与她同行？她参加了哪些具体的土改工作？三个月左右的时间不算短了，

---

① 《一九五〇年上海文艺工作大事记》，第86页。
② 上海市文联会员下乡参加土改工作团，第一队于1950年11月8日出发松江；音乐界会员于11月15日出发苏州；第三队于12月25日出发绍兴。第一队和音乐界应为第一期；第三队应为第二期。再联系张爱玲自己后来在《〈秧歌〉跋》中所说的"1951年初，参加华东土改工作的知识分子"云云，那么，她如赴华北参加土改，加入1951年1月间出发的第三期可能性最大。分别见《一九五〇年上海文艺工作大事记》，第88、89、93页；张爱玲：《跋》，《秧歌》，台北：皇冠出版社，1968年6月初版，《跋》之第2页。

一向敏感、对小人物（包括小知识分子、女佣和农民等）充满同情和悲悯的张爱玲，在当地的土地改革运动中看到了什么，听到了什么，想到了什么？她参加苏北土改的经历，或许最终导致了她的去国，最终促成了她创作长篇小说《秧歌》，最终被误解为"走上反共的道路"。一切的一切都有可能，都有待继续查证、思考和研究。

新文学文献中的音乐和美术

新文学巨匠笔下的瓦格纳

2013年5月21日,是19世纪德国"天才作曲家"瓦格纳(Wilhelm Richard Wagner, 1813—1883)诞辰两百周年,德国和全世界古典音乐界全年都在纪念他。因此想到,瓦格纳是何时又是以何种方式进入中国的?新文学作家又是如何接受瓦格纳的?这是一件值得追溯、颇有意思的事。

不妨从郭沫若早期新诗《演奏会上》说起,先把这首短诗照录如下:

> Violin 同 Piano 的结婚,
> Mendelssohn 的《仲夏夜的幽梦》都已过了。
> 一个男性的女青年
> 独唱着 Brahms 的《永远的爱》,
> 她那 soprano 的高音,
> 唱得我全身的神经战栗。
> 一千多听众的灵魂都已合体了,
> 啊,沈雄的和雛,神秘的渊默,浩荡的爱海哟!
> 狂涛似的掌声把这灵魂的合欢惊破了,

> 啊，灵魂解体的悲哀哟！

　　了解郭沫若生平的想必知道，1910年代末，他正在日本九州帝国大学医科求学，自1919年9月11日在上海《时事新报·学灯》以"沫若"之名发表《抱和儿浴博多湾中》《鹭鹚》开始，郭沫若开始了他"狂飙突进"的新诗创作"爆发期"，正如他自己后来所回忆的："在民八、民九之交的《学灯》栏，几乎天天都有我的诗。"①《演奏会上》初载于1920年1月8日《时事新报·学灯》，正是这一"爆发期"的产物，比有名的《地球，我的母亲》只晚了两天发表。《演奏会上》后收入1921年8月上海泰东图书局初版《女神》第二辑。《女神》是中国新诗经典，但这首《演奏会上》却一直未受到论者关注。探讨《女神》的论文成百上千，几乎没有一篇提到《演奏会上》，未免可惜。

　　《演奏会上》记的是作者在日本参加的一场古典音乐会，据日本学者考证，这场音乐会是1919年11月15日晚在福冈市因幡町福冈市纪念馆举行的九州帝国大学交响管弦乐团"成立10周年纪念第15届秋季演奏会"。②从诗中"一千多听众"句推测，这场音乐会应该规模不小，而且，全场观众的"灵魂都已合体"。作者也显然受到了深深的感染，"全身的神经战栗"。不过，笔者更感兴趣的是，青年郭沫若在诗中写下了他对西方古典音乐的认知。诗中写到了门

---

① 郭沫若：《我的作诗的经过》，《质文》1936年11月第2卷第2期。
② 参见［日］岩佐昌暲：《若干郭沫若诗歌的写作背景》，《郭沫若与百年中国学术文化回望》，成都：四川人民出版社，2005年7月初版，第334—337页。

德尔松和勃拉姆斯这两位我们而今已耳熟能详的德国浪漫主义作曲家。特别在诗的第一个原注中，郭沫若出人意料地提到了瓦格纳，尽管这可能是从相关音乐书籍中照搬过来的：

> 波拉牟士 Johannes Brahms（1833—1897）与瓦格乃 W. R. Wagner（1813—1883）齐名，同为十九世纪后半德国乐坛之两大明星。两人均兼长文艺。

虽只寥寥数语，对瓦格纳的概括还算基本到位。郭沫若与瓦格纳的因缘，他后来还作过进一步的说明："我那时候不知从几时起又和美国的惠特曼（Whitman）的《草叶集》，德国的华格纳（Wagner）的歌剧已经接近了，两人也都是有点泛神论的色彩的。"①这是目前所能见到的新文学作家笔下对瓦格纳最早的介绍，极为难得。

一年半之后，与郭沫若一起创办"创造社"的郁达夫也在1921年7月7日、9日、11日、13日《时事新报·学灯》以T. D. Y. 笔名连载小说《银灰色的死》，竟不约而同写到了瓦格纳。

《银灰色的死》铺陈留学生"他"（Y君）在日本的悲惨遭遇，"他"的夫人在国内去世，"他"想从酒家当垆的寡妇之女静儿那里寻找慰藉，做"一对能互相劝慰的朋友"，但好景不长，静儿将要出嫁。他在"更加哀伤更加孤寂"之余，想去向静儿作最后的表白：

---

① 郭沫若：《我的作诗的经过》。

他身边摸摸看，皮包里的钱只有五元余了。他就想把这事作了口实，跑上静儿家里去。一边这样的想，一边他又想起了《坦好直》（Tannhäuser）里边的"盍县罢哈"（Wolfram von Eschenbach）来。

"千古的诗人盍县罢哈呀！我佩服你的大量。我佩服你真能用高洁的心情来爱'爱利查陪脱'。"

想到这里，他就唱了两句《坦好直》里边的唱句，说：

    Dort ist sie;——nahe dich ihr ungestört! ...

So flieht für dierer Leben

Mir jeder Hoffnung Schein!

（Wagner's Tannhäuser）

（你且去她的裙边，去算清了你们的相思旧债！……可怜我一生孤冷！你看那镜里的名花，又成了泡影！）

这段文字中写到的《坦好直》，现在通译《汤豪舍》，是瓦格纳早期歌剧，瓦格纳作曲并自编剧本的三幕歌剧（情节剧），1845年首演于德累斯顿，1861年修订后上演于巴黎，现通行的即为"巴黎上演本"。不知郁达夫当时是观看了在日本上演的《汤豪舍》，还是读到了《汤豪舍》剧本，以至不厌其烦地在小说中设置"他"吟唱《汤豪舍》中的唱段的情节，来描写"他"当时"相思"又"孤冷"的复杂心情。不管怎样，郁达夫把瓦格纳写入了他的小说。

必须指出，《银灰色的死》是郁达夫公开发表的第一篇白话小说，用他自己在《〈沉沦〉自序》中的话说，就是"《银灰色的死》

是我的试作,便是我的第一篇创作"。①同年10月,《银灰色的死》作为"附录"收入郁达夫的小说集《沉沦》,由上海泰东图书局初版,立即一纸风行。瓦格纳也就以这种别致的方式进入了新文学小说经典。

　　一而再,再而三。仍然在《时事新报·学灯》上,1923年3月10日发表了郁达夫中学同学徐志摩的诗《听槐格讷(Wagner)乐剧》。诗落款"五月二十五日",当作于1922年5月25日,徐志摩还在英国剑桥留学。这首诗共十一段,每段四行,共四十四行,在徐志摩早期诗作中是较长也是较有代表性的一首,却鲜有人关注,现照录如下:

　　　　是神权还是魔力,
　　　　搓揉着雷霆霹雳,
　　　　暴风,广漠的怒号,
　　　　绝海里骇浪惊涛;

　　　　地心的火窖咆哮,
　　　　回荡,狮虎似狂噪,
　　　　仿佛是海裂天崩,
　　　　星陨日烂的朕兆;

---

① 郁达夫:《〈沉沦〉自序》,《郁达夫全集》第10卷(文论上),第18页。

忽然静了；只剩有
松林附近，乌云里
漏下的微嘘，拂扭
村前的酒帘青旗；

可怖的伟大凄静
万壑层岩的雪景，
偶尔有冻鸟横空
摇曳零落的悲鸣；

悲鸣，胡笳的幽引，
雾结冰封的无垠，
隐隐有马蹄铁甲
篷帐悉索的荒音；

荒音，洪变的先声，
鼍鼓金钲幕荡怒，
霎时间万马奔腾，
酣斗里血流虎虎；

是泼牢米修仡司（Prometheus）
的反叛，抗天拯人
的奋斗，高加山前

鸷鹰刳胸的创呻；

是恋情，悲情，惨情，
是欢心，苦心，赤心；
是弥漫，普遍，神幻，
消金灭圣的性爱；

是艺术家的幽骚，
是天壤间的烦恼，
是人类千年万年
郁积未吐的无聊；

这沈郁酝酿的牢骚，
这猖獗圣洁的恋爱，
这悲天悯人的精神，
贯透了艺术的天才；

性灵，愤怒，慷慨，悲哀，
管弦运化，金革调合，
创制了无双的乐剧，
革音革心的槐格讷！

这是目前所知道的现代新诗史上第一首也是唯一一首直接咏颂

瓦格纳的诗，弥足珍贵。徐志摩这首诗虽然使用了一些冷僻的字词，却写得气势恢宏，对瓦格纳的歌剧竭尽赞美之能事。他当时在剑桥或伦敦到底观看了瓦格纳哪部或哪几部歌剧，已不可考，但他显然抓住了瓦格纳歌剧的精髓，充分肯定瓦格纳歌剧中"抗天拯人"的"反叛"、"猖獗圣洁的恋爱"，而瓦格纳创制的这些"乐剧"之所以是"无双的"，正是因为其"革音革心"。

徐志摩与瓦格纳的交集还不止这一次。他1925年6月25日从意大利翡冷翠①写给陆小曼的信中，又具体记录了对瓦格纳最完美的杰作《特里斯坦与伊索尔德》的观感。他对这部举世闻名的"情死"剧推崇备至，"音乐，唱都好，我听着浑身只发冷劲……我真的变了戏里的Tristan了！"徐志摩认为此剧"伟大极了，猖狂极了，真是'惊天动地'的概念，'惊心动魄'的音乐"，②还表示一定要带陆小曼去观赏。徐志摩真不愧是瓦格纳的中国知音。

到了1929年9月，丰子恺又在上海《一般》第九卷第一期上发表《乐剧建设者华葛纳尔及其名曲》。这是目前能够见到的新文学家所作第一篇较为全面地介绍瓦格纳生平和歌剧创作成就的文字，同样弥足珍贵。两年之后的1931年5月，上海亚东图书馆出版丰子恺著《世界大音乐家与名曲》一书，此文收入在内。

丰子恺是现代著名漫画家、散文家，他在美育（美术和音乐教育等）上也有诸多贡献，尤其在普及西方古典方面颇多著译，影响

---

① 现通译"佛罗伦萨"。
② 徐志摩:《致陆小曼》，顾永棣编:《徐志摩全集》书信卷，杭州：浙江人民出版社，2015年1月初版，第51页。

不小。《世界大音乐家与名曲》共十二讲,介绍了从莫扎特到德彪西十二位西方古典音乐大师,瓦格纳为第九讲。有意思的是,丰子恺把瓦格纳的歌剧按照瓦格纳的说法称之为"乐剧",把瓦格纳称之为"乐剧建设者""现代综合艺术作家",这与徐志摩的提法正好不谋而合。对何谓"乐剧",丰子恺有很好的诠释:

> 所谓歌剧(Opera),才是与我们的剧相类的一种剧与音乐的合演。……这种音乐与剧合演,兴行于十六世纪的意大利,发展于法兰西。然而意法的歌剧,大都偏重音乐,以音乐为主而演剧为从……近代有思虑的音乐家,都不满意于这种音乐与剧的不自然的结合……德国的华葛纳尔就是歌剧的最大的革命者。他要表示音乐与演剧的平等并重,就改称歌剧为"乐剧",即 Musikdrama。

丰子恺接着告诉读者,要创作"乐剧""那样复杂的一种综合艺术品",非有广博的多方面的天才不可,而"华葛纳尔便是一个博通一切艺术的天才者。他自己作文词,自己作乐曲,自己指挥演奏,亲手装饰舞台,又曾亲身登台演剧"。在丰子恺看来,"华葛纳尔是一个代表时代精神的大艺术家,与托尔斯泰,易卜生等并为十九世纪的伟人",尽管"华葛纳尔死后,无人承继其事业,以致其所创设的乐剧终成为未成品。但在十九世纪中的当时,他这创业的伟大确有空前绝后之观",评价实在不可谓不高。

不仅如此,丰子恺在书中还对瓦格纳生平事迹作了简要介绍,对瓦格纳歌剧《黎恩济》《漂泊的荷兰人》《汤豪舍》《罗恩格林》《女武神》《齐格弗里德》和《特里斯坦与伊索尔德》等的剧情和剧中名曲作了精彩提示,且看他对《罗恩格林》中《婚礼合唱曲》的解说:

> 此曲在于歌剧《罗安格林》第三幕开始处,为罗安格林与爱尔硕的婚礼行列所唱的声乐曲。今已改编为洋琴曲,风琴曲,及种种器乐用的乐曲。在德国,称此种婚礼的行列为 Brautzug。
>
> 此曲旋律单纯,节奏明快,最适合于婚礼的情调。使人听了立刻联想到华堂的盛会,及佳偶的幸福。华葛纳尔的初期作品中所见的轻快的拍子与美丽的旋律中,又混着其从人生的经验上所得来的严肃与敬虔的情绪。

再看他对《特里斯坦与伊索尔德》中《恋之死》的解说:

> 《德理斯当与伊索尔地》在华葛纳尔的歌剧中是最悲哀的作品。又被认为古来最高的悲歌剧。其第三幕中的最后一曲《恋之死》尤以悲哀的音乐著名。
>
> 恋的魔酒把德理斯当与伊索尔地二爱人紧紧地系住在一块,使他们忘却了现世的一切,而梦想来世的幸福的生活。德理斯当抱了伊索尔地的腕而气绝。伊索尔地亦倒毙在德理斯当的尸骸上。马侃(Marke)王为这两个美丽的死者祈祷冥福,

唱这曲啄爱的法悦的名歌《恋之死》。曲趣极悲，情炎高翔，有极锐利的感动力。

除此之外，丰子恺在1930年5月由上海开明书店出版的《近世十大音乐家》一书中也有专章述评瓦格纳。丰子恺特别声明此书"不是正式的音乐家评传，而以生涯中的故事逸话为中心"，因此这篇别开生面的瓦格纳小传突出了瓦格纳从爱好文学到投身音乐的转变、瓦格纳与尼采的交游与终结、瓦格纳在拜罗伊特等瓦格纳音乐创作史上的几个重要节点，在生动活泼的文字中，强调"华葛纳尔的伟业，是建立一切过去与一切近代音乐的分水岭"。

限于当时条件，对瓦格纳，丰子恺是否"以临音乐会，以听蓄音片"①，都是未知数。丰子恺也坦承，《世界大音乐家与名曲》参考了日本前田三男的《西洋音乐十二讲》等书，《近世十大音乐家》参考了日本服部龙太郎的《世界音乐家物语》等书。尽管如此，丰子恺率先向国人推介瓦格纳其人其乐并给予应有的评价，无疑功不可没。

对新文学巨子与瓦格纳的乐缘，以上只是粗略的爬梳，很可能有所遗漏。有趣的是，瓦格纳这个名字，郭沫若译作瓦格乃，徐志摩译作槐格讷，丰子恺译作华葛纳尔，郁达夫则未加翻译，径自以Wagner出之。然而，从郭沫若首次提到瓦格纳，郁达夫在小说中引

---

① 丰子恺在《〈世界大音乐家与名曲〉序言》中把胶木唱片称为"蓄音片"，倒也形象。

用瓦格纳《汤豪舍》中的唱段，徐志摩专为瓦格纳"乐剧"写诗，一直到丰子恺接连撰文介绍瓦格纳及其"乐剧"，他们以各自不同的方式走近瓦格纳，一环接一环，共同完成了一部中国 20 世纪 20 至 30 年代初的瓦格纳传播史。当然，他们对瓦格纳的理解还只是初步的，很可能远不够完全和深入，但毕竟筚路蓝缕，难能可贵。而今瓦格纳及其音乐在中国的演出、接受和研究早已有了长足的进展，回顾新文学前辈们早年的努力，不能不令人感慨系之。

刘荣恩：迷恋古典音乐的新诗人

刘荣恩（1908—2001）这个名字，不要说一般读者感到十分陌生，就是海内外研究中国现代文学史的专家学者，恐怕大多数也不甚了然。他是新诗人、书评家、翻译家，又擅绘画，更是西洋古典音乐爱好者，长期以来却很少被人提及。

不过，这也是事出有因。刘荣恩无论写诗还是写书评，都特立独行，与众不同。他生于杭州一个基督教家庭，自小随父母移居上海。他在上海沪江大学求学期间，即对西洋古典音乐产生浓厚兴趣，担任过沪江大学管弦乐队记录书记，并在弦乐组任提琴手。①1930年毕业于北平燕京大学英文学系，即执教于天津南开大学。沦陷时期执教于天津工商学院，抗战胜利后又执教于南开大学西洋文学系。1948年赴英国牛津大学贝利奥尔学院访学，后定居英国，致力于中国古典文学翻译，出版过《六出元杂剧》等书，更对水彩画创作入迷。关于他和他的家人在英国的生活，研究者陈晓维在《好书之徒》中已介绍颇详。②

---

① 陈晶：《基督教会学校女子音乐教育研究：以江南地区四所学校为例》，北京：中央音乐学院博士学位论文，2011年。
② 参见陈晓维：《刘荣恩诗集》，《好书之徒》，北京：中华书局，2012年8月初版。

刘荣恩最初受到新文坛关注是由于他的书评。萧乾1935年7月进入大公报社主编《大公报·小公园》，同年9月接替沈从文主编《文艺副刊》与《小公园》合并的《大公报·文艺》，大力提倡书评。从1936年2月至次年6月，刘荣恩撰写的书评频频出现于《大公报·文艺》，总共有七篇之多，清一色评论英文文学作品和译文集，包括"吉卜龄的《金姆》和《吉卜龄自传》、勃克夫人（即赛珍珠）的《流犯》、爱克登和陈世骧合译的《现代中国诗选》、日本小钿重良英译《李白诗集》、T. S. 爱略脱的《礼拜寺中的谋杀》和《赫斯曼诗拾遗》"等书，俨然成为《大公报·文艺》书评的主要作者之一。难怪萧乾后来回忆说，他编《大公报·文艺》，"组织起一支书评队伍：杨刚、宗珏、常风、李影心、刘荣恩等"。①

诚然，刘荣恩的文学成就主要还是在新诗创作上。他曾在沦陷时期的天津组织新诗社，创办并主编《现代诗》季刊。从1938年到1945年，他先后印过六本新诗集，即《刘荣恩诗集》(1938)、《十四行诗八十首》(1939)、《五十五首诗》(1940)、《诗》(1944)、《诗二集》(1945)和《诗三集》(1945)，一律"私人藏版限定版"，每种印数仅百册，非卖品。换言之，这些诗集都是自费少量印刷，秘而不示众人，赠送同好以博一粲而已。而且，这些诗集的书名与大多数新诗集不同，朴实无华，好几种只标明这是诗集、集中收录了多少首诗而已，这在众星灿烂的中国新诗人中也绝对是个异数。

---

① 萧乾：《未完成的梦——〈书评面面观〉序》，《人民日报》1987年10月3日。

尽管如此低调，不求张扬，只对自己和友人"说着古老的故事"，但刘荣恩的诗还是获得了文坛的关注和好评。其同事、小说家毕基初就曾在1944年8月《中国文学》第一卷第八期发表书评《五十五首诗》热情推介。1990年代《中国沦陷区文学大系》问世，刘荣恩有《十四行》《江雨中》《长安夜》等五首新诗入选，编者认为刘荣恩的诗"讲求新鲜的意象、独特的色彩、深沉的哲理，力图探索使新诗摆脱对音乐、图画等艺术的依附而表现诗独立的艺术价值，用现代人的观点重新审视诗的内容与形式，受废名诗歌观点的影响较大。其诗作在当时华北沦陷区诗坛上有着鲜明的艺术个性"。①

然而，笔者对刘荣恩最感兴趣的是他咏赞西洋古典音乐的那些诗作。不久前，笔者有幸购得他的《诗二集》，版权页作："《诗二集》私人藏版限定版壹佰本　此本为第陆拾柒本"，"陆拾柒"为小楷毛笔书写，题词页印有"给荫"两字，即题献给夫人程荫。在书的前环衬有原收藏者的铅笔题词：

　　抗战期间于天津工商附中听过刘荣恩先生的英语课（刘先生还举行过个人画展）　　赵令谦　1961.1.25 西单

在《诗二集》卷三和卷四中，我欣喜地发现了刘荣恩咏赞肖

---

① 封世辉：《中国沦陷区文学大系·史料卷·刘荣恩小传》，南宁：广西教育出版社，2000年4月初版，第332页。

邦、德尔德拉以及《马赛曲》的三首小诗。第一首题作 *Nocturne in E minor* (Chopin, op. 72)，全诗如下：

> 那夜，肖邦，
> 你想的是什么？
>
> 无穷的温柔，忧郁，
> 无穷尽流浪的黄昏凄凉。
>
> 轻轻微微，
> 偷偷摸摸的
> 藏在 Nocturne 里。
>
> 今黄昏
> 伴着流浪人的黄昏凄凉，
> 我难受极了
> 想找一个人说说。

"钢琴诗人"肖邦（1810—1849）的《夜曲》系列是其迷人的钢琴世界中的精华，是"浪漫派一代人的梦幻和叹息"，[①] 充满优雅的

---

① B. 加沃蒂：《肖邦传》，张雪译，上海：上海人民出版社，2012年10月初版。

感伤，晶莹剔透。这首肖邦身后才出版的被列为"op. 72 No. 1（遗作）"的 E 小调《夜曲》是肖邦的早期作品，在《夜曲》系列中"并不出色"，虽然也自有其特点。刘荣恩为这首相对较少受人注意的肖邦《夜曲》写下这首诗，触景生情，赞叹肖邦把"无穷的温柔，忧郁""轻轻微微，偷偷摸摸的藏在 Nocturne 里"，说明他是懂得肖邦的。

第二首题作 *Franz Drdla*：*Souvenir*，全诗如下：

> 回忆像
> 鱼在音乐底湖面上
> 蹦着。
>
> 像用刀
> 把鱼鳞
> 倒片下来。
>
> 今夜听
> Souvenir
> 铁针在脸上写。

弗朗兹·德尔德拉（1868—1944）是捷克作曲家、小提琴家，在 19 世纪后期的西方音乐家中算是高寿了。他虽不是大家、名家，但也写过轻歌剧、钢琴曲和艺术歌曲，也有一些作品传世，最有名的就是《小夜曲》和这首《纪念曲》。刘荣恩为这样一位较为冷僻的作曲家写诗，抒发夜深人静之时聆听《纪念曲》的感受，全诗九行才三十多个字，用字极为简练，意象更是奇特，令人过目难忘。此诗既可见刘荣恩对古典音乐的入迷，也可见他诗艺的别具一格。

第三首题作《星星》，全诗如下：

天津乙酉年冬钢琴独奏会终
法兰西老音乐家弹法国国歌

在北国听见异国人弹她

故国的情调——

只有一股气

来塞住嗓子口，

泪包着眼的

负着冬天的

星星

回来；

路上散着

星底希望

同一天的星星

照着两地的

情调。

何苦

在北国替

异国人

忍着泪回家。

这首《星星》在三首诗中最长,刘荣恩在诗前有段文字说明,清楚地交代了写作此诗的缘由。"乙酉年冬"当为 1945 年冬,在天津的一场钢琴独奏会上,来自法国的女钢琴家(诗中写的是"她")弹奏了足以代表其"故国的情调"的法国国歌,即著名的《马赛曲》。《马赛曲》出自法国诗人、作曲家鲁日·德科尔(1760—1836)之手,作词谱曲都是他。此曲音调铿锵有力,洋溢着争取民主自由的热情,两度被定为且至今仍为法国国歌,绝非偶然。即便德科尔没有写过其他音乐作品,单凭这曲《马赛曲》就令他在西方音乐史上永垂不朽。刘荣恩显然被钢琴弹奏的《马赛曲》深深感动了,以至演奏会散后"泪包着眼的/负着冬天的/星星/回来",因为他与异国的演奏家心有灵犀,"同一天的星星/照着两地的/情调"。

这三首小诗只是刘荣恩咏赞古典音乐新诗的一小部分。据笔者所知,他还写过许多,单是已经收集的就有《贝多芬:第九交响乐》《"维也纳森林故事"》《圆舞曲》、Tchaikovsky: Symphony no. 4、Sonata in F Minor ("Appassionata")、《莫扎特某交响乐》等多首,涉及莫扎特、贝多芬、柴可夫斯基、施特劳斯等古典音乐大师。因此,若说刘荣恩是中国现代诗人中写诗咏赞西洋古典音乐成果最多的一位,大概是没有问题的。

刘荣恩当年在国内聆赏西洋古典音乐,大概主要只能借助于老式的慢转唱片，而仍能独有会心，化作精美的诗句，殊为难得。他晚年定居英伦，欣赏古典音乐的条件已今非昔比。但据说中文"诗歌创作，是基本上停止了……有兴致的时候也零零星星写过几首英文诗"。①那么，其中有没有新的咏赞古典音乐的乐章？笔者好奇，也有所期待。

---

① 陈晓维：《刘荣恩诗集》，《好书之徒》，第269页。

从"琵亚词侣"到"比亚兹莱"

英国杰出书籍插画家 Aubrey Beardsley（1872—1898）其人其画为国人所知晓，是五四新文化运动以后的事了。然而，要考察 Beardsley 进入中国的历史，他名字中译的衍变是不能不加以注意的。

琵亚词侣是 Beardsley 的第一个中译名，这应该归功于田汉。1923 年 1 月，上海中华书局出版了田汉翻译的王尔德剧本《沙乐美》，书中选用了 Beardsley 为《沙乐美》所作的有名的插画，扉页画等也移用了 Beardsley 的原作，封面上印着"田汉译 琵亚词侣画"八个字。也就是说，田汉把这位他后来称之为"阴森奇拔"[1]的画家的名字译为"很富于诗意"[2]的"琵亚词侣"。"琵亚词侣"可视为音译，但中国古典诗词中早有"词侣"这个词，如明代诗人伍瑞隆的《春兴》第十首中就有"今日清词侣，风流有二何"句，所以田汉这个译名可谓巧借古典的神来之笔。

---

[1] 汉（田汉）：《〈黄书〉第二卷的封面》，《南国》周刊 1924 年 1 月 23 日第 2 期。

[2] 叶灵凤：《比亚斯莱的画》，《读书随笔》（二集），北京：生活·读书·新知三联书店，1988 年 1 月初版，第 296 页。

虽然田汉最早把"琵亚词侣"这个中译名字介绍给中国读者，但最先在作品中把琵氏具体介绍给中国读者的，却是郁达夫。他在连载于 1923 年 9 月 23 日、30 日上海《创造周报》第二十和二十一号的《The Yellow Book 及其他》①中，以将近千字的显著篇幅较为全面地评述了这位"天才画家"的生平和艺术成就，当时颇有影响，也已为中国现代文学研究界所熟知。可是郁达夫并未把琵氏的大名译成中文，而是直接沿用了 Aubrey Beardsley 英文原名。当然，文章中夹杂外国人名原文是五四时期的流行做法，不足为奇。

　　紧跟着郁达夫，田汉又在他主编的 1924 年 1 月 23 日上海《南国》周刊第二期上评介琵亚词侣。该期封面画选用了琵亚词侣为英国文艺杂志《黄面志》（即 The Yellow Book，又译作《黄书》）第二卷所作的一幅画，并写了一篇题为《〈黄书〉第二卷的封面》②的短文予以介绍。不仅如此，他在该书《编辑余谈》（未署名）中，又特别推崇琵亚词侣：

　　　　本期的封面为琵亚词侣 Aubrey Vincent Beardsley 的杰作。琵氏之画富于荡气回肠的怪想 Charming Caprices，画风亦颇受拉斐尔前派，与日本画，十八世纪之法国画的影响。而强烈的个性则超脱一切焉。

---

　　①　《The Yellow Book 及其他》收入郁达夫的《文艺论集》时改题为《〈黄面志〉及其他》；收入《达夫全集·敝帚集》时，再定题为《集中于〈黄面志〉(The Yellow Book) 的人物》，并对文字作了修改。

　　②　此处田汉有误。《南国》周刊第 2 期封面上刊登的《黄面志》第 2 卷的画，并非封面画，而是扉页画，当然，作者仍为比亚兹莱。

这是目前仅见的田汉关于琵氏的两段文字，均为《田汉全集》失收。它们说明田汉不仅是最早的 Beardsley 中译名的译者，而且也是第一位在作品中使用琵亚词侣这个中译名的人。

Beardsley 的第二个中译名出自梁实秋之手。1925 年 3 月 27 日北京清华学校《清华周刊·文艺增刊》第九期发表梁实秋的《题璧尔德斯莱的图画》。其时梁实秋正在哈佛求学，一个偶然的机会，他在旧书店里买到一本《黄书》，于是有感而发，写下此文寄往国内。此诗题下其实有咏琵亚词侣为《沙乐美》所作插画《舞女的报酬》和《孔雀裙》的两首诗，诗前有小序：

> 雪后偕友人闲步，在旧书铺里购得《黄书》一册，因又引起我对璧尔德斯莱（Beardsley）的兴趣。把玩璧氏的图画可以使人片刻的神经麻木，想入非非，可使澄潭止水，顿起波纹，可使心情余烬，死灰复燃。一般人斥为堕落，而堕落与艺术固无与也。

这段话或可看作青年梁实秋对琵亚词侣的看法，他在此文题目和小序中均把 Beardsley 译作"璧尔德斯莱"。不过，应该承认，梁实秋的这个译名虽然古雅，却未能流行开去。梁实秋后来也放弃了这个译名，而把 Beardsley 译作"比尔兹利"了。

在一个不短的时间里，田汉翻译的"琵亚词侣"这个译名广为流传。1925 年 10 月 1 日，徐志摩接编北京《晨报副刊》，刊头画使用了几乎上身全裸的"挥手郎图"，徐志摩在同期发表的凌叔华小说《中秋晚》的《附记》中说:"副刊篇首广告的图案也都是凌女士的。"一周后,孙伏园主编的《京报副刊》刊出重余(陈学昭)的《似曾相识的〈晨报副刊〉篇首图案》,揭露"挥手郎图"系"抄袭"琵亚词侣的画。于是引发一场笔仗,直接间接卷入者不仅有徐志摩、陈西滢,还有周作人和鲁迅。有趣的是,不管是陈学昭、徐志摩、周作人还是鲁迅,他们在争论文章中提到这位英国插画家时,都使用了琵亚词侣的译名,可见这个译名当时已为文坛所普遍接受,尽管周作人在《伤逝》、鲁迅在《不是信》等文中使用"琵亚词侣"这个译名时都加上了引号,似乎不无保留之意。

直到 1929 年 6 月,邵洵美在上海金屋书店出版他编译的《琵亚词侣诗画集》,不但介绍了琵亚词侣的画,还介绍了琵亚词侣的《三个音乐师》和《理发师》两首诗。这是琵亚词侣的文学创作首次被介绍给中国读者,邵洵美在此书序中借他人之口,强调"要是他能多活几年,那么,他在文学上的地位,也是第一等的了"。① 此书书名和序文中,邵洵美仍沿用"琵亚词侣",可见他也认同这个译名。但他似乎还不知道,在此书出版之前两个月,Beardsley 的又一个新译名已经产生了。

1929 年 4 月,鲁迅所编的《比亚兹莱画选》由上海朝花社印行,列为《艺苑朝华》第一期第四辑。这样,Beardsley 就有了第三个也是影响更大、流行更久的中译名: 比亚兹莱。

---

① 浩文(邵洵美):《序》,《琵亚词侣诗画集》,上海:金屋书店,1929 年 6 月初版,第 1 页。

鲁迅与 Beardsley 有明确记载的因缘可追溯到五年前。鲁迅日记 1924 年 4 月 4 日云："丸善书店寄来《比亚兹来传》一本。"①这大概是鲁迅直接购买的第一本比氏画册。此书确切书名为《Aubrey Beardsley》，现在仍保存在北京鲁迅博物馆的鲁迅藏书中，小鲁道夫·迪波尔德编，德国柏林勃兰杜斯出版社出版，列为"勃兰杜斯艺术丛书"之一，出版时间不详。因为是记日记，鲁迅随手把 Beardsley 译成了比亚兹来而不是比亚兹莱。

一年之后，发生徐志摩主编的《晨报副刊》刊头画事件。刊头画 1925 年 10 月 1 日刊出，立即引起鲁迅注意，五天后，即 10 月 6 日鲁迅日记就有一段记载：

> 往商务印书馆收板税泉五十，买 Art of Beardsley 二本，每本一元七角。②

显然，鲁迅想读到更多的比氏的画，以便确认刊头画是否"抄袭"，所以他马上买下了二本新的比氏画册，另一本三天后寄赠画家陶元庆。四个多月后，鲁迅作长文《不是信》，与刊头画当事人凌叔华丈夫陈西滢论战时，还特别提到这件事：

> "琵亚词侣"的画，我是爱看的，但是没有书，直到那

---

① 鲁迅：《鲁迅全集》第 15 卷，北京：人民文学出版社，2005 年 11 月初版，第 507 页。
② 鲁迅：《鲁迅全集》第 15 卷，第 586 页。

"剽窃"问题发生后,才刺激我去买了一本 Art of A. Beardsley 来,化钱一元七。①

明明一年半以前就已买了一本比氏画册,鲁迅文中却要说"没有书",受了《晨报副刊》刊头画事件的"刺激",才在北京商务觅到这本《比亚兹莱的艺术》,真是耐人寻味,莫非是一种书写策略?此书由比氏友人亚瑟·西蒙斯(Arthur Symons)作序,1918年美国纽约波尼和利夫莱特出版社出版,列为"现代丛书"之一,现在也仍然保存在鲁迅藏书中。

然而,鲁迅与比亚兹莱的因缘应可追溯到更早。鲁迅藏书中还有一本 1912 年 Hermann Esswein 编选、德国慕尼黑 R. Piper & Co. 出版的《Aubrey Beardsley》(Moderne Illustratoren 8),此书购于何时,或为何人所赠?鲁迅日记中尚无明确记载,但周作人的日记提供了重要线索。周作人 1913 年 3 月 24 日记云:"下午得サガミヤ十七日函,又 Esswein:Aubrey Beardsley 一册。"同年 5 月 14 日日记又云:"上午同乔风至大路寄北京 Beardsley 等书二本。"这就清楚地显示,周作人在 1913 年 3 月 24 日收到他向日本サガミヤ(相模屋)邮购的比亚兹莱此书,大约先阅读了一阵,于一个月又二十天后寄给北京的鲁迅。再查鲁迅《癸丑日记》,该年 5 月 18 日日记云:"下午收二弟所寄德文《近世画人传》二册,十三日付邮。"其中一册无疑指比亚兹莱此书。这样,就可明确两点:一、周氏兄弟

---

① 鲁迅:《不是信》,《鲁迅全集》第 3 卷,第 246 页。

接触比亚兹莱的时间可提前至1913年；二、鲁迅保存的这册1912年Hermann Esswein编德文版比亚兹莱是周作人寄给他的。①

回到鲁迅编选的《比亚兹莱画选》。此书书前有鲁迅以"朝花社"名义所作的《小引》，《小引》介绍了比氏的生平、创作及对后世的影响之后，最末一段这样说：

> 他的作品，因为翻印了《Salomè》的插画，还因为我们本国时行艺术家的摘取，似乎连风韵也颇为一般所熟识了。但他的装饰画，却未经诚实地介绍过。现在就选印这十二幅，略供爱好比亚兹莱者看看他未经撕剥的遗容，并摘取Arthur Symons和Holbrook Jackson的话，算作说明他的特色的小引。②

由此可见，鲁迅在编选《比亚兹莱画选》时，主要参考了西蒙斯作序的《比亚兹莱的艺术》。鲁迅还对"我们本国时行艺术家的摘取"比氏深表不满，这其中就包括了叶灵凤，直到1934年4月9日，鲁迅在致魏猛克信中还不忘提一句："至于叶灵凤先生，倒是自以为中国的Beardsley的。"③

从随手写"比亚兹来"，到在公开发表的文章中沿用前译"琵

---

① 关于此书的详细考证，参见邢程：《周氏兄弟接受比亚兹莱的时间》、朱晓江：《也谈周氏兄弟和比亚兹莱》，先后刊《现代中文学刊》2019年第4期、第6期。
② 鲁迅：《〈比亚兹莱画选〉小引》，《鲁迅全集》第7卷，第357—358页。
③ 鲁迅：《340409 致魏猛克》，《鲁迅全集》第13卷，第70页。

亚词侣",再到出版比氏画选时确定译作"比亚兹莱",鲁迅完成了对这位"天才画家"的译名定位。尽管后来还有新译名出现,如画家、书籍装帧家陈之佛将之译作"皮亚士来"(见1933年2月28日、3月5日和12日上海《晨报·现代文艺》连载《皮亚士来及其艺术》),叶灵凤后期将之译作"比亚斯莱",李欧梵又将之译作"毕亚兹莱",董桥仍将之译作"比尔兹利",等等。但由于鲁迅在中国现代文坛和译坛的显赫地位,"比亚兹莱"这个译名终于取代一度流行的"琵亚词侣"和其他译名而成为Beardsley的通译。

以上简要回顾了Beardsley的中译名从"琵亚词侣"到"比亚兹莱"的变迁过程,从中不难发现,这不仅是一个译名的更换,其实还涉及对这位英国杰出插画家译名的话语权,并关系到比亚兹莱其人其画在中国的传播和接受史。这实在是件很有趣的事。

竹久梦二的中国之旅

1934年9月1日,日本被誉为一生"追求美和爱的漂泊的抒情画家"竹久梦二在信州富士见高原疗养院逝世,享年五十岁。前一年10月,身体状况已经欠佳的竹久梦二访问台湾,在台北举行了"竹久梦二旅欧作品展览会"。① 这是我们现在所知道的竹久梦二第一次也是最后一次踏上中国土地,也是他在中国土地上举行的唯一的一次画展,虽然当时的台湾还在日本占领者的铁蹄统治之下。令人深感遗憾的是,直至离开人世,竹久梦二大概一直不知道他和他的画对中国现代文学和艺术所产生的不容忽视的影响。

五四新文学巨子周氏兄弟尤其是周作人对竹久梦二产生过浓厚的兴趣。周氏兄弟留学东瀛时,与他们年龄相差无几的竹久梦二已经出版了他的成名作《春之卷》画集,② 开始在日本画坛崭露头角,周氏兄弟注意到他,自在情理之中。诚然,鲁迅著作中没有提到竹

---

① 《竹久梦二年谱》,《竹久梦二名作100选》,2007年10月日本"东方出版"初版。

② 竹久梦二生于1884年,比鲁迅小三岁,比周作人大一岁。《梦二画集:春之卷》,1909年12月日本洛阳堂初版。

久梦二，他没有收藏竹久梦二的画，①就连他日记的"书帐"中也没有购置竹久梦二画集的记载。另一位比梦二年轻十四岁的日本画家蕗谷虹儿，鲁迅日记中却有购买其画集的明确记载，1927年10月8日鲁迅日记云："下午往内山书店买书三种四本，九元六角。"而同年同月同日鲁迅"书帐"所记购买的三种书，第三种即为"虹儿画谱一二辑二本，四·〇〇"。一年三个月之后，鲁迅编选的《蕗谷虹儿画选》以"朝花社"的名义出版，列为"艺苑朝华"第一期第二辑。鲁迅所写的此书《小引》中有几句话颇值得注意："这时适有蕗谷虹儿的版画运来中国，是用幽婉之笔，来调和了Beardsley的锋芒，这尤合中国现代青年的心，所以他的摹仿就至今不绝。"②这"适有蕗谷虹儿的版画运来中国"，当指鲁迅1927年10月8日在内山书店购得虹儿画集。以此推测，如果当时竹久梦二的画集也适运来中国，又恰被鲁迅见到并购置，以鲁迅对日本美术的敏感和鉴赏力，也许会像印行《蕗谷虹儿画选》一样，再编印一部《竹久梦二画选》吧？

然而，鲁迅还是留下了关于竹久梦二的片言只语。1927年11月27日鲁迅日记云："上午……黄涵秋、丰子恺、陶璇卿来。"黄、丰、陶三位当时均为上海立达学园美术教师，黄、丰两位由陶元庆（字璇卿）引见鲁迅。据丰子恺女儿丰一吟在《潇洒风神——

---

① 查2005年人民文学出版社初版《鲁迅全集》第18卷"附集"中各类索引，均无关于竹久梦二及其作品的记载。

② 鲁迅：《〈蕗谷虹儿画选〉小引》，《鲁迅全集》第7卷，北京：人民文学出版社，2005年11月初版，第342页。

我的父亲丰子恺》中记载,正是在这次会见时,鲁迅与丰子恺谈到了竹久梦二。丰一吟这样写道:

> 鲁迅还和丰子恺谈到美术方面的事,问丰子恺对日本美术界有什么看法。丰子恺表示自己喜欢竹久梦二和蕗谷虹儿的画风。鲁迅也表示同感,他说:"……竹久梦二的东方味道浓,蕗谷虹儿的西洋风味多……"①

由此可见,鲁迅还是看过竹久梦二的画,知道竹久梦二的。鲁迅指出竹久梦二"东方味道浓",蕗谷虹儿"西洋风味多",证诸梦二和虹儿的画作,确实言简意赅,独有会心。

对竹久梦二给予更多的关注,并在自己的文章中一再提及的是周作人。1923年2月11日,周作人在《晨报副刊》的"绿洲"专栏中发表《歌咏儿童的文学》,开宗明义就说:"高岛平三郎编,竹久梦二画的《歌咏儿童的文学》,在一九一〇年出版,插在书架上已经有十年以上了,近日取出翻阅,觉得仍有新鲜的趣味。"②文中主要讨论此书辑录的"日本的短歌俳句川柳俗谣俚谚随笔中""关于儿童的文章",但对竹久梦二为此书所作的插画也作了简明的点评:

---

① 丰一吟:《潇洒风神——我的父亲丰子恺》,第3章"从白马湖到缘缘堂"第9节"读万卷书",上海:华东师范大学出版社,1998年11月初版,第130页。
② 周作人:《歌咏儿童的文学》,《自己的园地》,北京:晨报社,1923年9月初版,第124页。

梦二的十六页着色插画，照例用那梦二式的柔软的笔致写儿童生活的小景，虽没有梦二画集的那种艳冶，却另外加上一种天真，也是书中的特彩之一。①

之所以录出这段话，是因为这是现在所能见到的中国作家对竹久梦二画的最初的文字评价，特别应该引起注意。半年后，周作人出版《自己的园地》一书，书中收入《歌咏儿童的文学》，同时刊出"竹久梦二画小孩"一帧以为插图，这又是竹久梦二的画作在中国的首次发表。因此，或许可以这样说，竹久梦二的中国之旅正是从1923年开始的。

三年之后，周作人又写下了《〈忆〉的装订》一文；讨论俞平伯新诗集《忆》的"装帧，印刷及纸张"。周作人认为《忆》装帧上的"第二点特色"是丰子恺的插画，由此引出丰子恺其实师承竹久梦二的推断，进一步对竹久梦二的画作了更为具体剀切的品评：

（《忆》）里边有丰子恺君的插画十八幅，这种插画在中国也是不常见的。我当初看见平伯所持画稿，觉得很有点竹久梦二的气味，虽然除另碎描绘外我只见过一本《梦二画集：春之卷》。后来见佩弦的文章，大约是丰君漫画集的题词吧，显明地说出梦二的影响。日本的漫画由鸟羽僧正（《今昔物语》著者的儿子）开山，经过锹形蕙斋，耳鸟斋，发达到现

---

① 周作人：《歌咏儿童的文学》，《自己的园地》，第124页。

在。梦二所作除去了讽刺的意味,保留着飘逸的笔致,又特别加上艳冶的情调,所以自成一路,那种大眼睛软腰支的少女恐怕至今还蛊惑住许多人心。德法的罗忒勒克(Lautrec)与海纳(Heine)自然也有他们的精采,但我总是觉得这些人的挥洒更中我的意。①

此后,周作人还数次提到竹久梦二。他在为《长之文学论文集》所作的跋中论述李长之"对于儿童的关切"的意义时,一方面批评"中国学者中没有注意研究儿童研究的",另一方面肯定日本的"学者文人都来给儿童写作或编述",所举的例子又有竹久梦二。他认为"画家来给儿童画插画,竹久梦二可以说是少年少女的画家","可惜中国没有这种画家,一个也没有"。②到了1940年代初,周作人评论丰子恺所作的《漫画阿Q正传》,仍不忘加上一句"丰君的画从前似出于竹久梦二"。③直到晚年,周作人在与海外友人通信,表示"我向来不甚赞成""丰君的画"时,再次指出丰子恺漫画"形似学竹久梦二"。④因此,可以毫不夸张地说,周作人是中国现代作家中评论竹久梦二最多同时也是给予很高评价的一位,周作人是竹久梦二的中国知音。

---

① 岂明:《〈忆〉的装订》,《京报副刊》1926年2月19日第415号。
② 知堂:《论救救孩子——题〈长之文学论文集〉后》,《大公报·文艺》1934年12月8日。
③ 知堂:《关于阿Q》,《中国文艺》1940年3月第2卷第1期。
④ 周作人:1963年4月4日致鲍耀明信,《周作人晚年书信》,香港:真文化公司,1997年10月初版,第294页。

追溯竹久梦二的中国之旅，还必须提到另一位与有力者朱自清。周作人在《〈忆〉的装订》中已经说过，针对丰子恺的画，"佩弦的文章""显明地说出梦二的影响"。①此文当指朱自清为《子恺漫画》所作的"代序"。这"代序"其实是《子恺漫画》出版前，朱自清写给丰子恺的一封信。朱自清在信中用活泼俏皮的笔触写下了"有一个黄昏，白马湖上的黄昏，在你（指丰子恺——笔者注）那间天花板要压到头上来的，一颗骰子似的客厅里，你和我读着竹久梦二的漫画集"的真切感受。虽然朱自清自谦对于绘画"彻头彻尾是一条门外汉"，但他读了那画集里的梦二的画"感到伟大的压迫和轻松的愉悦"。朱自清对梦二的画的描绘真是细致，他惊叹梦二"涂呀抹的几笔，便造起个小世界"，并建议丰子恺"可和梦二一样，将来也印一本"。《子恺漫画》的终于出世，当是竹久梦二的启发和朱自清的鼓励所致。尤其值得注意的是，朱自清认为丰子恺的"漫画有诗意；一幅幅的漫画，就如一首首的小诗——带核儿的小诗。你将诗的世界东一鳞西一爪地揭露出来，我们这就像吃橄榄似的，老咂着那味儿"。②既然丰子恺的漫画明显受到竹久梦二的影响，追本溯源，对竹久梦二的画不也应作如是观吗？

如果说周氏兄弟和朱自清都是以鉴赏家的身份从艺术欣赏的角度肯定竹久梦二，那么丰子恺主要就是从艺术创作尤其是东方美术史和漫画创作的角度来评介竹久梦二了。丰子恺作为中国现代漫画

---

① 岂明：《〈忆〉的装订》，《京报副刊》1926年2月19日第415号。
② 以上均引自佩弦：《〈子恺漫画〉代序》，《语丝》1925年11月23日第54期。

的开山,不但在现代美术史上大名鼎鼎,就是在现代文学史上也广受关注,因为他同时又是一位卓有成就的散文家。因此,丰子恺的著述中曾多次提到竹久梦二。丰子恺反复强调的是自己所受的竹久梦二的影响,虽然周作人和朱自清早已指出这一点,但他自己"现身说法",当然更有意思。

与周氏兄弟一样,丰子恺也是留日期间注意到竹久梦二,迷上梦二的。他1934年初用生动细腻的笔调写下《绘画与文学》一文,回忆二十余岁时在东京旧书摊见到《梦二画集:春之卷》的惊喜,称之为"给我印象最深而使我不能忘怀"。《春之卷》中《同级生》一幅更以"寥寥数笔的画,使我痛切地感到社会的怪相与人世的悲哀",丰子恺到底眼光不俗,他觉得竹久梦二"这寥寥数笔的一幅小画,不仅以造型的美感动我的眼,又以诗的意味感动我的心"。①

丰子恺毫不犹豫地买下了《春之卷》,回寓"仔细阅读"。这一"阅读"非同小可,不但使他"知道作者竹久梦二是一位专写这种趣味深长的毛笔画的画家,他的作品曾在明治末叶蜚声于日本画坛",而且使他倾倒梦二的画,多方搜集,回国后还托友人黄涵秋继续设法,终于觅齐《夏》《秋》《冬》卷和另两种梦二的画集。十年以后,虽然这些画集已散失,但梦二其人其画已深深镌于丰子恺脑海而不磨灭:

> (《梦二画集》)中有许多画,还留下深刻的印象在我的脑

---

① 丰子恺:《绘画与文学》,《文学》1936年1月第2卷第1号。

中，使我至今不曾忘怀。倘得梦二的书尚在我的手头，而我得与我的读者促膝晤谈，我准拟把我所曾经感动而不能忘怀的画一幅一幅地翻出来同他共赏。把画的简洁的表现法，坚劲流利的笔致，变化而又稳妥的构图，以及立意新奇，笔画雅秀的题字，一一指出来给他看，并把我自己看后的感想说给他听。①

两年之后，丰子恺应邀为《宇宙风》半月刊的"日本与日本人特辑"（下）作长文《谈日本的漫画》，在介绍明治以后"灿烂的现代日本漫画坛"时，再次以相当的篇幅讨论竹久梦二，对梦二漫画的艺术特色作了更为精当的概括，可与周氏兄弟的意见互相发明：

> 竹久梦二，是现存的老翁。他的画风，熔化东西洋画法于一炉。其构图是西洋的，其画趣是东洋的。其形体是西洋的，其笔法是东洋的。自来综合东西洋画法，无如梦二先生之调和者。他还有一点更大的特色，是画中诗趣的丰富。以前的漫画家，差不多全以诙谐滑稽，讽刺，游戏的主题。梦二则屏除此种趣味而专写深沉严肃的人生滋味。使人看了慨念人生，抽发遐想。故他的画实在不能概称为漫画，真可称为"无声之诗"呢。

丰子恺接着对梦二的《冷酷的第三者》《我们真，故美；美，

---

① 丰子恺：《绘画与文学》，《文学》1936 年 1 月第 2 卷第 1 号。

故善》等几幅"深刻动人的小画"从构图到标题作了细致分析,最后表示:"这位老画家现在还在世间,但是沉默。我每遇从日本来的美术关系者,必探问梦二先生的消息,每次听到的总是'不知'。"① 丰子恺的思念和惆怅之情真是溢于言表,他并不知道写作此文时竹久梦二已经弃世整整二年了!

与此同时,《宇宙风》半月刊还刊出丰子恺提供的竹久梦二画《一家团乐散步图》作为《谈日本的漫画》的插图,这是梦二的画第二次与国人见面。到了1943年8月,桂林开明书店推出丰子恺的《漫画的描法》一书,书中回顾"漫画的由来"时,丰子恺又一次举出竹久梦二为例,文字与《谈日本的漫画》所述大同小异,但他进一步强调梦二的画"使人看了如同读一首绝诗一样,余味无穷"。此书也刊出梦二的画一帧"略示其笔调"。有必要指出的是,1940年代之前在中国发表的梦二的画,我们迄今所知仅此三帧,而有两帧是丰子恺推荐的。

抗日战争胜利不久,还在重庆的丰子恺于1946年4月1日给上海《导报》编者写了一封信,以"陪都来鸿"为题发表在同年4月5日《导报》第十一期。信中说到虽然"缘缘堂"毁于日本侵略者的战火,但当年离开"缘缘堂"时寄存农家的一箱书籍幸"不遭焚,今日依然完好,正在农家羊棚顶上等回去相见"。更值得庆幸的是,他珍爱的竹久梦二画集恰在其内。为此,他感慨系之:

---

① 以上均引自丰子恺:《谈日本的漫画》,《宇宙风》1936年10月第26期。

> 亲友将箱中之书抄一目录寄来，见内有日本老漫画家竹久梦二全集，亦在目录之中，甚为欣喜。此乃弟昔年宝藏书之一。此书在战前早已绝版，乃弟亲自在东京神田区一带旧书店中费了许多心血而搜得者，在今日此书当更难得。弟于故乡已无可牵恋，除非此"梦二全集"等书耳。因念竹久梦二先生，具有芬芳悱恻的胸怀、明慧的眼光与遒劲的脑力。其作品比后来驰誉的柳濑正梦等高超深远得多，真是最可亲爱的日本画家。不知此老画家今日尚在人间否？若在，当是七十余岁，非不可能，只恐这位心地和平美丽的最艺术的艺术家（谷崎润一郎前年发表《读〈缘缘堂随笔〉》一文，内称我是中国最艺术的艺术家。我今把此语移赠给竹久梦二先生），已为其周围的杀气戾气所窒息而辞世了亦未可知！弟颇想知道竹久老先生的消息，贵处如有熟悉日本艺术界状况的人，尚乞代为探听……

这段文字充满着深情，充满着思念，至今读来仍不能不使人动容。丰子恺表示"弟于故乡已无可牵恋，除非此'梦二全集'等书耳"，足见竹久梦二在他心目中是何等分量！丰子恺认为竹久梦二是"心地和平美丽的最艺术的艺术家"，是借用谷崎润一郎称他为"最艺术的艺术家"而移赠竹久梦二，也确属的评。他认定竹久梦二"心地和平美丽"，在经历了日中之间那场野蛮而无情的战争之后，这个评价也是难能可贵的。丰子恺尤其担心竹久梦二的安危，对梦二是否尚在人间念兹在兹。竹久梦二早在十二年前就已辞世了,他却一直不知道! 丰子恺后来是否得悉竹久梦二的"消息",不得而知,此信之后,也未再见到他公开发表关于梦二的文字。但直到丰子恺生命的最后一年,他还在致香港学者卢玮銮的信中明确表示:"寄下竹久梦二《出帆》一大册,已妥收。此书内容丰富,装帧精美,实为文林精品。且鄙人一向景仰竹久梦二,昔年曾在东京收集其画集,至今宝藏在家。而拙作《子恺漫画》实师法于梦二。"①之后,随着历史语境的转换,竹久梦二的中国之旅也暂时画上了休止符。

不过,还有一篇关于竹久梦二的中文评述必须提到,那就是发表于1941年6月15日《华文大阪每日》第六卷第十二期的《日本抒情画家竹久梦二之追忆》,文中附竹久梦二所作"栏头画"一幅,作者署名"禾葩"。从文中所说"丰(子恺)氏是国内学竹久梦二氏最成功的人……他们两人的作画,同有净洁平和的意趣,注视一久便时常会忘却周围的一切,只是感觉从画面流出的一片静意"推测,禾葩很可能是中国人。禾葩认为梦二的"漫画"不是一般的漫画,而是"更接近了诗",因为梦二"曾自称想作诗人,②后来却将写诗的笔改画了画,所以画幅充满了诗意,无论题材画面都是诗,即那画的本身也是诗"。在简要回顾梦二的生平和前后期创作风格的演变之后,禾葩对梦二的"抒情漫画"作了如下的精彩分析

---

① 丰子恺1975年1月17日致卢玮銮函,《子恺书信》(下),北京:海豚出版社,2013年9月初版,第364页。

② 竹久梦二不但是杰出的画家(包括漫画、水彩画、版画、插图、书籍装帧设计等等),在文学上也有造诣。他写过小说、散文,尤以诗歌最为出色,出版过诗画集《宵待草》、恋歌集《寄山集》等。

和归纳：

> （竹久梦二）画幅的背景无论是城市或乡间，画中人物的性格都极为明确而有切实纯真之感。这不但证明作者对人生社会有精细的观察；而内中的诚恳真实又是统一作者作品的一个基本情调。用了真诚的态度与丰富的同情，来表白了人世的苦恼和悲哀，真挚的友情，或是孩子的童心，有单纯的爱情，伤怀的别离，亦有四时景物的摄写，但在清淡与平和里创造了人生，也创造了诗意。

此文是1940年代唯一的也是颇为详尽和到位的讨论竹久梦二画作意义和价值的中文论述，虽然不知道禾萉到底是谁，但在日本侵略中国的当时，使身处"孤岛"和沦陷区的中国普通民众于悲愤和苦闷中有机会了解这位能"唤起人类灵魂向高处飞翔"的画家竹久梦二，恐怕也不失为一种间接的慰藉。

上述对竹久梦二中国之旅的梳理，当然还只是初步的，很可能还会有遗漏。但从周氏兄弟、朱自清再到丰子恺等等，中国那么多一流的新文学作家，都如此钟情神往于竹久梦二的画，决非偶然。竹久梦二及其画作在中国现代文学和艺术的进程中，像比亚兹莱和凯绥·珂勒惠支等西方画家一样，发挥过意想不到的作用，从某种程度上讲，他的画参与了中国现代文学和艺术的建构，虽然他自己直至去世也浑然不觉。正是由于竹久梦二与中国新文学大家有着这么密切的关联，正是由于竹久梦二对丰子恺这样的现代漫画家的创作产生过这么重要的影响。①在长时期的停顿之后,自 2010 年起,竹久梦二的中国之旅重新开启并进一步继续了,②相信会有越来越多的中国读者喜欢竹久梦二,也会有更多的中国研究者研究竹久梦二。

---

① 关于丰子恺漫画创作与竹久梦二的师承关系,中日不少学者在研究,较新的研究成果参见张斌:《丰子恺诗画》,北京:文化艺术出版社,2007 年 10 月初版。
② 参见刘柠著译:《逆旅:竹久梦二的世界》,北京:新星出版社,2010 年 5 月初版;陈子善编、林少华译:《竹久梦二:画与诗》,济南:山东画报出版社,2011 年 5 月初版。

图书在版编目(CIP)数据

中国现代文学文献学十讲/陈子善著. —上海:复旦大学出版社,2020.8
(名家专题精讲)
ISBN 978-7-309-15213-5

Ⅰ.①中… Ⅱ.①陈… Ⅲ.①中国文学-现代文学-文献学-研究 Ⅳ.①I206.6
②G256

中国版本图书馆 CIP 数据核字(2020)第 134749 号

中国现代文学文献学十讲
陈子善 著
出 品 人/严 峰
责任编辑/郑越文

复旦大学出版社有限公司出版发行
上海市国权路 579 号 邮编:200433
网址: fupnet@fudanpress.com http://www.fudanpress.com
门市零售: 86-21-65102580 团体订购: 86-21-65104505
外埠邮购: 86-21-65642846 出版部电话: 86-21-65642845
江阴金马印刷有限公司

开本 890×1240 1/32 印张 14.375 字数 306 千
2020 年 8 月第 1 版第 1 次印刷
印数 1—4 300

ISBN 978-7-309-15213-5/I·1238
定价: 75.00 元

如有印装质量问题,请向复旦大学出版社有限公司出版部调换。
版权所有 侵权必究